KB174178

우리 아빠는
말 못하는

여자 생존
가이드북

우리 아빠는 말 못하는 여자 생존 가이드북

ⓒ들녘 2016

초판   1쇄 발행일 2016년 9월 9일

지 은 이 피터 그레이슨
옮 긴 이 이은주

출판책임 박성규
편집진행 구소연
편   집 유예림 · 현미나
디 자 인 김지연 · 이수빈
마 케 팅 나다연 · 이광호
경영지원 김은주 · 박소희
제   작 송세언
관   리 구법모 · 엄철용

펴 낸 곳 도서출판 들녘
펴 낸 이 이정원
등록일자 1987년 12월 12일
등록번호 10-156
주   소 경기도 파주시 회동길 198
전   화 편집 031-955-7381 마케팅 031-955-7378
팩시밀리 031-955-7393
홈페이지 www.ddd21.co.kr
페이스북 www.facebook.com/bluefield198

I S B N 979-11-5925-185-6(43840)

값은 뒤표지에 있습니다. 파본은 구입하신 곳에서 바꿔드립니다.

이 도서의 국립중앙도서관 출판예정도서목록(CIP)은 서지정보유통지원시스템 홈페이지(http://seoji.nl.go.
kr)와 국가자료공동목록시스템(http://www.nl.go.kr/kolisnet)에서 이용하실 수 있습니다. (CIP제어번호 :
CIP2016021154)

우리
아빠는
말 못하는

여자생존 가이드북

그·래·서

FEAT.
릴리 아빠
피터
그레이슨

TRANS.
이은주

들녘

차례

아빠가 세상의 모든 딸에게

사랑하는 릴리야

네가 나의 세상으로 온 지 어느새 3년이나 되었다는 것이 믿기지가 않아. 너무나 사랑하는 내 강아지가 환한 미소를 지으며 까르륵거릴 때면, 지켜보는 사람들의 얼굴에는 절로 미소가 떠오르지. 내 소중한 귀염둥이 꼬맹이가 활짝 웃으며 내 품에 꼬옥 안기지 않는 날은 상상조차 할 수가 없어. 네가 자라는 모습을 지켜보면서 아빠는 수만 가지 생각에 잠기게 돼. 그럴 때면 별의별 희망과 걱정이 꼬리에 꼬리를 물고 쏟아져 나와. 주로 이런 생각이 들어. '네가 어른이 되면 어떨까? 어떤 모습일까? 어떤 사람이 될까? 무엇을 믿을까?' 나는 아버지로서 유난히 단점이 많기에, 네가 한숨을 쉴 때마다 두려움과 불안감이 점점 더 커질 거야. 나는 어떤 아빠가 될까? 내가 늘 네 곁에 있으면서, 때로는 냉혹하기도 한 이 세상에서 네가 생존하기 위해 알 필요가 있는 것들을 전부 너에게 가르쳐줄 수 있을까? 내가 좋은 모범을 보일 수 있을까? 네가 결정적인 시기에 올바른 결정을 내릴 수 있도록, 내가 충분한 준비를 시켜줄 수 있을까?

   나 자신에 대한 불신의 도가니를 헤매다가 어느 날 저녁 문득 명확하게 깨달았어. 너도 릴리가 있다고 생각하면서 저절로 맞장구치게 될 거야. 아빠와 딸이 굳이 서로 어색하거나 불편하게 일일이 의논하지 않고도, 딸에게 평생을 살아가는 데 필요한 법칙을 알려줄 수 있는 방법을 찾아냈거든. 그건 바로 지극히 복잡한 이 세상에 대

해 너에게 알려주는 안내서를 쓰는 거였어. 네가 사춘기에 이런저런 시련이나 고난에 직면하게 될지도 모르는데, 그럴 때 내 글이 길잡이가 되어 네가 잘 헤쳐 나갈 수 있도록 도와줄 거야.

나도 너에게 인생은 항상 동화처럼 결말이 아름답고, 선이 늘 악을 이기며, 사랑은 언제까지나 변치 않는다고 말해주고 싶지만, 그건 진실과는 영 동떨어진 이야기야. 인생은 매혹적이고 달콤할 수도 있지만, 아주 끔찍할 수도 있거든. 그 모든 것은 네가 얼마나 강한가와 네가 얼마나 대비하는가에 달려 있지.

요즈음 신문에선 우리가 살고 있는 행성에서 발생한 극악무도한 비극적 사건들을 거의 날마다 보도 해. 살인, 성폭행, 유괴, 폭력, 중독, 사망 사고, 치명적인 질병 등 정말 셀 수도 없지. 나는 언젠가 네가 이렇게 섬뜩한 일들 중 한 가지라도 마주치게 될지도 모른다는 생각만으로 등골이 오싹해져. 내가 너에게 이런 위험한 상황을 피하라고 어떻게 그때그때 가르쳐줄 수가 있겠니? 그건 한 사람이 일일이 쫓아다니며 하기에는 너무 벅찬 일이야. 더군다나 네가 이런 걸 배울 준비가 될 때쯤이면, 나는 아마 네 인생에서 가장 하찮은 남자가 되어 있을 거야. 게다가 이런 이야기를 네 면전에 대고 하기에는 내가 너무 새가슴이거든. 그래서 내가 그런 내용을 글로 적어놓기만 한다면, 우리 둘 다에게 가장 좋을 거라고 생각한 거야.

나는 33년 동안 살아오면서 보통 사람들이 겪는 개인적인 승리나 패배보다 훨씬 더

많은 일들을 겪었고, 마음의 상처도 훨씬 더 많이 받은 편이야. 그래서 내가 어떤 사람이라는 것과, 내 인생의 여정을 통해 배운 것을 모두 너에게 알려주는 게 나의 의무라고 느껴져. 네가 달리 어떤 방법으로 너에게 생명을 준 사람에 대해 제대로 알 수 있겠니? 나에 대해 모든 것을 다 드러냈다가, 그 사실 때문에 네가 얼마나 괴로워할지 나도 미처 가늠할 수는 없구나. 그렇지만 너에게 이것 하나만은 약속할게. 내가 이 책에 기록한 것은 모두 내 영혼에서 직접 우러나온 거야. 절대적인 진실이라는 말이지.

너는 네가 사랑하는 이 아빠가 만사태평인 사람인 줄로만 알고 있겠지. 하지만 내가 예전에도 늘 그런 사람이었던 건 아냐. 나 자신도 나의 과거를 똑바로 쳐다보는 데 수십 년이 걸렸어. 어렸을 땐 학대를 당했고, 가출도 했었고, 마약 중독자이자 알코올 중독자였으며, 물건을 훔친 적도 있고, 거짓말쟁이였으며, 여자 관계가 문란한 남학생 사교 클럽 회원이기도 했고, 자기 파괴적인 음악가였고, 대학도 중퇴했고, 딸더듬이에다가, 우울한 10대를 보냈으며, 어른이 되어선 심지어 자살 충동을 느낀 적도 있었거든. 이런 말하기 정말 괴롭지만, 하루를 사는 것이 견디기 힘들 때도 있었어. 그때 한 천사가 와서 나를 구해주었고, 나에게 활력을 주었으며, 인내하는 법을 알려주었지. 그 천사의 이름은 릴리 스카이야. 그래, 바로 너야. 그 순간부터 나는 매사에 아주 달라졌어. 내 마음속 상처가 치유되었거니와, 무엇보다 영광스러운 선물을 받았지. 살아갈 이유가 생긴 거야.

이 책은 흔히 미친 짓이라고 부를 만큼 험난한 인생을 네가 잘 헤쳐 나가도록 도와주고, 언제까지나 온전한 정신을 유지할 수 있도록 붙잡아줄 생존 가이드야. 어느 날 밤에 난 책상 앞에 앉아서, 펜을 들고, 너의 미래를 위해 도움이 될 만한 몇 가지 이야기들을 끄적거리기 시작했어. 그것도 내가 결코 되돌아보지 않았던 시절의 이야기부터 써내려갔단다. 9개월이 지나자, 나에 관한 이야기들과 네게 들려주는 충고, 그리고 내가 살아가면서 발견한 삶의 법칙들로 가득 찬 공책이 여러 권 만들어졌어. 때로는 새벽 3시에 깨서 휴대용 녹음기에 생각이 떠오르는 대로 녹음하기도 했지. 어떤 때는 차가 꽉 막히는데도 도로변에 차를 세우고, 서브웨이(샌드위치 프랜차이즈) 냅킨에 내 생각을 급히 메모하기도 했어. 손으로 받아 적기 어려울 정도로 말이 빨리 쏟아져 나와서, 내 두뇌가 미처 이해하지 못할 때도 있었지.

마침내 작업을 다 끝마치자, 내가 뭔가 특별한 것을 이루어냈다는 느낌이 들더라. 이 책에는 내 땀과 눈물이 배어 있단다. 그리고 매력적인 이야기나 재미있는 일화보다 훨씬 더 많은 것이 담겨 있어. 내가 알고 있는 인생의 모든 진실이 들어 있거든. 절대 허튼소리는 없어! 남자아이들, 성, 사랑, 약물, 술, 파티, 학교, 친구, 가족, 인기, 음악, 10대의 두려움, 우울감, 돈, 대중매체, 종교, 죽음을 비롯한 여러 가지에 대한 진실을 다루고 있지. 마침내 네가 이 책을 읽을 수 있을 만큼 충분히 나이가 들면, 책에 적힌 내용이 네 인생에 지대하게 긍정적인 영향을 미칠 거야.

내가 지금 딱 한 가지 궁금한 점은, 네가 언제쯤 준비가 될까? 하는 거야. 때가 되면, 네가 나에게 말이 아니라 행동으로 말해줄 거라고 생각해. 네가 더 이상 내 품에 안기는 귀여운 꼬맹이가 아닌 때가 오겠지. 오빠뻘 되는 남자아이들이 우리 집 주변을 얼쩡거리기 시작하거나, 밤마다 네가 방문을 닫아걸고 비밀스러운 전화 통화나 인스턴트 메시지를 주고받기 시작한다면, 이제 때가 되었다는 것을 나도 알게 될 거야. 벌써부터 그런 날들이 올까 몹시 두려워. 그렇지만 그건 성장 과정의 일부라는 걸 알아. 그리고 언젠가 네가 네 방문을 열고 나올 때쯤엔 아름답고 자신감 있는 여성이 되어 있을 거라는 것도 알아. 다만 나의 릴리가 내 품으로 다시 돌아올 때까지, 내가 초를 세며 기다리고 있을 거라는 걸 네가 알아주길 바랄 뿐이야. 참을성 있게 기다리고 있을게. 다만 네가 내 책을 어떻게 생각하는지 정말 알고 싶어. 만약 네가 찾고 있는 진실이 이 책에 담겨 있다면, 계속 읽으렴, 애야.

2005년 11월 4일[1]

아빠가

---

1 저자가 이 글을 쓸 때 릴리는 3살 정도 된 딸이었다. 이 책의 초판이 출간된 시기는 2009년으로, 이때 릴리의 나이는 7살로 추정된다. 한국에서 이 책이 나온 지금, 릴리는 약 14살로, 아빠가 그토록 걱정해 마지않던 시기를 보내는 중이다.

01

남자아이들

아무래도 네가 이 부분부터 읽으려고 다른 부분은 훌쩍 건너뛸 것 같더라. 그래서 읽기 편하게 이 부분을 아예 맨 앞에 두었지. 네 인생에서 가장 중요한 남자가 나였던 시절도 있었는데, 어느새 남자 친구에게 관심이 더 가는 나이가 되었구나. 그 옛날에 넌 아빠를 사랑하는 마음이 철철 넘쳐서 날마다 다정스럽고 존경스런 눈빛으로 나를 바라보곤 했었는데! 덕분에 나는 슈퍼히어로가 된 듯한 느낌도 들었어. 나는 슈퍼대디이자, 뽀뽀대장이고, 소원을 들어주는 요정이나 다름이 없었으며, 이야기꾼이자, 숨바꼭질의 귀재였단다. 우리는 밤새도록 조잘거리고도 여전히 할 말이 많은 단짝 친구처럼 더할 나위 없이 끈끈한 정으로 엮여 있었어. 그래도 지금에 비하면 그 당시는 아빠 노릇이랄 것도 없었지. 지금 내 임무는 네가 청소년기 내내 마주치게 될 가장 음흉한 존재들로부터 너를 보호하고 교육하는 일이야. 내가 말하는 이 존재들은 믿을 수 없으

13

리만치 사악할 뿐만 아니라 너에 비하면 힘도 장사란다. 그들은 어두운 곳에 숨어서 이상한 낌새조차 못 채는 사냥감을 덮치려고 호시탐탐 기회를 엿보는 놈들이지. 바로 10대 소년들이야!

아, 10대 남자아이들이란 말이지, 남성호르몬인 테스토스테론이 넘쳐나서 순진한 여자들을 찾는 데 혈안이 되어 있게 마련이야. 이게 다 경험에서 우러나온 말이란다. 나야말로 얼마 전만 해도 먹잇감을 찾아 돌아다니는 이런 포식자들 중의 하나였거든. 믿기지 않겠지만 이 아빠가 한창때는 여자를 무진장 좋아하는 남자였어. 나는 외모에도 축복을 받아서 여자아이들한테 인기가 무척 많았었지. 앳된 얼굴에 검은색 곱슬머리인 데다가 교회 오빠같이 티 없이 맑은 미소를 지을 때면 양쪽 볼에 보조개까지 파였거든. 나는 가능한 한 많은 여성들을 정복하는 게임을 15년이 넘도록 즐겨 했는데, 게임 성적도 꽤 좋았단다.

어렸을 때 우리 동네에 살던 내 또래의 아이들은 공교롭게도 죄다 여자뿐이었어. 길 건너편엔 키미 앤더슨이 살았고, 옆집에는 스튜어트 자매가, 세 집 아래쪽에는 앤 마리 파사노가 살고 있었지. 더구나 네 큰고모인 조이 누나랑 누나 친구들은 남자라면 아주 환장을 했단다. 우리 집에선 매일 여성호르몬인 에스트로겐 총회를 여는 것 같았어. 나는 이 상황에 저항하기보다는 별다른 불평 없이 받아들이고, 여자애들이나 다름없이 지냈어. 어렸을 땐 주로 소꿉놀이, 학교놀이, 인형놀이, 치어리더놀이, 패션쇼를 하며 놀았거든. 이따금 파자마파티도 했었어. 그 덕분에 내 인생에서 가장 유용하게 사용한 기술들 중의 한 가지를 바로 이 무렵에 터득할 수 있었지. 그건 바로 여자들과 스스럼없이 지내면서 그 애들을 잘 다루는 방법이야.

세월이 흐르면서 우리의 몸에 심오한 변화가 일어나기 시작했어. 그러자 여자아이들과 나 사이에 서로 끌리는 감정이 생기기 시작하더구나. 남자아이들 몇 명이 우리 동네로 이사 오고 나서는 순진했던 어린 시절의 게임이 어느새 좀 더 공격적이고 육체적인 차원으로 바뀌었지. 변화는 여자아이들에게 먼저 찾아왔어. 바로 '사춘기'가 온 거야. 사춘기는 네가 알고 있는 모든 것이 다 뒤집어지고 너의 인생이 완전히 엉망진창이 되는 시기야. 네가 이 글을 읽을 때쯤이면 너도 이미 이 충격적인 과정에 들어섰을지 몰라. 두려울 테지. 아빠는 네가 매사를 균형 잡힌 시각으로 바라보는 데 이 책이 도움이 되길 바란다.

어쨌든 우리 동네 여자아이들이 먼저 신체적으로 성숙해지기 시작했고, 그 후 얼마 지나지 않아 남자아이들에게도 변화가 왔어. 우리가 흔히 하던 술래잡기는 곧 치근덕거리기라고 불리는 행위로 바뀌었고, 진실 게임은 짝사랑하는 대상이 누군지 밝히고 마음 놓고 더듬을 수 있는 수단이 되어버렸지. 사춘기를 겪는 것은 안전띠를 매지 않고 롤러코스터를 타는 것처럼 아주 짜릿했어. 호르몬 분비가 왕성해지고, 심장이 두근거리고, 속이 뒤틀리더구나. 우리는 순간에 충실할 뿐이었고, 과거를 되돌아보는 법은 없었어.

우리는 마치 고대로부터 대대로 전해져 내려오는 의식이라도 발굴하듯이, 사춘기에 할 수 있는 최고의 게임을 찾아내고야 말았단다. 아주 간단하지만 무척이나 황홀한 병 돌리기 게임 말이야! 만약 내 기억이 맞다면, 1985년 7월의 어느 후텁지근한 밤이었을 거야. 여드름투성이인 10대 초반의 아이들이 열광의 도가니에 휩싸인 채 둥글게 모여 앉아 숨죽이고 있었지. 우리는 팽그르르 돌아가는 펩시콜라 병을 뚫어지게 지켜보고 있었어. 그 병이 멈추는 방향에 앉은 친구와 난처하게도 입맞춤을 하게 되리라는 것을 알고 있었거든. 방금 내가 돌린 병이 내가 3학년 때부터 무지무지 좋아해온 아만다 스튜어트를 향해 멈추자, 나는 꿈인지 생신지 도무지 믿기지가 않았어. 떨고 있는 어릿광대처럼, 눈을 감은 채 그녀를 향해 조금씩 다가갔지. 그런데 사실은 너무 서툴러서 들쭉날쭉한 내 치아교정기와 도마뱀같이 제멋대로 날름거리는 혀로 그녀를 찔러댄 셈이었단다. 그 일이 있은 후로 나에게 어떤 변화가 온 것 같았어. 마치 내가 금은보화로 가득 찬 비밀의 방으로 통하는 문을 열기라도 한 것 같았지. 다음 날 아침에 내가 그토록 애지중지하던 캐릭터 인형들과 원격조정 자동차들을 죄다 내다버렸다고만 말해둘게.

몇 주가 더 지나자 한여름 밤의 이 의식이 한결 편안해졌어. 그사이에 우리의 기량도 한층 발전했고, 거기에 맞춰 규칙들을 조정하기에 이르렀지. 우리는 이 게임을 '천국에서의 7분'이라 불렀어. 악명 높은 이름이었지. 여기에서 당첨된 행운의 커플들은 벌칙을 수행하기 위해서 벽장처럼 어두운 곳으로 들어가야 했어. 규칙상 7분 동안 옷을 홀딱 벗고 어떤 행위를 하도록 되어 있는데, 그렇게 하지 않을 경우엔 끊임없이 놀림을 받았단다. 나는 난생처음으로 천국으로의 여행을 마치고 나서, 머리는 헝클어지고 뺨은 발그레해진 채로 옷을 주섬주섬 입으며 나왔어. 처음으로 내 몸에 여자애의 가슴이 스쳤다는 사실에 충격을 받았지. 내가 몰랐던 세상을 보게 된 후, 나는 무엇이든지 과감히 경험해보리라 마음먹었어.

아마 지금쯤이면 너도 어린 시절부터 궁금했던 미스터리인 '섹스란 무엇인가?'에 대한 답을 발견했을 거야. 요즘은 과학기술이 우세한 시대이긴 하지만, 섹스의 비밀을 알게 되는 데 비하면 과학기술은 오히려 쉬운 축에 든다고 본다. 나에겐 섹스를 알게 되는 과정이 성지의 사막에서 발견된 고대의 두루마리 성서를 해독하는 일 같았어. 나는 13살까지 프렌치 키스가 섹스인 줄로만 알고 있었기 때문에, 침이 섞이면 임신이 되는 거라고 믿었었거든. 그 후로 백과사전과 동네 아이들, 케이블 텔레비전, 때로는 야한 잡지 덕분에 마침내 사실을 제대로 알게 되었지. 죽을 것 같이 두려웠지만, 기필코 남자가 되는 것에만 집중했단다.

네가 이 사실만큼은 꼭 알았으면 좋겠구나. 남자아이들이란 디스커버리 채널에 나오는 동물들이나 다름없어. 그들은 생물학적으로 가급적 많은 여성들을 정복하도록 프로그램되어 있거든. 이러한 욕구는 억제할 수가 없어. 지구상의 모든 성인 남자는 자신의 채울 수 없는 성적 환상들과 끊임없이 싸우고 있지. 다만 다른 사람에 비해 욕구를 더 잘 숨기는 사람이 있을 뿐이야. 16살이 되자 나는 스스로 한 단계 더 성숙해져야 할 때가 되었다고 생각했어. 나의 순결을 과거의 일로 만들 전략을 세워야 했지. 내 매력 포인트인 천진난만한 미소를 이용했단다. 만나는 모든 여자아이들과 친하게 지내며 언제든지 문제를 털어놓을 수 있는 친구가 되어주곤 했어. 어수룩한 매력으로 여자아이들을 웃게 만든 다음에 그들의 방어 태세가 해이해지면, 작업을 시작하는 거지. 그렇게 하

17

면 절대 실패할 염려가 없었단다.

간혹 낭패를 볼 때도 있었는데, 여자아이들이 이 아빠한테 홀딱 반해서 진지한 관계로 발전하고 싶어 해서였지. 그 당시 나는 전혀 그러고 싶지 않았는데, 여자아이들이 날 너무 원하더라고. 여자아이들은 늘 완벽한 관계를 추구하지만, 남자아이들은 단지 손쉬운 행위만을 기대하고 있을 뿐이야. 마지못해 진지한 관계로 넘어가는 경우도 있긴 하지만, 이것도 지속적으로 행위를 할 수 있는 가능성이 보일 경우에만 해당하는 일이지. 이로 인해 남성이란 존재가 비열한 돼지나 다름없게 보인다는 걸 알면서도, 멈출 수가 없단다. 남자들의 딜레마는 음경이라고 불리는 신체의 일부분으로, 이것이 우리의 모든 생각과 행동을 통제하거든. 우리는 음경의 명령에 저항할 힘이 없는데, 그로 인해 파멸에 이르는 경우도 종종 있어.

나는 이 책을 쓰면서 인생에서 부정할 수 없는 진실들이 계속해서 떠올랐단다. 살아가면서 신조로 삼으면 좋을 만한 말들이기에 '삶의 법칙'이라고 이름 붙여놓았어. 네가 이 책을 대충 훑어보면서 그 법칙들만 읽는다고 할지라도, 나는 만족스러울 거야. 내가 너에게 가르쳐줄 수 있는 가장 중요한 법칙을 꼽는다면 아무래도 첫 번째 법칙이겠지…….

삶의 법칙 #1: 남자아이들은 거짓말쟁이야!

네가 알고 있는 남자아이들 중에서 가장 다정하면서도 선량한 녀석을 떠올려보렴. 아마 그 녀석은 바로 이 순간에도 어떻게 하면 너를 한번 안아볼까 궁리하느라 머리를 쥐어짜고 있을 공산이 크단다. 물론 정말로 너를 존중

19

해주는 반듯한 인품을 지닌 젊은이일수도 있겠지만, 그렇더라도 일단 '열기'가 확 오르면 그 모든 것은 창밖으로 날아가버리게 마련이거든. 음경이 남자들로 하여금 거짓말을 하게끔 만드는 뿌리이기 때문이지. 음경은 때때로 남자를 자기 자신도 이해할 수 없을 만큼 전혀 다른 사람으로 만들어버리기도 해. 그러고는 자기가 저지른 행동에 대해 계속 후회하게 하지. 내 고등학교 동창들 거의 대부분이 여자를 다루는 데 능통했었고, 대학 때는 내가 세상에서 가장 타락한 녀석들로 가득 차 있었던 남학생 사교 클럽 회관에서 살다시피 해서 이 분야에 대해선 너무나도 잘 알고 있단다.

어른이 될 때까지는 사내 녀석들과 육체적인 관계는 맺지 말고 기다리라고 너한테 일장연설이라도 하고픈 심정이야. 하지만, 그렇게 해봤자 너는 "우리 아빠는 꼰대야"라고 친구들에게 욕하고 말겠지. 나는 지금까지 10년 동안이나 중학생들을 가르쳐왔기 때문에 요즘 아이들이 어떤지 정확히 알고 있어. 내가 교실에서 언뜻 주워들은 대화 내용이나 가로챈 쪽지들의 내용은 차마 입에 담을 수조차 없을 정도야. 부모들이 그 내용을 조금이라도 알았다간 제명에 못 살 테지. 내가 근무했던 학교에서는 6학년 여자아이가 9학년 남자아이와 관계를 한 후 임신하는 바람에 학교를 떠나야 했던 일도 있었어. 내가 네 나이였을 때와는 시대가 확실히 달라졌고, 게다가 네가 이 책을 읽게 될 무렵이면 아이들의 경험도 훨씬 더 풍부해지겠지. 그렇다고 아빠가 일일이 간섭할 수도 없는 노릇이잖아. 그러니까 이렇게 엄청난 일을 결정해야 할 때가 오면 반드시 스스로에게 다음과 같은 질문을 해봐.

CHECK!

제발 아빠 말을 좀 믿어다오!!

☐ 이 남자가 정말로 그만한 가치가 있나?

☐ 내가 그의 진열장에 또 다른 트로피 노릇이나 하고 싶은 건가?

☐ 섹스를 하고 나서 그가 나에게 다시 말도 걸지 않는다면 나는 어떤 기분이 들까?

☐ 정녕 내가 그가 자기 친구들과 나누는 추잡한 경험담의 주인공이 되고 싶단 말인가?

삶의 법칙 #2: 남자들은 친구들에게 뭐든 다 떠벌리고 말아!

여자아이들은 서로 마음이 맞는 친구끼리만 속마음을 털어놓잖니. 반면에 남자아이들은 군이 친하지 않아도 은밀한 이야기를 아주 자세하고 생생하게 주고받는단다. 남자들에게 섹스란 사냥이나 매한가지야. 무언가를 차지하면, 그걸 세상에 드러내고 싶어 하거든. 내가 고등학생 때 있었던 일을 말해줄게. 내가 속한 레슬링 팀의 한 녀석이 어떤 여학생과 함께 있는 동안 그녀 몰래 비디오 촬영을 한 적이 있었어. 그 녀석은 자랑스럽다는 듯이 우리 모두에게 그 비디오를 보여줬지. 그 여자아이의 인생과 명예는 송두리째 망가지고 말았단다. 모두들 그녀의 등 뒤에서 낄낄거리며 경멸했거든. 그때부터 남자아이들이 그녀에게 원한 건 오직 한가지밖에 없었어. 내가 보기에 그 여자아이가 잘못한 거라곤 10대의 남자 친구를 믿은 것 말고는 아무것도 없었는데 말이야. 쓰레기라는 꼬리표는 그 여자아이가 아니라 그 남자아이에게 붙여졌어야 마땅했지.

자기 여자 친구와 은밀한 관계를 맺고 있을 때면 우리한테 자기 침실

21

창문 밖에 모여 있으라고 했던 녀석도 있었어. 우리는 창피한 줄도 모르는 짐승처럼 그 친구가 하라는 대로 했지. 그게 바로 17살 남자아이들이 하는 짓이야. 그들은 한마디로 구역질나는 돼지들이지. 언젠가 딸이 생기기 전까지는 자기가 잘못했다는 것조차 깨닫지 못할 거야.

너의 첫 경험

인생 최악의 경험으로 순결을 잃은 때를 꼽는 여자아이들이 얼마나 많은지 몰라. 아프기도 하거니와 무섭고, 청소년기에 첫 경험을 겪게 되면 대게 성급하게, 강압적으로, 형편없는 장소에서 이루어지는 경우가 많거든. 무엇보다 최악인 건 남자 녀석들이 관계를 맺은 후에는 상대 여자아이들을 본체만체한다는 거야. 어느 소녀가 첫 경험에 대한 환상이 없겠니? 당연히 자기 첫 경험은 촛불을 켜놓고 장미꽃잎이 뿌려진 침대 위에서 은은한 음악이 들려오는 가운데 이루어질 거라고 짐작하겠지. 하지만 실제로는 소란스럽기 그지없는 맥주 파티를 하고 있는 옆방에서 너의 이름 정도나 간신히 알고 있는 멍청한 녀석과 첫 경험을 하게 될 가능성도 무시할 수 없어. 내 친구 에밀리는 음악제 때 구역질 나는 이동식 화장실에서 첫 경험을 했다더구나. 나는 그 이야기를 듣고 하마터면 토할 뻔했어.

이런 일은 일순간의 판단력 부족으로 쉽게 일어날 수 있어. 하지만 그 기억은 네가 어른이 된 뒤에도 남은 인생을 좌지우지하게 될 거야. 네가 첫 경험을 할 기회는 일생에 딱 한 번뿐이잖아. 그러니까 반드시 너를 소중히 여기고 있다는 것이 증명된 사람과 하도록 해! 그리고 아무리 사랑한다 할지라도 결코 억지로 해서는 안 된다. 단언컨대 여자아이에게 섹스를 강요하는 녀석이라면 여자 친구는 아랑곳없이 오직 자기 자신의 만족을 얻으려는 것뿐일 테니까. 나는 거기 창문 밖에 있던 몇 안 되는 꽤 괜찮은 녀석들 중의 한 명이라고 생각했었지만, 실제로는 무지한 바보였어. 우리 부모님은 나에게 성에 관해서나 숙녀를 어떻게 대해야 하는지는 눈곱만큼도 이야기해준 적이 없었거든. 내가 알고 있는 지식은 모두 지저분한 영화들과 나의 멍청한 친구들로부터 배운 것이었지. 그로 인해 많은 사람들의 가슴에 상처를 입혔는데, 내가 했던 짓이 조금도 자랑스럽지 않아.

네가 사랑할 때 매번 마음에 상처를 입고 싶지 않다면, 반드시 사랑과 욕정을 구분할 줄 알아야 해. 이 두 감정은 처음에는 쌍둥이처럼 똑같은 얼굴을 하고 와서 구분하기 힘들 수도 있어. 하지만 하나는 영원히 지속될 수 있는 감정인 반면에, 다른 것은 기껏해야 몇 분 정도 지속되다 마는 감정이란다.

사랑과 욕정

이 세상에는 두 종류의 사랑이 있어. 하나는 네가 가족과 친구들에게 느끼는 종류의 사랑이야. 그런데 또 다른 사랑은 한순간 기쁨에 넘쳤다가 바로 다음 순간 망연자실하게 되는 감정이지. 사랑이 무엇인지, 무엇이 사랑을 불러일으키는지는 아무도 확실히 알지 못해. 사랑을 과학적인 관점으로 살펴본다면, 기본적으로 짝짓기를 할 적당한 파트너를 찾을 시간이 되었다는 것과 지금 선택한 사람이 모든 기준에 적절하게 부합한다는 것을 몸이 우리에게 알려주는 신호라고 할 수 있을 거야. 하지만, 실제로는 그런 것보다 훨씬 더 큰 의미가 담겨 있단다. 갓 16살이 되어 모든 것이 아주 새롭고 흥미진진하게 여겨질 때는 특히 더할 거야. 사랑은 성관계에 대한 욕구라는 차원을 훨씬 넘어서는 황홀한 감정이야. 친밀감에 대한 깊은 동경이지. 서로에 대해서 진정으로 잘 알고, 서로를 소중히 여기며, 서로를 걱정해주고, 서로가 없으면 절대 안 되는, 누군가를 깊이 사모하는 마음이야. 사랑하고 사랑받는 것이야말로 이 세상에서 누구나 진정으로 원하는 일이잖니.

더러 사랑하기를 꺼리는 사람들도 있긴 해. 그런 사람들은 사랑은 쓸데없는 감정이라며 차라리 없는 편이 낫다고 말하지. 하지만 내 생각에 그들은 아직까지 진정으로 사랑하는 사람을 만나지 못했거나, 마음에 아주 깊고 쓰라린 상처를 받은 적이 있기 때문에 그런 것 같아. 사랑의 상처로 약물과 술에 빠지는 사람들도 상당히 많은 것 같고. 그들은 사랑받고자 하는 선천적인 욕망을 잠재우기 위해 기를 쓰고 노력하고 있는 거야. 물론 반대의 경우도 있어. 사랑을 지나치게 갈망하다가 가출하는 아이들도 있고, 10대들이 몰래 눈이 맞아 달아나거나, 배우자를 속이고 바람을 피는 일도 간혹 벌어지더구나. 유명한 작사가 겸 작곡가인 그레그 브라운[2]의 노랫말에도 나오잖니. "그대가 집에서 그것을 얻지 못하면, 그대는 찾으러 나가겠지(If you don't get it at home, you're gonna go looking)."

사랑은 물과 산소처럼 꼭 필요한 거야. 그건 부정할 수 없는 사실이

---

2 Greg Brown

야. 사랑이 얼마나 경이로울 수 있는지 읊은 노래나 시, 이야기, 영화와 책들은 셀 수 없이 많단다. 덕분에 '고등학교 때 애인과 사랑에 빠진 그들은 졸업 후에 결혼을 하고 아이를 둘 낳고 오래오래 행복하게 살았답니다'란 이야기가 무척 간단해 보이지. 글쎄, 얘야, 내가 장담하는데 이런 일은 좀처럼 일어나지 않아.

언젠가 네가 이런 말을 해주는 날이 오길 바라. 지금 막 모든 면에서 완벽한 남자와 데이트를 시작했는데, 그 남자가 바로 네가 9살 때부터 꿈꾸어온 그대로라고 말이야. 그 애는 다정다감하고, 매력적이고, 친절하고, 재미있고, 멋질 뿐만 아니라, 너를 공주 대접해주는 사람인 거야. 너는 그 자식과 함께 있으면 구름 위를 떠다니는 기분이겠지. 매 순간 그 아이를 생각하고, 그에 관한 꿈을 꾸고, 그가 곁에 없으면 공허한 기분이 들 거야. 그와 함께 있으면 천국에 휴양 온 것 같고 뭘 먹어도 맛있고, 노을도 더 아름다워 보이고, 공기도 더 맑은 것 같고, 매일매일을 미소로 시작하겠지. 아! 사랑이 늘 그렇게 쉽다면 세상이 얼마나 아름다울까? 사랑에 빠지는 건 처음엔 그토록 경이로운 일이지만, 그 감정을 계속 유지하는 것은 불가능하단다. 상상하기조차 싫겠지만, 불은 시간이 지나면 결국 사그라지게 마련이거든.

돌이켜보면 사춘기 시절 나는 너무나 성급했어. 남녀 관계에서 활활 타오르던 초기의 불꽃이 사그라지면 재빨리 도망가야 할 신호라고 생각했거든. 사랑의 콩깍지가 벗겨지고 나면, 내 옆에 있는 사람이 누구든 아랑곳없이 헤어지고 즉각 다른 사람을 찾아 나서곤 했지. 그땐 사랑이란 언제까지나 활활 타오르는 거라고 생각했어. 영원히 꺼지지 않는 불꽃을 찾

25

는답시고 정말로 소중한 관계를 섣불리 포기하는 잘못을 저질렀던 거야.

이런 말을 하고 싶진 않지만, 살다 보면 너에게도 비슷한 일이 여러 번 일어날 거야. 네가 10대가 되면 남자아이들이 산들바람처럼 왔다가 가겠지. 월요일엔 네 인생에 절대적인 사랑이라고 느꼈던 녀석이 금요일엔 네 속을 쓰리게 만들지도 몰라. 게다가 처음으로 진실한 사랑이라고 느꼈던 감정을 상실하게 되면, 그 상처가 완벽하게 회복되지 못할 수도 있어. 네 엄마는 첫사랑의 고통에 대해 지금까지도 이야기하곤 한단다. 네 엄마가 16살 때 사랑하는 사람과 헤어지고는 몇 달 동안이나 먹지도, 자지도 못하고 울면서 지냈대. 그 바람에 온몸이 다 쑤시고 아팠다는구나. 그만큼 너무나 고통스러웠던 거야. 내 첫사랑은 나랑 친한 친구랑 바람이 났었지. 파티에 갔다가 침실에서 키스를 하고 있는 현장을 보았는데, 나는 문자 그대로 '내 인생은 끝났다'는 생각이 들었어. 그 이후로 몇 주 동안이나 계속 울었다. 다시는 그 어떤 여자아이도 나한테 상처를 주게 놔두지는 않겠다고 맹세하며 말이야.

사랑이 끝나는 고통은 쉽사리 가라앉지 않아. 네가 좋아하는 노래나 아이스크림도, 가장 친한 친구나 네 아빠도 그 고통을 치료해줄 수는 없어. '첫사랑의 아픔'은 누구나 겪는 과정이거니와 하루하루 흘리는 눈물과 함께 쫓아내는 수밖에 없거든. 바라건대 네가 내 충고를 받아들여서 너를 사귈 만한 자격도 없는 녀석에게 너무 감정적으로 몰입하기 전에, 좀 더 기다렸으면 좋겠구나. 언젠가 진정한 사랑을 발견하게 되었을 때도 마찬가지야. 남자 친구를 고를 때는 꼭 상식을 발휘하겠다고 약속해주렴. 만약 네가 어느 날 밤에 축구를 잘하는 어떤 녀석을 집에 데리고 와서 너무 성급하게 관계를 해버린다면, 나는 권총으로 자살해버릴지도 몰라. 그러니 나를 위해서라도 신중에 신중을 기해주기 바란다. 물론 그놈의 감미로운 미소와 앙증맞게 드러나는 송곳니를 무시하기 어렵다는 건 나도 잘 알아. 하지만, 남자 친구의 겉모습보다 그 아래에 숨은 영혼을 보려고 노력하렴.

조이 고모가 바로 이 부분에서 실수를 하고 말았지. 대학을 졸업하자마자 굉장히 잘생긴 얼간이랑 결혼하더니만 2년 만에 이혼했거든. 우리 모두 그 녀석이 진짜 바보 멍청이라고 그토록 경고했건만, 고모의 귀엔 들리지 않았나 봐. 사랑에 눈이 먼 상태였으니까. 사실 내가 보기엔 욕정이 틀림없었지만 말이야.

욕정

살다 보면 누구에게나 '첫눈에 반하는 사랑'이 찾아오지. 그 순간을 거부할 수 있는 사람이 있기는 할까? 나도 대학생 때는 매주 사랑에 빠지곤 했단다. 그러나 그게 진짜 사랑이었는지는 모르겠어. 너도 알다시피 마음속에 들어온 상대방이 어떤 사람인지 알기도 전에 진정으로 사랑한다는 것은 불가능하니까. 그런 점에서 사귀기 시작한 지 얼마 되지 않았을 때 느끼는 그 모든 격정적인 감정들은 실제로는 욕정일 뿐일지도 몰라. 사랑의 사악한 쌍둥이인 거지.

욕정은 인간의 동물적 본능이야. 자신의 마음을 빼앗은 사람의 자취를 진심으로 갈망하게 될 때 발동이 걸리지. 너는 그 남자와 몇 시간 동안이라도 키스할 수 있을 거야. 그의 눈을 한번 들여다보기만 해도 마음이 사르르 녹고, 그의 손길이 네가 존재하는 유일한 이유가 되지. 너무나 안타깝게도 대부분의 사람들이 이 무렵에 낭패를 보는 경우가 많아. 욕정에 너무 푹 빠져서 그야말로 사랑에 눈먼 장님이 되어버리거든. 이때 저지르는 실수들이 너의 미래에 중요한 영향을 미칠 수 있단다.

교제가 제대로 시작되기도 전에 즉흥적으로 섹스를 하거나 결혼을 해버리는 등 성급한 결정을 내리기 십상이야. 네 몸의 모든 세포가 "그건 올바른 결정이야"라고 말할지도 몰라. 너도 그렇다고 믿을 테지. 하지만 얘야, 다시 한 번 생각해보렴. 그게 바로 욕정의 무서운 점이거든. 욕정은 너를 세뇌하고 네가 이성적으로 생각할 수 있는 능력을 왜곡할 거야. 수많은 10대 소녀들이 데이트 폭력을 당하거나, 한심한 사람과 결혼하거나, 임신을 하거나, 심지어 세 가지 경우 전부를 겪게 되는 주된 이유들 중의 하나야.

그런데 욕정이 사그라지면? 대부분의 남자들은 태도를 싹 바꾸어버려. 욕정의 배터리가 방전되면 다시 채우러 떠날 수밖에 없거든. 욕정은 사람들을 네안데르탈인 같은 원시인으로 만들어버려서, 여자아이들의 삶을 완전히 무너뜨린다는 걸 잊지 마. 사무치는 슬픔으로 가슴이 미어지고, 마음에 평생 지워지지 않을 상처를 남기고 싶지 않다면 말이야.

● 삶의 법칙 #3: 섹스 ≠ 사랑

10대 여자아이들에게 섹스는 사랑의 또 다른 이름이야. 섹스를 친밀감의 표시이자, 여성이 되는 궁극적인 권리라고 착각하기도 하지. 반면

10대 남자아이들에게 섹스란 단지 섹스 그 자체일 뿐이야. 새파랗게 젊은 남자들의 세계는 오로지 남성의 성적 오르가슴을 중심으로 돌아가거든. 이 사실을 설명해주지 않는다면, 너에게 엄청난 피해를 끼치는 것이나 다름없다는 생각이 드는구나.

아마도 나는 이런 이야기를 딸에게 들려주는 최초의 아빠일 거야. 그래서 믿기지 않을 수도 있겠지만 이건 엄연한 진실이란다. 사춘기가 시작되고 나서 20대 후반에 이르기까지, 성적 오르가슴을 채우는 것을 유일무이한 목적으로 삼는 녀석들이 있거든. 만약 그들이 욕구를 스스로 해결하지 않는다면, 자신의 프로젝트에 참여할 누군가를 찾아 나서게 되겠지. 어떤 여자라도 상관없어. 상대방에게 눈곱만큼의 관심 따위 없어도 괜찮아. 그리고 그런 애들은 원하는 것을 얻자마자, 문밖의 일에 더 집중할 거야. 자기 친구들의 진도 따위나 궁금해하면서. 만약 네가 남자들의 이런 터무니없는 특성을 깨닫게 된다면, 수수께끼 같은 존재인 10대 남자아이들을 제대로 파악할 수 있을 텐데.

앞에서 '열기'에 대해 언급했었는데, 남자들은 흥분해서 열기가 오르면 헐크가 된단다. 남성성의 끝판왕이 등장하시지. 쉽게 말해 모든 피가 뇌에서 급속히 흘러나와 말단 부위로 급격히 몰려가서 거기를 컨트롤할 수 없는 거야. 그러한 현상은 남자인 우리들에게도 곤란하기 그지없어. 바로 이때 남자들은 욕구를 충족하려는 목적으로 여자들의 협조를 얻기 위해 온갖 노력을 한단다. 거짓말을 하고 달콤한 말로 유혹하며 공허한 약속을 남발하는 거야. 어떤 남자가 성관계를 하자고 할 때 승낙하면 그 남자가 자기를 좋아하게 될 거라고 착각하는 어린 여자아이들이 많아. 하지만 실제로는 역효과를 낼 뿐이지. 그 녀석에겐 너랑 자는 것이 더 이상 도전 과제가 아니기 때문에, 너를 완전히 무시할 뿐만 아니라, 밤늦게 성관계를 하기 위한 밀회의 대상으로나 여기게 될 거야. "안 돼!"라고 말하지 않았다는 이유로 영원히 걸레라는 낙인이 찍히고 마는 거야.

삶의 법칙 #4: 숫결은 요정할머니가 너에게 준 단 하나뿐인 소원주머니! 아주 소중히 여기다가 가장 의미 있는 경우에만 사용할 것!

마침내 너를 죽도록 사랑하는 특별한 사람을 발견했다고? 그래서 네가 육체적인 헌신을 할 준비가 되었다고 느껴질지라도, 일단 엎질러진 물은 다시 주워 담을 수 없는 노릇이니까 네가 정말로 원하는 일인지 신중히 생각해보렴.

사랑을 나누는 건 경이로운 경험이지만, 네 인생에 특별히 부정적이고 위험한 영향을 끼칠 수도 있단다. 네가 원치 않는 임신의 희생자가 될 수도 있고, 심지어 너의 파트너로부터 위험한 질병을 옮을 수도 있어. 성병에 대해서는 너도 이미 학교에서 배우긴 했겠지만, 그 질병들이 얼마나 심각하고 치명적인 결과를 초래할 수도 있는지를 확실히 알려주고 싶구나.

내가 네 나이였을 때 누군가가 나를 앉혀놓고 성병에 대한 정확한 정보를 알려주었더라면 얼마나 좋았을까? 너에게 이런 이야기까지 털어놓기가 나로서는 무척 고통스럽지만, 안타깝게도 사실 내가 이 병들 중 하나를 앓았단다. 그 병이 생명을 위협할 정도는 아니었지만, 지극히 굴욕적인 경험이었거니와 내가 평생 안고 살아가야 할 일이 되고 말았지.

Trust me!!

조심해야할 성병 리스트

헤르페스

헤르페스는 이 책에서 밝힌 모든 질병들 중에서 꽤 아픈 축에 속해. 정말이지 너를 역겹게 하고 싶진 않지만, 그래도 알아두면 값진 교훈이 될 거야. 내가 헤르페스에 걸리기 전까지 이 바이러스에 대해 아는 거라곤 기껏해야 키스 같은 단순한 행동으로도 옮을 수 있다는 정도였어. 나와 같은 문제를 공유하고 있는 수백만 명의 미국인들 대부분이 이를 '입병'이라고 부르지. 나도 그나마 그런 표현으로는 위축되지 않고 말할 수 있겠다. 헤르페스라는 말은 듣기만 해도 구역질이 나고 진절머리가 나거든. 정말 끔찍해. 이 바이러스는 기본적으로 1년에 몇 번씩 물집이 생겼다가 마르면서 사라지곤 하지. 이게 처음 내 입에 나타났을 때는 사실 뭔지도 몰랐어. 담당 의사가 내 입을 보자마자 곧바로 설명해주었는데, 마치 6개월밖에 못 산다는 시한부 선고라도 받은 기분이 들었지. 미국 성인 인구의 약 75%가 이 바이러스를 지니고 있다는 의사의 말도 그다지 위로가 되지 못했단다.

1995년 4월에 나는 동아리 회원들과 멕시코의 칸쿤에서 봄방학을 보냈어. 비행기가 활주로에 착륙하자마자 우리는 술에 취해 방탕하게 지내기 시작했지. 봄방학 때는 네가 상상조차 할 수 없을 정도로 별의별 일이 다 벌어진단다. 섹스라면 환장하는 수천 명의 대학생들이 열대의 분위기에 취해 있는 모습을 상상해봐. 게다가 우린 일주일 내내 술에 찌든 채 생판 모르는 아무하고나 섹스를 하면서 지냈어. 우리가 그곳에 머무는 동안 먹은 거라곤 맥주와 독주, 얼린 음료수가 대부분이었단다. 고형 음식물은 1온스[3]도 먹지 않았던 것 같아. 우리가 가는 곳 어디에나 술에 취해 춤을 추거나 노래를 하는 사람들 천지였지. 키스를 하거나 토하는 사람도 있었어. 여행하는 내내 술집과 클럽을 전전하며 파티를 벌여서 명확하게 기억은 나지 않지만, 내가 최소한 여덟 명의 여자들과 관계를 했던 것 같아. 나는 인생의 황금기라고 할 수 있는 22살이었고, 미시시피, 오클라호마, 텍사스와 같은 남부 출신의 어여쁜 아가씨들이 나의 뉴욕 말씨에 녹아내렸거든. 너 역시 이 나이 때가 되면 친구들과 춤을 추고 있는데 생판 모르는 사람이 다가와서 키스 세례를 퍼부을지도 모른단다. 아무튼 그 당시엔 옷만 입었다 뿐이지 정말 난장판이었어.

미국으로 돌아온 후에, 나는 심각한 치료가 필요했어. '몬테수마의 복수[4]'에 걸렸는데 증상이 무척 심했거든. 그동안 마신 술 때문에 간도 비실비실했고 왼쪽 입가엔 발진까지 생기기 시작했지. 게다가 햇볕에 화상까지 입었단다. 짧은 봄방학 동안의 무분별한 행동이 결국 내 발목을 잡은 거야. 나는 너무 창피해서 데이트는커녕 다시는 집 밖에도 못 나갈 것 같았어. 이 바이러스의 가장 나쁜 점은 뭐니 뭐니 해도 치료하면 몸에서 뿌리를 뽑을 수 있는 다른 성병들과 달리, 한번 걸리면 평생 몸에 남는다는 거야. 헤르페스는 척수에 잠복해 있다가, 스트레스를 받거나 질병에 걸리면 재발하거든. 내가 이 병에 걸린 후 10년 동안은 처음 걸렸

---

3   약 18그램 –편집자 주
4   멕시코 여행자가 걸리는 설사병

던 해의 증상이 월등히 심했었어. 1년에 네 번이나 재발했는데, 재발할 때마다 점점 더 심해졌지. 그 후로는 내 몸이 그 병과 좀 더 효율적으로 싸우는 법을 터득했는지, 1년에 한 번 정도밖에 나타나지 않았어. 그래도 여전히 무척 괴롭긴 하지만, 이 악몽 같은 질병의 긍정적인 측면을 보려고 애써왔단다.

우선, 헤르페스는 나에게 경종을 울리는 역할을 했어. 그 전에 난 문란한 생활로 인해 위험에 처하는 건 다른 사람들에게나 일어나는 일이라고 생각했거든. 마침내 그게 아니란 걸 깨달은 거지. 처음에 받았던 충격이 조금 가라앉자, 그나마 이 정도에 그쳤다는 것이 한편으로는 다행스럽더구나. 그동안 내가 했던 잘못된 선택들로 인해 에이즈를 비롯한 아주 치명적인 질병에 걸렸을 수도 있었으니까. 그나마 헤르페스는 다루기도 조금 더 쉽고, 건강상 그다지 위험하지도 않으며, 12일 정도만 짜증스러운 발진과 함께 생활하면 되거든. 게다가 이로 인해 헤픈 남자로서의 삶을 공식적으로 끝내게 되었단다. 나는 극소수의 성병은 삶을 개선하는 역할을 할 수도 있다는 산 증거인 셈이야.

두 번째로는, 내가 헤르페스에 감염되긴 했지만 그나마 증상이 입가에만 나타났다는 거야. 지극히 다행이지. 음부에 헤르페스가 감염되어 통증은 물론 굴욕감도 함께 안고 살아가는 사람들도 꽤 많거든. 헤르페스는 워낙 전염이 잘 되기 때문에 입으로부터 생식기로 번지기도 쉽고 그 반대의 경우가 일어나기도 쉬운 편이야. 하지만 조금만 조심하면 그런 사태는 피할 수가 있단다. 다행히 몇 년이 지나도록 나는 네 엄마에게 이를 용케 숨겨왔어. 초기에 입술이 따끔거리기 시작하면, 증상이 완전히 사라질 때까지 2주 동안은 키스를 삼갔거든. 결혼식 무렵에는 누구나 스트레스가 많게 마련인데, 이 무렵에 헤르페스가 재발할까 봐 무척 걱정했지. "신이시여! 재발 헤르페스가 재발하지 않게 해주소서! 그렇게만 해주신다면 다시는 이 바이러스를 미워하며 지내지 않겠나이다!" 결혼식 몇 달 전부터 얼마나 간절히 기도했는지 몰라. 상상이 되니? 수백 명의 하객들이 나의 모든 행동을 지켜볼 텐데! 내가 신부에게 입맞춤하는 것도 말이야. 심지어 그 장면을 비디오로 촬영하고, 끊임없이 사진을 찍어대는 것도 괴롭거니와, 네 엄마가 상심할 생각을 하면 너무 끔찍했지. 결국 나는 헤르페스를 몇 주 동안이나 앓고 말았어. 천만다행이도 운명의 날 아침에는 입가가 아기 엉덩이처럼 말끔해지더구나. 내 인생에서 그보다 더 행복한 순간은 없었던 것 같아.

그날 이후로 나는 신과의 약속을 지키기 위해 이 바이러스를 원망하지 않으려고 애를 써왔어. 바이러스가 나타나면, 그냥 받아들이고 치료했지. 거울을 들여다볼 때마다 무의미한 성관계나 하던 생활을 청산하고 결혼을 선택했다는 것에 대해 안도의 숨을 내쉬곤 했단다.

10대일 때는 키스가 세상으로 나아가는 놀라운 수단처럼 느껴질 거야. 나는 심지어 키스만큼 무고한 것도 인생을 변화시키는 데 영향력을 지닐 수 있다는 사실을 직접 배웠어. 나는 이 책에서 너에게 모든 것을 다 공개하기로 약속했는데, 그것이야말로 바로 내가 해야 하는 일이야. 이런 이야기를 나누는 것이 나로서는 무척 창피하지만, 네가 그런 일을 겪지 않도록 할 수만 있다면 세상에서 그 어떤 굴욕적인 일도 다 무릅쓸 수 있어.

클라미디아와 임질

이 두 질병은 조사해보니 서로 비슷한 점이 많기에, 한 그룹으로 묶었어. 서로 다른 박테리아에 의해 걸리지만, 두 가지 다 무방비 상태로 성관계를 할 때 걸리게 되거든. 이 두 가지는 매년 삼백만 명 가까운 사람들이 걸린다는 보고가 있을 정도로 미국에서 가장 흔한 성병이야.* 소변볼 때 따갑고, 약간의 복통이 있으며, 분비물이 생기고, 생식기가 붓는 증상이 있을 수 있어. 정말 골치 아픈 것은 사람들이 이 질병을 갖고 있으면서도 잘 몰라서 데이트하는 사람들에게 소리 없이 옮기고 있다는 거야. 성관계를 갖기로 결정했다면, 그 전에 먼저 인터넷으로 클라미디아와 임질에 대한 사진을 찾아봤으면 해. 독신으로 살아야겠다는 생각이 들 정도로 충격적이어서, 네가 섣부른 판단을 하지 않는 데 틀림없이 도움이 될 거야.

매독

매독도 콘돔을 사용하지 않고 성관계를 했을 때 옮는 병이야. 은밀한 부위에 통증이 없는 궤양이 생기고, 건강에 심각한 영향을 미치지. 궤양이 호전되어서 병이 다 나았다고 믿었는데, 매독이 진행되고 있는 상태일 수도 있어. 사실 매독에 걸리고도 몇 년 동안 매독에 걸렸는지조차 모르고 지내다가 치료 시기를 놓치기도 한대. 단계가 좀 더 진행되면, 매독이 장기들을 공격하기 시작해서, 치매나 심장 합병증을 일으키기도 하지. 심하면 눈이 멀거나 죽음에 이를 수도 있어. 여성들은 특히 더 조심해야 해. 태아에게 전염될 수도 있고 영원히 불임이 될 수도 있는 심각한 질병이니까.

생식기 혹

대학생 때 옆방 친구가 울먹거리며 나를 욕실로 부른 적이 있어. 그 전까지 나는 아래쪽 거시기에 혹이 날 수 있다는 사실을 꿈에도 몰랐지. 그 친구의 생식기 끝부분에 생긴 흉측한 낭종을 바라보며 우리 둘 다 말문이 막힌 채 서 있었어. 그 이미지는 평생토록 내 기억에서 지워지지 않을 거야. 친구는 즉각 양호실에 다녀오더니 자기가 걸린 병이 생식기 혹이라며 진료실에서 화학적으로 냉동 치료를 받고 왔다고 했어. 헤르페스처럼, 이것도 전염성이 매우 높고 평생 재발 가능성이 있는 바이러스란다. 이때부터 내 친구는 운명의 소용돌이에 빠지게 된 거야.

닉은 뉴욕주 북부에 있는 인구가 불과 몇 백 명에 불과한 작은 마을 출신이었어. 대학에 오기 전까지만 해도 아버지 농장에서 일을 도와드리고 학교에선 미식축구팀으로 활약하던 친구였지. 대학을 졸업한 후엔 고등학교 때부터 사귀던 여자 친구와 결혼할 계획을 가지고 있던 전형적인 미국 청년이었어. 한나는 인형 같은 아가씨였지.

우리 학교는 위험천만한 파티로 악명 높았는데, 한나가 주말마다 와서 닉이 그런 곳에 갈 기회를 아예 차단해버렸어. 두 사람이 서로 무척 사랑하긴 했지만 닉이 한나에게 워낙 꼼짝을 못해서 너무나 애처로울 정도였다니까. 그러다가 한나가 주말에 딱 한 번 오지 못했던 적이 있어. 그 틈을 타서 시내에 나간 닉이 곤드레만드레 취해서 생판 모르는 사람과 섹스를 하고 말았다는 게 믿어지니? 그로부터 2주 후에 우리 둘은 곤혹스러운 표정으로 닉의 고추를 쳐다보며 욕실에 서 있게 되었던 거야. 너무 비극적이어서 눈물이 다 난다. 그런데 이 이야기의 절정은 그 2

거기에 혹이 나다니···.

주 안에 닉이 한나에게 그 바이러스를 옮겼다는 거야. 그토록 헌신적이었던 여자 친구의 인생을 자기도 모르는 사이 망쳐버린 거지.

생식기 혹은 자궁경부에 생겨서 생명을 위협하는 암을 유발할 수도 있고 분만할 때 아기에게 전염될 수도 있기 때문에, 여자들에게 훨씬 더 위험한 질병이거든. 몇 달 동안 절망에 빠져 지내던 닉과 한나는 결국 헤어지고 말았어. 닉이 딱 한 번 술에 취해 저지른 실수 때문에 두 사람의 인생이 망가지고 만 거야. 그 후 수개월 동안 닉은 자학하는 심정으로 온통 마약과 술에 절어 지냈지. 음주 운전으로 입건되질 않나, 술집에서 세 차례나 싸움을 벌이고, 두 차례나 난동을 부려서 감방을 드나들더니만, 결국 대학을 중퇴했어. 그 후로 다시는 닉의 소식을 듣지 못했다. 닉은 딱 한 번의 음주로 초래된 판단 착오가 어떻게 남은 인생을 파괴할 수 있는지를 보여준 완벽한 사례인 셈이야. 닉도 정말 안쓰럽지만, 무고한 희생자인 한나를 생각하면 가슴이 찢어지는 것 같아.

에이즈

에이즈는 환자를 죽음에 이르게 하는 최악의 성병이야. 1960년대 성 혁명[5]을 종식시킨 가장 큰 원인이지. 이 질병이 나타나기 전까지는 사람들이 아무런 죄책감 없이 원하는 사람 누구하고나 섹스를 했거든. 그런데 이 모든 것이 1980년대 초에 바뀌었어. 에이즈(AIDS: 후천성 면역 결핍증)

---

5 1927년 프로이트의 제자 빌헬름 라이히가 주장했다가 60년대 후반에 재조명되었다. 어린이와 청소년의 모든 성 권리를 보장하고, 여성의 성 권리를 열렬히 옹호하며, 현존하는 강제적 가족 제도를 폐지하자는 내용이다. −편집자 주

는 HIV(인체면역결핍증 바이러스)에 의해 야기되는 질병이야. 내 제자들이 에이즈에 대해서 질문할 때마다, 나는 이렇게 답해.

너의 몸은 면역 체계라고 불리는 복잡한 방어 시스템을 갖추고 있어. 면역 체계는 몸을 건강하게 유지하여 질병에 걸리지 않도록 해주지. 그러니까 몸에 쳐들어온 유해한 바이러스와 싸우는 군대 역할을 한다고 보면 돼. 이 싸움에서 중요한 요소들이 바로 백혈구인데, 한마디로 '병정 세포'라고 할 수 있어. 네 몸을 하나의 국가라고 상상해봐. 만약 육군, 해군, 공군, 또는 해병대와 같은 방어 시스템이 갖추어져 있지 않다면, 그 나라를 정복하고 싶어 하는 다른 나라들로부터 끊임없이 공격받겠지. 하지만, 네 몸에 어떤 유형의 해로운 이물질이 들어올지라도 백혈구들이 싸워 물리치고 네 몸을 구해줄 거야. 때로는 다소 시간이 걸릴지도 모르지만, 결국에는 병정들이 이겨서 바이러스를 물리치고 너는 다시 건강을 찾게 될 거란다. 에이즈가 그토록 위험한 이유는 그 병이 너의 병정 세포들을 공격하다 못해 결국 전멸시켜버리기 때문이야. 너의 몸을 적들로 가득 찬 바다에 무방비 상태로 버려진 섬처럼 만들어버리는 거지. 백혈구 수치가 점점 낮아지면 해로운 병에 걸리기 쉽고, 결국에는 감기조차 싸워 물리칠 능력이 부족해지거든.

성병을 치료하는 약은 많이 있어. 하지만, 불행하게도 에이즈는 치료법이 없어! 고작 불가피한 죽음을 미루는 약이 있을 뿐이지. 매년 전 세계에서 수백만 명의 사람들이 에이즈에 걸리는데 2004년에는 삼백만 명이 넘는 사람들이 에이즈로 인해 죽었다고 해. 이 압도적인 치사율 때문인지 초기에 에이즈는 루머도 많았어. 그중 하나가 에이즈는 남자 동성애자들만 걸리는 병이라는 거였지. 물론 지금은 루머일 뿐이라는 사실이 밝혀졌어. 에이즈는 취약 계층이 따로 없거든. 인종, 연령, 성적 취향과 상관없이 심지어 태아까지도 감염될 수가 있어. 이 병은 일단 걸리면 끝장난 거나 다름없어. 딱 한 번 콘돔을 사용하지 않고 성관계를 한 것 때문에 목숨을 잃을 수 있는 거지. 너는 지금 사귀고 있는 남자 친구의 과거에 대해 전부 다 알고 있다고 생각하니? 그 친구의 과거 파트너들의 전력까지 네가 어떻게 일일이 다 알 수가 있겠니? 에이즈는 만난 적도 없는 사람에게서도 옮을 수 있는 병이야.

일반적인 통념과는 달리 이 바이러스는 포옹이나 키스, 스킨십, 재채기, 또는 술잔 돌리기 같은 가벼운 접촉으로는 옮지 않는단다. 그렇지만 현재까지 연구를 통해 밝혀진 바로는 구강성교를 통해서는 옮을 수 있다고 해. 그리고 에이즈에 걸린 사람은 병약해 보이거나 찾아내기 쉬울 거라고 생각하지? 천만의 말씀! 에이즈는 증상이 나타날 때까지 몇 년이 걸릴 수도 있기 때문에, 자신이 에이즈에 걸렸다는 사실을 모르는 채 건강한 모습으로 성관계를 할 수도 있거든. 그러니까 자기도 모르는 사이에 수많은 사람들에게 에이즈를 옮기게 되는 거야.

C형 간염

C형 간염도 꽤나 치명적인 병이야. 혈액을 통해 전염되지. 이 바이러스는 간을 공격해서 간경변이나 간암을 일으킬 수도 있고 심지어 환자를 죽음에 이르게 할 수도 있어. 미국인 중에서 이 병에 걸린 사람들이 약 삼백구십만 명 정도 되는데, 이들을 포함하여 전 세계에서 대략 삼억 명이나 되는 사람들이 C형 간염에 걸린 것으로 추산된단다. C형 간염은 마약 정맥 주사나 오염된 문신 바늘을 통해서 걸리는 경우가 많아. 그

리고 콘돔을 사용하지 않고 성관계를 하는 것도 감염률을 높이는 주된 이유지.

사면발이

사면발이는 일단 질병이 아니야. 건강을 위협하기보다는 심한 골칫거리에 속하지. 그러니까 엄밀한 의미에선 성병에 해당하지는 않아. 어쨌든 성관계를 통해서 옮을 수 있기 때문에 다소 우스꽝스럽더라도 이렇게 울적한 항목에 집어넣기로 한 거야. 내가 거창하게 사면발이라고 해서 무시무시한 벌레를 생각하고 있는 건 아니지? 사면발이는 '이'야. 일반적인 이는 사람들의 머리카락에 살잖아. 그런데 이 조그만 녀석들은 음모에 살아. 그놈들을 박멸하기가 얼마나 힘든지 넌 모르지! 대학에 입학하고 일주일 만에 내 거시기에서 한 마리를 발견했는데, 도무지 없어지질 않는 거야. 기숙사 욕실 천장 형광등이 엄청 밝기에, 욕조 위로 뛰어올라가서 속옷을 벗어봤지. 와우! 내 눈으로 보는데도 도저히 믿을 수가 없더라고! 수백 마리의 조그만 벌레들이 내 짧고 곱슬곱슬한 털 속에서 팔짝팔짝 뛰어다니며 파티를 벌이고 있었어.

나는 그것들이 무엇인지 정확히 알고 있었어. "하지만, 학교에선 아직까지 누구랑 관계를 맺은 적도 없는데? 이런 끔찍한 것들이 생길 리가 없다고!" 잘 생각해보니, 매트리스에 소변 얼룩도 있고 곰팡이도 피어 있었는데, 그 위에다가 그냥 새 침대보를 깔았던 거야. 대학생이 되었다는 생각에 마음이 너무 들떴던 거지. 룸메이트들을 만나려고 얼른 짐을 풀어놓고 내가 배정받은 역겨운 매트리스 위에 침대보 한 장만 달랑 던

져놓았거든. 매트리스의 상태는 신경도 안 쓰고 말이야.

흡혈귀 같은 이 녀석들은 사람 몸뿐만 아니라, 침대, 혹은 옷에도 알을 낳기 때문에, 순식간에 사방에서 우글거리게 된단다. 나는 기겁을 해서 내 온몸의 털을 다 밀어버리고, 특수 약용 샴푸를 사용하여 빡빡 씻고, 내 물건들을 몽땅 끓는 물로 소독했어. 마지막으로 기숙사 사감에게 새 매트리스를 지급해달라고 말하는 것도 잊지 않았지. 사면발이는 금방 사라졌지만, 정말이지 다시는 겪고 싶지 않은 너무나도 끔찍한 경험이었어. 그 후론 조금만 가려워도 그 녀석들이 아닐까 싶어서 가슴이 철렁하곤 해. 비록 나는 침대에서 옮았지만, 대부분의 사람들은 성관계를 하는 동안에 옮기 때문에, 콘돔만으론 너를 보호할 수 없다는 것을 꼭 기억하렴.

임신

아무리 어려도 일단 월경을 시작했다면 임신을 할 수 있어. 그렇긴 해도, 요즘음엔 9살이나 10살에도 임신하는 소녀들이 있다고 생각하면 상당히 충격적이지. 자연이 인간에게 잔인한 장난을 친 거나 다름없어. 부모가 된다는 건 몇 십 년이 지나도 마음으로 이해하기 어려운 영역이잖아. 그런데 육체적으로 너무 일찍 준비가 돼버리는 거야. 인간이 이 세상에 존재하는 목적은 한마디로 '번식'에 있다고 할 수 있거든. 우리는 어떻게 해서든지 종족을 보존하며 생존해야 해. 이건 태곳적부터 우리의 DNA에 암호화되어 있는 메시지란다.

"번식하고, 번식하고, 번식하라!"

그래서 우리 모두가 일단 사춘기가 시작되면 죄다 섹스와 관련된 생각만 하게 되는 거야. 몸이 필사적으로 아기를 만들길 원하는 거지. 그것은 부정할 수가 없어. 나는 31살에 부모가 되었는데 그때가 내 인생에서 가장 위대한 순간이었단다. 반면에 10대의 임신은 너무나도 끔찍한 경험이 될 수 있어. 여고생이 임신하는 바람에 인생을 망쳐버린 경우를 몇 번 보았거든. 임신 테스트기에 임신되었다는 줄이 보이는 순간 그들의 어린 시절은 끝장나고 말았지. 파티나 무도회에서 즐거운 시간을 보낸다거나, 쇼핑몰을 돌아다닌다거나, 누군가에게 홀딱 반한다거나, 설레는 첫 데이트를 한다거나, 한가로이 전화로 수다나 떨 수 있는 시절은 이제 영원히 '바이-바이-'라는 뜻이야. 그들의 인생은 온통 아기 위주로 돌아가게 돼있어. 밤에 잠도 제대로 못 자고, 기저귀를 갈아야 하고, 새벽 3시에도 수유를 해야 하는데, 아기는 끊임없이 빽빽거릴 거야. 게다가 이런 낭패를 책임져야 마땅한 남자아이는 대개 홀연히 사라져버리고 말더라.

너는 머릿속에 똥만 잔뜩 들어차서 끊임없이 발기하는 17살짜리 남자아이가 그런 책임을 선뜻 받아들일 거라는 생각이 드니? 심지어 아무리 성적도 좋고, 가족을 소중히 여기며, 앞날이 창창한 '반듯한 젊은이'일지라도, 평생토록 헌신해야 하는 그런 종류의 일을 감당하기는 쉽지 않은 거거든. 네 곁을 떠나지 않을 거라고 약속하는 좋은 남자들도 가끔 있긴 하겠지만, 막상 아기가 태어나면 또 달라지게 마련이야. 새로운 라이프스타일을 몇 개월도 못 견디는 경우가 태반이지. 결국 그놈은 자기를 계속 떠올리게 만드는 아기만 남겨놓고 너를 떠나버릴 거야.

16살 어린 엄마가 되는 길을 선택하는 여자아이들도 있겠지만, 낙태하는 쪽을 택하는 경우도 있어. 아기가 세상에 나올 기회조차 주지 않고 그 어린 생명을 빼앗는 거야. 낙태를 어떻게 생각하든 간에, 그 죄책감은 평생 극복할 수 없을지도 몰라. 낙태는 이해하기 너무나 어려운 주제야. 언젠가 여러 사람들과 낙태를 어떻게 생각하는지 이야기 나눈 적이 있는데, 낙태를 절대 반대하는 사람들과 낙태를 택할 수도 있다는 사람들 양측의 주장이 모두 도덕적으로 일리가 있더구나. 한 가지 신념체계를 모든 상황에 일괄적으로 적용하는 것은 불가능하다는 생각이 들었어. 의붓아버지에게 성폭행을 당해 임신한 소녀한테 아기를 낳아야 한다고 누가 강요할 수 있겠니? 반면에 그런 아기를 사랑해줄 가정이 이 세상 어디에도 없다고 누가 말할 수 있겠니?

내 고등학교 동창생 중 한 명이 15살 때 낙태를 했는데 거의 20년이나

45

지난 지금도 그 일로 인해 여전히 고통스러워하고 있단다. 대학 때는 면도칼로 손목을 그어 자살을 시도하기도 했어. 우리는 아직도 가끔 그 이야기를 꺼내곤 하지. 지금 그녀는 결혼해서 아기 엄마가 되어 행복하게 잘 살고 있는데, 아이러니하게도 낙태를 고민하는 소녀들에게 대안을 상담해주는 비영리단체인 '임신 후원 센터'의 소장으로 활약하고 있거든. 내가 보기에 그녀는 과거에 자신이 내렸던 결정을 뼈저리게 후회하고 있는 것 같아.

내가 위에서 언급한 내용 중에는 읽기 대단히 거북한 부분이 많다는 것을 잘 알고 있어. 하지만, 섹스는 가볍게 다루어서는 안 되는 위험한 주제이기 때문에 어쩔 수가 없단다. 네가 피해를 입지 않기 위해 취할 수 있는 예방조치가 될 거야. 대부분의 성병을 예방하고 원치 않는 임신을 미연에 방지할 수 있는 내용들이 담겨 있지. 올바르게 사용하기만 한다면, 성적으로 성숙해가면서 초래할 수 있는 위험한 일들을 피할 수 있을 거야.

Trust me!!

성병 예방과 피임

금욕

금욕은 인생의 다음 단계까지는 성관계를 하지 않기로 결단을 내렸다는 의미다. 만약 네가 이 길을 선택한다면, 난 정말 더할 나위 없이 기쁠 거야. 이런저런 이유로 이와 같은 결단을 내리는 여자아이들이 실제로 많이 있단다. 진정한 사랑을 위해서 20대가 될 때까지 순결을 지킨 여자아이들의 말을 들어보면 금욕이야말로 자기 인생에서 가장 훌륭한 결정이었다고 여기던걸. 사랑은 말이 아니라 행동을 통해서 증명된다는 사실을 언제나 기억해라. 남자들은 "사랑해"라는 황홀한 말을 하면, 그 안에 진심이 담겨 있든지 그렇지 않든지 간에, 대개 더 빨리 성관계를 하게 된다는 것을 아주 어려서부터 터득하거든. 나는 네가 그런 말에 넘어가는 걸 두고 볼 수 없어. 그러니까 성관계를 하기 전에는 신중하게 생각하고 결정을 내리겠다는 약속만 해주렴.

콘돔

네가 콘돔을 역겨워할지도 모르겠다. 하지만 이 조그만 라텍스 조각의 사용 여부에 따라 해롭지 않은 경험을 할 수도 있고 후회로 얼룩진 삶을 살게 될 수도 있어. 물론 콘돔이 성병이나 임신을 100퍼센트 막아주지는 못하지만, 꽤나 효과가 있거든. 콘돔은 쉽게 찢어질 수도 있고 우유처럼 유통 기한이 지났을 수도 있기 때문에 상당히 조심해야 해. 콘돔이 사용 중에 찢어지면, 무방비 상태로 성관계를 하는 것이나 다름없으니까. 앞서 언급했던 모든 위험을 초래할 수도 있어. 나도 17살 때를 비롯해 그런 적이 몇 번 있었어. 여자 친구가 매달 치르는 행사를 기다리는 몇 주 동안 생지옥이 따로 없었지. 다행히도 최악의 경우는 피했는데, 10대에 아빠가 되면 어쩌나, 밤마다 울며 한동안 진땀을 흘렸다.

콘돔에는 엄청난 결함이 또 하나 있어. 제품과는 전혀 관계없는 사용자가 가진 결함이지. 남자아이들은 대부분 콘돔을 아주 싫어해서 어쩔 수 없는 경우에만 사용하려고 하거든. 거짓말이나 근거 없는 소문을 대면서 콘돔을 쓰지 않으려고 하지. 심지어 "내가 엄청 조심할게"라는 악명 높은 약속을 하곤 해. 이런 허튼소리에 속아 넘어가서 그런 녀석에게 특전을 베풀었다간 참담한 결과를 얻고 말 거야. 그러니까 너는 무슨 일이 있어도 매번 콘돔을 사용해야 해. 상대방에게 물어볼 필요도 없어. 만약 남자 녀석이 거절한다면, 그가 진정 너를 아낀다는 생각이 들까? 그럴 리가 없지. 그 녀석에게 넌 그달의 노리개에 불과해. 그달은 무슨! 그날 밤이라는 게 맞을 거야.

만약 네 인생에서 이 단계에 점점 더 가까이 다가가고 있다고 느낀다면, 약국에 가서 콘돔 세 통을 사서 늘 갖고 다니렴. 네가 직접 사는 게 너무 쑥스럽다면, 내가 사다 줄 수도 있어. 내가 젊었을 때를 생각해보면, 내 친구들 중 어느 누구도 지갑에 콘돔을 가지고 다니는 녀석은 없었거든. 남자들은 여자들이 강요할 때만 콘돔을 사용하는 편이야. 남자가 콘돔을 자발적으로 사용할 거라고 생각하면 오산이야. 지혜롭게 처신하렴, 그리고 작자미상의 이 유명한 인용구를 기억해!

"No glove, no love, 콘돔 없이 사랑낳을 수 없어!"

피임약

피임약은 청년들과 관련된 발명품 중에서 역사적으로 가장 훌륭한 물건이라고 생각해. 하지만 성관계로 옮는 질병으로부터는 너를 보호해줄 수가 없단다. 게다가 피임약을 먹더라도 아기를 가질 가능성이 전혀 없는 것은 아니기 때문에, 피임법으로 피임약 한 가지만 사용해서는 안 된다. 피임약이 99퍼센트의 피임 효과가 있다고는 하지만, 내 생각엔 이것이 오히려 양날의 검이 될 수도 있는 것 같아. 어린 소녀들이 일단 피임약을 먹으면, 굉장히 안전한 줄로 착각하고 무분별하게 아무하고나 잘 수 있다고 생각하기 때문이야. 남자들이 피임약을 그토록 선호하는 이유가 뭐겠니? 피임약이 자기들의 어깨에 짊어진 모든 책임을 덜어줄 뿐만 아니라, 원하는 것을 무엇이든지 할 수 있게 해준다고 여기기 때문이지. 피임을 제대로 하려면 항상 피임약과 콘돔을 함께 사용해야 해. 그래야 어떤 질병이나 원치 않는 임신으로부터 너를 안전하게 지킬 수 있거든. 네 남자 친구가 너를 구슬려서 콘돔을 포기하도록 허용하는 순간, 너는 생각보다 많은 것을 포기하게 될 거야. 만약 그 친구가 너를 속이고 바람을 피우고 있다면, 네 건강을 대단히 위태롭게 할 수도 있어.

때가 되면 엄마 아빠에게 오렴. 그러면 네가 의사를 만나서 피임약을 처방받을 수 있도록 예약해줄게. 피임약에 붙어 있는 여러 가지 오명에 절대 귀 기울이지 마라. 피임약을 먹으면 살이 찌고 울적해지며 여드름투성이가 된다는 부정적인 평들이 있긴 해. 네 엄마를 포함해서 내가 사귄 세 명의 여자 친구 모두 수년 간 피임약을 복용했는데, 부작용이 분명히 있긴 하지만 장점이 단점보다 훨씬 더 크다고 했어. 너라면 한 달에 몇 번 울적하고 여드름이 나는 편이 낫겠니, 아니면 17살에 미혼모가 되는 편을 택하겠니?

다이아프램, 피임스펀지, 젤리타입 살정제

세 가지 모두 삽입해서 사용한다는 공통점이 있어. 이 피임법들은 모두 성관계를 할 때 각별히 조심하지도 않고 성병의 위험에 대해서도 진지하게 생각하지 않는 여성들을 위한 거야. 첫 번째 것은 정자를 막아주고, 두 번째 것은 정자를 흡수하며, 세 번째 것은 정자를 죽인단다. 그렇지만 몰래 스며드는 온갖 질병들은 어떻게 할까? 이 세 가지 피임법 모두 성병을 막는 효과는 미미해. 하지만 잃을 것이 너무 많은 10대는 그런 점은 신경도 안 쓴다는 게 문제지. 그런데도 내가 이것들을 언급하는 이유는 네가 혹시라도 이것들의 효능을 확신하는 여자아이들과 마주치게 될까 봐서야. 10대인 남자 친구가 미래의 남편이 될 것이며 자기들에게 완벽하게 충실하다고 철석같이 믿는 그런 아이들의 말은 신경 쓰지 마.

내가 깜박하고 언급하지 않은 피임법들이 있을지는 모르겠어. 그런 것들은 어차피 별로 쓸모가 없는 걸 거야. 머지않아 무슨 새로운 획기적인 방법들이 생길지도 모르지. 하지만 난 신경 안 쓸 거야. 콘돔과 피임약을 함께 사용하는 것만이 후회 없이 건강한 성생활을 할 수 있도록 보장하는 유일한 방법이니까. 이제, 인생을 살아가면서 네 스스로 내리는 결정을 내가 막을 수는 없겠지. 다만 내가 말해준 것들을 명심하길 바랄 뿐이란다. 힘든 시기에 너에게 매우 유용한 정보가 될 거야. 명심해. 아빠는 네게 무슨 일이 생기든지, 언제나 너를 도와주기 위해 그 자리에 있을 것이며 결코 너를 판단하지는 않을 거라는 걸.

괜찮은 남자 친구 찾아내기!

너는 아마 지금도 멋진 왕자님을 꿈꾸고 있겠지. 질풍노도의 사춘기로부터 너를 구원해서 온갖 즐거운 세상으로 인도해주러 올 녀석 말이야. 네가 그를 내일 당장 만날 수 있을지, 아니면 지금으로부터 삼십 년 후에나 만나게 될지는 아무도 모를 거야. 네가 진정한 사랑을 찾고 있는 동안에, 너는 여러 번 사랑에 빠지게 될 테고, 가슴이 미어지는 일도 그만큼 많이 겪게 되겠지. 하지만 그 경험들은 전부 네게 많은 교훈을 줄 거야. 내가 아버지로서 그리고 예전에 여성들을 능숙하게 다뤄본 사람으로서, 이 주제에 대해서 극히 신경을 곤두세우지 않을 수가 없다. 여자 친구를 진심으로 대하는 진짜 괜찮은 녀석들이 더러 있긴 하지만, 정말 흔치 않거든.

네 사촌 브레트가 떠오르는구나. 15년 전, 그 애가 8살일 때 처음 만났었지. 그 당시에 그 아이처럼 책임감이 강하고 성숙하며 마음씨가 고운 녀석을 본 적이 없는 것 같아. 내가 아는 한 그 애는 술을 마신다거나 마약을 한 적도 없고, 오랜 여자 친구인 케리를 언제나 지극히 존중해주었거든. 브레트는 여자 친구를 어떻게 대해야 하는지를 잘 아는 정말 몇 안 되는 젊은이 중 하나야. 너도 언젠가 너에게 특별한 사람을 찾게 되겠지. 아빠의 직감으로 알 수 있단다.

남자들의 생각을 파악하기 위해 여러 가지 신호를 해석할 때는 무척 신중해야 돼. 상황을 자칫 잘못 해석했다간 굴욕을 당할 수도 있거든. 나는 실험 파트너가 친절하게 대해주기에 내 영혼의 단짝을 찾았다고 착각했던 때가

그를 우리 가족으로 두 팔 벌려 환영할 날을 너무나 기다려지는구나!

있었어. "너에게 영원히 헌신할게!"라는 메모를 그녀의 사물함에 붙여놓았다가 200파운드[6]가 넘는 그녀의 남자 친구 눈에 띄는 바람에 흠씬 두들겨 맞았지 뭐.

CHECK! 그 애가 너에게 빠져들었다는 열 가지 징후!

☐ 네가 가까이 있으면 아예 입도 뻥긋 못하거나, 목소리가 커지면서 밉살스럽게 군다.
그의 전반적인 태도가 어느 한쪽으로 극단적이라면 너에게 호감이 있기 때문일 거야.

☐ 너를 끊임없이 괴롭힌다.
당연히 악의 없는 괴롭힘을 뜻해. 그 녀석이 악의적으로 욕을 해댄다면, 남자 친구 감이라기보다는 싸이코가 곁에 있다는 뜻이니까 무조건 피하는 게 상책이야.

☐ 너를 계속 바라본다.
내가 여자들에게 약간 특이한 방식으로 다가가기 위해 써먹곤 했던 팁이야. 자꾸 쳐다보니까 나를 비정상에 스토커로 여기는 여자아이들도 꽤 있었지만, 관심이 있다는 것을 표현하기에는 효과가 아주 괜찮았지.

☐ 어떻게서든지 너에게 말을 붙여보려고 노력한다.
"어디 출신이니? 형제자매가 몇 명이니?" 등. 남자들은 수다 떠는 걸 싫어하는데, 이런 말을 한다면 의심할 여지 없이 너를 좋아하는 거야.

☐ 어디를 가든지 그가 자꾸 나타난다.
쇼핑센터, 파티, 운동경기 등, 가는 데마다 계속 마주친다면, 그건 우연이 아니겠지?

☐ 네 친구들과 친해진다.
이럴 땐 좀 애매하긴 해. 왜냐하면 그가 너에게 관심이 있을 수도 있고 네 친구들에게 관심이 있을 수도 있거든. 어쨌든 네가 속한 무리의 누군가에게 관심이 있다는 건 확실해.

☐ 자기 친구들을 시켜 너에게 궁금한 것을 물어보게 한다.
: 수줍음을 많이 타는 사람들이 주로 쓰는 방법인데, 너에게 관심이 생기기 시작했다는 확실한 징후야.

6   90킬로그램

53

☐ **어떤 형식으로든 글로 자기 생각을 전한다.**

쪽지든지, 이메일이든지, 문자 메시지든지, 그가 시간을 들여서 글을 썼다면, 너에게 마음이 있다는 게 확실해. 10대 남자아이들은 여자아이에게 글을 쓰는 걸 엄청 싫어하거든. 그들은 네가 그 글을 받은 지 1시간도 채 안 되서 네 친구들이랑 낄낄거리며 보고 있을 거라는 것을 알면서도 용기를 내어 쓴 거란다.

☐ **별의별 핑계로 너에게 자꾸 전화를 건다.**

숙제를 물어보려고 전화를 걸었든지 또는 그냥 안부를 묻기 위해서였든지, 너에게 전화를 걸었다는 건 그가 너를 좋아하고 있다는 확실한 징후야.

☐ **너와 관련된 것은 시시콜콜한 것까지도 다 기억한다.**

만약 그가 네가 했던 말이나 행동뿐만 아니라 무심코 던진 이야기까지 기억하고 있다면, 너를 엄청 좋아하고 있는 게 틀림없어.

CHECK! ## 그 애가 너에게 빠져들지 않았다는 열 가지 징후!

☐ **"난 너랑 그냥 친구로 지내고 싶어."**

남자아이들은 여자아이들과 결코 친구로만 지내고 싶어 하지 않아. 언제나 다른 속셈을 품고 있게 마련이지. 만약 어떤 녀석이 이렇게 말한다면, 그건 너에게 관심이 전혀 없을 뿐만 아니라 그 녀석의 마음이 바뀔 가능성도 전혀 없는 거란다.

☐ **"지금 당장은 여자 친구를 사귀고 싶지 않아."**

남자아이들은 여자 친구와 매일매일 친밀하게 지내고 싶어 하기 때문에, 늘 지금 당장 여자 친구를 사귀고 싶어 하지. 그저 너한테는 해당되지 않는다는 걸 말하고 있는 것뿐이야.

☐ **"나 바빠."**

남자아이들은 자기가 좋아하는 여자아이랑 함께 있을 수 있는 기회가 눈곱만큼이라도 있으면, 잠이건 일이건 운동경기건 음악회건 파티건 학교건 그 어떤 것이라도 다 마다하게 마련이야. 너무 바쁘다고? 그건 있을 수가 없는 일이야.

☐ **너의 존재조차 모른다.**

그 애가 사실은 지독하게 수줍음을 많이 타서 아무 내색도 못 하는 것일 수도 있기 때문에, 함부로 판단하기가 좀 애매하긴 해. 고등학교 때 아주 별 볼 일 없었던 여자아이들을 나중에 우연히 만나고 보니 사실은 참 괜찮은 친구였던 경우가 많았거든. 어렸을 땐 너무 자신감이 없어서 그랬던 거였어.

☐ 너보다 네 친구에게 더 관심을 보인다.

물러나라! 그 아이는 그녀에게 홀딱 반한 거야. 그리고 네 친구를 미워하지도 마. 형세가 역전되어서 그녀가 좋아하는 녀석이 너한테 반하는 때가 올 수도 있으니까.

☐ 그 애가 너랑 잠자리를 함께한 이후로 다시는 너를 거들떠보지도 않는다.

정말 형편없는 녀석이란 말밖에 할 말이 없네!

☐ 글로 생각을 전하는 일이 없다.

앞에서 언급했다시피, 남자아이들은 여자아이에게 글을 쓰는 걸 무척 싫어하지만, 마음에 드는 여자아이에겐 기꺼이 글로 마음을 전하지. 만약 그 녀석이 네가 쓴 글에도 아무 반응이 없다면, 그만 마음을 접을 때가 된 거야.

☐ 그가 초반에는 관심을 보이는 것 같더니 이내 물러서버렸다.

남자아이들은 여자아이가 자기에게 너무 많은 관심을 보이는 순간, 그 여자아이에게서 모든 흥미를 잃어버리는 경향이 있어. 필시 네가 상대방을 너무 존중해준 게 이렇게 된 원인일 거야. 남자아이들에겐 좀 쌀쌀맞게 구는 것이 최선의 방책이기도 해.

☐ 그가 네가 말한 것을 하나도 기억하지 못한다.

남자아이들은 어떤 여자아이가 마음에 들면 그 애가 한 말을 손바닥에 적어서라도 기억하려고 애를 써. 아무래도 그 녀석은 게으르고 머리도 나쁜 데다가 너한테 아예 관심이 없는 게 분명하다.

☐ 그가 너의 가족에게 무례하게 군다.

아무리 돌머리라도 그게 얼마나 큰 잘못인지 정도는 알게 마련이야. 그런데도 그 녀석이 네 일가친척에게 전혀 예의를 갖추지 않는다면, 그런 녀석에게 시간 낭비하지 마라.

Mr.나쁜X 가려내기

이제 외모만 번지르르한 나쁜 녀석들에 대해서 알려줄 차례구나. 내가 이 분야에서는 도사지. 그만큼 네게 제대로 경고해주는 것이 내 의무인 것 같아. 네가 너의 백마 탄 왕자님을 발견하기 전까지 말이야. 그들은 눈에 잘 띄어. 인물이 훤하고, 꿈꾸는 듯한 눈빛에, 사교적인 성격을

남자아이들

가졌거든. 자신감이 충만하며, 탄탄한 체격에, 백만 불짜리 미소까지 머금고 있어. 그들이 일단 너를 목표로 삼으면, 네가 사랑에 푹 빠지지 않을 가능성은 거의 없다고 봐야겠지. 이럴 땐 지극히 신중해야 해. 떡 줄 사람은 꿈도 안 꾸는데 김칫국만 한 사발 들이키고는 너희 둘이 진지한 관계로 발전해서 장래에 어디에선가 결혼하는 장면을 마음속에 그려볼지도 모르겠다. 그렇지만 그런 녀석은 꿈같은 데이트를 겨우 몇 달 하고 난 후에는, 너에게 나타났을 때와 마찬가지로 순식간에 네 인생에서 떠나가버릴 거야. 그가 했던 모든 약속, 너를 사랑한다고 말했던 모든 시간들이 전부 부질없게 되는 거지. 너는 그를 철석같이 믿었고, 네 온 마음을 다해 그를 사랑했고, 조건 없이 그에게 너 자신을 주었을 거야. 하지만 이제 그는 마음이 떠났을 뿐만 아니라, 심지어 너랑 가장 친한 여자 친구에게 작업을 걸고 있을지도 몰라.

그게 바로 그런 뱀 같은 녀석들이 사랑하는 방식이야, 그들은 갈라놓고 정복하는 데 열을 올리는데, 그걸 배겨낼 재간이 있는 사람이 없지. 그런 일은 누구에게나 일어날 수가 있어. 그러니까 결코 방심하지 말고 이런 유형의 사내 녀석을 늘 경계해야 해. 만약 모든 소녀들이 흠모하는 학교의 아이돌이자 섹시한 꽃미남이 뜬금없이 너에게 관심을 보이기 시작한다면, 위험신호로 여겨라. 그가 개과천선해서 난생처음으로 너 한 사람에게만 충실할 준비가 되었다고는 눈곱만큼도 생각하지 마. 그랬다간 마음에 상처를 입기 십상이니까.

엄마의 어릴 적 친한 친구인 베스가 바로 그런 남자 때문에 따끔한 맛을 보았단다. 베스는 몇 년 전에 블루스 음악가를 소개받았는데 첫눈에 그의 매력에 홀딱 반했다고 했어. 그 후 몇 년간 남자 친구가 두어 번 바뀌더니, 마침내 진실한 사랑을 찾았다고 했지. 로리는 외모와 성격뿐만 아니라 대단한 음악적 재능까지 겸비하고 있었어. 그 두 사람은 금세 서로에게 빠져들었고 만난 지 몇 개월 만에 약혼까지 했지. 서로에 대해 거의 몰랐는데도 말이야. 우리 모두는 그를 마음에 들어 했고 두 사람의 불꽃같은 사랑을 전폭적으로 지지했단다. 만약 내가 남자를 좋아하는 사람이었다면, 나도 그의 매력에 사로잡혔을지도 모를 만큼 로리는 괜찮아 보였거든.

그런데 결혼식 날짜가 다가오자, 로리에게서 돈 문제로 얼룩진 과거와 수상한 흔적들이 드러나기 시작했어. 하지만 결국 최후의 승자는 사랑이게 마련이지. 베스는 곧 그의 잘못을 받아들였고 미래에 대한 희망에 부풀었단다. 두 사람은 카리브 해 동쪽의 바베이도스 섬에서 백년가약을 맺고, 호화로운 주택가에 집을 장만하고, 부모가 될 준비를 했어. 그런데 딸이 태어난 지 채 몇 달이 되지 않았을 때, 로리는 막대한 주택담보대출과 아비 없는 자식만 남겨놓은 채 홀쩍 떠나버렸지. 베스는 마음에 너무 큰 상처를 입고 말았어.

골치 아픈 이혼 과정을 겪으면서, 베스는 로리의 실체를 확인하게 되었어. 그가 예전에 사귄 수많은 여자 친구들에게 하늘의 별도 달도 다 따줄 것처럼 하면서 돈을 빌렸을 뿐만 아니라, 버지니아에 어린 아들까지 하나 있었다는 사실을! 베스는 이제 그의 흔적 속에 남겨진 여러 여자들 중 한 명에 불과한 존재가 되고 만 거야. 그로 인해 무참하게 산산조각이 난 삶을 필사적으로 추스르려고 지금도 애쓰고 있는 중이지. 베스는 자기가 로리를 바꿀 수 있다고 생각했어. 그의 거짓말을 믿었고, 그에게 모든 것을 아낌없이 주고 말았지. 그녀가 조금만 일찍 진실을 알았더라면 좋았을 텐데.

　세상에는 뱀같이 간교한 녀석들이 존재하고 그들의 대부분은 절대 남자 친구감이 아니야. 더더군다나 남편감은 결코 아니지. 실제로 그 자식들은 성인이 되어서도 세 번씩 이혼하거나, 여자 꽁무니만 쫓아다니며 술집이나 전전하는 신세가 되기 십상이야. 그런데 이 세상에서 가장 나쁜 남자들 중에는 첫 인상이 꽤 매력적인 경우가 더러 있단다. 그게 바로 '데이트 초반인격'이라는 거야. 그 제2의 인격은 사내 녀석이 새로운 교제를 시작한 처음 몇 달 동안에는 상대방에게 좋은 행실만 보여주려고 노력해. 친절하게 문을 열어주고, 앉을 땐 의자를 당겨주고, 거친 말을 삼가고, 전화도 무척 자주 하며, 지겹도록 찬사를 늘어놓지. 너랑 잠자리를 하려고 작정한 녀석이라면, 심지어 8개월에서 1년간 제2의 인격이 지속될 수도 있어. 내 경우엔 더 오랫동안 그런 식으로 행동했단다.

　하지만 일단 성관계를 했다 하면 그 모든 것은 돌연 중단되게 마련이야. 그 녀석들에게 너는 이미 잡은 물고기나 다름없거든. 정신이 올바로 박힌 여자아이라면 절대 처음 성관계를 하고 나서 곧바로 사내 녀석을 버릴 리 없겠지만, 그녀의 평판은 엉망이 되고 말 거야. 이제 그녀는 임자 있는 몸이 된 셈인데 이후로도 오랫동안 그럴 거야. 하지만 이제 남자는 데이트 초반의 신사적이던 가면을 벗어던지고 본색을 드러내겠지 상당히 충격적일 거야. 그러니까 너 자신을 위해서 결코 가볍게 처신하지 마라. 사내 녀석들은 쉬운 여자아이들을 반찬 삼아 자기들끼리 별의별 이야기를 다 하거든. 그 여자애들이 누구이며 그들을 가지려면 어떻게 하면 되는지까지 말이야. 그게 우리 남자들에게 프로그래밍된 코드니까.

삶의 법칙 #5: 쉬운 여자아이는 결국 외로워진다.

만약 남자아이가 너에게서 마침내 승낙을 얻어내고 난 후에도 너를 떠나지 않기로 했다면, 너는 그 관계에서 모든 힘을 잃게 될 거야. 그 뱀 같은 녀석은 마음속으로 네가 장차 "싫어!" 하고 거절할 권리를 포기한 거라고 여기겠지. 이제 그 녀석은 너를 자기의 하찮은 섹스 장난감으로 전락시키기 위해, 책 속에 나오는 온갖 심리 작전을 다 사용할 거야. 죄책감을 심어주는 말을 하기도 하고, 헤어지겠다는 협박을 하거나, 화를 내겠지. 심지어 "자기야, 나 고환이 부풀어서 통증이 심해"라는 전설적인 핑계를 대기도 할 테고. 이런 고전적인 수법은 꽤 오래전부터 사용되어온 것인데, 수많은 여자아이들로 하여금 마지못해 섹스에 응하도록 만드는 효과가 커. 있잖아, 어떤 녀석이 전희에 열을 올리긴 했지만 실제 성관계는 이루어지지 않았다면, 그는 의학적으로 "전립선이 막혀서" 음낭 부위가 상당히 고통스럽다고 호들갑을 떨 거야. 나도 왜 그런 일이 일어나는지는 모르지만, 지극히 고통스럽긴 해. 얼굴만 번지르르한 나쁜 녀석들은 이를 즉각 치료하지 않으면 심지어 목숨이 위험한 심각한 상황이라고 주장하곤 하지. 실제로는 별일 아닌데 말이야. 약 1시간 이내

59

에 사라지는 현상이거든. 그러니까 이런 식의 뻔한 거짓말에 깜박 속아 넘어가지 말길 바라.

변치 않을 사람을 찾을 때는 그냥 친구로서 시작하는 게 가장 좋단 다. 그의 과거와 좋아하는 것, 싫어하는 것, 마음가짐, 심리 상태에 대해 서 파악하면서 점점 더 그에 대해 많이 알아나가는 거야. 만약 부정적인 속성들이 나타나기 시작한다면, 즉시 그에게서 떠나라. 너에겐 뱀같이 간교한 녀석을 바른 생활 사나이로 변화시킬 수 있는 힘이 있다고? 그 건 정말이지 최악의 착각이야. 그는 너를 비롯한 그 어느 누구를 위해서 도 절대로 변하지 않을 거야.

그 녀석을 차버려야 할 때

남자아이들에겐 데이트가 게임이나 다름없다는 걸 잊지 마라. 나도 고 등학생일 땐 친구들과 누구의 여자 친구가 더 끝내주는지 또 누가 더 한심한지에 대해서 서로 떠벌리며 논쟁을 하곤 했거든. 어떤 녀석이 너 한테 조금이라도 무례하게 구는 것 같다면, 해결책은 딱 한 가지밖에 없 어. "그 녀석을 차버리는 거야!" 그 상황에서 여자아이가 취할 수 있는 행동에는 먼저 헤어지자고 하는 것보다 효과적인 방법은 없어. 생각해 봐. 그 누가 차이는 걸 좋아하겠니? 특히 늘 차는 데 익숙한 사람일수 록 그 상황을 견딜 수가 없겠지. 경험이 풍부한 꽃미남일수록 더 수치스 럽게 여길 수밖에 없단다. 무척 매력적인 조치가 아닐 수 없지. 남자아이 가 너를 얕보는 듯한 투로 말하거나, 너를 무시하거나, 너한테 자꾸 이래라저래라 한다고? 또 중요한 데이트 약속을 잊어버린다거나, 언성을 높이고, 다른 여자아이들을 흘금흘금 보거나, 자기가 어디에 있었는지 너에게 거짓말을 하기 시작했다고? 안타깝지만 너희 둘 사이는 한마디로 거의 끝장난 것이나 같아. 게다가 이런 행동이 여러 차례 반복된다면, 그가 너를 차려고 마음먹었거나, 너를 속이고 바람을 피우고 있거나, 또는 두 가지 경우에 모두 해당된다는 뜻이야.

너한테 이런 말까지 하고 싶진 않지만, 10대 남자아이들은 미친 듯이 바람을 피우는 경향이 있어. 생각해보니, 유부남들도 미친 듯이 바람을 피우는구나.

바람을 피다니!!
내 소중한 딸난덴
어림없지!"

그런데 남자아이들의 경우엔 잃을 것이 별로 없기 때문에 훨씬 더 심하겠지. 장담하건대 남자아이들은 실낱같은 가능성이라도 있으면 자기 여자 친구를 놔두고 바람을 피울 거야. 90퍼센트의 확률로 말이지. 남자들은 어쩔 수가 없단다. 예쁜 여자아이가 잠깐 쳐다봐주기만 해도 신이 나서 주체를 못하거든. 하물며 어떤 여자가 진심으로 관심을 보인다면 어떤 반응을 보일지 한번 상상해봐.

내가 아는 한, 10대 남자아이들은 연애할 때 상대방에게 충실하지 않을 때가 가끔 있는데, 나도 마찬가지였어. 일단 어떤 상황이 벌어지면 거부하기가 너무 힘들더라고. 하지만 만약 네 남자 친구가 바람을 피우는 조짐이 보인다면 그의 행동을 주시해보렴. 네가 부지불식간에 배신당하는 일만은 확실하게 피할 수 있을 거야.

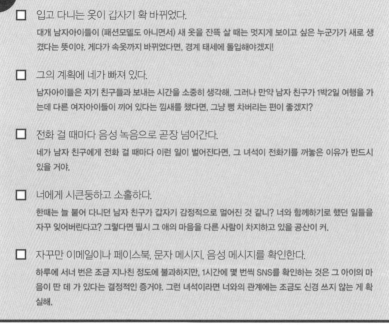

☐ 입고 다니는 옷이 갑자기 확 바뀌었다.

대개 남자아이들이 (패션모델도 아니면서) 새 옷을 잔뜩 살 때는 멋지게 보이고 싶은 누군가가 새로 생겼다는 뜻이야. 게다가 속옷까지 바뀌었다면, 경계 태세에 돌입해야겠지!

☐ 그의 계획에 네가 빠져 있다.

남자아이들은 자기 친구들과 보내는 시간을 소중히 생각해. 그러나 만약 남자 친구가 1박2일 여행을 가는데 다른 여자아이들이 끼어 있다는 낌새를 챘다면, 그냥 뻥 차버리는 편이 좋겠지?

☐ 전화 걸 때마다 음성 녹음으로 곧장 넘어간다.

네가 남자 친구에게 전화 걸 때마다 이런 일이 벌어진다면, 그 녀석이 전화기를 꺼놓은 이유가 반드시 있을 거야.

☐ 너에게 시큰둥하고 소홀하다.

한때는 늘 붙어 다니던 남자 친구가 갑자기 감정적으로 멀어진 것 같니? 너와 함께하기로 했던 일들을 자꾸 잊어버린다고? 그렇다면 필시 그 애의 마음을 다른 사람이 차지하고 있을 공산이 커.

☐ 자꾸만 이메일이나 페이스북, 문자 메시지, 음성 메시지를 확인한다.

하루에 서너 번은 조금 지나친 정도에 불과하지만, 1시간에 몇 번씩 SNS를 확인하는 것은 그 아이의 마음이 딴 데 가 있다는 결정적인 증거야. 그런 녀석이라면 너와의 관계에는 조금도 신경 쓰지 않는 게 확실해.

남자 친구가 자기 몰래 다른 여자와 친하게 지내는 걸 믿고 싶은 여자는 없을 거야. 글쎄, 남자들도 그런 친밀함을 갈망하는 건 아닌데, 매력적인 새로운 인물이 우리 마음을 들뜨게 만들면 거부할 수가 없거든. 네가 잘 참아낸다면 언젠가 신뢰할 만한 사람을 발견할 거야. 정말이야. 괜찮은 남자는 얼마든지 있어. 그러니까 이 녀석을 차버리기만 하면 돼. 그러면 그는 큰 충격을 받고 너에게로 돌아와서 넙죽 엎드려 다시는 너를 거스르지 않겠다며 용서를 구하든지, 아니면 자존심이 상해서 슬그머니 꽁무니를 빼겠지. 어느 쪽으로 결론이 나든, 네가 이기는 거야. 너는 자존감을 지키게 될 거고, 또 다른 뱀 같은 녀석들 사이에선 네가 헤픈 여자아이가 아니라고 소문이 날 거야.

연인 관계와 데이트

남자 친구를 사귈 때는 그 애가 가족을 정말 소중하게 여기는지 아닌지를 잘 살펴봐야 해. 그렇다고 너보고 나가서 재수 없는 샌님 같은 사람이랑 데이트를 하라는 말이 아니야. 이상형 기준에서 남자 친구의 외모가 일 순위가 되어서는 절대 안 된다는 뜻이지. 네가 이 책을 읽게 될 나이대가 되면 그러기 십상이거든. 그렇지만 점점 성숙해가면서, 또 마음의 상처를 받을 때마다 이런 기준이 서서히 바뀌게 될 거야. 아마 네 영혼을 불타오르게 하지는 않을지라도, 대신에 너의 얼어붙은 마음을 녹여서 네 진가를 인정받고 있다고 느끼게 해주는 남자 친구를 찾는 데 한 걸음 더 다가서게 될 거야. 지금 당장은 결혼에 대해선 생각조차 않겠지. 하지만, 너와 남자 친구 둘 다 서른 살이 되었는데도 여전히 남자 친구가 매일 밤 자기 친구들과 술에 절어 지내며 심지어 주말에도 자기 가족과 지내지 않는다면 좋겠니?

이렇게 생각해보자! 완벽한 남자라고 언제나 무리에서 빛나는 존재여야 한다거나, 모든 여자아이들이 눈독을 들이는 끝내주는 몸매의 소유

63

자일 필요는 없어. 백마 탄 왕자님은 어쩌면 수줍음을 많이 타는 성격이라서 사람들 눈에는 거의 뜨이지 않지만, 수학 시간에 네 바로 옆에 앉아 있는 사람일 수도 있어. 너는 결코 모르겠지만, 푹 눌러쓴 저 야구모자 아래에 무척 귀엽고 상당히 세심한 남자아이가 네가 알아차리면 죽을 것 같아서 두근거리는 마음을 참고 있을 수도 있단다. 네가 그를 발견하고 나서 보면 정말 그랬을지도 모르는 거야. 이 젊은이는 자기 자신보다 너한테 더 관심이 많고, 인생을 살아가는 데 맥주나 축구, 잠자리보다 너란 존재를 더 높게 평가할 거야. 가장 중요한 사실은 그가 너의 옷부터 벗기려고 성급해하지 않을 거라는 점이야. 신체적인 매력은 자극적이긴 하지만 언젠가 시들해지는 법이거든. 신체적인 매력이 사라진 후에도 여전히 네 말에 귀 기울여주고 너를 아껴주며 자기 삶의 모든 면에서 너의 입장을 존중해주려고 하는 남자와 함께하고 싶지 않니? 그런 점들이 바로 오래 지속되는 건강한 관계를 빚어내는 거야.

네가 결국 멋진 왕자님을 만나서 온통 그를 행복하게 해주고 싶은 생각만 들거든, 다음 목록을 검토해봐. 남자아이들이 교제할 때 정말로 원하는 것이 무엇인지 내 나름대로 정리해봤어. 《코스모폴리탄》이나 《보그》 같은 잡지에 나오는 온갖 복잡한 조언들은 너를 더 혼란스럽게 만들 뿐이야. 남자아이들은 실제로 파악하기가 무척 간단하거든. 이렇게 명확한 규칙들을 따르기만 하면, 너는 영원히 최고의 여자 친구가 될 수 있을 거야.

Trust me!!

성관계 말고, 남자들이 여친에게 원하는 것?!

네 자신의 삶을 영위해라

남자들은 교제 초반에는 여자 친구가 자기를 위해서 일생을 헌신하기를 바라. 하지만 실제로는 상당히 빨리 질려버리지. 일단 네가 친구들이나 취미활동을 다 떨쳐버리고 모든 면에서 전적으로 남자 친구에게 의존하게 되면, 그 순간 남자아이들은 숨 막혀 할 거야 애정에 굶주려 하지 않는 다른 여자아이에게 옮겨가야겠다는 생각도 들겠지. 불가피하게 그와의 관계가 비틀어지게 될 테고, 그렇게 되면 이제 너는 네가 몇 개월 전에 버렸던 여자 친구들에게 기어서 돌아가야 할 거야.

> 삶의 법칙 #1: 남자 친구 때문에 네 친구들과 떨어지면 안 돼!

외모 외에, 남자아이들이 여자아이에게 마음이 끌리는 가장 큰 이유가 하나 더 있어. 그건 여자아이들에게 뭔가 관심사가 있을 때지. 그런 애들은 할 일이 많아 보이거든. 내가 고등학생일 때 데이트했던 여자아이들 중 한 명인 예나가 바로 그랬어. 예나는 음악을 열성적으로 좋아했고, 학교에선 말도 안 될 정도로 똑똑했지. 친구도 한 트럭은 될 만큼 많았어. 시간이 갈수록 나는 그녀에게 더욱 매료되었는데, 예나가 나 때문에 자기 생활을 포기하는 일이 결코 없었기 때문이야. 사실 나를 소홀히 대하는 느낌이 들어서 오히려 그녀와 더더욱 함께 있고 싶은 생각이 들었단다. 매일 밤 집에 혼자 앉아서 남자 친구의 전화만 기다리는 그런 여자아이는 절대로 되지 마라. 남자들은 그런 여자에겐 금방 질려버리니까. '카멜레온 같은 여자 친구'가 되지 않도록 조심해야 해. 내가 무슨 말을 하는 건지 알지? 자신의 진짜 정체성은 온데간데없고, 남자 친구가 바뀔 때마다 그의 복제인간처럼 굴지 말라는 거야. 이번 주엔 히피족을 만나니까 히피 스타일이다가, 다음 주엔 고스 록(Goth rock) 음악을 하는 사람을 만난다고 그에 맞춰 우울한 분위기를 풍기고, 금세 헐렁한 배기 팬츠를 입은 래퍼 행세를 하지 말라는 거지. 그랬다간 네가 개인적인 취미가 하나도 없다는 게 만천하에 드러나게 될 테니까. 게다가 주변에서 "저 애 좀 봐. 제정신이 아닌가 봐"라는 이야기를 들을 수도 있지.

남친 친구들과 어울려 지내라

이 부분은 여자 친구들이 자칫 소홀히 여기기 쉬운데, 남친 친구들의 영향력을 결코 과소평가하지 마. 그 애들을 통하면 네가 남자 친구를 수월하게 다룰 수 있거든. 아빠는 남자아이들이 하루 종일 무슨 생각을 하며 지내는지 잘 알고 있어. 약물이나 술을 마신 상태로 난잡한 여자아이들과 함께 드라이브하는 상상이나 하고 있지. 그걸 알면 너는 미칠 것 같을 거야. 그렇다고 네가 그 친구들을 흉보거나 심지어 "자기, 그 친구들 만나지 마"라고 했다간, 남자 친구와의 관계는 끝장난 거나 다름없어. 남자아이들의 인생에는 여자 친구만큼 남자 친구들도 필요하거든. 남사친들은 남자들의 정체성의 일부분이라서, 그 친구들이 없다면 미래에 다시는 너 같은 여자 친구를 얻을 기회조차 없는 무명의 패배자가 되고 말 거야. 만약 내가 10대 후반이었을 때 신나게 어울려 다니는 무리가 없었더라면, 아마도 20대가 될 때까지 여전히 총각이었겠지. 그러니까 남자들에게서 친구를 포기한다는 것은 남자다움과 침착함, 심지어 생식샘마저 포기할 것을 요구하는 거나 다름없단다. 예전에는 나에게도 밉살스런 친구들이 많았어. 네 할머니가 질색하는 게 분명해 보였지. 하지만 할머니는 결코 그런 느낌을 입 밖으로 내뱉는 실수는 하지 않으셨어. 너도 그 애들의 변태 같은 얼굴이 아무리 혐오스럽더라도 그들을 용납할 수 있는 척해야 해. 그렇지 않으면 새로운 남자 친구를 쇼핑해야 할 테니까.

질투는 아슬아슬한 줄타기나 다름없어

남녀가 교제할 때 서로 약간의 질투를 하는 것은 그 관계를 건강하게 유지하는 데 도움이 될 수도 있어. 하지만 아무리 사랑에 눈먼 잉꼬커플일지라도 질투가 너무 심하면 깨질 수가 있단다. 쇼핑몰에서 빽빽 소리 지르며 다투는 커플을 보며 너한테는 절대 일어나지 않을 거라고 단언했던 일이 벌어질 수 있는 거야. 아무리 내성적인 사람일지라도 질투를 느끼게 되면 야수로 돌변할 수 있거든. 나도 질투가 나서 끔찍하게 굴었던 적이 있지. 또한 나한테 기겁해서 치열하게 으르렁거리던 여자 친구들도 있었고. 질투가 샘솟을 때마다 남자 친구에게 분명히 말해서 네가 그를 많이 사랑한다는 걸 보여주는 것은 좋아. 하지만 자칫 질투가 일상이 되지 않도록 노력해야겠지? 때로는 질투가 네게 유익한 역할을 할 때도 있어. 다른 남자아이들이 너를 칭찬하거나 누군가가 너를 좋아하거든, 남자 친구에게 알려주고 남자 친구의 친구들에게도 비밀로 하지 않는 거야. 그러면 의심할 여지 없이 네 남자 친구는 애가 타서 너를 행복하게 만들어주려고 혈안이 될 거야. 물론 너무 지나치지 않도록 조심해야겠지. 잘못했다간 남자 친구가 싸움닭처럼 사사건건 시비를 걸어올 수도 있거든.

남자 친구에게 잔소리는 금물

여자들은 잔소리가 정말 심해! 그런데 여자아이들 중에 스스로 잔소리가 심하다고 생각하는 사람은 아무도 없을 거야. 자기들이 단지 다정하고 배려심이 많으며 신중한 여자 친구일 뿐이라고 믿고 있지. 남자 친구와 사귄 지 오래되면 긴장이 풀리면서 이런 일이 일어나기가 쉬워. 마음속에 떠오르는 그와 관련된 모든 생각을 말로 표현하기 시작해서, 정말로 자기와 미래를 함께할 것인지 궁금해하고, 지금은 얼마나 사랑하는지 묻고, 과거의 여자 관계는 어땠는지 계속 추궁하기도 하지. 남자들은 그런 걸 진저리나게 싫어하거든. 너무 말없는 여자 친구도 원하지 않지만, 한시도 입을 다물지 않는 여자아이는 훨씬 더 싫어해. 그러니까 너는 이따금 조용히 있는 데 익숙해지는 게 좋을 거야. 너희들 사이에 침묵이 흐르도록 내버려둬. 모든 생각을 다 말하면 네가 자신감이 없는 것처럼 보일 수도 있으니까. 그리고 남자 친구의 가족이나 친구들이 너를 '고약한 잔소리쟁이'라고 여기게 되면, 남자 친구에게 너를 차버리라고 종용하기 시작할 거야. 심지어 네 남자 친구에게 새로운 여자아이들을 소개시켜주려고도 하겠지. 너를 남자 친구의 인생 밖으로 몰아낼 수만 있다면 무슨 짓이든지 다 하려고 들 거야.

남자 친구가 몇 살이든 간에 결혼 언급은 쉿!

무척 곤란한 문제야. 많은 남자들이 특히 교제 초반에는 결혼에 대해 지대한 관심을 보이는 경향이 있어. 하지만 이는 여자 친구를 좀 더 빨리 침대로 데려가기 위한 남자들의 비밀스런 계략의 일부일 뿐이야. 일단 성관계를 하고 난 후엔, 결혼이란 주제를 또다시 입에 올리는 녀석을 본 적이 없거든. 남자들은 네가 꿈꾸는 결혼에 대한 환상이나, 네가 결혼해서 첫 아기를 갖고 싶어 한다는 이야기는 듣고 싶어 하지 않아. 정말 솔직히 말하자면, 그런 말을 들으면 아주 질색을 할걸. 설령 네가 남자 친구와 십 년이나 사귀었다고 할지라도, 그 이야기는 언제나 그가 먼저 꺼내도록 해. 그다음에 너는 그냥 가볍게 그 생각에 장단만 맞춰주렴. 너무 좋아하는 티를 팍팍 내지 마라. 남자로 하여금 결혼과 같은 일을 저지르게 하는 것은 아기사슴을 네가 시키는 대로 하게 만들려는 거나 마찬가지야. 조금이라도 갑자기 움직였다간 가버리겠지?

몸매 유지와 위생

사인펠트(Seinfeld)라고 1990년대 TV 오락프로그램 역사에 한 획을 그었던 인기가 대단했던 시트콤이 있어. 이 쇼에서 계속 반복되는 개그 중 하나가 남자들이 터무니없는 이유로 여자 친구와 계속 결별하는 내용이었지. 예를 들면 어떤 여자 친구의 "손이 남자 같다"고 헤어지는 거야. 이 개그가 그토록 우스웠던 이유는 어느 정도는 사실이기 때문이라고 생각해. 남자들은 100퍼센트 시각적인 동물이거든. 우리는 눈으로 먹고 산다고 해도 과언이 아니야. 덕분에 약간의 결함에도 상당히 예민할 수도 있지. 하지만 그게 남자들의 잘못은 아니야. 우리가 기억하는 거라곤 텔레비전과 광고에서 보여준 완벽한 여성들뿐이거든. 남자들도 언젠가 바로 그런 사람과 결혼할 거라고 상상한단다. 애석한 일이지만 이 아빠도 이렇게 얕은 웅덩이에 빠지곤 했어. 만약 "나는 그렇지 않았단다"고 말한다면 거짓말이겠지. 나도 여자 친구의 외모 때문에 헤어진 적이 있거든. 그 애의 이름은 헤일리(Haley)였는데, 피부가 많이 건조했어. 내 친구들이 비늘 같다는 뜻의 스케일리(Scaley)라는 별명을 붙이는 바람에 헤어졌어.

그렇다고 너더러 신체적으로 완벽해지고자 노력해야 한다는 말은 절대 아니야. 나는 다만 너에게 외모에 자신감을 가지라고 말하는 거야. 네가 어떤 사람인지 외모가 많은 것을 말해주거든. 몇 가지 간단한 행동을 통해서도 데이트 게임에서 매력적인 상태를 유지할 수 있어. 뻗친 머리카락 몇 올을 뽑거나, 크림을 발라서 피부를 촉촉하게 하거나, 바른 자세로 서거나, 화장을 너무 과하게 하지 않는다든가, 구강을 청결하게 관리한다거나, 적절한 식습관을 유지하고, 규칙적으로 운동을 하는 것만으로도 가능하지. 슈퍼모델 같은 몸매를 가져야 할 필요는 없어. 하지만 모든 남자들이 은근히 바라는 것이 두 가지 있는데, 바로 탄력과 비율이야. "아빠, 바로 그게 문제에요!"라고 할지도 모르겠네. 하지만 그것 때문에 수술을 하거나, 굶거나, 토하는 등 극단적인 행동을 할 필요는 없어. 단지 건강에 신경을 쓰고 활동적인 생활방식을 유지하기 위해 노력하기만 하면 돼.

나이가 들면 몸매가 처지기 시작하고, 남자들은 배가 나오고 여자들은 허리가 굵어지는 것은 어쩔 수가 없어. 이렇게 되는 걸 피하려면 일부러 노력할 필요가 있지. 가령 활기차게 걷기, 아령 들기, 방과 후에 맥도날드로 달려가지 않는 것도 해결책이 될 수 있어. 네 엄마와 나는 둘 다 30대에 접어들 때 약속했어. 만약 네 엄마가 허리에 너무 많은 잡동사니를 채워 넣지 않겠다고 약속한다면, 나도 결코 배불뚝이가 되지 않겠다고. 이 약속은 두 사람의 건강은 물론 서로에게 매력적인 상태를 유지하는 동기가 되었지. 진정한 아름다움은 사람의 내면에 있다고 확신해. 하지만 내가 보아온 바로는 자신의 외모에 신경 쓰지 않는 사람들은 대개 다른 문제가 많은 것 같았어.

음식

남자들은 섹스만큼이나 먹는 것도 무척 좋아하지. 이따금 남자 친구에게 깜짝 선물로 아주 맛있는 음식을 요리해주렴. 그만큼 네가 그를 배려하고 있다는 사실을 잘 보여주는 건 없을 거야. 그렇다고 네게 "자, 남자 친구를 위해 고급 요리를 배워보자!"라는 건 아냐. 사랑하는 마음으로 만들기만 한다면 프랑크 소시지와 통조림 깡통에서 꺼낸 콩이어도 괜찮아. 네가 재료를 사고, 식단을 짜고, 요리를 준비하느라 시간을 보냈다는 사실에 어떤 남자 친구든지 감동받고도 남을 거야. 점심 도시락을 싸서 직장으로 가져다주거나, 외식하러 갔을 때 그를 위해 음식을 남겨서 포장해 오거나, 가게에 들르면 그가 좋아하는 간식을 사다 줘봐. 이런 행동이 사소해 보일지 모르지만 큰 의미가 있거든. 그리고 한 가지 더! 그와 함께 외식할 때 때로는 비용을 네가 내겠다고 하렴. 대부분의 10대 남자아이들은 빈털터리거든. 그리고 설령 남자 친구가 그 돈을 받지 않는다고 하더라도, 돈을 내려는 제스처만으로도 네가 그에게 얼마나 헌신하고 있는지를 보여줄 거야.

닭살 돋는 애정 행위는 천천히!

첫 데이트를 할 때부터 상대방에게 너무 빨리 푹 빠지지 않도록 항상 조심해라. 설령 네가 영혼의 단짝을 발견했다고 믿을지라도, 가능한 한 그 감정을 숨겨야 해. 너는 네가 관심이 있다는 것을 그에게 드러내고 싶겠지. 하지만 네가 그에게 완전히 넋을 잃었다는 사실을 보여주면 네가 바라는 것과는 정반대의 효과가 나타날 수도 있어. 황홀한 첫 키스를 하고 나서 상대에게 LTE급으로 빠져드는 여자아이들도 더러 있지. 그 애들은 영원히 사랑하겠노라고 공언하며, 매 시간마다 전화를 걸고, 세 쪽이나 되는 편지를 써주고, 남자 친구를 위한다는 명목으로 모든 계획을 그만두기도 해. 하지만 이런 행동들은 필시 남자 친구로 하여금 너를 헤프고 성가시며 정말 매력 없는 여자로 보이게 만들 거야. 그가 하자는 대로 따라 가라, 하지만 결코 너무 물러터진 행동을 하지 말고, 애칭을 부르거나 아기처럼 말하는 것도 도를 넘지 않게 적당히 해. 자칫하면 남자 친구가 기겁해서 영원히 도망가버릴지도 몰라.

나는 20대 후반이 될 때까지 연애의 밀당을 전혀 이해하지 못했어. 어떤 여자아이가 나를 좋아하면, 가을바람처럼 쌀쌀맞게 굴었지. 하지만 내가 좋아하는 여자 앞에서는 감상적인 말은 물론 온갖 찬사를 계속 늘어놓게 되더라. 누군가에게 반하면, 제일 높은 산에 올라가서 세상을 향해 그를 사랑한다고 있는 힘껏 소리치고 싶을 거야. 내 인생에서 (네 엄마 포함) 세 번의 주요한 사랑을 했는데, 돌이켜보면 항상 정정당당하게 행동했으며 언제나 서로를 궁금해했어. 네가 남자 친구와 너무 빨리 성관계를 맺지 않아야 할 이유가 바로 여기 있지. 너무 성급한 성관계는 재앙을 부르는 지름길이거든. 닭살 돋는 애정 행각은 시간이 흘러 둘 사이가 견고해졌을 때 서서히 진행하렴. 네 엄마와 나는 "사랑해"라는 말을 최소한 하루에 오십 번씩은 하고 있는데, 이건 만난 지 12년이 지나고서 부터 이루어진 거야. 만약 네가 교제를 시작한 지 6개월에서 8개월 사이에 남자 친구를 "울애기", "오빵~", "여봉봉" 또는 "자기야"라고 부르고 있다면, 그건 너무 빨라. 조금만 뒤로 물러나렴.

aka. 여사친도 포함ㅎ

남친 주변 여성들과 친하게 지내라

나머지와는 달리 이 항목은 남자 친구를 위한 것이라기보다 너 자신에게 더 이롭단다. 여하튼 네 남자 친구는 자기 인생에 관련되어 있는 여성들에게 네가 다가가는 것을 고마워할 거야. 이 여자들은 너를 매우 가까이에서 지켜보면서 네가 하는 모든 발언을 언제나 눈여겨보게 될 사람들이야. 비록 남자 친구의 어머니나 여자 형제들이 정말 언짢은 사람들일지라도, 그들에게 친절공세를 퍼부어라! 예의 바르고, 다정하며, 솔직하게 대하렴. 그러면 그들은 곧 경계 태세를 늦출 거야. 하지만, 참견하기 좋아하는 어머니만큼은 지극히 조심해야 해. 너와 가까워지고 난 후에, 자기 아들의 은밀한 사생활에 대해 너도 모르는 사이에 너를 스파이로 이용하려고 할지도 모르거든. 만약 이런 일이 일어날 경우에, 반듯하고 괜찮은 남자라면 너를 입이 가벼워서 신뢰할 수 없는 사람으로 여길 수도 있어. 그러면 곧 너와의 인연의 끈을 끊고자 하겠지. 남자 친구의 어머니가 꼬치꼬치 캐묻기 시작하는 느낌이 든다고? 그럼 그냥 미소지으면서, 모르는 척 시치미를 떼며, 최선을 다해 화제를 바꾸어봐. 여자 친구로서 너의 임무는 언제나 네 남자 친구가 자기 가족에게 완벽한 꼬마 천사처럼 보이게 만들어주는 거야. 이 여자들은 너의 가장 든든한 지지자가 될 수도 있고 너의 가장 큰 적대 세력이 될 수도 있어. 그러니까 그들을 지혜롭게 이용해야 해.

남자 친구와 함께 스포츠를 즐겨라!

스포츠에 별로 관심이 없는 남자아이라도 친구들과 어울려 운동경기를 관람하는 건 즐거워할 거야. 내가 여태까지 참석했던 슈퍼볼[7] 파티마다 언제나 엄청 멋진 여자 친구를 데려오는 남자아이가 있었어. 그 여자 친구는 예쁘장한 외모에 곱상하게 차려 입고 가만히 앉아서 자꾸 시계만 들여다보다가 남자 친구를 위해 맥주나 가져다주는 보통의 여자 친구가 아니었어. 그녀는 뭔가 아주 달랐지. 스포츠를 즐길 줄도 알고 남자 친구들과도 정말 잘 어울려 지내서 거의 모든 남자들이 선망하는 여자였어. 복잡한 경기 규칙도 잘 이해하고 있을 뿐만 아니라 열정적으로 응원하며 경기를 즐길 줄도 알았지.

나는 조마조마해서 손에 땀을 쥐며 텔레비전을 향해 소리를 질러대면서 경기를 보고 있었어. 그 시간에 내 여자 친구는 옆에 앉아서 손톱에 매니큐어를 바르고 잡지를 휙휙 넘겨보고 있었던 적이 한두 번이 아니야. 내 친구 마크의 전 여자 친구, 현 부인인 앨리슨 모란의 모습은 여전히 경기장에서 찾아볼 수 있지. 늘 그랬듯이 등판에 그녀가 좋아하는 선수의 이름이 새겨져 있는 자이언츠 팀 셔츠를 입고 앉아서, 심판을 향해 소리를 지르기도 하고, 기습 공격에 주의를 주기도 하며, 졌을 때에 플레이오프 게임을 치르게 될 가능성에 대해 토론을 하기도 해. 우리 모두는 스포츠에 대한 그녀의 사랑에 경탄하며 스포츠 관람의 즐거움을 여성과 함께 나눌 수 있다는 것이 대단하다고 생각했어. 앨리가 스포츠와 가까웠던 데는 전문대 축구 코치였던 아빠 밑에서 네 명의 오빠들과 함께 자란 탓이 컸어. 기저귀를 차고 다니던 시절부터 늘 스포츠를 가까이 이해왔던 덕분이었지.

그녀는 극단적인 경우에 해당하지만, 이런 여자 친구가 되기 위해서는 주요 스포츠의 기본 규칙들을 익히고 거기에 관심이 많은 척하기만 해도 돼. 여자 친구가 "야구 경기는 몇 쿼터야?"라고 묻는다거나 축구 경기를 보면서 "이쯤에서 홈런을 쳐야지!"라고 고함치는 것보다 끔찍한 일은 없을 거야. 축구, 야구, 농구 등 인기 있는 몇몇 스포츠에 대한 기본적인 규칙만 알아두어도 누구든지 진정한 스포츠팬처럼 보일 수 있거든. 따로 시간을 들여서 알아두는 수고를 조금은 해야겠지만, 결국 너는 다른 사람들이 흠모하고 부러워하는 멋진 여자 친구가 될 거야.

무엇보다도, 네가 곧 보게 될 스포츠 경기의 팀들에 대해서만큼은 조금이라도 알아두어야겠지. 각 팀마다 어느 지역 소속인지와 대표 선수 한두 명 정도는 알아두면 좋을 거야. 이런 건 인터넷을 검색하든지, 지역 신문의 스포츠 면을 훑어보든지, 스포츠 뉴스를 몇 분만 보아도 쉽게 알 수 있어. 스포츠를 미치도록 좋아하라는 것이 아니라, 그냥 기본만이라도 알아두라는 거야. 스포츠 관련 퀴즈를 내서 너를 곤란하게 할 사람은 아무도 없어. 하지만 어떤 선수의 별명을 부른다거나 이따금 사소한 통계치를 내뱉기만 해도 남자 친구는 무척 감동받을 거야. 어떤 경기든 한 팀을 골라서 열렬히 응원하는 태도가 중요하다는 것만 기억해. 네가 이런 노선을 택하기로 했다면, 다음과 같은 용어 정도는 알아두는 것이 좋을 듯싶어.

CHECK! 알아두면 좋은 스포츠 용어

☐ **미식축구**
엔드존, 터치다운, 필드골, 공격진, 수비진, 펀트, 퍼스트다운, 쿼터백, 러닝백, 태클, 기습 공격, 턴오버(펌블과 인터셉트), AFC, NFC

☐ **야구**
내셔널 리그와 아메리칸 리그, 총 9가지 필드 포지션, 싱글, 더블, 트리플, 홈런, 워크, 더블플레이, 삼진 아웃, 퍼펙트게임, 무안타 경기, 사이클 히트, 에러, 구원 투수, 불펜, 보크, 더그아웃, 지명 타자

☐ **농구**
총 5가지 포지션, 덩크슛, 레이업, 3점 슛, 리바운드, NBA, NCCA, 3월의 광란, 4강, 파울(퍼스널 파울, 테크니컬 파울, 플레그런트 파울), 트레블링

☐ **하키**
네트, 공격진(윙), 수비진, 골키퍼, 파워플레이, 해트트릭, 어시스트, 크리스, 슬랩샷, 브레이크어웨이, 쇼트 핸디드 골, 스탠리컵, 페널티 샷

네가 나의 과대 선전에 말려들어서 스포츠를 접하게 되었더라도 나중에는 어느 정도 팬이 될지도 모르는 일이잖아. 심지어 그야말로 스포츠에 대해서는 부정적인 생각을 갖고 있는 네 엄마도 살다 보니 플레이오프 게임에 휩쓸려간 적이 몇 번이나 있었거든. 물론 이건 네가 결정할 일이긴 한데, 나는 그저 너한테 연인 관계에서 스포츠가 미치는 영향에 대해 알려주고 싶었을 뿐이야.

지금까지 내가 젊은 남자들에 대해 적나라한 이야기를 들려주며 부정적인 견해를 밝혀서 네가 무척 겁을 먹었을지도 모르겠다. 차라리 여성 동성애의 삶이 낫겠다 싶을 정도로 심하게 몰아붙였는데, 왜 그랬는지

너도 내 마음을 이해해줬으면 좋겠어. 이제 "남자아이들은 거짓말쟁이 이고 어쩌고저쩌고" 하는 말은 듣기 지긋지긋하지? 나는 결코 네가 남자 친구와의 데이트를 두려워하길 바라는 게 아니야. 네가 이 모든 것을 직접 겪으면서 터득하기보다는 차라리 나한테 듣는 게 낫다고 생각했단 다. 이 세상에서 사랑하는 관계보다 더 가치 있는 것은 없어. 나는 네가 그것을 너무 늦지 않게 발견하도록 이끌어주려는 것뿐이야. 데이트도 하러 나가고, 즐겁게 지내며, 자신에게 충실하면서, 삶과 사랑을 발견해나 가라. 그러나 절대 잊지 마!

삶의 법칙 #8: 이 세상에서 네 아빠만큼 너를 많이 사랑하는 남자는 결코 없을 거야!

* 35쪽_질병 통제 및 예방 센터(CDC). 1999년 5월. CDC 자료: 클라미디아 관련 자료.

^ 에이즈. 전염병 관련 최신 자료, 2005년 12월. 유엔 에이즈 위원회/2005년 19호

~ 아서 쇤슈타트(Arthur Schoenstadt), 의학박사. 2006년 7월. www.hepatitis-c.emedtv.com.

02

10대의 두려움

내가 10대였을 때, 아침에 잠자리에서 일어나 욕실 거울을 들여다볼 때만큼 괴로운 일은 없었어. 얼굴 여기저기 흩어져 있는 지뢰밭 같은 여드름과 직면해야 했거든. 더러는 아주 크게 성난 여드름 때문에 더욱 속이 상하곤 했지. 여드름만 있었으면 다행이게? 치아 교정 때문에 입안 가득 들어찬 금속 기구와 영 균형이 잡히지 않은 몸매도 당시의 사랑스러운 이미지를 만드는 데 한몫했어. 헝클어진 머리카락은 사자 갈기처럼 덥수룩하게 엉겨 붙어 있었고 말이야. 각종 불안에 시달리는 10대의 하루가 매번 그렇게 완벽하게 시작되곤 했지. 비디오 게임과 만화로 온통 가득 차 있던 내 머릿속이 마치 밤새 무슨 일이 있기라도 했던 것처럼 확 바뀌어 있었어. 아무 이유 없이 내 인생이 싫어지고, 끊임없이 불안감이 드는가 하면, 멋진 사람들 축에 끼고 싶은 마음이 굴뚝같았어.

지금 말하는 이런 감정들이 10대가 느끼는 두려움이야. 이 두려움은 보통 사춘기가 시작될 무렵부터 5년 내지 7년 간 지속되는데, 너의 동심이 산산이 부서지고 스스로의 내면을 용인하기 어려울 수도 있어. 나는 사랑하는 딸을 위해서라도 그 감정을 설명하면서 사탕발림하지 않을 거야. 솔직히 10대 시절은 생지옥이 될 수도 있거든! 그러나 이것만은 장담할게. 힘든 시기는 일시적일 뿐이며, 네 삶과 마음은 결국 정상으로 돌아갈 거야.

아빠는 이 주제를 아주 오랫동안 생각해왔어. 그렇기 때문에, 네가 이 시기를 무사히 통과하는 데 도움을 줄 수 있을 거야. 10대의 두려움을 유발하는 주된 원인은 세 가지인데, 모두 생물학, 심리학, 사회학과 연관 있단다.

생물학적 원인

사춘기가 되면 혈액 속에 호르몬이라고 불리는 성적 화학물질들이 왕성하게 방출되거든. 바로 이 호르몬이 너의 몸과 마음을 아수라장으로 만드는 주범이야. 네가 이성을 생각하고 원하는 건 어쩔 수 없어. 모두 호르몬 탓이니까. 특히 이맘때쯤 남자아이들의 머릿속에서는 이성에 대한 생각이 한시도 떠나지 않게 돼. 그리고 그들이 누구인가, 그들이 어디에서 주로 시간을 보내는가, 그들이 너를 매력적으로 여기는지 아닌지가 너의 중요한 관심사가 되겠지. 너는 곧 하루에도 수백 번씩 옷을 갈아입어보면서 끊임없이 전신 거울에 몸을 요리조리 비춰볼 거야. 복도에서 너를 뒤따라오는 남자아이들이 어디를 보는지 궁금해하게 될 거고. "사람들이 나를 좋아할까? 내 옷이 요즘 유행에 맞나? 헤어스타일을 바꿔야 하나? 내가 너무 뚱뚱한가, 너무 말랐나, 가슴이 너무 빈약한가, 키가 너무 작은가, 키가 너무 큰가, 키만 멀쑥한가?" 이런저런 자기 비하로 깨어 있는 모든 시간을 소모하게 될 거야. 아마 결코 스스로의 마음에 흡족할 정도로 예쁘다는 생각은 들지 않겠지. 네가 꿈에 그리던 남자아이가 슈퍼모델 교육을 받고 있는 16살짜리 버피 버핑턴과 데이트를 시작하면 특히 더할 거야. 자기 비하는 10대 소녀를 미칠 지경으로 만들거든. 심하면 두려움을 부채질해서 견딜 수 없는 수준으로 만들어버릴 수도 있어. 그러나 두려워하지 마라. 해결책이 있거든.

너의 몸이 소녀에서 여성으로 성숙하는 과정은 네 정서적 안녕에도 압도적인 영향을 미치게 될 거야. 하룻밤 사이에 정신적으로 완벽한 변화가 일어날 거라는 기대는 하지 마. 새로운 너에게 적응하려면 많은 시간이 필요할 테니까. 새 신발을 길들이는 것과 비슷해. 처음에는 뻣뻣하고 불편하지만, 좀 지나면 아주 잘 맞는 느낌이 들잖아. 그때까지는 성인이 되는 긍정적인 측면에 집중하는 게 좋겠다. 아빠가 도와줄게.

이 어려운 시기를 아무 탈 없이 잘 통과하는 한 가지 확실한 방법이 있어. 강한 유머감각으로 무장하는 거지. 아빠는 사춘기 때 친구들과 모여서 음경 크기나 자위에 대한 농담을 몇 시간씩 하곤 했어. 만약 그러지 않았다면 나는 결코 사춘기를 견뎌내지 못했을 거야. 사춘기는 친구들이 필요한 시기야. 친구들 머릿속에서도 나름대로 아주 똑같은 극적인 상황이 벌어지고 있거든. 그러니까 이 시기를 유대감을 형성할 수 있는 기회로 이용해. 서로에게서 위안을 받으며 삶을 덜 심각하게 여기는 법을 배우는 거야. 그리고 꼭 기억하렴. 좀 구식이긴 하지만 배꼽 빠질 정도로 웃고 즐기는 파티만큼 사춘기의 우울한 마음을 잘 치유해줄 방안은 없다는 걸.

심리학적 원인

자, 사춘기에 접어든 걸 환영해. 이제 네가 부모의 속박에서 벗어나 흥미진진한 세상이 제공하는 모든 것을 탐색하고자 노력할 시간이야. 우리가 이 시점에서 규칙과 규제로 너를 제지하고자 하면 할수록, 너는 더욱 반항하고 싶은 충동을 느끼겠지. 네가 누군지, 그리고 네가 믿는 것이 무엇인지를 발견하기 위해, 한층 더 분발해서 네 나름의 방법을 찾을 시간이야. 지금까지는 우리가 믿는 것을 믿고, 우리가 너에게 말해주는 것을 모두 사실이라 여기며, 넌 그저 피터와 지나의 딸로서 존재해왔어. 그러나 이제 너는 다 컸기 때문에, 부모의 가르침에 따라서만 행동하고 생각하는 건 어림없는 일이야. 경험이야말로 세상에서 유일한 진정한 스승이란다. 너는 앞으로 온갖 종류의 경험을 쌓아나가게 될 거야.

내가 어린 시절에 네 할아버지는 죽고 싶을 정도로 줄기차게 잔소리를 늘어놓곤 했어. 네 생각에 내가 그 잔소리를 귀 기울여 들었겠니? 그럴 리가 없지! 그럼 내가 그 잔소리를 들었어야 했을까? 당근이지! 그분은 바보가 아니었거든. 내가 너희 할아버지의 잔소리에 단 10퍼센트만이라도 귀를 기울였더라면, 끊임없는 심적 고통을 면할 수 있었을 텐데. 나는 내가 뭐든지 다 알고 있다고 생각했어. 그래서 아버지의 충고를 무시하는 쪽을 택했는데, 결국 살아가면서 여러 번 낭패를 보고 말았지. 너는 내가 그랬던 것보다 더 마음을 열고 부모의 충고를 들어주려고 노력했으면 좋겠어.

난 네가 우리가 그랬던 것만큼 자주 넘어지길 바라지 않아.

사회학적 원인

사춘기 또래들 사이에는 호감 가는 '멋진 사람들' 축에 끼고 싶다는 압박감이 있어. 내가 고등학생 때 무척 심각하게 고심했던 사안이기도 하지. 인기가 있으니까 아이들이 내게 손을 흔들거나 고개를 끄덕여 인사하는 거라고 여겼거든. 나는 복도를 다닐 때도 늘 다른 아이들을 잔뜩 의식했어. 마치 친구들이 나를 아는 척하는 게, 내가 멋있다는 사실을 재확인해주는 증거인 것처럼 행동했지. 신이 어느 누구도 나를 무시하지 못하게 한 것 같았어. 나는 왜일까 궁금해하며 밤새도록 잠을 이루지 못하곤 했단다. 난 우리 고등학교에 있는 써클 모임에 가입하는 것만으로는 만족하지 못했어. '써클'이라니, 너무 구닥다리 같지? 아마 지금은 더 이상 '써클'이라는 표현을 사용하지 않을 거야. 하지만 분명 그런 류의 무리들은 여전히 존재할 거야.

써클은 구성원들이 똑같은 스타일로 꾸미고 관심을 공유하며, 서로 모여서 바람막이가 되어주는 사회적 집단이었어. 어른들의 경우엔 직업이 곧 그 사람의 신분이 된다는 건 너도 알지(경찰관 짐과 글로리아 선생님처럼)? 그런데 10대들에겐 그들이 속해 있는 써클이 그런 기능을 하는 거야(에너지소진 써클의 론과 운동광 써클의 사라처럼). 내가 네 나이였을 땐,

다양한 써클이 있었어. 그중에서 몇 가지 예를 들어볼까? 술고래, 밴드광, 공부벌레, 스케이터, 얼간이, 운동광, 에너지소진, 컴퓨터광, 고스 음악 애호가, 히피, 던전 앤 드래곤 게임 지존 써클 등이 있었지. 시간이 흐르면서 표현이 바뀌었을 뿐 요즘이랑 별반 다르지 않을 거야.

당시엔 이런 무리에 속한 사람들 모두가 무척이나 다르다고 생각했어. 그런데 이제 와서 보니까, 전부 똑같은 사람이더라고. 자신감 없는 아이들이 필사적으로 뽑혀서 어딘가에 소속되려고 한 거야. 만약 네가 어떤 사람의 외모보다 내면을 더 깊이 살펴볼 용기를 낼 수만 있다면, 정말로 매력 있는 사람을 발견해서 아주 좋은 친구가 될지도 몰라. 이런 건네 엄마가 나보다 훨씬 더 잘했지. 네 엄마가 고등학교 동창회의 여왕으로 선정되었다는 건 너도 알지? 이게 별일 아닌 것처럼 보일지 모르지만, 우리 때는 가문의 영광이었다고. 왕과 여왕으로 뽑힌 행운의 커플은 동창회 댄스 파티에서 왕관을 수여받고, 가두 행진을 하고, 2주 전부터 왕족처럼 극진한 대접을 받았어. 그렇게 뽑힌 친구들은 대부분 학창 시절에도 무척 도도하게 구는 축에 속했지만, 네 엄마는 그렇지 않았어. 그녀는 그럭저럭 인기가 있는 편이었는데도, 다양한 유형의 사람들과 두루두루 친하게 지냈거든. 그 친구가 술고래든 고스 음악 추종자든 '변태 밴드광'이든, 언제나 허울이 아닌 내면을 들여다보고 그 사람의 진가를 알아보았지. 내 생각엔 네 엄마가 겉으로는 외모가 수려해서 당당해 보였지만, 속으로는 여전히 늘 수줍고 부끄러움을 타는 편이어서, 다른 사람들의 마음에 잘 공감할 수 있었던 것 같아.

반면에 아빠는 완전히 정반대였어. 나는 너무 자신감이 없어서 괴짜처럼 보일까 봐 두려운 나머지, '쟤 사회 부적응자로구만' 하고 생각되는 사람들을 아예 피해 다녔거든. 고등학교 2학년 2학기 때는 레슬링 팀에 가입했는데, 동료들과 마찬가지로 국부 보호대를 착용해야 했어. 물 밖으로 나온 물고기처럼 거북하고 어색했지만, 내 역할에 알맞은 복장을 하고 있는 대신 그 시간 내내 입을 다물고 있는 걸로 간신히 티를 내지 않았지. 인기를 얻을 수만 있다면, 주변 사람들의 심기를 상하게 하든지 말든지 신경 끄기로 마음먹었던 거야.

중학교 시절 내내 나랑 가장 친했던 친구들 중에 레이 앤슨이라는 아이가 있었어. 무척 가난한 집 아이였는데, 다소 뚱뚱한 편이었고, 매사에 서툴렀단다. 발야구를 할 때마다 삼진아웃 되는 부류의 아이들 있잖아? 그래, 레이가 그랬거든. 그러나 그 애야말로 내가 힘들 때마다 늘 내 곁에 있어주는 진정한 친구였어. 우린 고등학교에 가서도, 반드시 함께 뭉치자고 약속했지. 하지만 그 약속의 유효기간은 우리가 고1이 된 지 딱 2달 만에 끝났어. 그 후론 내가 레이와 복도에서 마주쳐도 대놓고 무시하고, 주말에 만나기로 한 약속도 바람맞히고, 뒤에서 놀려대기까지 했거든. 심지어 한번은 붐비는 복도에서 그에게 일부러 망신 줄 정도로 비열하게 굴었던 적도 있었어.

앞에서 말했다시피, 레이는 무척 뚱뚱했는데 그래서인지 학교에도 종종 운동복 바지를 입고 오곤 했어. 그런데 남자아이들이 "누가 저 운동복 바지를 잡아 내리면 엄청 재밌겠는데?"라고 하는 거야. 당시에 영혼 없는 원숭이 같았던 나는 몰래 레이 뒤로 다가가서, 체육복 바지의 허리밴드를 부여잡고 발목까지 홱 내려버렸어. 하지만 어쩌다 실수로, 내가 속옷까지 꽉 움켜잡았던 거야. 사람들이 몰려들어 웃음을 터뜨렸어. 레이는 책도 떨어뜨리고 두려움에 떨며 휙 돌아서서 눈물이 그렁그렁한 눈으로 나를 바라보았지. 그 순간 내가 도덕적으로 넘어서는 안 되는 선을 넘었다는 걸 깨달았어. 내 마음이 모질어지기 시작한 거야. 그렇지만 나는 그런 감정들은 묻어버리기로 하고 웃는 사람들 틈에 가세하고 말았단다.

그날 이후로, 레이와 나는 고등학교를 졸업할 때까지 말 한마디 나눈 적이 없었고 눈도 마주치지 않았어. 레이를 생각하면 너무나 후회가 돼. 제발 너만큼은 이런 식으로 행동하지 말았으면! 엄마와 내가 너에게 너와 다르거나 불우한 사람들을 친절히 대하는 힘인 동정심을 심어줬다면 좋겠구나.

또래의 압력

11학년 가을, 나는 마침내 운전면허를 따고, 내 첫 번째 자동차로 1984년 식 선홍색 포드 핀토를 장만했어. 그토록 갈망하던 자유를 마침내 얻었다는 기쁨에 굉장히 흥분했던 기억이 나. 어느 날, 나는 단짝인 드류와 새로 사귄 두 친구를 태우고 학교에서 집으로 가고 있었어. 그런데 문득 '저 친구들에게 정말 좋은 인상을 주고 싶은데……' 하는 생각이 든 거야. 11월인데도 때아닌 추위에 오후 내내 진눈깨비가 내리고 있었지. 도로 상태가 얼마나 위험했는지 짐작이 가지? 내 차는 운전석과 조수석 사이에 사이드 브레이크가 있는 자동변속장치가 장착된 차였어.

85

난 분위기를 북돋우려고, 시속 30마일[8]로 운전하다가 브레이크 손잡이를 확 잡아당겼지. 차는 얼음에 미끄러지다가 끽 소리를 내며 보도 앞에서 극적으로 멈췄어. 우리 모두 몹시 흥분해서 제정신이 아니었다. 내가 다시 운전을 시작하자, 새로 사귄 친구들이 이번엔 "더 빨리!"를 필사적으로 외쳐대더라고. 나는 별 생각 없이 4기통 자동차를 바닥에 쿵쿵거리며 날아가다시피 질주했는데, 속도계는 이미 시속 60마일[9]을 뛰어넘은 후였어. 그 순간 '아, 내가 이러다간 어마어마한 잘못을 저지르게 될 것 같은데?' 하는 생각이 들었어. 하지만 친구들이 "핸드브레이크, 핸드브레이크, 핸드브레이크!"라고 외쳐대는 구호에 압도되어 그만 분별력을 잃고만 거야!

내 머릿속은 온통 '또다시 난폭하고 거친 쿨한 남자가 되어야겠다'는 생각뿐이었어. 그래서 두 눈을 질끈 감고 기도하며 온 힘을 다해 차를 멈췄지. 우리가 탄 차는 꽁꽁 얼어붙은 도로에서 맹렬한 속도로 두 바퀴를 돌았는데, 모두 일제히 비명을 질러댔어. 그다음엔 슬로 모션처럼, 조수석 문 쪽으로 거대한 떡갈나무를 들이받고 말았지. 몇 초 동안 의식을 잃었다가 정신을 차려보니 뒷좌석에서 욕하는 소리가 들렸어. 조금 부딪히고 긁힌 것 말고는 우리 모두 괜찮았어. 그렇게 다 괜찮은 줄로만 알았는데! 드류를 쳐다보니 얼굴이 온통 피투성이가 된 채 몸을 앞으로 숙이고 있는 거야. 드류의 머리가 옆 창문을 뚫고 나가는 바람에 찢어져 있었어. 게다가 의식도 없어서 우리는 모두 극심한 공포에 휩싸이고 말

---

8   시속 108킬로미터
9   시속 216킬로미터

왔단다. 다른 차들이 우리를 도와주려고 길가에 서기 시작하자 모든 게 꿈 같았어. 막상 구급차가 도착하니까 실감이 나면서, 내가 저지른 일의 심각성을 깨달았지.

그 후 응급실에서 드류의 부모님과 함께 있었던 몇 시간은 마치 영원처럼 느껴졌어. 나는 어쩔 수 없이 거짓말을 지어냈지. "그건 아주 희한한 사고였어요!" 그렇게 말할 수밖에 없었어. 그런데도 그분들은 정말 놀랍게도 나를 믿어주셨어. 드류는 머리에 아주 심각한 외상을 입었단다. 상당히 여러 바늘을 꿰맸는데 뇌진탕 증상이 있어서 병원에 잠시 입원하면 금방 회복될 거라고 했어. 이렇게 호된 시련을 겪고 나서 나는 정신적으로 큰 충격을 받은 나머지, 몇 달 동안은 핸들조차 잡을 수가 없었어. 그날 나는 가장 친한 친구를 죽일 뻔한 거야. 사건의 원인은 모두 위험한 상황을 초래할 우려가 있는 또래의 압력을 견뎌내기에는 내가 너무 나약했던 탓이었지.

친구들의 기분을 맞춰주고 싶은 유혹을 물리치는 게 왜 그렇게 어려울까? 왜 우리는 끊임없이 인기가 좋은 사람이 되고 싶으면서도 안 그런 척해야 할까? 내가 보아온 바로 이 모든 것은 또래 집단 중 어떤 패거리를 선택하느냐에 달렸어. 또래의 압력은 모든 집단에서 어느 정도는 존재하지. 결정적 요인은 인기 수준이야. 사회적 영역에서 너는 대중의 이목을 얼마나 많이 끌고 싶니? 무리의 냉담함이 증가할수록 압력도 증가하는 법! 세상 물정에 밝은 무리들은 자신들의 배타성을 즐기는 편이야. 그들은 네가 멤버로서 충분한 자격이 있는지 알기 위해서 끊임없이 너의 한계를 테스트하려고 할 거야. "여기 이거 마셔." "너 맞고 싶니?"

"어서, 마약 딱 한 번 들이마신다고 죽지 않아!" "네 가방에 넣기만 하면 돼, 아무도 안 보잖아." 까다로운 선배라면, "나는 네가 얼마나 내숭을 떠는지 믿을 수가 없어!"라고 할 수도 있겠지. 소속감을 증명하기 위해 너는 어디까지 갈 거니? 그 테스트는 말 그대로 소모전일 뿐이야.

이럴 땐 네가 가장 중요하게 여기는 핵심 가치가 무엇인지 스스로에게 물어봐야만 해. 네가 생각하는 옳고 그름의 정의는 무엇이니? 대답은 오직 네 마음만이 알고 있을 거야. 더 어렸을 때의 너라면 절대로 하지 않으리라고 말했던 행동을 지금 하고 있는 건 아냐? 그날 밤의 테스트 막바지에서 탈락한다면, 네 스스로에게 어떤 기분이 들까? 너의 진가를 어느 정도 인정받아서 들뜬 기분일까? 아니면 너의 가치가 깎아 내려져서 하찮은 취급을 받고 있다고 느껴질까?

너와 함께 있는 시간을 즐거워하고 있는 그대로의 너를 좋아하는 아이들이야말로 네가 얻기 위해 노력해야 할 진정한 친구야. 너는 시내 여기저기를 쏘다니며 엑스터시 마약을 먹고, 난잡한 성관계를 하고, 쓰러질 때까지 술을 마셔대고 싶니? 그보다 훨씬 만족스러운 일이 얼마나 많은데? 토요일 밤에 함께 영화를 보고 나서 치즈감자튀김과 아이스크림을 먹는 것만으로도 충분히 즐거울 수 있어. 그렇잖아도 청소년기는 힘든 시기야. 너의 일거수일투족을 통제하려 하고 너의 가치를 완전히 무시하려는 사람들까지 네 인생에 필요하지 않아.

두려움 극복하기

우리가 어디까지 진도가 나갔나 보자. 너는 사춘기 반 컵, 또래의 압력 사분의 일 컵, 자기혐오는 통과하고, 불안감, 부모에 대한 약간의 반항까지 장만했네. 그러니까 유서 깊은 10대의 두려움에 대비할 수 있는 상당히 믿을 만한 요리법을 마련한 셈이야. 물론 10대의 두려움에는 약간의 긍정적인 측면도 있기는 해. 하지만 네가 이런저런 일로 제정신을 잃기 전에, 먼저 두려움에 대해 논리적으로 생각하는 시간이 필요하겠지. 사춘기는 영원히 지속되지 않거든. 너는 두려움을 알기도 전에 나이가 들면서 자신감 있고 성공한 독립적인 여성이 될 수도 있어. 두려움 극복은 지금 네 앞에 놓인 수많은 걱정거리와 살짝 승강이를 하면서 통과할 수 있는 문제에 불과해. 그리고 머지않아 아련한 추억이 되어 너도 언젠가 자녀들과 "엄마가 네 나이 때는~"하면서 그 이야기를 나누게 되겠지.

살아가면서 이런 골치 아픈 단계를 극복하는 방법에는 여러 가지가 있어. 가장 접근하기 쉬운 방법은 그냥 활동적으로 지내는 거야. 크리스틴 고모네 삼 남매야말로 내가 아는 10대들 중에서 가장 현실적이고 분별 있는 아이들이지. 이 아이들은 걸음마를 뗀 이후로 줄곧 각종 스포츠와 클럽을 비롯해서 네가 상상할 수 있는 모든 활동에 참여해왔단다. 고모네 집에서는 단 하룻밤도 게임이나 수업, 연주회, 실습, 또는 클럽 모임이 열리지 않는 날이 없어. 물론 기사 노릇을 해야 하는 부모 입장에서는 무척 성가신 일이긴 하지. 그렇지만 부모들에게 그 정도의 수고쯤은 아무것도 아니야. 오히려 청소년기 아이들이 짜증 부릴 일을 미연에 차단할 수 있는 기회이기 때문에 최고의 맞교환이라 할 수 있지.

89

사춘기를 만들어볼까? 어이쿠!!

1. 일단 사춘기 반컵

2. 자기 혐오도 좀 넣고

3. 불안감, 반항심을 우어어억!

두려움이 증폭되는 가장 큰 이유는 너무 많은 시간을 혼자 보내며 생각에 잠겨 있기 때문이야. TV나 보고, 거울을 들여다보고, 궁금해하고, 바라고, 집착하고……. 의미 없이 보내는 시간이야말로 너의 가장 나쁜 적이 될 수 있어. 방과 후 활동에 참여해서 체스 클럽, 악단, 배구팀, 연극부, 또는 미술 동호회 같은 데 가입하는 게 바람직해. 그러면 바빠서 또래의 압력을 충분히 피할 수 있을 뿐만 아니라, 판에 박힌 듯한 또래들의 집단적 활동에만 그치지 않고 다양한 사회적 모임에 참여할 수 있어.

두려움에 굴하지 않는 또 다른 효과적인 방법은 자신감을 갖는 거야. 자신감이 있다는 것만으로도 성공적인 인생을 보장받았다 해도 과언이 아니거든. 네가 있는 그대로의 너를 정말로 신뢰할 때, 곧 너의 한계를 뛰어넘게 될 테니까. 사람들이 너를 다르게 보고, 너를 아주 존중할 거야. 또 너의 긍정적인 태도를 남몰래 부러워하게 되겠지. 나도 뒤늦게야 터득한 거지만 언제나 자신감 100퍼센트인 사람은 아무도 없더라고. 정말 안정적으로 보이는 사람조차 단편적인 부분에서만 그래 보일 뿐이야. 자신감은 완벽하게 준비된 앞면이기 때문에 모든 행동이 환상적으로 보이는 거지. 실제로는 그들도 우리와 똑같이 자기 자신에 대해 회의적인 마음을 갖고 있어. 모두의 마음속 한편에는 두려움이 살고 있거든. 어른들도 마찬가지고. 너는 단지 자신감 있는 척 행동하면 돼. 네가 척한다고 해서 "너 왜 자신감 있는 척해?" 하고 알아차릴 사람은 아무도 없으니까.

스스로를 자랑스러워하려면, 먼저 너의 장점이 무엇인지 발견해야겠

91

지. 네가 갖고 있는 숨겨진 재능이나 흥미를 찾아서 꾸준히 밀고 나가라. 내 인생에서 가장 자신감 있었던 시기는 악단에서 노래할 때였어. 무대에서 내려올 때마다 나는 세계를 정복할 수 있을 것 같은 기분이 들었지. 고적대 지휘를 하든지, 경보를 하든지, 트라이앵글 연주를 하든지는 문제가 아니야, 단지 실천하는 게 중요해. 그리고 그 활동에 너의 모든 것을 쏟아부어라. 그렇게 하면 자긍심이 높아질 뿐만 아니라, 남자와 인기가 전부라는 생각에 집착하지 않게 될 거야. 더욱이 너는 자신감 없는 사람의 세 가지 징표가 드러나지 않도록 늘 노력해야 해.

Trust me!!
자신감 없는 사람의 세 가지 징표

불안해서 계속 말하기

이미 말했다시피 네 남자 친구뿐만 아니라 누구에게든지 네 생각을 전부 말할 필요는 없어. 다른 사람과 함께 있을 때 침묵이 흐르면, 어색한 분위기를 깨기 위해 무슨 말이라도 해야 할 것 같겠지. 하지만 그런 충동은 무시하렴. 턱을 들고 얼굴에 미소를 띠고 있으면, 사람들은 네가 머릿속으로 어떤 흥미로운 생각을 하고 있는지 궁금해할 거야. 침묵을 지키면 오히려 신비로운 분위기가 느껴져서 사람들이 너에게 매혹될걸?!

너를 함부로 대하는 사람들을 용납하기

내가 계속해서 낭패를 보곤 하는 영역이야. 누군가가 너를 모욕하는데 네가 아무 말도 하지 않고 외면한다면, 20분 후에 화가 치밀어 오르는데도 재치 있게 대꾸할 수 있겠니? 내가 실제로 겪었던 이야기를 들려줄게. 말도 안 되는 이유지만, 나는 대결을 피하기 위해서라면 지구 끝까지라도 가려고 하는 편이야. 그 정도가 너무 심해서, 사람들이 나를 깔아뭉개도 말 한마디 못 하고 내버려둔 게 한두 번이 아니지. 최근에 이 문제를 극복하기 위해 의식적으로 노력해봤지만, 잘 고쳐지지 않더라. 여전히 가끔 그런 일들이 일어나곤 해. 그렇다고 누군가가 너를 함부로 대할 때마다 매번 욕설을 퍼부어야 한다는 말은 아니야. 언짢은 표정을 지으며 단호한 어조로 "나한테 그렇게 말하지 마세요!"라고만 말해도 거의 효과가 있을걸. 멍청한 녀석들 대부분은 약한 사람들만 학대하고 싶어 하지. 그들은 상대방에게서 조금이라도 야무진 구석을 발견하면, 즉시 자리를 뜨는 부류거든.

보디랭귀지

SAT 점수나 학사 학위, 또는 일생의 업적보다도 뭇사람들 앞에서의 몸가짐이 너에 대해 더 많은 것들을 말해준단다. 반듯한 자세로, 시선을 맞추면서, 굳게 악수를 하는 정도로 간단하게 좋은 인상을 줄 수 있지. 사실 나는 사람들의 눈을 똑바로 바라보지 못했어. 나는 몹시 자신감이 없었고, 몸가짐 따위 신경 쓰지 않았거든. 사실은 그게 문제였지만. 선생님이 되고 나서 보니 알겠더라. 자신감 있는 아이들이 자기가 하는 모든 일에서 성공하는 사람들이기도 하다는 걸. 또한, 나는 부모의 가르침이 아이들이 자신감을 형성하는 데 상당한 영향을 미친다고 확신해. 아이들이 잘못을 해도 고쳐주지 않는다거나, 아이들과 시선을 맞추지 않으면, 어떤 아이라도 엉망진창이 되고 말 거야. 그렇게 자신감이 없어져서 결국 내면보다 자신의 신체적 특징만 세심히 살피는 어른이 되겠지. 어떤 청바지가 너를 뚱뚱하게 보이게 만드는지는 잊어버려. 항상 침착한 태도를 견지하고 힘 있는 시선을 유지하도록 해. 왜냐하면……

● **삶의 법칙 #9:** 그 누구도 뼛속까지 편안한 여자보다 더 섹시할 수는 없거든!

03

완벽한 사람은 아무도 없어

만약 이 세상에서 내가 확실히 아는 사실이 딱 하나 있다면, 그건 아무도 완벽하지 않다는 거야. 자신의 불완전함을 다른 사람보다 더 잘 숨길 수 있는 사람들이 더러 있긴 하지만, 마음속으로는 누구나 숨기고 싶은 결점과 신체적인 결함을 가지고 있게 마련이지. 그런데 세상에는 상대의 결함을 누구보다 더 잘 알아채는 존재가 있어. 바로 아이들이야. 아이들은 다른 친구의 불안감을 뿌리 깊이 파고들며 잔혹할 정도로 심술궂게 공격해. 그 친구가 완전히 좌절할 때까지 공세를 늦추지 않지. 여기서 말하는 결함은 망치족지[10]나 약간 혀 짧은 소리처럼 미미해서 거의 눈에 띄지 않을 수도 있고, 선천적 기형이나 영구적 장애처럼 다소 심각한 것일 수도 있어. 무슨 까닭인지, 우리가 거울을 들여다볼 때면 결함

---

10 첫째 마디가 굽어서 망치처럼 변형된 형태의 발가락

이 가장 눈에 잘 띄는 것 같아. 어쩌면 마음속에서 스스로를 규정할 때 부족한 부분을 제일 먼저 떠올리기 때문일지도 몰라.

조이 고모는 구순 구개열이라고 불리는 끔찍한 선천적 기형을 가지고 태어났어. 아기가 태어날 때부터 입천장 일부분이 없고 윗입술이 갈라져 있는 증상이지. 네 고모는 성형수술이 최첨단 시대의 기적처럼 발전하기 전인 1960년대에 태어났거든. 힘든 대수술을 몇 차례나 치르고 나서, 고모의 위턱은 흉하게 변형되었고 윗입술에는 심각한 흉터가 남았어. 설상가상 나이가 훨씬 더 들어서 턱이 성장을 멈출 때까지도 의사들은 그녀의 치아를 완전히 바로잡을 수 없었지. 네 고모는 나보다 5살 위였는데, 나는 자연스럽게 누나를 우상처럼 여겼어. 눈만 떴다 하면 누나가 동네 어디를 가든 졸졸 따라다녔지. 그러다 보니 조이 누나의 인생이 얼굴에 난 흉 때문에 어떻게 전개되는지를 처음부터 지켜보게 되었고, 인간이 얼마나 잔인해질 수 있는지를 일찍이 경험할 수 있었단다.

조이 누나가 중학교에 들어갔을 때였어. 누나가 친구들이 자기를 끔찍한 별명으로 부르며 놀렸다고 하소연하면서 다시는 학교에 가고 싶지 않다고 단호하게 이야기했지. 누나와 동갑인 A. J. 플레밍이 우리 동네로 이사 왔을 때, 나는 초등학교 1학년이었어. 플레밍은 악의 화신 같았다. 어쩜 그리도 무자비한지! 그 애는 매일매일 혐오스러운 별명으로 누나를 불렀어. 그중에서도 '흉터투성이 코'라는 별명을 제일 자주 써먹었지. 한번은 버스 정류장에서 테이프로 자기 윗입술을 코에 붙이고 줄기차게 누나를 놀려대더니만 결국 울리고 말더군. 그 양아치 녀석의 얼굴을 짓이겨놓았어야 했는데! 누나를 도와주고 싶은 마음은 간절했지만, 나는 덩치도 너무 작고 두려워서 그럴 엄두도 내지 못했지. 조이 누나는 어린 시절 내내 친구들에게 괴롭힘을 당했고, 고등학교 때는 괴롭히는 정도가 훨씬 더 심해졌어. 잠깐만이라도 앞니가 하나뿐이고 입술에는 흉터가 있는 데다가 말할 때 발음도 분명하지 않은 15살짜리 소녀의 입장이 되어 상상해보렴.

우리 사이가 껄끄러워지기 시작한 때가 바로 이 무렵이야. 누나가 매일같이 자기 방에 틀어박혀 지내기 시작했거든. 때때로 누나 방문에 귀를 기울여보면 스테레오 밑에서 소리 죽여 흐느껴 우는 누나의 모습이 생생하게 그려지곤 했어. 가끔 나는 누나의 일기를 훔쳐보기도 했는데, 사춘기 이전의 내 머리로는 그런 감정적 고통을 전부 이해할 수 없었지. 하지만 누나가 얼마나 애타게 사람들에게 받아들여지고 싶어 했는지는 알 수 있었기에 정말로 애석한 마음이었다. 누나는 아주 내성적인 소녀가 되어서 아무런 활동도 제대로 할 수가 없었어. 우리는 칠 년 동안이나 서로 말 한마디 하지 않았지. 하지만 우리가 겉보기엔 서로 적대적인 것처럼 보였을지 몰라도, 여전히 어느 정도의 친밀감은 있었다는 걸 말해주고 싶어. 그 이후에 조이 누나는 수술을 몇 차례 더 받았는데 결과는 성공적이었지. 이제는 미소 짓는 모습도 아름답고, 근사한 남자와 결혼해서 사랑스러운 딸도 있어. 비록 신체적 흉터는 현저하게 숨겨졌지만, 정신적인 흉터는 영원히 누나 인생의 일부분으로 남게 될 거야.

참고로 조이 누나의 두 번째 남편을 말하는 거야!

자라면서 나는 신이 모든 사람에게 일부러 결함을 준 거라 생각했어.

완벽한 사람은 아무도 없어

사람들이 겸손과 상대방에게 공감할 수 있는 능력을 배울 수 있도록 말이야. 사실 나도 스스로의 결함 때문에 25년 이상 무척 고심해왔는데, 이를 이해해보려고 살아가는 내내 "완벽한 사람은 없다"고 되뇌곤 했지.

1982년 겨울방학이 시작되기 직전 금요일에, 파인 스트리트 초등학교에서는 연례행사인 크리스마스 연극제가 열렸어. 헨더슨 부인이 이끄는 4학년 학급은 크리스마스의 고전이랄 수 있는 '눈사람 프로스티'를 공연할 예정이었어. 몇 백 명의 사람들이 공연을 보기 위해 구내식당으로 몰려들었단다. 피아노로 연주하는 크리스마스 캐럴이 울려 퍼지는 가운데, 갓 끓인 커피 향과 고소한 설탕 쿠키 냄새가 솔솔 풍겨 나오고 있었어. 번쩍거리는 카메라 플래시 세례를 받으며 학생들은 떨리지만 있는 힘을 다해 맡은 역할을 해내고 있었지. 부모들은 그 모습을 자랑스러운 눈빛으로 바라보며 소곤거렸어. 눈사람이 진짜 사람처럼 걷고 이야기하자, 모든 어린이들이 놀라서 프로스티 주위에 모여드는 장면이 이어졌어.

"이 마술 모자가 눈사람에게 생명을 불어넣은 게 틀림없어, 그런데 이 모자의 주인은 누굴까?"라고 수지 골드만이 아주 또렷하게 외쳤어. 그러자 병장 오말리가 무대 왼편에서 등장해 스포트라이트를 받으며 걸어갔는데, 너무 두려워서 몸이 꽁꽁 얼어붙은 것 같았지. 오말리는 몇 분 동안이나 어색하게 아무 말도 못 하고 있다가, 떨리는 입술로 잘 알아들을 수 없는 소리를 쏟아냈어. "시-시-시-시-시-시-시-실례- 지-지-지-지-지-지"라고. 리허설을 할 때는 수천 번도 더 완벽하게 해냈던 한 구절이 막상 공연할 때는 입에서 나오지도 않았던 거야. 너무나 충격적인 말 더듬는 소리가 구내식당 벽에 울려 퍼지자, 모든 사람들의 등골이 오싹해졌어. 딱 한마디밖에 없는 대사와 정신없이 씨름하느라 병장의 이마에서는 구슬땀이 쏟아지기 시작했어. 헨더슨 선생님은 우왕좌왕하고 있는 다른 학생들에게 각자 맡은 대사를 시작하라고 입 모양으로만 외치면서 질서를 되찾으려 했지. 하지만, 우리의 주인공은 좀처럼 누그러지지 않았어. 물에 잠긴 잔디 깎는 기계처럼 계속 "시-시-시-시-시-시-시-시-시-시-시-시-시"라고 더듬거렸지.

아이들이 무대에서 우왕좌왕하자, 관중들은 실소를 터뜨렸어. 결국 막이 내려왔지. 걱정스러운 표정을 짓고 있던 그 어린 배우는 자원봉사를 맡은 어떤 부모의 손에 이끌려나갔어. 그래 아가야, 이 이야기의 주인공은 바로 아빠야. 지금도 크리스마스 시즌만 되면 어김없이 그 운명적인 날 밤의 기억이 B급 공포영화의 한 장면처럼 내 마음속에서 재연되곤 해.

어린 시절에 말을 더듬는 언어장애를 갖고 있다가 청소년기에 벗어나는 사람들도 있어. 반면에, 말을 더듬는 습성이 평생토록 따라다니며 매일같이 삶을 심하게 훼손하고, 심신을 약하게 만드는 악마 같은 존재가 될 때도 있지. 내 경우엔 말 더듬기가 어린 시절에 어쩌다가 우연히 시작되었는데, 곧 발음하기가 힘들고 얼굴이 일그러지는 장애로 발달했단다. 때때로 한 번에 수초 동안 지속되기도 했어. 내 또래들은 믿기지 않을 정도로 냉혹하게, 내 흉내를 내며, 비웃고, 무시하고, 내가 하는 말마다 모두 가로채고, 별명을 붙여서 나를 공격했지. "프-프-프-피터"라고 말이야. 이 별명은 몇 년 동안이나 나를 따라다녔다고!

완벽한 사람은 아무도 없어

내가 제일 곤란했던 부분이 뭔 줄 알아? 머릿속으로는 놀라운 이야기가 이어지고 있지만, 아무도 내 말에는 단 1초도 귀 기울이지 않는다는 점이었어. 선생님들이 수업 시간에 발표를 시키면, 나는 완전히 입을 다물어버리곤 했지. 다른 친구들이 철없이 웃어대면, 떨려서 진땀이 줄줄 흘렀다니까. 나는 왕따였어. 매일 아침마다 침대에서 나오지 않고 다시 밤이 될 때까지 이불 밑에 숨어 있고 싶었어.

동네에서는 괜찮았어. 여자아이들은 모두 내가 귀엽다고 생각했고, 남자아이들은 나를 있는 그대로 받아들여줬거든. 하지만 학교에서는 매일 정신없이 복도를 달려야만 했어. 괴롭힘을 당하지 않고 다른 교실로 가려면 그 수밖에 없었거든. 사는 게 더할 나위 없이 괴로웠어.

힘든 나날이 반복되던 어느 날, 아주 특별한 사람을 만났단다. 내가 10학년 때 언어치료사였던 보네 부인이야. 전에도 많은 치료사들을 만났었지만, 아무도 내게 진정한 관심을 보여준 적이 없었거든. 모두들 그저 "천천히"를 계속 반복해서 말한 것 외에는 해준 게 없었지. 그런데 이분은 달랐어. 그녀는 내 마음에 귀를 기울여주었고 말을 유창하게 할 수 있도록 조언해주었단다.

어느 날 그녀가 말해주었지. "내 남편도 똑같은 고통을 겪었어. 그래서 네가 얼마나 괴로운지 잘 알고 있단다." 나는 말문이 막혔어. 누군가가 나의 감정에 관심을 갖는다는 게 놀라웠을 뿐만 아니라, 그녀가 말더듬이와 결혼했다니! 나는 이렇게 말을 더듬는 누군가를 진정으로 사랑할 수 있는 여자가 존재한다는 사실이 믿기지 않았어. 그때까지만 해도 나 외에 다른 말더듬이를 몰랐으니까. 단지 내가 희귀한 품종의 부적응자라고만 생각했지. 보네 부인은 나에게 자기 남편이 속해 있는 N.S.A.(국립 말더듬이 협회)라고 불리는 단체를 소개해줬어. 그 단체는 거의 모든 주요 도시에 지부가 있으며 회원이 수천 명이나 되는, 국가에서 지원해주는 단체였어. 그녀에게 팸플릿을 받고 불과 며칠 지나지 않아 나는 처음으로 모임에 참석했어.

모임에 도착해서 보니 놀랍게도 사회 각계각층의 사람들이 참석했더구나. 의사, 변호사, 사업가, 엄마, 아빠, 어린 꼬마에 이르기까지 아주 다양했어. 나는 감정이 복받쳐서 눈물이 났어. 거기 모인 사람들이 모두 나와 다름없는 삶을 살고 있다는 게 믿기지 않았거든. 자기 이름도 겨우 말하는 사람도 있었고, 떨리는 입으로 겨우 한 음절밖에 말하지 못하는 사람도 있었어. 9살짜리 소녀가 단지 자기 이름을 말하는 데 3분 동안이나 고군분투하는 것을 듣고 있자니 너무 마음이 아팠지.

한 시간이 지나자, 나는 완전히 새롭게 거듭났다고 할 정도로 달라졌어. 실제로 내 불규칙한 언어 패턴을 통제하는 데 도움이 되는 호흡법과 시각화 기법을 배웠거든. 그러나 무엇보다도 모임에 참석한 사람들에게서 큰 깨달음을 얻었지. 그들은 나에게 세상 사람 누구나 각자가 져야 할 십자가가 있다는 것을 가르쳐주었어. 너에게도 당당하게 행동하고 너 자신을 믿으라는 말을 해주고 싶어. 당황해서 바닥만 빤히 쳐다보면서 끊임없이 손으로 입을 가리고 웅얼거리듯 말하는 사람을 눈곱만큼이라도 존경할 사람은 아무도 없을 거야.

몇 달이 지나자, 나는 긴장을 풀고 처음으로 자신을 믿기 시작했어. 여전히 말을 더듬긴 했지만 덜 심각했고, 매 순간 버스 앞으로 뛰어들고

완벽한 사람은 아무도 없어

싫던 마음도 사라졌지. 모임에도 계속 참석했으며, 멋진 친구들도 몇 명 사귀었어. 심지어 처음으로 진지하게 사귄 여자 친구도 그 모임을 통해 만났다는 거! 케이트는 가족 초청의 밤에 만난 회원의 누나였거든. 그녀는 끝내주는 미인인 데다 친절하고, 참을성 있고, 늘 나를 지지해주었어. 자기 남동생이 평생 고군분투하는 것을 지켜보며 내가 처한 곤경을 진정으로 이해했지. 게다가 나보다 2살 더 많은 연상의 여인이었어!

마침내 나는 비웃음을 당하거나 다른 사람이 내 말을 가로챌까 봐 두려워하지 않고도 누군가에게 진심을 다해 말할 수 있게 되었어. 케이트와 함께했던 시간은 나의 자존감이 급상승하는 데 도움이 되었고, 언어 문제도 거의 괜찮아졌어. 이때가 바로 내가 치아교정기를 제거하고, 레슬링 팀에 가입하고, 친구들이 알아차릴 정도로 조용히 자신감을 키우기 시작했던 무렵이었지. 갑자기 여자 친구도 사귀게 되었고, 친구도 몇 명 생겼을 뿐만 아니라, 이제는 정말로 내가 청소용 롤러를 가지고 시내를 돌아다니는 말 못 하는 노숙자보다 더 나은 존재가 될 수 있다는 믿음도 생겼어.

케이트와 난 13개월 동안 사귀었는데, 그녀가 노스캐롤라이나에 있는 대학으로 진학하면서 헤어지고 말았지. 그 과정이 결코 원만하지는 않았지만, 케이트 덕분에 난 엄청난 자신감을 얻었고 스스로를 보여줄 게 많은 사람으로 여기게 되었어. 그리고 무엇보다도 좋았던 점은, 내가 연상의 여자와 데이트한다는 말이 퍼지자마자, 여자아이들이 나를 다르게 보기 시작했다는 거야.

33살이 된 지금도 난 여전히 말을 더듬어. 이 오랜 친구는 매일 나와 함께하지. 때로는 나를 꼼짝 못하게 괴롭힐 때도 있고. 그렇긴 해도, 언제나 곧바로 원상태로 돌아와서, 나 자신에게 말해. "그만해. 함부로 나를 규정하지 마. 나는 말을 더듬을 뿐이지 훨씬 더 가치 있는 존재란 말이야!" 심지어 더 나아가서 학교 선생님이 되었거니와, 정말이지 그중에서도 끝내주게 좋은 선생님이거든. 물론 내가 가끔 말문이 막힐 때 낄낄거리는 아이들이 있긴 해. 나중에 그 애들 책상을 지날 때 '소리는 안 나지만 치명적인' 방구를 뀌어서 복수하지롱. 뭐, 대부분의 경우엔 내가 말을 더듬더라도 그냥 지나친단다. 그리고 내가 진심으로 자기들에게 마음을 쓰고 있다는 것을 잘 알고 있기 때문에, 학생들에게 세상에 대해 한두 가지라도 가르칠 수 있는 건지도 몰라.

● 삶의 법칙 #10: 최악의 상황에서도 긍정적인 측면을 보는 법을 배워라.

모든 먹구름 뒤편에는 은빛 햇살이 빛나고 있듯이, 말을 더듬는 증상도 내 인생에 몇 가지 긍정적인 영향을 주었다고 믿고 있어. 그중 한 가지는 사람들의 고통에 공감하는 능력이야. 나는 살아가면서 아주 많은 상처를 입었고, 그 덕택에 심적 고통을 감지하는 육감이 발달했거든. 어떤 사람은 그걸 초능력이라고 생각할 수도 있어. 하지만 사실은 언제나 사람들을 위로하기 위해 최선을 다하고 편견 없이 귀를 기울이기 때문에 생긴 능력이야. 두 번째로, 훌륭한 사람을 판단하는 기준이 생겼어. 나는 그걸 '얼간이 탐지기'라고 부르지. 내가 말을 하는데 다른 사람들

103

완벽한 사람은 아무도 없어

얄미운 녀석,
소리가 안나는 방귀일수록
치명적인 법이지!

이 웃거나 말을 끊어버리면, 즉각 그들이 어떤 부류인지 알겠더라고. 그런 사람들에게 내 시간을 허비할 수는 없잖아. 그들은 우정을 나눌 가치가 없는 사람인 거야. 마지막으로, 말을 더듬는 증상을 겪었기 때문에 극도의 자기 성찰 능력을 지닐 수 있었다고 생각해. 이 끔찍한 녀석이 나로 하여금 깊이 생각하는 지성인이 되게끔 한 거야. 때로는 부담이 될 수도 있지만, 궁극적으로는 내가 무척 자랑스럽게 여기는 습성이지.

만약 내가 어렸을 때 완벽한 언어를 구사했었더라면, 젖은 대걸레 같은 인격을 지닌 오만한 멍청이가 되었을지 누가 알겠니. 나는 언변이 좋아 교실을 장악하거나, 재치 있는 우스갯소리로 많은 사람들을 즐겁게 해주는 사람은 결코 될 수 없으리라는 사실을 받아들여야만 했어. 하지만 그에 개의치 않고, 내게 잠깐의 시간이라도 주어진다면 마음 아파하는 사람들을 위로하고 이해시킬 수는 있을 거라는 생각에 안심할 수 있었단다.

네 엄마는 고등학교 동창회의 여왕으로 뽑히고, 수많은 남자아이들이 쫓아다닐 정도로 또래들 사이에서 매우 인기가 많았어. 그런데 사실은 불안감 때문에 여러 해 동안 상당히 고통받았다더라. 네 엄마와 나는 대학 기숙사에 입주할 때 처음 만났어. 그녀는 나랑 같은 층의 복도 저쪽 끝 방에 살았는데 나는 첫눈에 반해버리고 말았지. 하지만 그녀에게 말 한마디 거는 것은 고사하고, 그녀가 내 눈을 똑바로 쳐다볼 수 있게 되기까지도 수 주일이나 걸렸어. 그녀는 마치 치과의사를 피하듯 나를 피했고, 남들 앞에서 대놓고 나를 무시했으며, 심지어 날 투명인간 취급했

완벽한 사람은 아무도 없어

거든. 마침내 내가 돌파구를 찾고 나서 보니, 네 엄마는 결코 못된 여자가 아니었어. 단지 믿을 수 없으리만치 수줍음이 많을 뿐이었던 거야. 수줍음은 그녀가 인생의 대부분에 걸쳐 싸워왔던 악마 같은 존재였어. 네 엄마가 겉모습은 많은 사람들의 부러움을 받을 정도로 아름답지만, 내면적으로는 다른 사람의 눈을 들여다보거나 대화에 참여하는 것을 몹시 두려워하는 겁먹은 작은 소녀에 불과했던 거야.

수줍음을 많이 타는 성격 때문에 그녀는 무척 괴로운 삶을 살았어. 사람들을 만나거나 대인관계를 원만히 하기 위해서 끊임없이 친구들에게 의존해야만 했거든. 불편한 사람과 이야기를 하면, 실제로 심장이 두근거리고 몸이 떨리기 시작하는 공황발작을 겪곤 했단다. 전문대에 진학한 후에는 매일 자기 차 안에서 울었다고 했어. 대인관계를 도와줄 편안한 친구들이 없어서 너무 힘들었대. 그녀는 이 문제를 해결하기 위해 약물 치료도 하고, 민간요법도 써보고, 뉴에이지 기법을 시도하는 등 다각적으로 치료를 받았지. 마침내 최근에는 있는 그대로의 자신과 직면해서 스스로를 이해하기 시작했어. 지금은 놀랍게도 훌륭한 유치원 선생님이자 좋은 부인이자 어머니가 되었잖아. 이따금 수줍음이 고개를 내밀고 그녀를 사로잡을 때도 있지만, 이제는 그녀가 나서서 싸워 이겨내기 때문에 전혀 문제될 것 없지.

슈퍼모델들

젊은 여성으로 사는 건 정말 힘든 것 같아. 나는 그 원인 중 하나로 사방에 98파운드[11]의 완전무결한 슈퍼모델들이 보이는 것도 한몫한다고 생각해. 나도 잡지에서 근육이 울퉁불퉁한 남자 모델을 볼 때마다 하루 종일 터무니없는 괴물을 본 것처럼 느껴지는데, 여자아이들은 어떻겠어. 틀림없이 훨씬 더 심각하게 받아들일 거야. 학교에는 언제나 완벽한 피부와 놀라운 머릿결에 아름다운 몸매까지 갖추고, 가장 인기 있는 훈남을 남친으로 둔 여자아이들이 몇 명쯤 있게 마련이지. 특별하게 타고난 사람들을 보는 것만으로도 분명 너는 스스로가 역겹게 느껴지면서 끔찍하게 자신감이 없어질 거야. 그러나 내가 전에도 말했듯이, 누구나 결함을 가지고 있는데, 어떤 사람들은 남들보다 자신의 결함을 간신히 더 잘 숨기는 것뿐이야. 네가 다른 사람의 결함을 겉으로 볼 수 없다고 해서, 그것이 존재하지 않는 건 아니거든. 사람의 마음속 고통은 타인이 결코 알지 못하는 법이란다.

월리 램의 『그녀는 해방되었다(She's Come Undone)』라는 책을 대출해서 읽어봐. 너에게 도움이 될 거야. 10대들의 자포자기한 심정을 잘 다스리는 데 이만한 책이 없다고 생각해. 사람들은 모두 실현 불가능한 완벽함을 갖고 싶어 하게 마련이지. "내 귀가 조금만 작았더라면 좋을 텐데" "눈썹 사이가 이렇게 가깝지 않았으면 좋겠어" "내 코는 왜 이렇게 뾰족한 거야?" 등등 그 목록을 나열하자면 끝이 없을걸. 여자아이들 중에는

---

11 44.45킬로그램

완벽한 사람은 아무도 없어

고작 "난 결코 완벽해지지 못할 거야"라는 이유로 스스로를 비관해서, 절식을 하다가 굶어 죽는 경우도 있어. 심지어 먹은 것을 강제로 토하거나, 팔과 다리를 베는 아이들도 있지.

나는 온몸의 여드름을 있는 힘을 다해 짜는 버릇이 있어. 그럴 때마다 끔찍한 흉터가 생기곤 했는데, 자해를 했다고 해도 과언이 아닐 정도였지. 강박관념에 시달려서, 심지어 피부 밑 여드름조차 두려워 피를 볼 때까지 무참하게 짓눌러 뭉개곤 했거든. 지금까지도 나는 내 코와 이마를 세밀하게 살펴보지 않고는 거울을 그냥 지나칠 수가 없어.

○ 삶의 법칙 #11: 다른 사람이길 바라는 마음은 현재의 자신을 낭비하는 것이다.
_헬렌 켈러

가짜로 완벽한 사회를 설명할 때 가장 좋은 예가 캘리포니아 할리우드야. 여기는 연예인들의 본거지인데, 모든 사람이 아름답고, 엄청나게 부유하고, 완벽하게 행복하거나, 또는 그렇게 보이는 마법 같은 곳이지. 실상은 세계가 자기들의 명성 위주로 돌아가고 있다고 믿으면서 자아도취에 빠진 가짜들의 세계야. 나는 대학을 졸업하던 해에 할리우드에서 여름을 보냈는데, 모든 것이 믿기지가 않았어. 가는 곳마다 성형수술이 만들어낸 흠잡을 데 없는 사람들로 가득 차 있었거든. 내 평생 내가 그토록 못생기고 유행에 뒤떨어졌다는 느낌을 받았던 적이 없었어. 그 도시에서는 아무리 허름한 술집을 들어가더라도 파파라치들로 들끓는 레드 카펫 행사가 열리고 있는 기분이었지.

그런데 이 사람들은 정말로 행복할까? 외모와 돈을 갖추고 사람들에게 끊임없이 인정받잖아. 사실 그들의 삶은 나이를 먹는 불가피한 일에 대항하는 엄청난 싸움인 셈이거든. 그들이 갈구하는 외모는 일시적일 뿐이고, 주름이나 허리의 군살이 보이면 또다시 성형수술대 위로 오를 수밖에 없지. 우리는 모두 차차 늙어가게 마련이고 언젠간 피부도 축 처질 거야. 세상의 온갖 수술, 보톡스 주사, 인공 선탠으로도 세월을 막을 수는 없어. 네가 이 지구에서 지내는 몇 년 동안, 완벽함을 갈망하며 가십거리로만 가득 찬 연예신문이나 샅샅이 뒤지면서 시간을 허비하지 않길 바라. 열심히 생활하고 사랑하고 경험하며 지내도록 하렴.

릴리야, 내가 너에게 해주고 싶은 충고는 너의 젊음을 만끽하라는 거야. 여행, 파도타기, 스카이다이빙, 등산, 악기 배우기, 책 쓰기, 마라톤, 해지는 모습 지켜보기, 걸작 조각하기 등 무엇이든 마음껏 누려라. 하지만 너에게 결코 행복을 가져다주지 않을 피상적인 것들을 바라는 데 단 1분도 낭비하지 않길 바라. 잘 생각해봐. 너는 미래에 어떤 사람이 되고 싶니? 존경 받는 음악가, 작가, 대학 교수, 또는 의사가 되고 싶니? 아니면 27살의 나이에 노쇠했다고 퇴물 취급받고 폭식증을 앓는 마약 중독자 모델이 되고 싶니?

완벽한 사람은 아무도 없어

스카이다이빙

책 쓰기

이 장은 딱 한 문장으로 요약할 수 있어. "약물과 술로 너를 더럽히면 인생을 망치게 될 거야!" 정신에 영향을 미치는 물질에 대한 10대들의 만족할 줄 모르는 호기심을 그저 "아니라고 말해"라는 우스꽝스러운 구호로 충족시킬 수 있을까? 어쩔 수 없이 그런 말로도 충분하다고 생각하는 바보가 될 수밖에. 게다가 이 말이 오히려 역효과를 낼까 봐 두렵구나. 너에게 기회가 올 때마다 "예라고 말해"라고 더 많이 부추길 테니까.

내가 9학년일 때, 어떤 경찰관이 학교에 강연하러 왔는데, 조그만 유리병에 온갖 약물 샘플을 담아 가지고 온 거야. 그는 몇 시간 동안 강연을 하면서 각각의 약물이 우리의 몸과 마음, 인생에 끼칠 수 있는 악영향에 대해 설명해주었지. 그런데 강연회가 끝나자, 이런 의문이 들었어. "약물이 그렇게 나쁘다는데, 왜 그토록 많은 사람들이 복용하는 걸까? 그들은 왜 그토록 해로운 것을 얻기 위해, 거짓말하고, 훔치고, 죽이

111

고, 죽음을 무릅쓰고, 심지어 자신의 몸까지 파는 걸까?" 한 사람을 지옥 바닥까지 끌고 간 뒤에도 여전히 더 깊이 갈망하게끔 만들다니! 마침내 나는 화학 물질의 효과가 놀랍기 그지없을 거라는 결론에 도달했어. 뭐, 이 생각은 결국 나를 인생의 가장 어두운 시기이자 인간으로서 최악의 상태까지 이끌어가고 말았지.

10대 초반까지만 해도 나는 소위 기분을 바꿔주는 물질은 피하기 바빴어. 그게 뭐든 간에 개차반이나 패배자들 따위가 먹는 거라고 주장했지. 하지만 거의 10년이 지난 후에 중독의 바다에 빠져 허우적대며 매일 비열한 행위를 벌이는 나 자신을 발견하고 말았어. 내 이야기는 나보다 앞선 셀 수 없이 많은 10대들의 이야기나 다름없어. 가정에서 생기는 여러 가지 문제로 인해 자기 비하, 불안, 우울증이 극심한 나머지, 자신이 처한 현실로부터 도피하는 길을 끊임없이 찾아 나서게 되더라니까. 잠깐만이라도 근심걱정이 없었으면 더 이상 바랄게 없겠고, 나야말로 그럴 만한 자격이 충분하다고 느꼈어.

고등학교에서 레슬링 팀에 가입한 후에 참여하게 된 파티들은 제정신이 아니었어. 모든 사람들이 정신이 나간 채, 세상에 아무 걱정거리도 없는 것처럼 술에 취해 해롱댔거든. 우리는 대마초를 피고, 낄낄거리면서 춤을 췄어. 나는 줄곧 약물에 대한 강박증을 앓고 있었는데, 긴장을 풀고 파티에 임하면 더 많은 사람들이 나를 좋아해주지 않을까 궁금했어. 나는 의지가 아주 강해서 어떤 약물에도 중독되지 않을 거라는 자신이 있었거든. 결국 10학년 여름에 마리화나에 손을 대고 말았지.

처음에는 아무 일도 일어나지 않았어. 마리화나를 한 모금 피우고 시간이 좀 지나면 머리가 띵했는데 그것 외엔 다른 어떤 느낌도 들지 않았거든. 약물에 취하면 극도로 황홀해진다는 이야기를 많이 듣긴 했지만, 무슨 일이 일어날지 짐작도 못 했어. 어느 날 밤, 나는 친구 그레그의 자동차인 카마로 뒷좌석에 타고 가면서 마리화나 담배 한 대를 친구들과 돌아가며 피웠어. 그날 밤의 마리화나 한 대가 결국 나에게 엄청난 영향을 끼치게 될 줄이야! 차 스테레오 소리가 기가 막히게 좋아서, 전에 백만 번은 들었던 에릭 클랩튼의 '레이 다운 샐리(Lay Down Sally)'에 새삼스럽게 완전 꽂힌 기억이 나. 그 노래가 봄비처럼 나를 적시더니, 뒤이어 편안한 느낌이 들고, 흥분과 희열이 한꺼번에 강렬하게 몰려오더라. 사람들이 나를 좋아하든 말든, 내가 어떻게 보이는지, 내가 어떻게 말하는지, 갑자기 더 이상 신경 쓰이지 않았어. 내가 원하는 것은 오로지 웃고, 노래하고, 떠들고, 그 순간을 즐기는 것뿐이었지. 내 젊은 시절의 가장 꿈같은 경험이었어.

그날 밤 여전히 약물에 취한 채 기분이 좋아 싱글벙글하며 침대에 누워 생각했어. '이렇게 놀라운 느낌이 왜 나쁘다는 거지? "아니라고 말하라"고? 이게 무슨 바보 같은 소리람? 어째서 약물이 사람을 홀리는 사악한 물질로 평가받는 걸까? 매일 불안하고, 우울하고, 외로운 기분으로 지내는 게 더 사악한 거지. 이런 경이로운 느낌은 진짜 처음이라고!' 그날 밤 이후, 나는 마침내 또래들에게 받아들여진 기분이었어. 내가 행복에 이르는 진정한 비밀을 발견했다고 믿었지.

"인생은 파티야, 걱정하지 말고, 즐기자!"

약물과 술

처음으로 아슬아슬하면서도 재미있는 삶을 경험하면, 그게 대단히 황홀했다고 착각할 수 있어. 하지만 만약 약물을 계속 사용한다면, 초자연적인 능력을 소유하지 않고서는 네 앞에 어떤 위험이 도사리고 있는지 예견하기 힘들단다. 처음으로 놀라운 밤을 보낸 후에 뒤따를 수 있는 위험은 부모도, 선생님도, 영화도, 책도, 기억하기 쉬운 마약 반대 구호조차도 가르쳐주지 못할 거야.

삶의 법칙 #12: 믿을 수 없으리만치 높은 것에는 언제나 충격적일 만큼 낮은 것이 동반되게 마련이야. 이게 우주의 법칙이지!

술이라는 마법의 음료수

어떤 착한 체하는 사람이 '누구에게나 나쁜 버릇이 있다'고 주장해도 나는 조금도 신경 쓰지 않아. 이 말인즉 커피, 담배, 초콜릿, 야동, 텔레비전, 쇼핑, 약물, 도박, 섹스, 술, 심지어 자기 머리카락을 잡아당기는 행동에 이르기까지 별의별 나쁜 버릇이 다 있다는 뜻이잖아. 하지만 버릇은 단지 감정적인 동요를 야기할 수 있는 행동을 함으로써 공허한 느낌으로부터 도피하기 위한 인간의 본성일 뿐이야. 나의 현실도피는 15살에 미지근한 밀워키스 베스트(Milwaukee's Best) 열두 병짜리 한 박스로 시작됐어.

내 단짝 드류 알지? 걔네 집 차고에서 술이 들어 있는 박스를 꺼내 집

뒤편에 있는 숲에서 엄청나게 마셔댔어. 비록 맛은 아주 불쾌했지만, 알코올이 우리 마음에 끼친 영향은 대단했지. 우리는 미치광이들처럼 팔짝팔짝 뛰어다니다가, 나무에 올라가기도 하고, 몸싸움을 하는가 하면, 지나가는 차를 향해 엉덩이를 드러내 보이질 않나, 마구 토하다가, 결국에는 개네 집 마당에 있는 야외용 의자에 널브러지고 말았어. 감각을 왜곡하고 영원히 신나는 기분을 탐색하는 세계로의 나의 여정이 이때부터 시작된 거야.

　내 경우엔, 어렸을 때 이미 술고래의 씨앗이 몸 안에 심어진 셈이야. 고주망태가 되어 마음껏 즐거운 시간을 보내는 어른들을 지켜봤으니 그럴 수밖에. 나는 종종 나를 돌봐주던 숙모네 집 부엌 식탁 밑에 숨어서, 그 집 식구들의 말 한마디 한마디를 귀 기울여 듣고, 낄낄거리며, 그들이 왜 그렇게 이상하게 행동하는지 궁금해했어. 그들은 몇 시간 동안이나 장황하게 지저분한 농담을 하거나, 전에도 여러 차례 했던 똑같은 이야기들을 또 설명하기도 하고, 심지어 갑자기 소리 지르며 싸우기도 했거든. 나는 술이 그들로 하여금 일상생활을 할 때와 완전히 다르게 행동하도록 만드는 방식이 무척 흥미로웠어. 평소에는 아주 과묵한 삼촌이 스카치위스키 몇 잔만 마셨다 하면 공격적인 미치광이가 되곤 했어. 또 수다스러운 숙모는 백포도주인 샤르도네를 홀짝거리며, 줄담배를 피우고, 촛불만 바라보며, 그냥 조용히 앉아 있곤 했지. 가끔 나는 호기심에 발동이 걸려서, 아무도 보고 있지 않을 때, 먹고 남은 술잔에서 몇 모금 슬쩍 마셔봤는데, 토할 것 같더라. 그로부터 몇 년이 지나서야 술이라고 알려진 이 신비한 묘약의 유혹을 알게 되었지.

115

사춘기가 끝나갈 무렵, 친구들과 함께 매주 우리 부모님의 진열장에서 훔친 술병들을 가지고 여자아이들을 몇 명 모아서 숲 속으로 숨어들곤 했어. 우리는 자그마한 캠프파이어도 하고, 대형 휴대용 카세트 라디오의 음악을 틀어놓고, 정신없이 취하도록 마셔댔어. 그러면 어른이 된 것 같았단다. 때때로 맥주를 마시기도 했고, 또 어느 날 밤에는 독주나 샴페인, 싸구려 와인을 마시기도 했어. 그런데 모든 파티가 항상 똑같은 방식으로 끝나는 느낌이었지. 내 토사물 웅덩이에서 깨어나거나, 심지어 깨어난 곳이 어딘지도 모르겠더라. 처음에는 상당히 충격적이었는데, 같은 일이 몇 번씩 반복되자 그 행동이 나를 표현하는 특별한 행위예술처럼 여기지는 거야.

매주 월요일 아침마다, 내가 전혀 모르는 아이들이 나에게 하이파이브를 하거나 축하한다며 등을 두드리곤 했어. 그러면서 하나같이 말했지. "어이, 토요일 밤에 엄청 취했지. 정말 근사했어!" 나를 파티에 초대하는 횟수도 훨씬 늘었어. 그 순간부터 나는 "프-프-프-피터"라는 별명을 졸업하고, 1980년대에 인기 있었던 비디오 게임 이름을 딴 "푸케맨[12]"이 되었단다.

나는 파티에 참가할 때마다 술에 취해 곤드라졌어. 다음 날 일어나보면 얼굴에는 지워지지 않는 매직으로 그림이 그려져 있었어. 야외용 의자에 강력 접착테이프로 묶여 있기도 했고, 몸의 털이 면도되어 있던 적도 얼마나 많았는지 셀 수가 없을 정도야. 사람들은 그런 나를 보면서

---

12   Pukeman, 토하는 남자라는 뜻

으레 그러려니 하게 됐지. 그 당시엔 술을 마시고 난 다음 후폭풍이 전혀 괴롭지 않았어. 내가 말을 많이 하지 않고도 친구를 사귀는 가장 쉬운 방법이었거니와, 주목받는 게 즐거웠거든. 이렇게 무모한 행동은 고등학교 생활 내내 계속되었을 뿐만 아니라 대학에 들어가서도 이어졌어. 그때가 내 인생에서 가장 행복한 시기였지. 나는 그 행복이 영원히 지속될 줄 알았어.

1992년 슈퍼볼이 열렸던 일요일, 우리는 밤새도록 술을 마시며 즐거운 시간을 보냈어. 내 친구 3명이 먼저 파티 장소를 떠났지. 출발한 지 얼마 지나지 않아, 차는 고속도로에서 시속 100킬로미터로 달리고 있었어. 그런데 운전하던 친구가 깜빡 잠이 드는 바람에 길을 벗어나 나무를 들이받고 만 거야. 지미와 그레그는 자동차에서 튕겨 나가 사망했어. 운전했던 친구는 경미한 부상만 입고 빠져나왔고. 이 끔찍하고 비극적인 소식을 듣고, 수많은 친구들이 엄청난 충격을 받았어. 형제나 다름없는 친구들 중 2명이 인생의 한창 때에 느닷없이 목숨을 잃었으니까. 이 친구들은 초등학교 때부터 함께 자라며 뭐든지 같이하곤 했던 아이들이었는데, 이젠 영원히 작별을 고해야만 했으니, 너무나 충격이 컸지.

조문객들이 고인(故人)과 대면하고 이어서 치러진 장례식은 차마 눈 뜨고 볼 수가 없을 정도로 끔찍했어. 수백 명의 사람들이 몹시 창백한 얼굴로 모두 똑같은 질문을 했지. "어떻게 이런 일이 일어날 수 있었지요?" 모두들 두 사람의 죽음을 슬퍼하며, 얼마나 큰 비탄에 빠졌는지 말로 다 표현할 수가 없구나. 게다가 슬픔에 겨워 제정신이 아닌 그레그의 어머니가 관에서 외아들을 안아 올리는 걸 말리느라 얼마나 가슴이 아팠는지 몰라. 그 장면은 영원히 내 뇌리에서 떠나지 않을 거야. 나는 내가 그렇게 슬퍼할 수 있을 지 미처 몰랐어. 눈물이 마를 때까지 울고 또 울었단다.

사고가 났던 날 운전을 했던 팀은 희생자 가족들이 측은히 여겨 심각한 징역형은 피했어. 하지만 종신형이나 다름없는 끔찍한 기억 때문에 평생을 고통에 시달렸지. 몇 달 후에 팀이 말하길, 그레그에게 여러 번 심폐소생술을 했지만 끝내 자기 팔에서 눈을 뜬 채로 숨을 거두었다더구나.

우리들 중 팀을 비난할 자격이 있는 사람은 아무도 없었어. 그날 밤, 그 누가 운전대를 잡았다고 해도 이상할 게 없었으니까. 만약 내가 하고 있던 포켓볼 게임이 조금만 더 일찍 끝났더라면, 내가 운전을 했던지, 아니면 그 차에 함께 타고 갔을 게 뻔했거든. 술을 마시고 운전하는 건 우리들 무리에서는 그저 즐길 거리에 불과했어. 다들 음주 운전이 위험하며 불법이라는 것은 알고 있었지. 그러나 철없는 열아홉 살들은 자신의 행동이 불러올 결과에 대해선 미처 생각하지 못하게 마련이야. 어떤 끔찍한 일이 일어나서 상처를 갖고 살아갈 수밖에 없는 상황이 닥쳐야만 진실을 배우게 되지. 인생을 이런 식으로 살아선 안 되는 거였어. "걱정하지 마. 그냥 즐겨"라고 했다가, 어떻게 됐는지 봐.

너는 이 충격적인 경험이 나에게 교훈을 주었을 거라고 생각하겠지. 정말 유감스럽게도 네 예상이 빗나갔어. 당시 나의 무지몽매함은 상당히 심각했던 것 같아. 이듬해 봄에 여자 친구인 제나와 다투고 나서, 홧김에 예전보다 훨씬 더 술에 취한 상태로 그녀가 다니는 대학교에서 집을 향해 1시간 동안이나 차를 몰았어. 운전하는 동안 어떤 일이 있었는지는 전혀 생각나지 않아. 운전대를 잡고 꾸벅꾸벅 졸았던 것과 고속도로를 시속 110킬로미터로 달리는 동안 토하려다가 다시 삼켰던 기억이 어렴풋해. 새벽 5시에 깨어났는데 우리 집 잔디밭에 내 픽업트럭을 세워놓고 자고 있더라고. 내가 그날 밤에 사고로 죽지 않고, 음주 운전으로 체포되지도 않고, 심지어 길에서 무고한 사람을 죽이지 않은 것은 진짜 기적이었어.

누구든지 술을 마시면 판단능력과 합리적인 결정을 내릴 능력을 모두 잃게 되거든. 나는 취하지 않은 사람들이 술 취한 친구가 운전하지 못하도록 자동차 열쇠를 빼앗을 거라는 소리를 매번 들었어. 하지만 성공하는 모습은 한 번도 본 적이 없어. 물론 사람들이 열쇠를 뺏으려고 시도는 하지. 그게 통하지 않는 게 문제지만. 동이 틀 무렵까지 술을 마시고도 "아직은 괜찮아. 이 정도면 운전할 수 있어"라고 말하거나, "내 차에서 잠깐 잘 거야"라는 전통적인 핑계를 대는 거야. 내가 개인적으로 애용하는 대답은 "걱정하지 마, 나는 뒷골목으로 갈 거니까"야. 새벽 4시에, 집에 도착해서 술에 취해 곤드라지는 것보다 더 중요한 일은 없잖아. 술에 취한 누군가가 "많이 마시지도 않았어. 운전해도 끄떡없다고!"라고 말한다면, 너도 판단력이 흐려진 상태이기 때문에 믿게 될 거야.

내 말이 상투적인 문구처럼 들린다는 걸 알아. 그러나 음주 운전은

약물과 술

순식간에 네 인생을 끝장내버릴 수도 있어. 물론 아직 어리디 어린 3살 짜리 딸이 술 마시고 운전하는 것까지 걱정하는 나 자신이 편집증에 시달리는 괴물 같기도 해. 단지 내 노파심일 뿐이겠지. 나는 그저 너를 그만큼 많이 사랑한단다. 그래서 무모한 10대가 맞이할 수도 있는 앞날을 생각하면, 두려워져. 딴 건 몰라도, 아빠가 이것만은 꼭 약속하마. 만약 네가 어딘가에서 집으로 차를 타고 와야 한다면, 나는 시간을 가리지 않고 언제든지 나가서, 묻지도 따지지도 않고 너의 일행을 전부 집까지 태워다 줄 거야. 내 평생 약속을 할 때 이보다 더 심각했던 적은 없었어. 제발 1초도 망설이지 말고 이 제안을 받아들여주겠니? 그리고 술 마신 후엔 절대로 운전대에 앉지 마. 술 마신 친구가 운전하는 차에 타지도 말고.

만약 너한테 뜬슨 일이 생기기라도 하면 내 인생도 끝나버릴 테니까.

술 마시는 게 더 이상 재미있지 않을 때

음주가 미친 짓이라는 사실은 그게 문제가 되고 나서야 비로소 알아차릴 정도로 깨닫기 어려워. 그건 상당히 점진적인 과정이거든. 넌 어느 순간 모든 사람들이 어울리고 싶은 파티를 즐기는 인생을 살겠지. 하지만, 다음 순간엔 사랑하는 사람들이 너에게 도움을 받으라고 말하며 개입할 준비를 하고 있을 거야. 주말에는 맥주, 퇴근 후에는 포도주, 행복한 시간에는 칵테일, 바에서는 양주 몇 잔……. 이처럼 술은 우리 사회 구조의 일부분으로 자리 잡고 있어서, 피하는 게 거의 불가능할 정도지. 네가 나이가 들어서 직장생활, 인간관계, 경제적 독립 문제로 고군분투하기 시작할 때면, 고단했던 일주일이 지난 후엔 술을 마셔야만 온전한 정신을 차리게 될 거야. 술의 폐해를 알기도 전에, 이미 술을 마시지 않고는 하루도 지낼 수 없을걸. 그러다가 출퇴근하는 동안에도 알코올이 땡겨서 몸이 떨리기 시작하겠지.

술은 해로운 약물이야. 일단 중독되면 머릿속이 온통 술로 가득 차서, 취하지 않았다는 생각만으로도 참을 수 없는 악몽이거든. 너는 건강이 나빠지고, 대인관계와 직장생활, 가정생활이 전부 믿을 수 없으리만큼 고통스러울 거야. 1999년 가을, 네 엄마가 췌장염이 엄청 심해서 병원에 실려 간 적이 있어. 우리가 결혼하기 전에 퀸즈에 있는 아파트에서 동거를 하던 때였지. 부끄럽지만 당시에 나는 완전히 알코올 중독자였어. 그래서 힘든 시련을 겪고 있는 네 엄마 곁에 있어주기는커녕 그걸 매일 밤 술에 취해도 된다는 구실로 이용했지. 그녀는 끊임없는 통증에 시달리고 있었고, 병원에서 피를 뽑는 등 수많은 검사를 하면서 일주일을 견뎌야 했어. 그동안 나는 뭘 했냐고? 나는 3일 내내 친구들과 술을 진탕 마셔대고, 엿새 중에서 딱 두 번, 병문안을 갔지. 네 삼촌 샐이 자기 여동생이 어떤지 물어보려고 전화했는데, 내가 술에 잔뜩 취한 채 받는 바람에 톡톡히 창피를 당했지. 전화기 너머로 친구들의 웃음소리까지 전해졌을 거야. 사랑하는 남자가 어디에 있는지 궁금해하며 병원 침대에 누워 있을 네 엄마 생각을 하니 후회가 밀려오면서 마음이 아팠어.

이 책을 쓰고 있는 지금, 나는 알코올 중독 치료 초기 단계야. 중독에서 벗어나는 건 내가 여태까지 직면했던 일들 중에서도 가장 어려운 축에 속하는 것 같다. 무더운 여름날 오후에 누군가가 네게 시원한 맥주를 한잔 갖다 줬는데, "고맙지만 사양할게요"라고 말하는 건 엄청난 의지가 필요해. 네가 며칠 동안 먹지 못했던 좋아하는 피자 한 조각을 안 먹겠다고 말하는 거나 마찬가지야. 알코올 중독 치료 과정에서 내가 배운 첫 번째 법칙이 뭔지 아니? 절대 다른 사람의 중독을 끊어줄 수는 없다는 거야. 중독된 사람 스스로 준비가 되어야만 해. 누구나 자신에게 문제가 있어서 도움받을 필요가 있다는 사실을 받아들이려면, 그들 자신이 완전히 바닥까지 추락해볼 필요가 있지. 어느 날, 나는 네 엄마가 베이비 샤워[13]에 참석하러 간 동안에 집에서 너를 보고 있었는데, 그때 내가 점차 최악으로 치닫고 있다는 것을 깨달았어.

네가 낮잠이 든 후에 나는 신경을 안정시키기 위해 진통제 겸 적포도주를 마셨지. 나는 진통제 같은 화학 물질에는 내성이 생겨서 웬만큼 먹어서는 효과가 없었거든. 그러다 보니 포도주를 계속 마시는 바람에 터무니없이 많은 양을 삼켜버린 거야. 두말할 필요도 없이, 나는 약에 취해 의식을 잃고 소파에 쓰러졌어. 내 스스로 혼수상태를 유발한 셈이야. 정신이 없는 상태에서 네가 아기침대에서 발작을 일으키며 울고 있는 꿈을 꿨는데, 꽤 긴 시간 동안 꿈이 이어졌던 것 같아. 그런데도 도저히 정신을 차릴 수가 없었어.

네 엄마가 집에 왔을 때, 나는 깜짝 놀라 겨우 깨어났어. 너랑 네 엄마가 일제히 비명을 질렀거든. 네 침대가 있는 방문을 열어보니, 네가 아기침대에서 얼굴이 빨갛게 상기된 채로, 덜덜 떨며, 기진맥진하여 서 있더

---

13 임신이나 출산을 축하하기 위해 친구들이 아기 용품을 선물하는 파티

구나. 기저귀는 뜯겨져 나갔고, 네 얼굴이며 머리카락을 포함해서 여기 저기에 온통 똥이 묻어 있었어. 내가 충격에 휩싸여 멍하니 서 있자, 네 엄마가 벌컥 화를 내더라. 그런 모습은 전에 한 번도 본 적이 없었어. "어떤 아빠가 1살짜리 딸을 방치하고 술에 취한단 말이야? 당신은 한심한 패배자야!" 이런 말까지 듣게 되다니! 나는 마음이 상해서 집에서 뛰쳐나와 차에 올라타고 마약 밀매상의 집으로 직행했어.

나는 자정이 넘어서 술과 약물에 잔뜩 취한 채 집으로 돌아왔어. 곧바로 가방을 꾸리고, 약간의 현금과 기타를 챙긴 다음, 아내와 갓 난 딸아이를 남겨두고 떠나버렸지. 그날은 두 번째 결혼기념일 3일 전이었어. 네 엄마는 떠나지 말라고 간곡하게 애원하며 내가 술을 끊을 수 있도록 도와주겠다고 했어. 거기다 대고 내가 뭐라고 했는지 알아? "이 집은 내가 중독이 될 수밖에 없게 만들어. 정말 끔찍한 곳이야. 술을 끊으려면 여기를 떠나야 해." 2004년 5월 29일에 나는 플로리다를 떠나, 나의 나쁜 버릇을 고친다는 명목하에 북쪽 애틀랜타로 향했어. 이때만 해도 영원히 집으로 돌아가지 못할 것만 같았지.

약물

나는 이 책에 열거한 거의 모든 약물을 15년 이상 남용했어. 초기에는 나의 진짜 성격을 알아냈다는 생각이 들었고 심지어 약물이 없는 삶은 상상조차 할 수가 없었지. 그러나 점점 더 중독 증세가 심해지면서, 거의 모든 것을 잃을 지경이 되었어. 내 온전한 정신과 나의 가족, 친구들,

123

나의 꿈, 심지어 살려는 의지까지 말이야. 약물과의 싸움은 네가 결코 이길 수 없는 게임이야. 결국 너는 껍데기만 남아 옛 모습은 찾아볼 수 없게 되겠지. 거짓말을 밥 먹듯이 하고 깨어 있는 모든 순간을 싫어하게 될 거야. 진짜로 그런 일이 일어나기 전에 내 인생을 망칠 뻔한 약물이 무엇이었는지, 그리고 다른 사람들의 인생을 파괴했던 약물에 대해 네가 제대로 파악할 수 있도록 알려주려고 해. 나는 중독된 사람들이 무너지는 걸 두 눈으로 직접 목격했거든.

약물의 세계는 크게 두 가지 범주로 나눌 수 있어. 상승작용을 하는 약물과 저하작용을 하는 약물이지. 상승작용을 하는 약물은 사람들을 활력 넘치게 해. 경계성 인격 장애를 유발하며, 자신을 전지전능한 존재라고 느끼게 만들지. 반면에, 저하작용을 하는 약물은 감정을 무감각하게 하거나 자신이 거의 존재하지 않는 느낌이 들도록 만들어. 앞서 언급한 바와 같이, 나는 대마라고 불리는 조그만 초록색 식물로 처음 약물의 세계에 빠져들었어. 그나마 천진난만한 녀석으로 안면을 텄다고 할 수 있지.

Trust me!!

네 머리를 녹여버릴 약물 리스트

대마초 속어:
화분, 잡초, 풀, 메리 제인,
만성적, 간자, 싹, 초록색,
나무, 원숭이 발

마리화나

내 평생 진짜 좋아했던 것들을 쭉 늘어놓으면 마리화나도 한 자리 차지할 거야. 마리화나가 나의 세계로 들어왔을 때, 나는 내가 태어나서 해야 할 일이 무엇인지를 발견했다고 생각했어. 술과 마찬가지로, 이 잡초는 내가 속한 무리에서는 피우지 않는 사람이 괴짜라고 여겨질 만큼, 사회적으로 용인되는 약물이었지. 나는 파티에서 토하고 술에 취해 곤드라지는 것 외에도 친구를 사귈 방법이 있다는 걸 알아냈어. 바로 이 일곱 닢짜리 식물을 피우는 거야. 대마초가 어색한 분위기를 깨는 데 최고라는 사실을 깨닫고 나서 나는 어디를 가든지 반드시 내 몫을 챙겨가지고 다니며 마리화나 담배를 두툼하게 말아 피우기로 했어. 이 계획이 불러온 결과는 엄청났지. 마리화나는 나의 사회성에도 영향을 미쳤는데, 내가 '푸케맨'이란 별명을 졸업하고 '쾌락을 즐기는 남자'로 나아가도록 도와주었거든. 내 기분은 들뜨다 못해 황홀했어. 몇 년 전만 해도 말더듬이 불량품에 불과했는데, 이제는 사람들이 정말로 나에게 관심을 보이기 시작한 거야.

　마리화나를 한마디로 묘사한다면, '개선제'가 가장 적당할 거야. 마리화나는 네 앞에 놓인 모든 일을 개선하고 너의 감각을 거의 초인적 수준으로 강화시키거든. 마리화나에 취해 몽롱해지면, 인생이 모험 같고, 음악은 믿기지 않을 정도로 근사한 선율로 들리고, 사람들을 지켜보는 게 정말 신나. 일몰 광경, 섹스, 영화, 인생의 모든 게 오감이 즐거운 진탕 마시고 노는 잔치가 될 수 있어. 가장 뇌리에 꽂힌 순간은 죽어주는 초록색 풀을 피운 후에 음악회와 사교 모임에 갔을 때나 신비로운 자연경관을 바라보았을 때였어. 마리화나는 지극히 감미로운 약물이야. 사람들로 하여금 키득키득 웃게 만들고, 희열을 느끼게 하고, 한편으론 극도로 내성적인 성격으로 변하게 하지. 그리고 "오 예!", 미친 듯이 갈구하게 만들어. 네가 한창 흥청망청 마셔대는 중에 배가 고프면, 리츠 크래커 위에 얹은 고양이 먹이 통조림도 고급 요리가 될 수 있어.

"땅에서 나고 자라는 식물인데, 어떻게 나쁘다는 거지? 아마도 이걸 안 피고는 배겨낼 수 없을걸?" 나는 이 잡초를 소비하는 자신을 항상 합리화했어. 문제는 모든 사람들이 너에게 대마초는 중독성이 없다고 이야기하는 거야. 할아버지의 할아버지가 와도 그렇게 말하겠지. 나는 이 주장이 터무니없는 거짓말이라는 것을 직접 체험하며 깨달았어. 신체적인 중독성은 없지만, 대마초만큼 내 정신을 완전히 장악하는 약물은 섭취해본 적이 없다고. 대마초는 10년에 걸쳐 나의 인격과 신념뿐만 아니라 미래에 대한 포부까지 완전히 바꾸어놓았어. 대마초 때문에 나는 의욕도 없어지고 믿을 수 없으리만치 피해망상에 젖어버렸지. 내가 대마초에 취해 놓쳐버린 여자 친구들과 가족의 기능, 일자리 수는 헤아릴 수조차 없을 정도야. 차마 말하기 부끄럽지만, 교사가 되고 나서 처음 몇 년간도 대마초를 끊을 수 없었어. 심지어 대마초 때문에 대학교 1학년 때 중퇴를 하기도 했지. 사각팬티만 입고 하루 종일 대마초를 피우며 먹고 자고 기타나 치고 싶었거든.

내 인생이 한심해서 웃음이 다 난다. 나는 내가 유명한 록 스타가 되거나 영원히 파티나 즐기며 살 거라는 터무니없는 망상에 사로잡혀 있었어. 그 망할 놈의 잡초는 나로 하여금 사랑도 가족도 교육도 성공적인 직장생활도 돈도 다 필요 없다고 믿게 만들었어. 내게 필요한 건 나의 꿈, 나의 기타, 내가 은닉해둔 마리화나뿐이었어. 나는 현실과 단절된 채 서서히 전화나 초인종 소리에도 거의 응답하지 않고 틀어박혀 지내기 시작했어. 내가 사는 목적은 딱 하나! 대마초를 피면 느낄 수 있는 놀라운 황홀감이었는데 그 시간이 점점 더 단축되고, 기분이 저조한 상태는 더 오래 지속되면서 중독 증세가 훨씬 더 심해지기 시작했어. 황홀감이 느껴지지 않을 때는 모든 것이 끔찍하게 느껴지는 '대마초 중독자의 우울증'이 시작된 거야.

나는 기막힌 아이디어를 떠올렸어, "어이, 나는 그냥 황홀한 인생을 살 거야!" 그래, 그 순간은 나에게 있어서 정말 "유레카!"를 외치게 했어. 결국 내 상태는 아주 나빠지고 말았지. 미리 대마초를 피워서 기분을 좋게 만들지 않고는 아무 일도 할 수 없었거든. 학교에도 갈 수 없었고, 심지어 사람들이 많이 있는 곳에는 나갈 생각조차 못 했어. 네가 삶의 법칙 13번을 최대한 빠른 시일 내로 이해하기를 바라. 왜냐하면 나는 이렇게 간단한 진리를 파악하는 데 16년도 더 걸렸거든.

> 삶의 법칙 #13: 약물은 일상생활을 엉망으로 만들어버린다!

기회가 주어질 때마다 나는 마리화나의 효과가 얼마나 경이로운지, 이 작은 잡초가 세상의 모든 부당함을 어떻게 종식시킬 수 있는지 여러 차례 역설하곤 했어. 하지만 전혀 사실이 아니었지. 정신에 영향을 미치는 다른 모든 물질과 마찬가지로, 이 잡초도 현실로부터 도피하는 장치일 뿐이야. 걱정과 불안으로부터 숨기 위한 어두운 방인 셈이지. 사실은 마리화나를 백날 피워대도, 그 어떤 문제도 전혀 사라지지 않아. 네가 대마초를 일주일에 1온스씩 10년 동안 피운다 해도, 결국 정신을 차리고 세상에 다시 돌아올 때쯤엔 예전과 똑같은 걱정과 불안이 여전히 너를 기다리고 있을 거야. 게다가 너는 더 늙고 뚱뚱해지고 더 우매해져 있겠지.

대마초를 '마약 중독으로 통하는 문을 여는 초기 약물'이라고 부르는데는 반박할 여지가 없어. 이를 시작으로 약물에 대한 거리낌이 없어져서, 무슨 약물이든지 쉽게 입에 넣게 되거든. 이 잡초가 너에게 더 이상별다른 효과가 없다면, 너는 대마초를 처음 피울 때 느꼈던 황홀한 느낌을 되찾기 위해 더 강한 약물로 옮겨가겠지. 그러곤 "음, 이런 느낌을 어디에서 받았더라?" 하며 경탄할 거야. 마리화나 한 모금 정도론 피해 입을 염려가 없다고 말했던 바로 그 사람이 이제 환각제를 복용하고, PCP를 피우고, 공중화장실에서 마약을 흡입하는 일이 벌어지게 된 거야.

난들 대마초를 끊어보려고 노력하지 않았겠니? 꼬박 1년 동안 한결같이 노력했지만, 그 지독한 녀석은 언제나 나의 삶 속으로 다시 돌아오고야 말더라고. 이 잡초를 신체적으로 끊지 않는 한, 정신적으로 쇠약해지고 피해망상증이 계속해서 엄습할 거야. 이런 현상을 '중독성이 강한 악령'이라고 부르는데, 그 느낌은 음식으로는 만족할 수 없고 오로지 약물로만 충족되는 굶주림이라고밖에 달리 묘사할 방법이 없네. 아주 사소한 일에도 격한 감정에 휩싸여 어쩔 줄 모르게 되곤 하지. 타이어가 펑크 난 것만으로도 세상이 끝나버린 것 같은 기분이 들 수도 있어. 세상의 그 어떤 일에도 재미를 느끼지 못하게 되는 거야. 최고의 요리를 먹거나 엄청 웃기는 영화를 보거나 감동적인 음악을 듣거나 심지어 섹스조차도 따분해질 거야. 밤에 가장 마지막으로 하는 행동이 약물에 취하는 걸 텐데, 꿈에도 나타나고 아침에 눈뜨면 가장 먼저 생각나는 일이기도 해. 약물에 취하지 않으면 극심한 감정 기복과 불면증, 우울증을 초래하는 지경에까지 이르게 된단다.

마침내 나는 상습적으로 거짓말과 도둑질을 일삼는 사람으로 전락하고 말았어. 파렴치하게도 내 단짝 친구의 여친과 남몰래 관계를 했을 뿐만 아니라, 나의 한심한 습관을 유지하기 위한 비용을 마련하려고 식구들의 돈이나 자동차 스테레오를 훔치기까지 했어.

어느 날 문득 거울을 들여다보았는데 거울 속에 보이는 내 모습이 믿기지가 않더구나. 너구리처럼 눈엔 다크서클이 잔뜩 끼어 있고 피부는 창백한데다 주름이 자글자글하고 이빨은 누렇고 턱엔 중국 전화번호부보다 더 두껍게 살이 덕지덕지 쪘어. 겨우 28살밖에 되지 않았는데, 완전히 빈털터리가 되었지. 게다가 약물에 취하고는 싶은데 마련할 돈이 없어서 혹시 남아 있을지도 모르는 수지를 조금이라도 더 얻어낼 심산으로 빈 파이프를 벅벅 긁어대는 처량한 신세가 되고 말았단다. 달라지기엔 너무 늦은 거야.

천사의 먼지(합성 헤로인), 디젤, 적시는 것, 악마의 티끌, 담그는 것

PCP

일명 천사의 먼지라고 불리는 약물이야. 내가 여태까지 해본 것 중에서 가장 넌더리나기로 손꼽히지. 해리성 약물로 분류되며, 한동안 의학 분야에서 통증을 줄이고 마비를 유발하기 위해 사용되었어. PCP는 액체 또는 가루 형태로 이루어져 있는데, 불사신이 되었다

거나 유체이탈을 경험한 것 같은 느낌을 유발하지. PCP는 1960년대와 1970년대에도 있었지만, 1990년대에 환각 파티가 유행하면서 인기가 치솟았어. 환각 파티가 뭐냐고? 사람들이 대량으로 약물을 먹고 동이 틀 때까지 엉덩이를 흔들어대는 밤샘 댄스 파티야.

이 방면으로는 언제든지 만반의 준비가 되어 있던 나는 1993년 여름에 처음으로 맨해튼의 버려진 창고에서 열린 환각 파티에 참여했어. 천사의 먼지 액체에 적신 담배를 몇 모금 빨아들이자, 벽이 나를 향해 다가오는 느낌이 들었지. 게다가 가장 가까운 다리에서 뛰어내리고 싶은 충동이 일었어. 극심하게 취해서 내가 무엇을 해야 할지, 내 몸을 어떻게 통제해야 할지도 모르겠더라. 그와 동시에 자살하고 싶다는 정신병적인 생각으로 스스로를 몰아가기 시작했지. 내 영혼이 몸에서 분리되어 현실과 사후세계 사이에서 떠다니고 있는 것 같았달까. 나는 단지 내가 여전히 살아 있다는 것을 스스로 입증하기 위해, 계속해서 주먹으로 콘크리트 벽을 두드려댔어.

손은 온통 피투성이가 된 채 땀을 줄줄 흘리면서 계속 헛소리를 해대는 나를 친구가 자기 차 뒷좌석에 태워 집에 데려다 주었어. 집에 오는 내내 자동차 문을 열고 뛰어내리고 싶은 것을 여러 번 참아야 했어. 간신히 침대 위로 기어 올라가 누운 채 밤새도록 간질 환자처럼 온몸을 씰룩거리고 부들부들 떨면서 뜬눈으로 밤을 지새웠지. 며칠 동안 마치 뇌가 오트밀이 되어버린 것처럼 그 어떤 생각조차 할 수가 없었어. 그 후로도 천사의 먼지를 몇 차례 더 투약했는데, 그럴 때마다 내 상태는 점점 더 엉망진창이 되더구나. 게다가 눈곱만큼도 즐겁지 않았어. 이 약물은 끔찍한 악몽이야. 남용하면 치매나 혼수상태에 빠질 수도 있거니와 심지어 죽음에 이를 수도 있거든. 내가 언젠가 그걸 했다는 사실조차 잊고 싶을 정도야.

LSD, 마약 버섯, 메스크, 부퍼, 복용량, 환각 체험, 사건 기록부, 꼬리표

환각제

환각제에 손을 대면 정신적으로 극도로 피폐해지는 경험을 하게 돼. 그래, 고백할게. 나는 제멋대로 살았던 시절에 이 화학 물질을 상당히 자주 섭취했고, 그 바람에 내 인생이 확 바뀌는 경험을 했어. 이렇게 터무니없는 화학 물질들이 생겨난 유래는 대충 이래. 1950년대에 미국 정부가 마인드 컨트롤 가능성과 인간 의식의 한계에 대해 은밀하게 실험을 하고 있었나 봐. 그런데 이런 기괴한 테스트에 임하겠다고 자원했던 피험자들이 이 화학 물질들을 친구들과 재미 삼아 사용하려고 실험실 밖으로 몰래 가지고 나가기 시작한 거야. 그렇게 해서 '환각제가 난무하는 60년대'가 시작되었지. 당시 젊은 세대가 "당신 안의 스위치를 켜라, 주파수를 맞추어라, 인습에서 벗어나라"고 외치던 시대적 분위기와도 맞아떨어졌어.

이 시기에 베트남에서 끔찍한 전쟁이 일어났어. 젊은이들은 미국이 해외 문제에 개입하는 것에 반감을 느끼고, 인생에서 더 나은 길을 조성하고 싶어 했어. 나라 전체가 혼란스러웠지. 사람들은 정부와 전쟁과 권위는 물론이고 심지어 자기 자신의 존재까지도 의문시하고 있었거든. 실험 음악이 탄생하고, LSD와 같은 약물, 메스칼린[14], 마약 버섯[15], 페요

---

14   선인장의 일종에서 추출한 환각 물질
15   환각 물질이 들어있는 버섯

테[16]와 같은 환각 물질들이 자유를 누리기 위한 이상적인 방법으로서 받아들여진 것은 이렇게 사회적으로 불안했던 상황과 무관하지 않았어. 이런 약물들은 두뇌와 상호 작용을 하여 잠재의식에 존재하는 장벽을 허무는 것처럼 보였으며 자유로운 사랑과 집단생활을 통해 인생의 새로운 길로 나아가는 문을 열어주었어.

환각제는 섭취한 지 채 몇 분 지나지 않아서 그 실상을 깨달을 수 있어. 아마 엄청 두려울 거야. 이 화학 물질들은 섭취한 사람의 생각과 뇌의 정보 처리 과정 속도를 상상할 수 없을 정도로 높일 수 있거든. 그래서 현실이 아닌 것들을 듣고 보고 생각하고 느끼게 되지. 이런 비현실적인 일들을 환각이라고 불러. 환각 물질에 취한 상태가 12시간도 넘게 지속될 수 있고, 때로는 광적인 공황 상태가 되어 무엇으로도 진정시킬 수 없는 끔찍한 환각 체험을 하게 될 수도 있어. 이럴 때 환각제가 극도로 위험하다는 거야. 환각 상태가 되어 심각한 위험에 처할 정도로 심장마비나 신경쇠약을 겪고 있다고 착각하는 사람들을 직접 목격한 적이 있었어. 심지어 자신에게 초자연적인 능력이 있다고 착각해서 빌딩이나 움직이는 자동차에서 뛰어내리는 사람들도 있었지.

내 인생에서 가장 두렵고 굴욕적이었던 순간은 내가 친구네 블록 파티에서 마약 버섯을 먹은 날 밤이었어. 마피아가 나를 죽이려 한다고 믿었거든. 어처구니가 없지? 나도 알아. 하지만 왜 그런 생각을 하게 됐는지 자초지종을 들어봐. 1998년 여름, 우리 집 근처에 이탈리아 사람이 살고 있었어. 어느 날 우리 집 개가 그 사람네 잔디밭에 오줌을 싼다는 문제로 말다툼이 벌어졌어. 평소 같았으면 그냥 사과만 하고 지나갔을 텐데, 이날은 내 기분이 유난히 형편없었거든. 나 원 참! 그래서 이 녀석과 한판 붙기로 마음먹은 거야. 내가 욕설을 퍼붓고 그에게 "엿이나 먹어!"라며 한 방 날리려고 했는데……, 그는 "너 내가 누군지 모르는 모양인데! 밤길 조심하는 게 좋을 거야!"라고 고래고래 소리를 질러댔어.

다음 날, 나랑 친하게 지내던 이웃 사람이 "프랭키 스피넬리와 말다툼하는 걸 봤어. 조심하는 게 좋을 거야"라고 귀뜸해주었지. "그는 상당히 영향력 있는 인물이야, 내 말이 무슨 뜻인지 알지?" 젠장, 그 말은 진짜였어. 나는 간담이 서늘해져서, 그 일이 있고 며칠 동안이나 두려움에 사로잡혀 지냈어. 나는 조직범죄 영화의 광팬이었거든. 그 탓에 그의 말이 올무가 되어 머릿속에서 기이한 시나리오를 써내려갔지.

그 주에 블록 파티가 열렸어. 나는 친구들과 어울려 마약 버섯을 먹고 밴드의 연주에 맞춰 춤을 추며 점점 미쳐갔어. 그때 누군가가 나를 지켜보고 있는 느낌이 드는 거야. 어깨너머로 슬쩍 보니 프랭키 스피넬리가 티셔츠 차림의 기니 친구들과 함께 나를 쳐다보고 있더라고. 나를 향해 실실 웃으며 수군거리는데, 내 가슴은 터질 듯이 방망이질 치고 식은땀이 줄줄 흐르고 온몸이 벌벌 떨리기 시작했어. 이때쯤 마약 버섯이 제대로 효과를 발휘하기 시작했지. 편집증적 망상으로 내 마음이 갑자기 전투적인 상태가 되었어. 나는 이 녀석들이 영화의 한 장면처럼 '나를 때려눕히려고' 왔다고 정말로 믿었어. 두려워서 온몸이 얼어붙은 것 같았다. 주위를 둘러보자 모든 사람들이, 심지어 내 친구들조차 나를 지켜보며 은밀히 나를 죽이려고 모의하는 것같이 보였어. 나는 혼자서 충격을 받고 아드레날린이 솟구쳐서 사람들 틈을 비집고 맨발로 뛰기 시작했어. 하마터면 자동차에 치일 뻔한 적도 한두 번이 아니었지. 그렇게 지옥 같은 순간들을 견디며 정신없이 달려 1마일 가량 떨어진 집까지 10분 만에 도착했다고.

내가 집에 도착하자마자 한 일이 뭘 것 같아? 문마다 방어벽을 쌓고 블라인드를 치고 불이란 불은 죄다 껐어. 그러고 나서 바닥에 털썩 주저앉아 펑펑 울기 시작했지. 여러 가지 생각들이 포악한 독수리로 변해서 꼭 감고 있는 두 눈을 갉아먹는 느낌이었어. 그래서 자포자기하는 심정으로 전화기에 손을 뻗었지. 그것 외에는 달리 구원책이 떠오르지 않았거든. 몇 시간 동안 내 인생에서 중요한 사람이란 사람한테는 모두 전화를 걸었어. "마피아가 나를 제거하러 오고 있어!" 전화기를 부여잡고 엉엉 울었다니까.

소파 뒤에 숨어서 기도하는 동안, 내가 사랑하는 사람들이 현관에 속속 도착하기 시작했는데 모두들 제정신이 아니었단다. 그중엔 네 할아버지와 할머니, 당시에 약혼녀였던 네 엄마, 친구들, 샐 삼촌뿐만 아니라 내가 울부짖는 소리를 듣고 뛰어온 이웃 사람들도 있었어. 이 모든 일이 새벽 2시에 벌어진 소동이었지. 그들은 구석에 웅크린 채 안절부절못하는 나를 향해 집 안으로 몰려들어왔어. 몇 시간 동안 그들은 그게 사실이 아니라며 나를 진정시키려고 애썼지. 하지만 난 망상을 포기하지 않았어. 아침이 다가와 마약 버섯의 효과가 사라지기 시작해서야 생각의 패턴이 바뀌기 시작해서 피해망상이 극심한 수치심으로 바뀌었지. 단지 몇 시간 전까지만 해도 진짜로 목숨을 위협하는 것처럼 보였던 모든 것이 약물이 유발한 정신병적 에피소드였던 거야. 이제 내가 아는 모든 사

왜 부끄러운은
너의 몫이냐고?
아빠도 부끄러워…

람들이 나를 정신적으로 문제가 있는 괴짜라고
여기게 되었지.

두말할 나위 없이 나는 그 동네를 재빨리 떠났어. 차마 고개를 들고
다닐 수가 없었거든. 그날 밤에 있었던 일이 떠오를 때마다 쥐구멍에라
도 들어가 죽고 싶은 심정이야. 그와 같은 끔찍한 환각 체험은 난데없이
나타나서 너를 문자 그대로 공포의 도가니에 파묻어버릴 수도 있어. 내
가 환각제를 복용한 것은 그때가 마지막이었고 그 이후로 다시는 그럴
생각조차 하지 않았지.

내가 알기로 환각제에는 중독성이 없어. 하지만 화학 성분들은 영구
적인 뇌 손상과 정신병을 유발할 수도 있어. 나는 이런 일이 일어나는
걸 직접 보았거든. 대학생 때 친한 친구 한 명이 기숙사에 살고 있었는
데 어느 날 밤에 환각제인 LSD를 복용하고 완전히 정신이 나간 거야.
그 친구는 정부가 자기 방을 도청하고 인공위성을 통해 자기를 모니터
하고 있다고 악을 쓰며 벌거벗은 채로 복도를 뛰어다녔어. 결국 입에 거
품을 물고 발버둥 치며 경찰한테 끌려가고 말았지. 일주일 후에 자기 아
버지와 함께 나타나서 다른 사람에게 한마디 말도 없이 짐을 꾸렸고 곧
내 기억에서 멀어졌어. 뇌는 지극히 섬세한 기관이야. 이런 종류의 약물
들은 너의 연약한 정신에 치명적인 영향을 미칠 거고, 넌 결코 완전하게
회복될 수 없을지도 몰라.

만약 네가 내 충고를 무시하기로 하고 언젠가 이와 같은 위태로운 상
황에 처하게 된다면, 그날 밤을 무사히 보내는 데 다음 지시 사항이 가
장 확실한 도움이 될 거야!

너한테 이 조언이 평생 필요 없길 바라며…

☐ 안전하고 조용한 장소를 택해라.
조명은 반드시 희미하게 하되 가능하면 촛불이 좋아.

☐ 성가신 사람들은 차라리 관계를 끊어버려.
네가 맨 정신일 때도 너를 괴롭히는 사람이라고? 그럼 네가 환각 상태일 땐 당연히 너를 닦달할 거야.

☐ 음악
너무 빠른 템포의 음악은 틀지 마. 분노를 터뜨리려고 음악을 듣는 게 아니거든. 차분한 분위기를 만들면서 곤두선 신경계를 진정시켜주는 소리가 필요해.

☐ 두뇌를 사용하는 활동을 하는 게 좋아.
6~8시간 정도 몰입할 수 있는 일이 좋아. DVD를 연달아 보든지, 도전적인 게임을 하거나, 즐거운 대화를 나누는 것도 좋겠지.

☐ 환각 체험을 하지 않는 사람들을 피해라.
환각에 빠졌을 때 넌 완전히 다른 세상에 있는 셈이야. 술주정뱅이나 다름없지. 그들은 감정에 북받쳐서 너의 정신 상태를 더 악화시킬 거야.

☐ 거울을 보지 마.
네 얼굴이 두개골에서 녹아내리는 모습을 지켜보는 걸 즐기고 싶지 않다면, 이 말대로 하는 게 좋을 거야.

☐ 절대 억지로 자면 안 돼.
정말 중요해. 원수에게라도 이런 광기는 경험하게 하고 싶지 않을 정도거든.

환각을 체험하는 시간은 네가 먹은 환각제의 양에 비례해. 예상했던 것보다 훨씬 더 오랫동안 환각을 체험하게 될 수도 있어. 화학 성분은 일정한 과정을 거쳐서 몸에 흡수되는데, 결국은 탈진하다 못해 의식을 잃을 수도 있지. 부정적인 사고에 사로잡혀서 생각에 생각이 꼬리를 물고 점점 커지도록 내버려둘수록 끔찍한 환각 체험이 이어진다는 걸 명심해. 환각제 분야의 경전이랄 수 있는 톰 울프의『전기 쿨에이드 산(酸) 테스트(The electric Kool-Aid Acid Test)』를 읽고 깨달은 건데, 이때 가장 중요한 사실은 자신의 생각을 받아들이지도 거부하지도 말라는 거야. 머릿속 생각들이 숨 쉬는 공기처럼 뇌를 스쳐 지나가도록 내버려두는 거지. 그게 힘겹게나마 온전한 정신을 되찾기 위한 주문이 될 수도 있거든.

그런데 환각 체험의 공포를 느끼는 것보다 훨씬 더 끔찍한 일이 있어. 바로 불법 약물을 소지한 채로 경찰에 잡히는 거야. 환각성 약물을 운반하다 적발될 경우에는 상당히 엄중한 처벌을 받게 되거든. 몇몇 보수적인 주에서는 심지어 초범일지라도 징역형을 받아. 미국 감옥에는 "파티를 가면 나처럼 약물을 즐길 사람들이 많을 거야"하며 주위 사람에게 환각제를 운반하는 엄청난 실수를 저지른 무지한 아이들이 그득하단다.

엑스터시

대학을 졸업한 후에 난 그동안 엉망진창이었던 생활에서 벗어나 제정신을 좀 차리려나 싶었어. 그런데 하필이면 그즈음에 다시 새로운 약물이 내 삶에 몰려들어오는 바람에, 내 인생은 그야말로 너덜너덜해지고 말았지. 황홀경에 빠지게 해준다는 엑스터시에 눈을 뜬 거야. X라고 더 잘 알려져 있는 이 약물은 이미 1950년대부터 존재하긴 했지만, 최근에 이르러서 갑자기 대학가를 중심으로 평범한 미국인들에게도 많이 퍼져나가기 시작했어. 네가 이 약물을 만나게 된다면 꼭 화학자들에게 넘겨주길 바란다. 화학자들이라면 엑스터시가 네 머리를 망치기 시작할 때 그 약물이 인간의 몸에 무슨 짓을 하고 있는지 잘 알 테니까. X는 몸속 분비선에서 합성되어 네 기분과 정서적 안정을 담당하는 세로토닌이라고 불리는 화학 물질을 소모하지. 글쎄, 어떤 천재들이 이 분비선으로 통하는 수문을 열고 몸에서 모든 세로토닌

X, 몰리, 롤스, mdma, 트, 트리플 스택스, 비타민, 알약

을 단번에 불러일으키는 방법을 찾아내, 더할 나위 없는 지극한 환희와 관능적인 쾌락에 휩싸이도록 만든 거야.

엑스터시를 먹으면 2~3시간 동안 몸이 실제로 전기적 신호를 전달해서 활기가 넘치고 흥분해서 폭발할 것 같아. 솔직함, 공감, 활력과 같은 느낌이 쏟아져 나와서, "인생은 위대해, 사람들은 아주 근사하고, 모든 것이 완벽히 이치에 맞고, 나는 결코 다시는 슬프지 않을 거야!"라는 놀라운 깨달음을 얻게 되지. 누군가의 손이 네 목에 살짝 닿기만 해도 너는 행복해서 녹아버릴 거야.

너는 몇 시간이고 땀을 삐질삐질 흘리고 뽀득뽀득 이를 갈며 뺨이 얼얼할 정도로 심하게 실실 웃어대겠지. 그러다 난데없이 네 인생에서 가장 끔찍한 낭패감이 몰려올 거야. 누군가가 네 발 밑에 있는 양탄자를 확 잡아당기기라도 한 것처럼, X는 너에게 왔을 때만큼 빠르고 강력하게 너를 떠날 거야. 너는 놀라운 속도로 땅에 곤두박질쳐질 것이며, 미소는 온데간데없이 사라지고, 불안감이 엄습해서 결코 헤어날 수 없을 것 같은 심각한 우울증에 빠지게 될 거야. 세로토닌이 완전히 고갈되어서, 이제는 피할 수 없는 공허감만이 남게 되겠지. 듣자 하니, 몸에서 세로토닌을 다시 만드는 데는 시간이 꽤 걸리나봐. 사실, 너의 몸이 제대로 기능하기 위한 정상 수준으로 되돌아가려면 몇 달, 아니 심지어 몇 년이 걸릴 수도 있단다. 최근 연구에 따르면 엑스터시를 지속적으로 남용하면 세로토닌 신경전달물질들이 영구히 손상을 입을 수도 있어서, 자연스럽게 행복을 느끼기가 훨씬 더 어려워진대.* 이제 단 3시간의 황홀경을 위해 엑스터시를 먹는 일이 얼마나 심각한 건지 알겠니? 완전히 상상일 뿐인 거짓 행복을 사려고 네 영혼을 파는 일이야.

토요일 밤에는 극도의 황홀경을 만끽했다가 일요일이 되면 절망하여 베개 밑에 얼굴을 파묻은 채 울면서 지낸 때가 얼마나 많았던지! 오죽했으면 클럽 마니아들 사이에서 '자살하는 일요일'이라는 타이틀이 붙었을 정도로 이런 기분을 느끼는 경우가 아주 흔했어. 그나마 나는 어떤 영구적인 손상을 입기 전에 그 게임에서 벗어났으니 지극히 운이 좋은 편이었지. 내 친구 몇 명은 이 약물을 여러 해 동안 죽도록 남용하더니만 지금은 미소를 지을 수도 없고 저녁 노을의 아름다움조차 즐길 수 없는 산송장이나 다름이 없는 신세가 되고 말았어.

엑스터시는 범죄자들에 의해 비밀 지하 실험실에서 불법적으로 제조된대. 효능을 배가하기 위해 헤로인이나 코카인과 같은 치명적인 화학 물질과 섞는다고 하더라. 언젠가 나는 이 알약을 하나 먹었다가 아주 끔찍한 경험을 했어. 무려 5시간 동안이나 소파에서 담요를 덮고 오들오들 떨면서 앉아 있었는데 손가락 하나 움직일 수 없었거든. 이 약물로 인해 빚어진 무시무시한 이야기들이 허구한 날 뉴스에 나오고 있지. 가족들의 사랑을 듬뿍 받고, 성적도 올A이며, 뛰어난 운동선수이기까지 했던 어떤 고등학교 신입생이 처음으로 X를 경험하고 나서 죽었다는 뉴스도 보았어. 인간의 심장은 너무나도 여리단다. 온갖 유독한 화학 물질들을 섭취한 상태에서는 탈수가 진행되는데, 이때 과도하게 춤을 추면 심장에 무리가 가게 마련이야. 심장이 뛰는 게 멈추면? 끝장나는 거지.

내가 도움이 될 만한 충고를 해주길 바랄지도 모르겠네. 하지만, 엑스터시는 그럴 가치조차 없어. 틀림없이 네 또래들은 그게 얼마나 좋은지 역설하며 엑스터시를 추켜세우려고 할 거야. 그래도 넌 절대 거기에 넘어가지 말고 이렇게 말해. "고맙지만 사양할게, 우리 아빠가 말씀하시길 엑스터시가 아빠를 몇 년 동안이나 우울하게 만들고 아빠의 인생을 거의 파괴했다고 했어!" 구태의연하게 여겨질지도 모르겠지만, 생글생글 웃으며, 쇼핑하러 다니고, 남자아이들이랑 시시덕거리기도 하고, 신나게 춤도 추고, 즐겁게 노래도 하고, 밴드 활동도 하며 지내렴.

마음에 상처만 입힐 게 뻔한 허튼 행복에 네 영혼을 팔지 마!

코카인과 크랙

코카인은 진짜 사악한 약물이야. 이것만큼 희생자들의 삶 대부분을 파괴해버리는 약물은 본 적이 없어. 남아메리카 정글에서 재배하는 코카나무에서 채취하는데, 섭취하면 너무나 강렬한 쾌감 때문에 로켓을 타고 성층권으로 날아가버리는 느낌이 들 정도야. 코카인은 분말 형태로 대개 코로 흡입하고, 크랙은 고체 형태로 여러 가지 물질과 혼합해서 피워. 이 약물과 관련해서 너무 소름 끼치는 이야기들이 워낙 많은데, 유향수나 롱아일랜드 할머니에 관련된 소문은 듣기만 해도 역겨울 지경이야. 듣자 하니, 크랙에 중독된 64세의 여인이 이 약물 20달러어치를 받고 20살짜리 손녀를 마약 밀매상에게 '빌려'준 일이 있었대. 몇 시간 후에 경찰이 그 소녀를 구하고 보니 몰골이 도무지 말이 아니었다네. 이 약물과 관련해서 생각나는 또 다른 이야기는 내 사촌 매트 이야기야. 매트는 코카인 중독 때문에 자기 집과 법조인으로서의 직업, 부인과 세 아이까지 잃고 말았어. 그는 지금 40살인데, 직업도 없이 어린 시절 살았던 자기 방에서 지내고 있지.

바위, 코 캔디, 가루, 코딱지, 설탕, 뽑는 것, 기본, 야요

코카인에 취하면 답도 없어. 한 번 더 흡입하고 싶은 강렬한 충동을 이길 수가 없거든. 코카인을 딱 한 번 맛보기 위해서라면 거짓말, 도둑

질, 살인을 하거나 자녀를 포기하는 일도 서슴지 않을 거야. 심지어 자기 자신을 팔기까지 하는 사람도 있어. 어느 날 네가 친구들이랑 순진한 마음으로 시험 삼아 딱 한 번 해봤다간, 그냥 중독자가 되고 마는 거야. 그리고 일단 중독이 되면 대개 다음 세 가지 중 하나로 인생을 끝마치게 될 거야. '죽음, 징역형, 불결하고 비참한 삶', 골라봐. 인종, 연령, 사회·경제적 계층과 상관없이 누구나 약물의 영향을 받을 수 있어. 심지어 의사, 정치가, 교사 게다가 경찰관까지도 졸지에 살인을 저지를 수도 있는 중독자로 변할 수 있는 거야.

나는 코카인을 처음 맛보자마자 깨달았어. "아! 내가 끔찍한 실수를 저질렀다!" 심장이 터져나갈 것만 같았지. 볼을 깨무는 바람에 입안에 상처가 심하게 났는데도 그땐 얼굴엔 아무런 감각이 없어서 몰랐어. 그리고 전혀 모르는 사람들에게 내가 가장 두려워하는 게 뭐고 내가 바라는 일이 뭔지 횡설수설하며 쉴 새 없이 지껄여댔어. 나는 곤드레만드레 취하고 마약에 찌든 채로 집에 와서 문자 그대로 벽을 긁어댔지. 바륨[17]을 정신없이 먹고는 잠이 들었는데, 몇 시간 후에 깨어보니 내가 싼 오줌에 몸이 흥건히 젖었고, 숙취가 몇 날 며칠 동안 계속되었어. 그런데도 누군가가 나에게 '코카인 흡입'을 권할 때마다 절대 거절할 수가 없더구나. 그걸 흡입하면 어떤 생지옥을 겪게 되는지 누구보다 잘 알고 있었음에도, 또다시 밤새 그 짓거리를 하곤 했어.

코카인을 흡입하면 딱 20분 정도만 즐거워. 나머지 시간은 초기에 느꼈던 흥분을 갈망하게 돼. 이를 갈며, 더 깊은 절망의 나락으로 떨어지

면서 밤을 보내게 되는 거야. 고등학교 때 나랑 친한 친구들은 모두 마약 밀매상이든지 한심한 중독자든지 아니면 두 가지를 다 겸하고 있었어. 나는 누군가가 나에게 코카인을 주겠다고 하지 않으면 집을 나갈 수가 없는 지경에 이르렀는데, 밴드에 들어갔을 무렵에 상태가 훨씬 더 나빠졌어. 이 약물은 호시탐탐 취약한 시기를 노리며 여러 해 동안 내 삶 주위를 어슬렁거렸단다.

　나는 크랙도 한 번 해봤어. 그래서 이게 얼마나 개떡 같은 짓거리인지 잘 알고 있지. 웨이터로 일할 때, 코카인을 흡입하는 퇴폐적인 요리사들 몇 명과 어울려 지내며 짧은 기간이지만 겪어봤거든. 이 녀석들은 꽤나 대담하게 파티를 벌였어. 어느 날 밤에 그들의 아파트에서 맥주 몇 잔을 마셨는데, 나를 침실로 부르는 거야. 나는 마리화나 담배를 피겠거니 했어. 그런데 그게 아니었지. 크랙은 딱 한 번 빨아들였는데도 쾌감이 맹렬한 기세로 솟구쳐 극도에 달했어. 숨을 내쉬자, 가슴이 뜨거워지면서 첫키스를 했을 때처럼 심장이 방망이질치기 시작했어. "오, 안 돼, 내가 이걸 좋아하다니!" 당시의 두려움이 지금도 생생해.
　그런데 단 몇 초밖에 지나지 않은 것 같은데 그 느낌이 모두 사라져버리더라. 덕분에 걸신들린 듯이 더 많은 양을 갈망하게 되었지. 그토록 강력한 것이 그토록 순식간에 휙 지나가버릴 수 있다는 게 도무지 믿기지 않았어. 그래서 한 번 더 피우고 시간을 재봤지. 채 4분이 지나기도 전에 나는 쾌감이 극에 달했다가 순식간에 가라앉아버려서 이 약물을 조금이라도 더 섭취하고 싶어 무릎을 카펫에 찧으며 안달복달하고 있었단다. 어느새 약병에는 딱 한 번 사용할 양밖에 남아 있지 않았어. 우리 모두는 그걸 차지하고 싶어 안달 난 채 서로를 혐오스러운 눈으로 쳐다보았지. 나는 불명예스럽게 그 방을 나왔고, 자포자기해서 술에 취해 잠을 청했어. 내 인생에서 그렇게 수치스러웠던 적이 없단다. 이 약물이 왜 최악 중의 최악으로 알려져 있는지, 그리고 사람들이 그것을 들먹거리기만 해도 왜 덜덜 떠는지 분명히 알겠더라. 나는 크랙을 다시는 가까이 하지 않으리라고 굳게 다짐했고, 그 이후론 전혀 손도 대지 않았어.

요즘에는 크랙이 사방에 도사리고 있기 때문에 그 손아귀에서 안전한 사람은 아무도 없어. 최근에 내 친구의 남동생 하나가 명문대인 프린스턴 대학에 다니는 동안 크랙에 중독되었거든. 우리는 중독 치료소를 방문했다가 육체적으로나 정신적으로나 모두 망가져 있는 그를 보고 몹시 놀랐어. 그는 크랙을 딱 한 번 해봤는데 그저 그만둘 수가 없었을 뿐이라고 말하더구나. 심지어 아이비리그[18]에 다니는 있는 집 자식들조차도 이 쓰레기 같은 약물을 피우는 지경이 된 거야. 일단 중독자가 되면, 끝없는 나락으로 떨어지게 마련이지.

> 메스, 크랭크,
> 얼음, 크리스털,
> 스피드, 바틀기, 유리

메스암페타민

중독자들에게는 자신이 사용하지 않는다는 것을 자랑스럽게 여기는 약물이 한 가지씩은 있어. "이봐, 난 적어도 _____는 절대 안 한다니까!"라면서 거드름을 피우는 거지. 글쎄, 내 경우엔 그게 필로폰[19]이었

---

18   미국 북동부의 8개 명문대학

19   메스암페타민의 상품명으로 히로뽕이라고도 부른다.

어. 코카인은 흥분 시간이 한두 시간 동안인 반면에, 히로뽕은 며칠 동
안 계속 제정신을 못 차리게 될 수도 있거든. 아무튼 우리가 관여하는
밴드들 중 하나에 데니스라는 이름의 관악기 연주자가 있었는데, 그 친
구는 완전히 뽕쟁이였어. 내가 알고 있는 녀석들 중에서 제일 골치 아픈
놈이었지. 걸핏하면 치고받고 싸우지를 않나, 툭하면 자동차로 여기저기
들이받고, 감옥을 들락날락하는가 하면, 이빨은 썩어가는 옥수수 알갱
이처럼 보였어. 하지만 트롬본만큼은 타의 추종을 불허할 정도로 잘 불
었단다. 데니는 재능이 출중한 아이였으며 속으로는 마음씨가 고운 친
구였어. 단지 나쁜 화학 물질과 연루되었을 뿐이었지만.

어느 날 밤 공연을 마치고 나는 멋모르고 그 친구에게 집까지 태워주
겠다고 했지 뭐니. 그 애는 내 차 조수석에 앉자마자 바로 불을 켜더니
완전히 미치광이처럼 마구 떠들어대다가 라디오에 대고 고래고래 소리
를 지르면서 계기판에 마구 주먹질을 하는 거야. 그 친구는 할머니네 땅
에 지은 다 허물어져가는 판잣집에서 이빨이 검은 두 명의 마약 중독자
들과 함께 살고 있었어. 거기는 썩은 음식과 쓰레기가 발목 높이까지 쌓
여 있어서 아주 불결하기 그지없었지. 우리가 도착한 시간이 새벽 3시쯤
이었는데, 그 집은 온통 마약에 취한 채 파이프를 빨면서 몸을 씰룩거리
며 횡설수설하는 사람들로 득실대더구나. 비록 나도 잠깐이나마 유혹을
느끼긴 했지만, 끔찍하게 혐오스러워서 문을 박차고 나올 수밖에 없었
어. 그 집에 머무른 지 5분 만에 나는 메스암페타민이라는 그 더러운 존
재를 사용하면 어떻게 되는지 두 눈으로 똑똑히 보았어. 너무나 두려웠
지. 데니는 자신이 지닌 음악적 잠재력을 꽃피워보지도 못하고 결국 마
약의 세계로 사라져버렸단다.

메스는 동네에 있는 큰 마트에서 바로 구입할 수 있는 화학 약품들로 손쉽게 만들 수 있어. 배터리 산[20], 배수관 청소 액[21], 비료와 같은 재료가 필요해. 메스를 만드는 방법을 인터넷에서 찾아내서 자기네 집 욕조에서 치명적인 양을 섞어 만들면서 처음 접하게 되는 경우가 많아. 아마도 취하는 정도가 놀랍도록 강력할 거야. 사람들이 크랭크를 한바탕 투약하고는 5일 동안 내리 한숨도 잠을 자지 않았다는 이야기를 들은 적이 있어. 너의 몸이 그렇게 오랫동안 잠을 박탈당하면 어떻게 될까? 당연히 미쳐버리겠지. 히로뽕을 투약하면 피해망상에 사로잡혀서, 자살 충동을 느끼고, 망상장애를 일으키게 되는데, 아무리 온화한 사람일지라도 살인까지 저지르는 광란을 벌일 수가 있어. 엑스터시와 마찬가지로, 메스는 사람의 뇌 화학 물질에 돌이킬 수 없는 손상을 입혀서 심각한 정신병과 장기적인 우울증을 일으킬 수가 있단다. 이 약물은 들불처럼 삽시간에 퍼져서 미국 전역을 휩쓸고 지나갔는데, 심지어 중서부의 시골 마을에까지 파고들었어. 나는 최근에 자신이 메스에 중독되어 죽음에 이르는 과정을 찍어 기록으로 남기고 싶어 했던 35세의 미주리 주 사람에 대한 다큐멘터리를 보았어. 이 남자가 불과 몇 개월 만에 문자 그대로 허물어져가는 걸 지켜보니 너무 놀랍더구나. 결국 그는 이도 다 빠진 채 90파운드[22]밖에 되지 않는 뼈만 앙상한 몰골로 병원 침대에서 상심

---

20 battery acid, 축전지 내에 사용되는 물과 황산의 혼합액으로, 일명 배터리액 또는 전해액이라고도 한다.

21 drain cleaner, 산화제에 강한 수산화나트륨을 가해서 머리카락 등을 녹여 막힌 것을 뚫어 주는 하수구 처리제

22 약 40.8킬로그램

하고 있는 어머니를 끌어안고서 숨지고 말았어. 그 영상을 보는 것만으로도 아무런 희망 없는 중독자를 가장 가까운 치료 센터로 달려가도록 만들기에 충분하더군.

헤로인

헤로인은 모든 거리의 약물들 중의 왕이라고 할 수 있어. 코카인과 크랙과 필로폰이 너에게 전율을 일으키는 스릴 넘치는 놀이기구였다면, 헤로인은 소파 쿠션 속으로 소용돌이치며 휘말려 들어가는 느낌을 줄 거야. 이 화학 물질은 위에 열거했던 약물들과 정반대야. 인간에게 알려진 약물 중에서 육체적으로 중독성이 가장 높은 물질 중 하나거든. 헤로인은 양귀비에서 추출한 노란색 가루인데, 사용하는 방법이 다양해. 코로 킁킁 냄새를 들이 맡거나, 담배처럼 피우거나, '정맥 주사'를 맞기도 하지.

너도 알다시피 아빠가 굉장히 열렬한 음악 애호가잖니. 그래서 늘 이 약물에 대해 끊임없는 궁금증을 갖고 있었어. 물론 헤로인 남용으로 사망한 로큰롤 전설들에 대한 이야기를 익히 잘 알고 있었지. 그 점이 거슬리긴 했지만, 이 화학 물질로 이루어진 가루에 호기심이 발동하는 건 어쩔 수 없더라. 그 모든 사람들이 자신의 생명과 명성, 막대한 재산을 걸 정도라면, 믿기지 않을 정도로 기가 막힐 거라는 생각이 들었거든. 매일 밤 내 방 벽에 붙여놓은 지미 헨드릭스, 제리 가르시아, 제니스 조플린, 짐 모리슨의 포스터를 바라보며, 아마 헤로인은 탁월한 음악을 만들어내는 마법의 지름길이거나 통행권 같은 거라고 믿게 되었어.

대학 동아리 동료들 중의 한 명이 헤로인으로 들어가는 친절한 문지기가 되어주었지. 그 친구는 심지어 학기 중에 헤로인을 불법적으로 거래하기도 했어. 그 시점에 나는 완전히 마음의 갈피를 잡지 못하고, 가족과도 소원해져서, 평생 계속되었던 우울증으로부터 나를 꺼내줄 무언가를 찾고 있던 터였어. 헤로인이 내 손에 들어왔을 때, 나는 위험성에 대해서는 신경 쓰지 않았고, 단지 우울한 느낌을 끝장내버리고 싶었을 뿐이야. 다른 사람들은 헤로인을 담배처럼 피우거나 주사를 이용해 팔에 투입했던 반면에, 나는 코로 몇 번 킁킁거리며 흡입하는 쪽을 택했어. 주사 바늘은 또 무서웠거든. 아무튼 헤로인을 흡인한 순간! 난 누가 주먹으로 내 얼굴을 한 대 친줄 알았다니까. 즉각 효과가 나타나는 바람에 바닥에 쓰러지고 말았어. 절대 내가 기대했던 바가 아니었지. 몇 초 만에 눈꺼풀이 천근만근이 되고 치과에서 엑스레이를 찍을 때 입는 납으로 된 옷을 입고 있는 것 같았다니까. 눈앞이 안개가 낀 것처럼 뿌예지더니 온몸이 완전히 마비되었고, 눈을 깜빡거릴 때마다 '사십-오-분' 정도 지나 있곤 했어.

그로부터 6시간 동안이나 의식을 헤매면서 꼼짝 못하고 누워 있었어. 이 현상을 '꾸벅꾸벅 졸기'라고 부른다는 것은 나중에야 알았단다. 나를 움켜잡고 있는 소파로부터 벗어나려고 여러 차례 애를 써봤지만 번번이 성공하지 못했어. 당연한 수순처럼 부작용으로 구토를 일으켰는데, 이때도 상체만 구부린 채로 다른 신경을 쓸 겨를도 없이 바닥에 토해버렸어. 시간이 '천분의 일초'처럼 흘러갔지. 의식이 깨어날 때마다 방안에는 매번 다른 무리의 사람들이 약물에 취한 채 영화를 보며 나처럼 침을 질질 흘리고 있더라.

14시간 동안이나 잠을 자고 난 후에, 몸이 가려워서 깨어보니 무척 혼란스러웠어. 아무런 생각조차 할 수 없었고 무슨 요일인지 헤아릴 수도 없었거든. 오후 수업 시간에 맞춰 가려고 했지만 도서관까지밖에 가지 못해서 개인 열람석에 주저앉아 다시 인사불성이 되고 말았어. 정신을 차리고 보니 어느새 밤이 되어 도서관 문을 닫고 있었어. 과연 내가 제정신을 회복할 수 있을지 모르겠단 생각을 하며 비틀비틀 집으로 돌아왔지.

나는 친구에게 마약에 취한 느낌이 얼마나 끔찍하게 싫었는지 하소연을 늘어놨어. 그런데 그 친구가 "어이, 친구. 더 좋아질 거야!"라는 거야. 그래서 나는 헤로인을 두 번 더 해봤는데 마찬가지로 죽을 것만 같았어. 이 약물에 극도로 매료된다는 사람들이 도무지 이해가 안 되더라. 그때 나는 왜 그렇게 많은 사람들이 이런 쓰레기에 중독되는지 깨달았어. 해답은 아주 간단했지. 헤로인이 현실을 없애주기 때문이야. 너의 모든 걱정, 근심, 육체적 고통이 아예 존재하지 않았던 것처럼 완전히 사라지는 거야. 인생은 험난한 여정이잖아. 사람들이 죽고, 관계가 틀어지고, 경력이 단절되고, 꿈이 산산조각 나기도 하지. 헤로인은 이런 부정적인 느낌을 네 마음으로부터 모두 몰아내서, 너로 하여금 아무것도 문제가 되지 않고 오로지 취했다는 느낌만 있을 정도로 무감각하게 만든단다. 나는 왜 그렇게 많은 음악계의 우상들이 헤로인으로 자살했는지 마침내 알았어. 인기에 대한 압박감이 다스릴 수 없을 정도로 너무 큰 상태에서 헤로인을 치료제로 여겨졌던 거야.

그들은 그저 굴복했던 거야!

헤로인만큼 기만적인 명성을 갖고 있는 약물은 없어. 금단 현상이 일어나면 개미에게 물어뜯기거나 몸에 불이 붙은 것 같은 느낌이 든다는 이야기를 종종 들었지. 그리고 나서는 3일간 계속 토하고 덜덜 떨며 가위에 눌리고 식은땀을 흘린다고 해. 게다가 이건 너무 강해서 딱 한 번 시도했다가 자칫 심장이 멎어버릴 수도 있어. 마약을 하는 사람에 따라서 1회분의 효능도 각기 다르거든. 한 봉지를 다 흡입하고도 취하기만 하는 사람이 있는가 하면, 딱 한 번 코로 흡입했을 뿐인데 죽음에 이르는 사람도 있어. 또한, 헤로인 중독자들은 주사 바늘을 같이 사용하는 경우가 종종 있기 때문에, 에이즈와 C형 간염과 같은 치명적인 질병을 옮기 쉬워. 미국의 길거리에서 구걸하고 있는 쇠약한 노숙자들을 보고 어쩌다 그렇게 되었는지 궁금하다면, 이 약물 때문이라고 보면 맞을 거야.

> pharmies, oxies,
> vikes, zannies,
> perks, vallies, o.c.

처방전이 있어야 구입할 수 있는 약

이 악몽은 치과 정기 검진으로 시작해서 어마어마한 양의 아편 중독으로 끝났어. 처방전이 있어야 구입할 수 있는 약물은 주위에서 접하기가 쉽기 때문에 그만큼 중독에 빠져들기가 무척 쉬워. 이 약물들은 과학자들이 오직 환자의 통증과 고통을 줄여주기 위해 신체의 감각을 마비시키려는 목적으로 만든 것들이야. '파미스(Pharmies)'라는 애칭으로 잘 알려져 있는 약은 육체적 통증을 완화시키는 용도로 쓰여. 하지만 그 약은 정신적 괴로움도 그만큼 덜어준단다. 투약하고 몇 분 만에 온몸이 따뜻한 솜털의 바다에 휩싸인 것 같고, 모든 근심이 사라져서, 네가 세상의 꼭대기에 있는 것 같은 느낌이 들 거야. 이런 종류의 약물들은 남용하기 무척 쉽지. 의사들은 심지어 아주 사소한 통증에도 망설이지 않고 그런 약물들을 처방하고, 그런 약물들을 투약한다고 하더라도 사실상 다른 사람들이 감지할 수도 없거든. 대마초처럼 역겨운 곳에서 멍한 표정으로 있지도 않고, 코카인처럼 약물에 취한 채 코를 킁킁거리지도 않기 때문이야. 심지어 "어이, 너 신수가 훤하구나!"라는 말을 들을 정도로 겉으론 전혀 약물의 폐해가 드러나지 않는단다.

나는 치과에서 받은 수술의 통증이 가라앉은 지 한참 지났는데도 그 약들을 기분 전환용으로 먹기 시작했어. 처음에는 친구들과 함께 재미삼아 스릴을 느끼려고 했다가 곧 하루에 서너 번씩 다량의 약물을 왕창 먹어댔지. 인간의 몸은 처방된 약에 대해 상당히 빨리 내성이 생겨서, 머지않아 한 알로는 더 이상 아무 효과가 없게 되고 몸이 취한 상태를 갈망하기 시작해. 그래서 필요한 양을 먹지 못하면, 토하고 위경련을 일으키고 자살 충동을 느끼고 환각을 보고 한기를 느끼고 열이 날 수도 있어. 네가 지금까지 앓았던 가장 심한 독감을 상상해봐. 그런데 심지어 그것의 50배쯤 고통스런 금단 현상을 겪고도 이 약물의 투약을 그만두려고 하지 않을 거야.

어떤 의사가 더 이상 처방을 해주지 않으려고 하면, 또 다른 의사에게 가서 이전의 상처에 대한 통증을 호소하면 간단하게 해결되더라고. 어느 누구의 욕실도 안전하지 않았어. 내 손에 닿는 욕실의 약장이란 약장은 내가 다 털다시피 했거든. 그러다가 결국 무한 공급책을 가진 녀석을 만났어. 부끄럽지만 내가 최악의 상태일 때는 하루에 20알을 먹고 완전히 맛이 가서 제정신이 아닌 상태로 중학생들을 가르친 적도 있단다. 만약 그걸 들켰더라면, 내 직업과 교사자격증은 물론 가족을 위한 안전한 미래의 가능성까지도 잃고 말았을 거야. 하지만 나는 개의치 않았어. 냉혹한 쓰레기였으니까. 심지어 결혼식 날에도 약을 먹고 취해 있었으니 말이야. 일생에서 가장 기억에 남을 날 나는 완전히 정상이 아니었어. 이런 전쟁 같은 생활이 2년 이상 계속되다가 마침내 애틀랜타 임대주택단지에서 하룻밤 만에 끝이 났지.

네 엄마가 싱글맘이 될 것 같다는 생각에 사로잡혀 매일 밤 울다가 잠이 드는 동안에도, 나는 정신을 차리지 못했어. 대학 때 룸메이트였던 녀석이 살던 바퀴벌레가 들끓는 아파트에서 술을 진탕 마시고 약물을 먹고 인사불성이 되어 있었지. 나의 중독은 걷잡을 수 없는 지경이 되었어. 또다시 나는 행실이 좋지 않은 패거리와 어울리며 매일 먹어대는 각종 약물에 코카인까지 추가하게 되었단다.

6월 6일 일요일, 비 내리는 밤이었지. 데이브가 일주일 동안 집에 돌아오지 않은 바람에 혼자 남겨진 나는 낯선 동네에서 스스로 건사해야만 하는 상황이었어. 마약에 취해 제정신이 아닌 상태로 기타를 치고 있었는데 내가 치는 모든 화음이 도둑고양이 울음소리처럼 들리더라. 내 목소리는 날카로웠고 손은 떨리고 있었고 가슴은 미칠 듯이 쿵쾅거렸어. 거울을 얼핏 보니 울화통을 터뜨리고 있는 내 모습이 악마나 다름없어서 기겁했단다. 속에서 끓어오르는 분노와 좌절감을 어쩌지 못해 기타를 바닥에 던져 박살내고 절망하며 쓰러지고 말았어.

그 후 몇 분이 지나 내 모든 인생이 파탄 나고 있다는 사실이 확 와닿았지. 내 꿈과 가족과 친구들과 미래와 과거가 주마등처럼 지나갔어. 그 순간 아무 생각 없이 생을 마감하기로 결심했어. 전혀 인간답지 못한 삶을 더 이상 계속 이어나가야 할 이유를 한 가지도 찾을 수가 없었거든. 조그만 갈색 병을 집어 들어 내용물을 입에 다 쏟아붓고 나서 싸구려 보드카를 단번에 벌컥벌컥 들이마시는 것으로 모든 행동을 끝냈어. 누워 있으니 진정이 되면서 눈물이 그치고 마음이 평온해지더구나. 이런 비극의 영향을 받게 될 너를 비롯한 모든 사람들을 생각해봤지. 처음엔 충격을 받겠지만 시간이 지나면 너도 나 없이 살아가는 게 차라리 더 나을 거라는 확신이 들었어. 결국 네 엄마도 나보다 더 나은 생활을 너에게 제공해줄 수 있는 남자를 만나 결혼하게 될 테니 말이야. 더더군다나 나는 가족까지 저버리고 신체적으로도 정상이 아닌 아무짝에도 쓸모없는 중독자였잖아. 그때 나는 '내가 없으면 세상은 더 살기 좋은 곳이 될 것'이라는 생각에 사로잡혀 있었어.

나는 종이접시 뒷면에 사죄하는 편지를 쓰기로 했어. 펜을 잡고 애쓰는 동안 네가 주인공인 몇 가지 환상을 보았단다. 네가 태어났을 때와 너를 처음으로 안았을 때, 매일 밤 잠자리에 들기 전 블루스를 추곤 했었던 때, 네가 아기 욕조에서 첨벙거리던 때가 눈앞에 아른거렸어. 그런데 마지막 환상은 내 기억에 없던 일이었어. 네가 나랑 함께 찍은 낡은 사진을 들고 내 무덤 앞에 혼자 서 있었거든. 너는 20대로 보였는데, 모진 풍파를 겪은 듯 안색이 마치 실성한 40대 여자 같았어. 그때 네가 절규하기 시작했어. "왜 그랬어요? 이런 나쁜 사람 같으니라고! 어떻게 그럴 수가 있었냐고요? 아빠는 모든 걸 다 가졌었잖아요!" 네 목소리에 서려있는 고통이 고스란히 묘지에 울려 퍼졌어. 네가 내 묘비 위에 있던 흙을 발로 차자, 비로소 내 행동의 심각성을 깨닫게 되었지. 내가 네 아빠를 빼앗은 거야. 단 한 번의 이기적인 행동으로 네가 사랑하는 친구이자 보호자를 너에게서 영원히 앗아간 거야.

그런 줄도 모르고 나는 내가 죽는 것이 너를 위한 최선책이라는 바보 같은 생각을 했던 거지. 만약 실제로 죽었더라면, 너로 하여금 왜 아빠가 스스로 생을 마감했는지 견디기 힘든 의문을 품은 채 슬픔을 안고 살아가게 만들었을 거야. 눈물로 마스카라가 얼룩진 얼굴에 서려 있는 너의 비통함을 보는데 도저히 참을 수가 없었어. 너에게 직접 용서를 구해야겠다는 생각이 들었어.

순간 내 안의 남은 힘이 솟아나서 변기까지 필사적으로 기어갔어. 손가락을 목구멍에 넣어 할 수 있는 한 모든 것을 다 게워냈어. 둑이 무너진 것처럼 독이 솟구쳐 나왔는데, 경련성 발작이 일어날 때마다 다시는 너를 떠나지 않겠노라고 약속했단다. 그리고 신께 이번 한 번만 꼭 구해달라고 기도하며 나의 행실을 고치겠노라고 맹세했어.

몇 시간이 지난 후에 깨어보니 욕실 바닥에 쓰러진 채 몸에는 온통 토사물이 뒤덮여 있더구나. 이미 말라붙은 토사물엔 알약 쪼가리들이 뒤섞여 있었어. 말끔히 샤워를 하고 가방을 꾸려서 즉시 95번 고속도로로 남쪽으로 향했어. 출발한 지 몇 분 되지 않아 또 다른 쓰레기가 약물 남용으로 죽은 채 발견된 곳에 이르렀는데, 맙소사! 엄청난 충격을 받은 부인과 어린 딸이 그 앞에 있는 거야. 그들이 아버지 없이 인생을 헤쳐나가도록 남겨두고 떠난 자는 바로 나였어. 이렇게 완전히 바닥을 쳤으니, 내가 할 수 있는 거라곤 올라가는 길밖엔 없었어.

깨끗해지기

이 세상에는 영혼의 공백을 채우려다가 알코올 중독자나 약물 중독자가 된 사람들이 수백만 명이나 있어. 하지만 이런 공허감은 오직 사랑 외에는 그 어떤 것으로도 채울 수가 없단다. 내가 노력했다는 사실을 신은 아실 거야. 중독을 극복하기 위해 진심으로 투쟁했거든. 일부러 강박적인 행동을 하되, 건강에 좋은 행위, 내면에 집중하도록 만드는 행위를 선택하는 거야. 내가 가장 신경 썼던 부분은 '스스로가 더 이상 멋지지 않다'는 느낌이었어. 나는 더 이상 "놀기 좋아하는 녀석, 피트"가 아니었어. 정체성을 완전히 잃어버린 거야. 나는 재미있지도 않았고, 전화벨도 더 이상 울리지 않았지. 파티에 초대받는 일도 줄어들어서, 또다시 말더듬이 패배자가 된 것 같은 기분이었어. 나는 10학년 때부터 취하지 않은 적이 없었는데, 이제는 그렇지 않은 사람이라는 것을 재발견해야만 했어.

애틀랜타로부터 돌아온 후에 나는 도움을 받아서 화학 성분과 무관한 존재가 되기로 결심했어. 나에게는 재활원이 필요하다는 것을 알고 있었지만 그 비용이 꽤 많이 드는 데다 우리는 완전히 파산한 상태였기 때문에 어림없는 이야기였지. 나는 약물 중독자 모임과 서복손(suboxone)이라고 불리는 기적의 약을 선택했어. 최근까지는 메타돈[23]이 아편 중독의 유일한 치료제였는데, 이 약도 중독성이 매우 강해서 병원에서만 구할 수 있었거든. 서복손은 의사의 처방에 따라 편하게 집에서 스스로 관리할 수 있기 때문에, 별다른 불편함 없이 겨우 몇 주 만에 안전하게

23　헤로인 중독 치료에 사용되는 합성 진통제

몸을 해독하는 데 도움이 되었지. 내가 그 흉악한 짓거리를 하고 싶어서 몸이 근질거릴 때마다 한 알을 뜯어서 혀 밑에 넣으면 욕구가 사라지는데, 얼마나 놀라웠는지 몰라. 이제 나는 앞길이 막막할 때 그 길에 대한 지도를 갖고 있는 친구처럼 기댈 사람을 찾을 단계였어.

약물 중독자 모임은 다양한 종류의 화학 물질에 중독되었던 사람들을 위한 지원 단체야. 이곳엔 모든 구성원들을 이어주는 한 가지 공통점이 있지. 바로 모두들 약물에 무력해서 혼자 힘으로는 맨 정신을 유지할 수 없다는 것을 인정하러 왔다는 거야. 그들은 약물을 사용하고 싶어질 때면 서로를 도와줄 수 있도록 일주일 내내 모임을 갖는단다. 이 단체는 "회복에 이르는 12단계"로 알려진 철학자들을 중심으로 설립되었어. 이 12단계는 정신적 이해를 통해서 건강한 정신과 몸을 유지하는 평생에 걸친 과정이야. 내 경우에, 정말로 가슴에 와 닿았던 것은 다른 구성원들의 확신이었어. 그들의 비통함과 중독에 대한 개인적인 이야기를 들어보니 친숙해서 마음이 움직이더라니까. 그들 모두 나만큼이나 엉망이었는데, 그런 그들의 솔직한 이야기가 나에게 많은 힘이 되었어.

모임에 참가할 때마다 나는 마음을 털어놓으며 나의 자기 파괴적인 성격에 대한 통찰을 게을리하지 않았어. 그 모임에는 유죄 선고를 받은 흉악범, 노숙자, 전직 창녀뿐만 아니라, 심지어 나처럼 아주 평범한 사람들도 있었지. 그런데 그들 모두는 같은 사연을 갖고 있었어. 처음엔 순진한 10대의 재미로 시작했지만, 나이 들어서는 결국 통제 불능의 상태로 빠져들었던 거야. 나는 어떤 종류의 중독이든지 대개 우울증, 불안장애, 또는 해결되지 않은 심리적 트라우마와 같은 정신적으로나 감정적으로 더 깊은 문제를 감추고 있다는 것을 배웠어. 내 경우엔 위에 열거한 것들 모두 다 해당이 되었지. 하지만 어떤 종류의 후원 단체든지 너에게 가르쳐줄 수 있는 가장 중요한 것은 네가 혼자가 아니라는 사실이야.

그다음 단계로 내가 취했던 방법은 기존의 대인관계를 완전히 끊는 것이었어. 대부분의 내 친구들은 누군가가 필사적으로 약물을 끊으려 한다고 해도 신경 쓰지 않는 이기적인 중독자들이었거든. 그들은 내 얼굴에 대고 마리화나 연기를 내뿜거나, 하지 말라고 간청하는데도 계속 약물을 권하곤 했단다. 게다가 툭하면 마약을 하자고 불러댔고, 파티에 참여하도록 강요했으며, 심지어 나를 법적인 문제에 연루시키기도 했어. 결국 나는 핸드폰 번호를 바꾸고 한동안 잠수를 탈 수밖에 없었지. 처음엔 고통스러웠어. 이 녀석들 중의 몇 명은 몇 년 동안 나랑 굉장히 친하게 지냈던 친구였으니까. 그러나 그들과의 관계를 끊든지 아니면 끊임없이 중독 상태로 되돌아가든지 갈림길에서 나는 전자를 선택했어.

나는 한동안 사회생활을 전혀 하지 않았는데, 결국 내가 참가했던 모임에서 친구를 몇 명 사귀어서 그걸 바탕으로 다시 세상 밖으로 나설 수 있었지. 특히 나의 후원자인 필과 무척 친한 친구가 되었어. 그는 진정한 구세주였지. 내가 거의 매일 그에게 전화를 걸어 도움을 청했는데, 그는 한밤중일지라도 싫은 내색 없이 나를 격려해주었거든. 취하지 않은 삶을 실현하는 것이 불가능해 보이던 시기에, 필은 "조금만 견뎌봐!"라고 말해주곤 했어. 그 간단한 몇 마디가 나에게 힘이 되더구나.

약물과 술

"달려, 포레스트, 달려!"

〈포레스트 검프〉는 내 인생 영화야. 정말로 놀랄 만한 삶을 살아가는 정신 장애인에 대한 영화지. 영화의 클라이맥스에서 포레스트는 사랑하는 어머니가 죽고 사랑하는 제니로부터도 버림받아. 그러던 어느 날 자포자기하여 현관에 앉아 있다가 벌떡 일어나 달리기 시작하지. 그는 미국을 여러 차례 뛰어서 왔다 갔다 하는데, 이 과정에서 자신의 상심한 마음이 치유되었을 뿐만 아니라 미국 전역의 국민들에게도 영감을 주게 된단다. 영화 속의 이야기라는 것을 알고는 있지만, 그런 발상이 정말 일리가 있다는 생각이 들더라. 그래서 약물에 취하고픈 충동이 스멀스멀 일어나서 불안하고 초조해질 때마다, 나는 달렸어. 때로는 하루에 세 번이나 달려서, 구역질이 나고 옆구리가 심하게 결려 거의 쓰러질 지경이 되기도 했어. 그러는 중에 나의 인내심이 조금씩 커가기 시작했어.

6개월이 지나자 나는 약물로는 얻을 수 없는 자연스러운 최고의 기분을 느낄 수 있었어. 마침내 나의 축 늘어진 몸이 건강을 되찾아 챔피언처럼 달리고 있었지. 내 삶의 거의 모든 면이 착 맞아 들어가기 시작했어. 중독도 차도를 보였고, 심지어 여태까지 한 번도 해본 적이 없던 마라톤에 처음으로 참가하기 위하여 훈련을 시작했단다.

더 나은 내일에 대한 희망

모르는 게 약이라고들 말하지. 나도 자기 자녀는 결코 정신을 바꾸는 물질에 연루되지 않으리라고 부정하며 살아가는 그런 부모들 중의 하나가 될 수도 있었어. 하지만 바로 그들의 아이가 약물 남용으로 죽은 채 발견되는 고통을 감내해야 하는 일들이 종종 있더라고. 그러니까 어떻게 내가 너에게 약물이나 술을 절대로 먹지 말라고 할 수 있겠니? 그래봤자 네가 나에게 거짓말을 하게 만들 뿐일 텐데. 나는 우리의 관계가 속임수에 근거한 관계로 바뀌는 것도 싫어. 내가 중독의 늪에서 허우적거리는 동안 아버지 품에 쓰러져서 도와달라고 간청하고 싶었던 때가 한두 번이 아니었어. 하지만 나 혼자 짐을 짊어지는 쪽을 선택했지. 그런데 너는 그러지 않았으면 해. 네 문제라면, 나는 너의 육체적 혹은 정신적 상태가 어떻든지 개의치 않고 언제든지 두 팔 벌려 환영할 거야.

지금 나는 깨끗해진 지 13개월 3일이 되었는데, 내 인생에서 그 어느 때보다도 가장 행복한 시간을 보내고 있어. 이제는 충동이 밀려올 때 그냥 너를 꼭 안아주며 몇 번이고 사랑한다고 말해줄 거야. 몇 달 전부터 나는 본래의 나 자신으로 돌아간 느낌이 들어. 어린 시절처럼 즐겁게 잠에서 깨고, 오늘을 즐기지만, 다음번에 할 마약을 찾지는 않아. 네가 이 글을 읽을 무렵에는, 내가 목록에 넣은 것들보다 더 많은 약물들이 생겨나게 될 것이 분명하지만, 본질적으로는 모든 약물들이 다 똑같이 영혼 분쇄기, 야망 킬러, 꿈 파괴자, 잠재적인 생명을 잡아먹는 괴물임을 기억해. 나는 네가 나의 실수로부터 배울 수 있기를, 그리고 네가 불가피한 갈림길에 이르렀을 때 부디 삶을 선택하기를 기도한단다, 얘야.

약물과 술

담배

마지막으로 담배를 말하지 않고서는 약물과 관계된 이 장을 끝마칠 수가 없구나. 담배도 서서히 중독되는 물질 중 하나야. 일전에 거리 축제에서 배가 꽤 불룩한 임신부가 담배를 피우는 것을 본 적이 있어. 난 그녀를 목 졸라 죽여버리고 싶은 심정이었지. 담배는 하도 우리 사회에 깊이 박혀 있어서 약물이라는 사실을 잊을 때가 종종 있는데, 정말 확실한 중독성 약물이야. 니코틴은 매우 강력한 흥분제거든. 사용자는 니코틴을 흡입하는 즉시 에너지가 분출하고, 그 뒤에 따르는 감미로운 진정 효과에 중독되지. 니코틴 중독은 아주 서서히 시작되기 때문에 자신이 흡연가라고 여기기까지 몇 년이 걸릴 수도 있어. 처음에는 파티에서 한두 대 피우다가, 하루에 몇 대를 피우고, 더 이상 얻어 피울 필요가 없도록 직접 담배를 갑째로 구입해서 피우다 보면, 어느새 주름진 얼굴에 이빨은 누렇고 캑캑거리며 기침을 해대는 노인이 되어 있을 거야.

흡연에 대한 통계치는 믿기지 않을 정도로 충격적이야. 매년 백만 명에 가까운 미국인들이 담배가 유발한 질병으로 사망한대. 그리고 각종 연구에 따르면, 담배를 피우는 사람 다섯 명 중의 한 명은 10대이거니와, 그것도 15살 때 처음 피우기 시작한다지 뭐야.** 이렇게 놀라운 수치를 기록한 이유는 우리의 오랜 친구랄 수 있는 10대의 두려움과 권위에 저항하고 멋진 무리에 끼고픈 욕구에서 비롯된 것이라고 생각해.

성장하면서 주변을 보니까, 내가 아는 거의 모든 사람들이 담배를 피우고 있더라. 우리 부모님 두 분, 누나, 이웃, 친척들이 담배를 피웠고, 내가 10대가 되었을 때는 내 친구들 전부 담배를 피웠어. 나는 대개 사회적 상황에 어울리려고 담배를 여러 차례 시도하긴 했지만, 언제나 흡연은 얼빠진 짓처럼 보였어. 나는 담배를 여자애처럼 들고 피웠는데, 한 모금 빨아들일 때마다 어질어질하더라. 네 엄마는 담배를 나보다 훨씬 더 잘 피웠어. 그래, 심지어 그녀가 압력에 굴복해서 피우게 된 것이긴 했지만 말이야. 네 엄마는 확실히 누구 못지않게 피울 수 있었어. 고맙게도 탁월한 모성 본능 덕택에, 네 엄마는 너를 임신하자마자 담배에 전혀 손도 대지 않았지.

어렸을 때 우리 집은 언제나 뿌연 담배연기가 자욱했어. 우리 부모님은 매시간 재떨이를 가득 채우는 애연가였거든. 사방에 재가 날아다녔지. 우리 집은 단 1초도 음료수를 내려놓을 수가 없을 정도였어. 담배는 나한테는 안 맞는 것 같았어. 담배 때문에 내가 아팠던 적도 있지만, 주된 이유는 삼촌이 폐암으로 서서히 고통스럽게 죽어가는 모습을 목격했기 때문이야. 나는 210파운드[24]의 건장한 체구의 쾌활하던 노인이 불과 몇 달 만에 100파운드[25]로 뼈만 앙상하게 쇠약해가는 모습을 지켜보았어. 그 고통을 지켜본 것이 나에게 상당히 큰 영향을 미쳤나 봐. 삼촌의 몸이 질병 때문에 피폐해졌던 기억이 늘 나의 뇌리에서 떠나지 않았거든.

담배 회사들은 아이들을 등쳐 먹는 셈이야. 아이들이 어린 나이에 중독되도록 만들어서 평생토록 중독자로 살아가게끔 만들잖아. 니코틴 중독은 어렵게 시작되는데 너는 담배를 쉽게 끊을 수 있다는 사실을 잊어버릴 수도 있어. 네 할아버지는 무려 25년 동안이나 담배를 끊고자 했지

24 95.25킬로그램
25 45.34킬로그램

약물과 술

만 성공하지 못했어. 그러다가 40년이 흐른 후에 아주 심각한 건강 문제를 겪고 나서야 마침내 건강을 위해서 담배를 내려놓을 수가 있었지. 내 친구들 중에는 부모님 몰래 담배를 피우는 애들이 많았는데 아무런 의심도 받지 않았다고 했어. 내 생각에 너에게 담배를 피우지 말라고 해 봤자 헛수고일 테지. 그리고 난 탐정 놀이를 하거나 몰래 네 가방을 뒤지든지 네가 내놓은 빨랫감 냄새를 맡아보지도 않을 거야. 다만 네가 잘 생각해서 담배가 네 인생을 재앙으로 이끌어갈 수도 있다는 것을 알게 되었으면 좋겠다. 저기 바깥세상에 존재하는 수백만 명의 어리석은 10대 들처럼 담배가 너를 사로잡게 놔두지는 마라.

* 138쪽_국립 약물 남용 연구소, 사례 연구: MDMA(엑스터시), 2006년 5월.
** 160쪽_국립 보건 통계 센터, 건강에 대한 인터뷰를 통한 전국적 조사, (흡연 통계) 2005년.

05

폭력

인간은 태초부터 서로에게 공격을 일삼아왔어, 앞으로도 계속 그럴 테지. 무슨 영문인지는 모르지만 인간의 잠재의식에는 자기보다 더 약해 보이거나 달라 보이는 사람들을 지배하려는 본능이 있거든. 지금껏 들어봤던 가장 위대한 이야기를 생각해봐. 평화를 사랑하는 자애로운 사람이 단지 종교적 믿음 때문에 고문당하고 십자가에 못 박힌 채, 환호하는 수백 명의 구경꾼들 앞에서 피를 흘리며 죽어갔잖아. 얼마나 고통스러웠을까! 그런데 지금은 어떠니? 매일 밤 뉴스 진행자들이 눈곱만큼의 감정도 없이 얼굴에 가식적인 미소를 지으며 상상조차 하기 싫은 아주 극악무도한 범죄 소식을 전해주고 있어. 우리는 너무 둔감해진 나머지 성폭행이나 살인이 발생했다든가 쓰레기통에서 아기가 발견되었다든가 가정폭력이 일어났다는 소식을 들어도 아무렇지 않아. 편안한 의자에 등을 기대고 앉아 아무 생각 없는 좀비처럼 뉴스를 그저 받아들일 뿐이지.

이런 경향은 우리 사회에 아주 널리 퍼져 있어. 심지어 아동용 영화에도 존재하는걸. 줄거리를 주목해봐. 언제나 부당하게 학대받는 대상이 어려움을 극복할 힘을 찾는다는 내용으로 이루어져 있잖아. 어린 나이에도 세상의 냉혹한 현실에 대비해야겠다는 마음을 절로 품게 되지. 우리는 이런 영화에 어떤 메시지가 포함되어 있는지 아무런 관심조차 없어. 그저 3살짜리 아이를 앉혀놓고 보여주기만 할 뿐이지. 〈신데렐라〉에는 배다른 딸을 노예처럼 부려먹으며 학대하는 가족이 등장해. 〈백설공주〉에서는 공주가 아름다움을 시기한 마녀가 준 독을 먹고 혼수상태에 빠지지. 아장아장 걸어 다니는 네가 무척 좋아하는 〈101마리의 달마시안〉엔 악질적인 강아지 킬러인 크루엘라 드빌이 나오잖아.

그냥 역사 교과서를 휙휙 넘겨보기만 해도 알 수 있어. 넌 전쟁, 사회적 불평등, 탄압, 대량 학살 등 폭력과 관련된 이야기들을 무수히 배우게 될 거야. 제2차 세계대전을 생각해봐. 아돌프 히틀러와 그의 나치 군대는 유럽뿐만 아니라 전 세계적으로 유태인을 말살했어. 유태인을 색출해서, 한밤중에 집으로 쳐들어가 두들겨 패고, 짐승처럼 가두고, 가족들을 뿔뿔이 흩어지게 하고, 온갖 끔찍하고 잔인한 방법을 동원해 체계적으로 죽였어. 나치는 유태인을 총살하거나 독극물을 주사해서 죽이는 건 기본, 심지어 수십 명의 사람들을 커다란 가스실에 몰아넣고 한 번에 죽이는 만행을 저질렀지.

전쟁이 막을 내리면서 이런 악몽도 결국 끝이 났어. 하지만 그동안 무자비하게 살해된 사람들의 숫자가 육백만 명이 넘었지. 역사적으로 이 암흑기를 홀로코스트[26]라고 부르는데, 함부로 입에 담을 수조차 없을 만큼 우리 시대에 인류가 겪은 가장 큰 비극들 중의 하나로 기억되고 있지. 과연 이 히틀러라는 녀석은 지옥 밑바닥에서 태어난 악마일까? 단지 한때만 존재했던 괴물이었을까? 나는 그렇지 않다고 생각해. 이와 같은 일들은 늘 일어나고 있거든. 다만 한 번에 그렇게 많은 수의 사람들을 해치지는 않더라도 잔혹성에서는 그에 뒤지지 않는 일들이 일어나고 있다는 건 틀림없어.

이런 류의 비열한 범죄가 비단 다른 나라에서만 일어났을까? 그렇게 믿고 싶은 사람이 많겠지만, 절대 그렇지 않아. 사실, 바로 여기, 미국에서 인간을 상대로 저지른 불미스러운 일이 두 가지나 있었잖아. 우리 조상들은 아프리카 사람들을 납치해서 노예로 삼고, 아메리카 원주민들을 계획적으로 학살했지. 이런 잔학한 행위들이 미국 역사책에는 달랑 한 쪽만 나와 있더라. 자신의 조상들이 그런 끔찍한 행위에 가담했을지도 모른다고 생각하면 우리 아이들이 수치스럽게 생각할까 봐 그랬겠지.

네 할아버지의 할아버지가 배를 타고 아프리카로 가서 아무 죄도 없는 사람들을 납치했어. 심지어 그들이 살고 있는 마을에서 수천 수백 리나 떨어진 낯선 땅에 데리고 와 노예로 만들어 사고팔고 강간하고 때리고 죽였다고 배우는 상상을 해보렴. 혹은, 1492년에 크리스토퍼 콜럼버스가 소위 아메리카를 발견했을 때로 가보자. 이 땅에 살고 있던 평화로운 종족을 전멸시키는 데 조상이 가담했다는 걸 배운다고 생각해봐. 그 다음 대목은 '아메리카 원주민들은 모두 야만적인 살인자였다'는 내용을 읽게 될 텐데, 그게 믿겨질 리가 없겠지. 원주민들은 대량으로 학살 당했어. 자신들이 수백 년 동안 살아왔던 땅에서 강제로 쫓겨나서, 주로 사람이 살기에 부적합한 사막에 위치한 보호구역에서 살 수밖에 없었어. 오늘날에도 여전히 거기에서 거주하는 사람들이 있는데, 대부분 예전부터 자부심을 가지고 지켜온 품위와 전통을 간신히 유지하면서 살아나가고 있지.

우리는 모두 하나의 종으로서 진화했으며, 이런 비극들은 단지 지나간 과거의 어두운 단면일 뿐이라고 믿고 싶어 해. 하지만 오늘날에도 여전히 과거의 비극 못지않은 폭력적인 사건들이 현재진행중이지. 보스니아[27]와 다르푸르[28]에서 저질러진 대량 학살과 더불어 아부그라이브[29] 수용소에서 자행된 포로 고문에 대한 이야기는 사람은 결코 변하지 않는다는 냉혹한 현실을 보여주고 있는 셈이야. 인간이 서로에게 이런 일을 자행하는 원인은 인간 본성에서 가장 큰 미스터리라고 할수 있지. 내 생

27 제2차 세계대전 이후 최악의 민간인 학살사건으로 평가되는 사건. 1995년 7월 보스니아 내전 당시 민간인 8천여 명이 희생되었다.

28 2003년 수단 서부 다르푸르에서 원주민 차별에 불만을 품고 자치권 확대를 요구하며 무장봉기한 흑인들을 수단 정부의 지원을 받은 것으로 추정되는 아랍계 민병대가 민간인 학살과 방화, 강간을 자행하면서 잔혹하게 진압한 사건. 7만 명이 사망하여 유엔이 '21세기 첫 대학살'로 규정한 이래, 지금까지 30만 명 이상이 희생됐고 270만 명이 넘는 주민들이 난민으로 전락했다.

29 2003년 4월 미군이 바그다드를 함락한 후 연합군에 대한 공격에 가담했거나 공격 가능성이 있는 이라크인들을 구금했던 수용소에서 미군 헌병들이 가혹한 고문을 자행한 사건. 포로들을 질식사시키거나, 성폭행을 하고, 발가벗겨 두건을 씌운 채 묶어 놓고 모욕을 일삼았을 뿐만 아니라, 이런 끔찍한 장면을 디지털카메라로 촬영해 고향에 있는 가족이나 친구들에게 자랑 삼아 이메일로 전송하여 세계 전역에서 비난을 받았다.

각엔 '먹느냐 먹히느냐'의 사고방식이 지배하던 원시 시대로 거슬러 올라가 보면, 폭력이 인간의 유전자 정보 안에 들어 있는 당연한 특성인 게 어느 정도 이해는 돼. 의학 전문가들에 따르면, 맹장은 오래전에 나무껍질이나 다른 소화가 잘 안 되는 것들을 먹곤 하던 시절로부터 남겨진 쓸모없는 기관이라고 하더라. 그런데 이게 여전히 우리 몸 안에 남아 있다면, 인간의 원시적인 본능도 여전히 우리 안에 있다고 봐도 되겠지. 아이가 돋보기를 이용해서 개미를 태워 죽이거나, 민달팽이에게 소금을 쏟아붓거나, 파리의 날개를 떼어버리는 것도 같은 맥락에서 볼 수 있어. 우리 모두에게는 아주 미미하게나마 가학적인 특성이 존재한다는 뜻이야.

동서고금을 막론하고 날마다 곳곳에서 폭력이 일어나고 있어. 심지어 네가 이 글을 읽고 있는 순간에도 수많은 인류가 육체적으로, 성적으로, 혹은 정신적으로 폭력을 당하고 있으며, 심지어 세 가지 종류의 폭력 전부에 시달리는 경우도 있을 거야. 네가 사랑하는 이 늙은 아빠를 포함해서 얼마나 많은 사람들이 폭력을 당했던 과거나 현재의 고통을 안고 살아가고 있는지, 네가 알면 깜짝 놀랄 거야. 내가 겪은 모든 정신 질환, 중독, 강박증, 언어장애, 타인에 대한 일반적인 불신의 뿌리가 사실은 어린 시절에 감정의 기복이 심했던 어머니로부터 심각하게 맞아서 빚어진 직접적인 결과라는 것을 나는 절실하게 느끼고 있단다. 내가 겪었던 폭력에 대한 기억이 너무 끔찍해서, 이십여 년이 지난 지금도 여전히 두려움에 떨며 잠에서 깰 때가 있거든.

예전의 네 할머니는 지금 네 눈앞에 보이는 상냥한 노부인이 아니었어. 네 할머니는 뉴욕 브롱크스의 빈민가에서 스페인계 미국인 부부의 만딸로 자랐지. 증조할머니는 아주 무자비할 정도로 엄하게 집안을 다스렸대. 세 자녀 중 어느 누구라도 무례하게 굴거나 고분고분하지 않으면 인정사정없이 혼냈다고 하더라. 네 증조할아버지는 부인 몰래 바람을 피우는 무뚝뚝하고 부정직한 남자였어. 심지어 사업에 실패하자 코카인을 팔다가 걸려서 몇 년 동안 감옥신세를 지기도 했지. 네 할머니가 자란 동네는 이웃들도 하나같이 쌀쌀맞았다고 해. 덕분에 아주 매몰찬 태도와 트럭 운전사 같은 거친 말투뿐만 아니라 우악스러운 성질까지 익힐 수 있었겠지.

어머니에 대한 내 최초의 기억은 사랑의 이미지야. 하지만 어머니 옆에 언제나 조그만 아이로서 남고 싶지는 않았던 기억이 나. 9살이 되었을 때, 어머니의 인성과 행동에 엄청난 변화가 일어나고 있다는 것을 알아차리게 되었거든. 아버지는 일자리가 세 개나 있었기 때문에, 아이들을 기르는 건 사실상 어머니 혼자 감당해야 했어. 이 무렵에 어머니는 입에 풀칠이라도 하려고 스쿨버스를 운전하기 시작해서 눈코 뜰 새 없이 바빠졌지. 자, 이제 비극의 서막이 오른다. 어머니는 바쁜 생활의 스트레스를 풀기 위해 위안 삼아 술에 의지했어. 밤마다 잠결에 부엌에서 술병이 달그락거리는 소리와 빈 유리잔에 얼음 떨어지는 소리가 들렸지. 엄마와 아빠 사이에 고성이 오가는 통에 잠을 설치는 날도 잦았어. 이 무렵에 구타당하는 생활이 시작되면서 내 어린 시절이 끝장나버린 거야.

어머니의 폭행은 잔인하고 무자비했어. 눈에는 미움을 품고 콧구멍을 씩씩거리고 입술을 비죽거리며 노발대발 화를 냈지. 주먹을 날리고 찰싹 찰싹 때리고 발로 퍽퍽 차대는 엄마 앞에서 스파게티처럼 가녀린 팔에 몸무게가 겨우 70파운드[30]밖에 되지 않는 소년이 구석에 몰려 처량하게 울고 있는 장면을 그려보렴. 내 친구 중 한 명은 자기 어머니가 때리려고 하면 얼굴을 맞대고 웃으며 어머니의 가냘픈 손목을 꽉 잡아버리곤 했다던데. 내 인생도 그렇게 수월하기를 바랐지. 하지만 실제로 나의 어머니는 방어하는 내 두 팔을 왼손으로 간단히 제압하고, 오른손으로는 계속해서 내 얼굴을 잔인하게 때려댔단다. 때리는 내내 어머니는 고래고래 소리를 질렀어. "아무짝에도 쓸모없는 개똥같은 녀석, 감히 가릴 생각을 해? 내가 따끔한 맛을 보여줄 테다, 이 개새끼야!" 진짜 네 할머니가 나한테 이렇게 말했다니까. 나는 얼른 내 침대로 도망가서 담요 밑으로 숨어들곤 했어. 그곳이 나의 유일한 보호구역이었거든. 하지만 결과적으로는 오히려 어머니의 화를 돋우어서 가죽 벨트를 손에 들고 뒤따라오게 만들었을 뿐이야. 씩씩거리는 어머니에게선 럼주 냄새가 풀풀 풍겼지. 나는 매번 담요를 꽉 잡고 있었는데, 어머니는 그런 내 손에서 담요를 떼어내고 맨살이 드러나도록 한 다음 후려치곤 했어. 내가 할 수 있는 거라곤 "제발, 엄마, 말 잘 들을게요. 제발 그만 때리세요!"라고 애원하는 것밖에 없었어.

내가 그토록 과격한 처벌을 받은 이유는 보통 가정에서는 전혀 알아차리지도 못하고 넘어갈 만한 사소한 행동들 때문이었거든. 계산대에 시럽을 올려놓았다든지, 카펫에 진

"아빠가 맞을 짓을 했겠지"라고 말하면 난 정말 슬플 거야.

흙이 묻었다든지, 비난조로 말을 했다든지 하는 이유로 맞기도 했고, 때로는 엄마를 그냥 쳐다보기만 했는데 맞을 때도 있었어. 한번은 저녁 식사에 초대한 손님이 엄마가 만든 스파게티 소스가 무척 맛있다고 극찬하는 거야. 거기다 대고 "사실은 만든 게 아니라 사온 거예요"라고 말했다가 식탁 의자에서 끌려 나가 흠씬 두드려 맞은 적도 있어. 지나고 나서 보니, 이렇게 맞은 데 대한 육체적 고통보다는 어머니가 남발한 정신적 폭력이 나에게 훨씬 더 큰 피해를 입혔다는 생각이 들어. 좀 더 시간이 지나자 어머니는 실제로 내가 지지리도 못난 녀석이어서 혼나야 마땅하다고 믿게 만들었어.

매일 오후, 어머니의 차가 진입로로 들어설 때마다 밀려오던 극심한 공포란! 나는 어머니의 기분이 어떤지 알아내려고 커튼 틈으로 고개를 살짝 내밀고 표정을 살피곤 했단다. 내가 말을 심하게 더듬는다는 걸 알아차린 때가 거의 이 무렵이었어. 마음이 그런 시련을 겪다 보니 입까지 나의 명령에 더 이상 반응하지 않으려고 했던 거야. 모든 살아 있는 것들은 '대항 또는 회피' 반응이라고 불리는 본능을 소유하고 있거든. 이는 위험이 목전에 닥쳤을 때, 즉 생사의 기로에서 너의 몸이 너에게 "좋아, 싸우거나 도망갈 시간이야. 하나를 골라, 그렇지 않으면 너는 죽을 거야!"라고 말할 때, 자연적으로 드는 느낌이야. 아드레날린이 마구 분비되고, 논리적 사고는 정지하고, 갑자기 사냥꾼의 소총 앞에 놓인 사슴이 된 것 같은 기분이 드는 거지. 대부분의 사람들은 이런 반응을 평생에 몇 번밖에 느끼지 못할 거야. 하지만 폭력을 당하며 자란 아이들은 내 경험상 어린 시절에 이미 극도의 공황 상태를 상당히 많이 겪으며 살아

간단다. 즉, 이런 끔찍한 경험이 많은 사람들을 우울하게 만들거나 정신적으로 장애를 일으키는 주된 원인이 된다고 생각해.

그 시절에는 대부분의 사람들이 이런 유형의 아동 학대를 못 본 체 눈감아주곤 했어. 대대로 부모가 자녀를 이런 식으로 양육해왔기 때문이야. 이웃 사람들도 내가 툭하면 개 패듯이 맞고 지낸다는 걸 모두 알고 있었어. 하지만 아무도 도와주지 않았지. 단 한 번도! 심지어 아버지조차도 개입하지 않고 여러 번 외면했어. 아버지는 어차피 집에 거의 없었거든. 그래서 때리는 장면을 많이 목격하지도 못했거니와, 설사 목격했다 하더라도 어머니의 비위를 맞추느라 맞서지 못했어. 아버지는 돈 버는 담당이었고, 아이들을 훈육하는 것은 어머니의 책임이었으니까. 지금까지도 아버지는 그 당시 구타가 일어났던 빈도와 심각성에 관해서 함구하고 있어. 아무래도 아버지는 그렇게 난폭한 성향을 가진 사람과 결혼했다는 사실을 인정하기가 죽을 만큼 두려워했던 것 같아.

6학년 때 용기를 내서 담임선생님께 어머니가 나를 때린다고 말했어. 그런데 선생님이 어머니를 직접 만나 상담하더니, 우리 엄마가 '모두가 좋아하는 스쿨버스 운전사'라는 사실을 알아차린 거야. 선생님은 오히려 내 불평은 무시하고, 제멋대로인 남자아이에게는 훈육이 많이 필요하다는 결론을 내리고 말았지. 아이의 뼈를 부러뜨리든지, 화상을 입히든지, 계단에서 던지는 정도는 되어야 아동 학대라고 인정받던 시절이었어. 두드려 맞는 것 정도로 불평한 내가 어리석었던 거야.

선생님에게 배신당한 이후, 나는 대항하기를 아예 포기했어. 단지 감당할 수조차 없는 고통으로 인해 불안해하고 말을 더듬게 되고 감정이

마비되었을 뿐이야. 나는 내가 끔직한 인간이라고 믿게 되었지. 그 믿음을 저버리지 않으려고 공공 기물을 파손하고, 가출을 하고, 불을 지르고, BB총으로 숲 속 생물들을 죽이고, 이웃의 더 나약한 아이들에게 폭력을 행사했어. 나에 대한 기대를 그대로 실행에 옮기기 시작한 거야. 한번은 안에 돌멩이를 넣은 눈덩이를 던져서 어떤 아이의 앞니를 부러뜨렸던 적도 있지. 예언한 대로 이루어지는 삶을 살고 있던 셈이야. 어떤 아이에게 '너는 아무짝에도 쓸데없는 녀석이야'라고 말해봐. 그러면 바로 그대로 될 테니까.

내가 마지막으로 맞은 날은 내 열일곱 살 생일 이틀 후였어. 여자 친구 케이트와 함께 침대에서 뒹굴거리고 있었는데, 엄마가 느닷없이 한 시간 일찍 퇴근하는 바람에 들키고 말았지. 우리가 옷을 가지고 씨름하고 있을 때, 내 방문이 벌컥 열리는가 싶더니 즉각 목덜미를 붙잡힌 채 벽에 메다꽂혔어. 오른쪽 뺨에서 두 번 불꽃이 번쩍하고, 곧바로 손바닥으로 왼쪽 귀를 맞았어. 제트 엔진처럼 귀청이 터질 듯한 굉음이 내 온몸을 집어삼키면서 극도의 통증을 느끼고 쓰러졌어. 두려워 웅크리고 있는 케이트에게 어머니가 "내가 너한테 빌어먹을 담요 밑에서 나타나는 거 그만하라고 말했지!"라며 이빨을 드러내고 침을 튀기면서 미친 듯이 소리 지르는 모습이 슬로우 모션처럼 보이더라. 바로 그 순간에 말로다 할 수 없는 분노가 치밀어 올랐어. 내 평생 처음으로 내가 더 이상 겁먹은 꼬마 아이가 아닌 순간이었지.

나는 벌떡 일어서서 8년 묵은 분노를 담아 어머니의 가슴을 홱 떠밀었어. 어머니가 방을 가로질러 내 화장대로 날아가는 바람에 거울이 산산조각 나고 말았지. 내 영혼의 가장 어두운 구석에 웅크리고 있던 근원적 감정이 폭발한 거야. "엄마가 다시 한 번만 나를 건드리면, 가만있지 않을 거예요, 엄마는 미치광이라고요!" 널브러져 있는 어머니의 몸을 넘어가면서 보니, 어머니는 내가 전에 한 번도 본 적이 없던 눈빛을 하고 있었어. 완전히 어안이 벙벙한 표정이었지. 나는 케이트네 집으로 가서 그날의 충격적인 사건을 되짚어보며 나의 미래가 어떻게 될지 궁금해하면서 밤을 지새웠어. 다음 날 아침에 집에 돌아와보니 깨진 거울 조각들은 싹 치워져 있었고 부모님 중 어느 누구도 그 사건에 대해서 한마디도 언급하지 않았어. 지금까지도 나는 아버지가 그 이야기를 알고 있는지조차 몰라.

그때부터 엄마는 여러 가지 치료를 받으면서 조각난 자신의 인생을 다시 이어 맞추려고 노력했어. 더 나아가 자신의 신념을 재발견하기 시작했지. 이제는 버스 운전을 은퇴하고, 자신이 멀어지게 했던 사랑하는 가족을 필사적으로 되찾고 있는 중이야. 나는 부모가 자기 자녀에게 해를 끼칠 수 있다는 게 도무지 이해가 되지 않아. 네가 태어난 지 몇 분 지나서 의사가 처음으로 너를 내 품에 안겨주었을 때, 내가 생각할 수 있던 것은 오직 너를 영원히 사랑하리라는 것뿐이었거든.

사람들이 자녀를 학대하는 주된 이유는 '학대의 순환' 때문이야. 말 그대로 학대를 받고 자란 부모는 그게 자기가 아는 양육법의 전부이기 때문에, 자기 자녀를 또다시 학대하게 되는 거지. 이런 유형의 육아 방식은 집안의 가보나 재산처럼 세대를 넘어 대물림되거든. 스트레스가 심한 시기에는 폭력적으로 행동하려는 충동을 통제하기 어려운 것처럼, 이 역시 선천적인 특성으로 볼 수 있어. 이 순환을 끝내려면 어떻게 하냐고? 방법은 딱 하나야. 내면에 존재하는 분노의 감정에 반응하는 걸 멈추는 거지. 부모가 그 사슬을 끊기만 하면 이 끔찍한 대물림은 사라지게 마련이야.

나는 오랫동안 우리 가족에 존재해온 악의 연결 고리가 더 이상 너와 네 남동생을 괴롭히지 않을 거라고 맹세해. 내가 살아 있는 한 내 아이들에게 손을 대거나 악의적인 말을 절대 하지 않을 거니까. 내게 대물림된 악의 순환을 영원히 끝내버릴 거야. 세상에는 아주 많은 고통이 존재하지만, 가정은 그 고통이 침범할 수 없는 청정 지역이 되어야 해. 나는 비록 유년기의 대부분을 '집은 차갑고 역겨운 곳'이라고 생각하며 지냈지만, 너에게는 집을 떠올릴 때마다 안전하고 포근한 느낌을 주는 장소가 되도록 해줄 거야.

● 삶의 법칙 #14: 학대를 당하며 자란 사람이 진정으로 치유받는 방법은 놀랍게도 부모가 되는 것이며, 자녀의 눈을 통해 어린 시절을 다시 체험하는 것이다.

이제 내가 만화를 정말정말 좋아하고, 저녁 식사를 하면서 트림을 해 대고, 너의 배를 물기도 하는 31살짜리 멍청이가 된 이유를 알겠지? 나는 너를 통해 대리 만족하며 나의 어린 시절을 다시 체험하고 있어. 네가 살포시 미소 짓거나 까르르 웃거나 무언가를 할 때마다, 너도 모르는 사이에 내 힘들었던 과거의 악령들을 잠잠케 만들고 있단다. 그런 점에서 네게 무척 고마워.

성폭력

지금 이야기할 폭력에 비하면 내 경험은 새 발의 피에 불과할지도 몰라. 젊은 여성이 살아나가려면, 이 세상에 존재하는 악에 대해 잘 알아야 할 필요가 있단다. 안 그러면 앞에 놓인 위험에 대해 네가 어떻게 알고 대처할 수 있겠니? 저기 바깥세상에는 수단 방법을 가리지 않고 이루 말할 수 없는 행동을 저지르며 무방비 상태의 여성을 손에 넣으려고 하는 정신 나간 자식들이 있거든. 그들은 자신의 역겨운 성적 충동을 채우기 위해 골목길에 숨어 있거나, 차를 타고 돌아다니고 있거나, 심지어 인터넷상에서 15살인 척하기도 해. 설상가상으로 이런 미치광이들이 언제나 낯선 사람인 것만도 아니야. 그들은 친한 친구나 선생님, 이웃, 심지어 너의 친척일 수도 있어. 이런 부류의 사람이 우리의 소중한 아이들을 손에 넣을 수도 있다는 생각을 하면, 부모들은 참을 수 없는 두려움에 사로잡히고, 안심할 수가 없어서 밤에 잠도 이루지 못해.

나는 어렸을 때 신체적으로 폭력을 당해서 정신적 응어리가 크게 졌기 때문에, 성폭력이 누군가의 부서지기 쉬운 정신에 얼마나 끔찍한 영향을 미칠 수 있는지 상상할 수조차 없어. 섹스는 서로 사랑하는 두 사람이 나눌 수 있는 가장 아름다운 행위라고 생각해. 하지만 원치 않는 섹스는 사람이 겪을 수 있는 가장 충격적인 경험임에 틀림없어. 희생자는 감정을 빼앗긴 텅 빈 상태가 되어 결코 다시는 진정한 사랑을 할 수 없게 될지도 몰라.

아빠의 대학 친구 중에 레이첼이라고 있는데, 우리 과 최고 훈녀였지. 우리는 함께 수업을 들으면서 가장 친한 친구가 되었어. 어느 날 밤에 술집에서 함께 술을 마셨는데, 그 친구가 감정을 주체하지 못하고 내 어깨에 기대어 울기 시작하더라고. 그러더니 자기가 10학년 때 배구 코치에게 당한 끔찍한 이야기를 나에게 털어놓았어. 처음엔 그 코치가 세상에서 가장 괜찮은 사람인 줄 알았대. 존경스런 선생님이자 두 아이의 아버지였던 그 코치는 레이첼이 아버지의 죽음을 잘 견뎌내도록 도와준 유일한 사람이었나 봐. 금요일 밤에 경기가 끝나고 나서, 오브라이언 코치는 그 팀의 여자아이들을 승합차에 태워 집집마다 데려다주었다고 해. 마지막엔 레이첼만 남아 있었는데, 뒤에 있었던 이야기를 들으니 욕이 저절로 나오더라. 그가 으슥한 막다른 골목으로 차를 몰더니 레이첼을 제압하고 운동 가방과 장비들이 흩어져 있는 틈에서 강간했다는구나. 자기를 아버지처럼 믿고 따랐던 소녀를 쓰레기 같은 방법으로 아프게 한 거야.

레이첼은 자기 이전의 많은 강간 희생자들처럼, 그 사건을 알리지 않고 덮었다고 했어. 사건이 알려진 후의 파급 효과가 두려웠고, 남편을 여읜 지 얼마 되지 않은 어머니를 참담하게 만들고 싶지 않았던 거야. 대신에 그 고통을 마음속 깊이 묻어두고 순결을 잃은 끔찍한 기억을 지닌 채 살아갈 수밖에 없었어. 레이첼은 그날 밤에 내 어깨에 기댄 채 뱃속 깊은 곳으로부터 한 맺힌 울음을 토해내며 하염없이 눈물을 쏟았어. 나는 이해한다고 말해주긴 했지만, 절대로 그런 유형의 고통을 진정으로 이해할 수는 없었어. 우리는 지금까지도 여전히 연락하며 지내. 그녀는 고등학교 때 사귀었던 애인과 결혼해서 첫 아기를 임신했지. 아들이라 는구나. 나는 친구 사이에 당연히 할 도리를 했을 뿐인데도, 그녀는 나 랑 이야기를 할 때마다 나의 우정과 지지를 고마워한단다.

언젠가 우리 할머니가 낯선 사람들이 나한테 나쁜 짓을 할 수 있으니 까 조심하라고 말했던 게 기억나. 나는 순진하게도 "그들이 나한테 무 슨 짓을 할 수 있겠어요? 저는 남자아이잖아요"라고 답했어. 그때 들었 던 할머니의 대답은 결코 잊지 못할 거야. "네가 우쭐해하는 곳이 어딘 지 알지? 그러니까, 거시기에 그걸 꽂는다고!" 우리 할머니가 표현을 아 주 거칠게 하는 바람에, 그 순간부터 나는 남자의 사악함을 두려워하게 되었단다.

데이트 강간

동물의 왕국에서는 수컷이 암컷을 원하면 말 그대로 수컷이 암컷을 취 하고 그것으로 끝이지. 하지만 인간 세상에서 이런 행동은 심지어 죄수 들조차도 가장 사악한 범죄로 취급하는 비난받아 마땅한 행동이야. 그 래서 본능을 곧바로 표출하는 대신에 먹잇감을 정복하기 위해 야비한 속임수를 쓰는 사람들이 있지. 강간이란 단어를 들었을 때 떠오르는 장 면이 있을 거야. 아마도 미치광이의 손에 숲 속으로 끌려가서 공격받다 가 가까스로 도망치는 공포스런 장면일 테지. 그런데 네가 아주 잘 알고 지내는 남자아이나 학교에서 가장 인기 있는 녀석과 근사한 데이트를 하고 난 후에 그 녀석이 널 공격하는 걸 상상이나 할 수 있겠니?

데이트 강간은 이토록 위험한 세상에서 점점 더 흔해지고 있어. 사내 녀석들은 약물이나 술이 여자아이들을 다루기 쉽게 만들어준다는 걸 어린 나이에도 알고 있는 경우가 많아. 거리에는 술에 몰래 섞을 수 있는 로힙놀(루피스)[31]이나 케타민(스페셜 k)[32], GHB(구크)[33] 등의 쓰레기 같은 약물이 널렸어. 그걸 마시면 넌 여러 시간 동안 의식을 잃게 되고 스스로를 방어할 힘도 잃게 될 거야. 내가 다녔던 대학교에도 이런 사건으로 유명한 남학생 동아리나 스포츠 팀이 있었지. 최소한 한 학기에 한 번은 몇몇 새내기 여자아이들이 10시간 정도 완전히 의식을 잃었다가 낯선 침대에서 발가벗은 채로 깨는 일이 일어나곤 했어. 경찰에 신고해서 체포되어 지역 사회에 충격을 주곤 했는데도 사내 녀석들은 전혀 나아지지 못하고 있어.

심지어 약물로 괴롭히지 않고도 이런 짓을 하는 놈들도 있단다. 여자아이에게 영화를 보여주거나 타코벨[34]을 사주었으니 그 애와 섹스 할 권리가 있으며, "안 돼!"라는 대답이 아무런 의미가 없다고 굳게 믿는 거야.

31　Rohypnol(roofies), 주로 성범죄에 사용되는 불법 진정제

32　Ketamine(special k), 동물 진정제

33　GHB(gook), 감마 히드록시부티르 산의 줄임말

34　Taco Bell, 멕시칸 패스트푸드 브랜드

여자아이들이 돌아설 수 있는 적기

무엇보다도 네 스스로가 폭행을 내버려두는 건 결코 답이 아니야. 네가 받는 상처의 크기는 상관없어. 너는 너를 사랑하는 사람과 해당 당국에 폭행 사실을 언제든지 알려야만 해. 그런 범죄를 저지른 인간에게 처벌을 모면할 기회를 주다니! 그건 그들로 하여금 같은 짓거리를 반복해도 된다는 구실을 제공할 뿐이야. 게다가 아무것도 모르는 수많은 여성들을 미래에 위험에 빠뜨리는 일이나 다름없어. 너나 네가 아는 누군가가 이런 종류의 일로 도움을 필요로 하는 일이 없기를 바라지만, 혹시라도 그런 일이 생긴다면 즉각 엄마, 아빠에게 와라. 그러면 우리가 사태가 더 나아질 수 있도록 최선을 다해 도와줄게. 이런 상황을 전문적으로 다루면서 희생자들이 자신의 삶을 되찾도록 도와주는 전문가도 있단다. 미국에서 가장 평판이 좋은 긴급전화 중의 하나가 1-800-656-HOPE야.[35] 이 번호로 전화하면 1년 365일 언제든지 도움을 받을 수 있어.

사람들이 느끼는 가장 원초적인 두려움 중 하나는 성폭력으로 인해 야기되는 절대적인 파멸이야. 폭력이 낯선 사람에 의해 자행되었는가 아니면 신뢰하던 아는 사람에 의해 자행되었는가는 상관없어. 열쇠는 예방에 있지. 너는 네 주변뿐만 아니라 너의 결정으로 인해 일어날 수도 있는 모든 상황을 끊임없이 인식하고 있어야 해. 아빠가 지금부터 하는 이야기를 언제나 염두에 두렴.

---

35   한국성폭력상담소(02-338-5801~2), 여성긴급전화(국번없이 1366) −편집자 주

폭력

Trust me!!

폭력을 예방하기 위한 노력

혼자서는 절대 아무 데도 가지 마

어두워진 후에 혼자 돌아다니는 여자아이들을 볼 때마다 나는 너무 걱정이 된단다. 그들은 위험하다는 걸 정말로 모르는 걸까, 아니면 반항 어린 탐색을 하고 있는 것뿐일까? 납치는 눈 깜박할 사이에 일어날 수 있어. 1997년 롱 아일랜드에서 신시아 퀸이라는 인기가 많았던 선생님이 밝은 대낮에 조깅을 하다가, 그것도 자기 집에서 몇 분 거리밖에 되지 않는 곳에서 강간당하고 살해된 사례가 있었지.

온라인 상에 낯선 사람과의 채팅은 금물!

'포식자 잡기'(To Catch a Predator)[36]라는 이름으로 유명했던 충격적인 텔레비전 쇼 프로그램이 있어. 법률 집행을 담당하는 네트워크 뉴스 팀 파트너가 인터넷 포식자를 미성년자의 집으로 유혹해 덜미를 잡는 프로그램이었지. 매회 미성년자와 음탕한 행동을 저지르려는 의도를 잔뜩 품은 남자들이 그 집에 속속 도착하더라. 그들은 콘돔과 술 같은 선물들을 가

---

36   NBC에서 방영한 리얼리티 프로그램으로, 인터넷 상에서 13~15세의 미성년자인 척 하면서 미성년자에게 접근하여 성관계를 하려는 성인 남성들을 몰래 카메라를 이용하여 구속하는 데 기여했다.

지고 왔는데, 일례로 강력 접착테이프를 가지고 온 사람도 있었어. 그런데 이들은 우리가 흔히 인간쓰레기라고 부르는 사람들이 아니었어. 평범한 의사, 정치인, 선생님, 아들, 할아버지였지. 한 에피소드에서는 지역 유대교 회당의 매우 존경받는 랍비가 걸렸던 적도 있었어. 그러니까 너는 인터넷 상으로 연결된 상대방의 실체를 절대로 알 수가 없는 거야. 인터넷 채팅만큼은 아무리 하고 싶더라도 꼭 참고 피하는 걸 추천한다.

데이트는 조심스럽게

데이트 강간은 대개 혼자 사는 커플이 밤에 함께 시내에서 놀다가 주로 일어나. 데이트를 하는 매 순간 1분1초가 경이롭고, 그 애와 나눈 대화도 지루하지 않고 신선했으며, 서로 끌리는 감정이 생기기 시작할 때를 조심해야 해. 여자아이들은 그날의 데이트를 키스만으로 끝낼 생각이었겠지만, 상대방은 아닐 수도 있거든. 그러니까 친구와 그룹 데이트를 계획하든지, 사람이 많은 장소에서 공개적인 데이트를 해보는 건 어때? 그러면 원치 않는 친밀함에 대한 압박을 완화할 수 있어. 드라이브를 거절하는 것도 데이트 게임에서 네 안전을 보장하는 좋은 방법이 될 거야. 좀 유치하지만, 남자 친구의 차를 타지 말고 아빠처럼 너를 아끼는 사람이 약속 장소까지 너를 데려다주는 쪽을 고려해보겠니? 네가 원한다면 나는 모퉁이 하나만 돌면 되는 아주 가까운 곳에 너를 내려줄 수 있어. 그러곤 내가 누군지 보이지 않게 몸을 숙이고 자리를 떠날게.

외출할 때 네 친구의 시야에서 떠나지 마라

네 엄마와 엄마의 단짝 친구 제스는 10대 때부터 외출할 때 한 가지 약속을 정했대. 절대 서로 떨어져 다니지 않기로 말이야. 술집이든, 클럽이든, 파티에서든, 두 사람은 항상 서로의 곁을 지켰고, 남자아이들과 놀 때는 특히 엄중한 시선으로 서로를 지켜보았다고 해. 어떠한 일이 있어도 이 약속만큼은 꼭 지켰다는구나. 사내 녀석의 방을 둘러본다든가 그 녀석의 차를 타고 간다든가 하는 행동과 더불어, "자리 좀 비켜줄래?"라는 말과 아빠처럼 나이 든 사람이 모든 것을 그저 방관하는 건 여자애들에게는 재앙이 될 수도 있단다.

네 음료수를 언제나 매의 눈으로 지켜볼 것
누군가가 너의 음료수에 무언가를 슬며시 넣는 데 걸리는 시간은 눈 깜짝할 사이면 충분해. 그러니까 어떤 음료수든 간에 항상 네가 직접 따르고, 네가 보지 않은 곳에서 준비된 음료는 절대 받지 마. 화장실에 갈 때도 재미 삼아 네 음료수를 들고 다니렴.

폭력적인 남자 친구

나는 너무나도 매력적인 산골 마을인 뉴욕 주의 스캐니아틀레스에서 교생 실습을 했어. 그곳은 마치 동화 속에 등장하는 마을 같았지. 모든 사람들이 서로 잘 알고 있고, 아무도 현관문을 잠그지 않았어. 아이들이 자전거를 탈 때도 사고 날 염려 없이 진짜 안전한 동네였어. 그런데 1998년 10월 그 학교에 도착하자마자, 교장선생님이 긴급 교사 회의를 소집하는 거야. 어떤 학생의 집에서 심각한 가정 폭력이 발생했기 때문이었지. 그 학생의 아빠가 알루미늄 야구 방망이로 자기 부인을 때려서 혼수상태에 이르게 만들었대. 그런데 더더욱 섬뜩했던 것은 이 미치광이가 보석금을 내고 풀려난 후에 경비원 복장을 하고 부인의 병실에 몰래 들어갔다는 거야. 그가 청산가리 한 통을 부인의 얼굴에 부어 즉사하게 만들었다는 사실은 정말 충격이었지. 이 사건으로 지역 사회가 뿌리째 뒤흔들렸을 뿐만 아니라, 나라 전체가 떠들썩했어. 평온하던 작은 마을은 갑자기 지나친 취재 열기로 광분의 도가니에 휩싸였단다. 기자들은 심지어 아이들의 연령대를 가리지 않고 마구잡이로 인터뷰를 해댔어.

이런 폭력적인 관계에 대한 이야기를 듣고도 여자아이들이 맨 처음 하는 생각은 안일하기 그지없어. "폭력을 당하면서도 왜 그 관계를 유지하는 걸까?" 또는 "그런 일은 절대로 나한텐 일어나지 않을 거야!" 너도 이렇게 생각하진 않았니? 내가 담임을 맡았던 수많은 중학생들에게도 이와 똑같은 말을 들었거든. 정말로 그들은 폭력을 당하고 있는 전 세계 수백만 명의 여성들이 스스로 이런 똥 같은 결정을 내렸다고 생각하는 걸까? 자신들의 삶을 결국 고통스러운 지옥으로 만들어버릴 사람인 걸 알면서 어느 날 문득 관계를 하기로 결심했다고 생각해? 내가 첫 데이트를 할 때 유의해야 할 행동에 대해 말해준 것을 기억해. 그게 바로 그들이 너를 얻고자 할 때 사용할 방법일 테니까. 그 애들은 너를 완벽하게 속일 거야. 자기는 나쁜 짓을 할 리가 없는 사람이라고 너를 구워삶을 거야. 일단 어떤 녀석이 강압적으로 너와 육체적 관계를 맺으려고 해서 네가 어쩔 수 없이 그놈과 사랑을 나누게 되면, 다음 세 가지 일이 일어나게 될 거야.

1. 그 녀석은 오랫동안 너를 자기 마음대로 주물러왔다고 생각하고 있어.
2. 그 녀석이 너와의 관계에서 모든 주도권을 갖고 있지.
3. 그 녀석이 이제 자기 본색을 드러낼 거야.

여자아이가 일단 성적인 헌신을 했다는 건, 긴 안목으로 볼 때 앞으로 펼쳐질 끔찍한 상황에 이미 발을 들여놓은 거나 다름없어. 너는 이미 잡은 물고기나 마찬가지기 때문에, 그 녀석은 너에게 굳이 잘 보이려고 애쓰지 않을 거야. 갑자기 너에게 신경을 덜 쓰고, 찬사도 줄어들고, 전화 통화도 뜸해지겠지. 너 때문에 자기 친구를 충분히 만나지 못한다고 푸념할 거야. 말다툼이 끊이지 않겠지. 그는 질투를 한답시고 너의 일거수일투족을 통제하려들 수도 있어. 네가 옷을 어떻게 입는지, 누구를 만나는지, 여가 시간에 무엇을 하는지, 시시콜콜 참견하겠지. 그런 다음엔 어떻게 될까? 딴 건 몰라도 그가 너를 거칠게 대할 가능성이 커. 아마 처음엔 가볍게 밀치고, 팔을 움켜잡고, 머리채를 잡아당기는 등 사소해

보이는 행동을 할 거야. 그러나 아무리 사소한 행동일지라도 그런 일이 일어났다면, 이미 종말이 시작된 거다.

그렇긴 해도, 그는 잘못했다고 사과하고, 울고불며 다시는 그런 일이 일어나지 않을 거라고 목숨을 걸고 맹세하겠지. 너는 "그래, 딱 한 번 있었던 일이야"라며 그 애가 진심으로 널 사랑한다고 믿고 싶을 거야. 그러면 녀석이 악의적인 심리전을 펼칠 차례가 왔어. "너를 나만큼 사랑하는 사람은 아무도 없을걸. 너는 뚱뚱하고, 지지리 못생긴 데다가, 멍청하기까지 하고, 아무것도 잘하는 게 없잖아"라며 너를 빈껍데기밖에 없는 인간으로 깎아내리겠지. 여기까지가 바로 폭력적인 관계가 시작되는 과정이자, 여자들이 그 굴레에서 벗어나기 무척 어려워하는 이유야. 하물며 아이들은 어떨지 상상해보렴.

나는 고등학교를 졸업하던 해 여름에 제나와 데이트를 시작했어. 그녀는 나보다 한 살 어렸고, 선명한 초록색 눈망울에 칠흑 같은 검은 머리의 미인이었지. 우리는 서로의 친구를 통해서 만났는데, 나는 제나를 처음 보자마자 내 것으로 만들어야겠다고 마음먹었어. 제나는 처음엔 관심 없는 척했지만, 나는 포기하지 않았지. 내 매력을 어필하고, 끊임없는 찬사로 그녀의 마음을 사로잡았단다. 그런데 우리가 만난 지 1주년이 다가오는데도 여전히 별다른 진척이 없었어. 심지어 언젠가 결혼에 대한 이야기까지도 했었는데 말이야. 일단 대학 생활이 시작되자 모든 것이 수포로 돌아가버렸지.

나는 집에서 다닐 수 있는 지역의 대학에 다니고 있었는데, 제나는 집을 떠나 아예 학교 쪽으로 가버렸거든. 그녀가 선택한 학교는 우리 동네에서 겨우 1시간 거리이긴 했어. 그래서 우리의 연애에는 전혀 지장이 없을 거라고 낙관했지. 그러나 시작부터 삐걱거렸어. 그녀는 호프스트라 대학교의 남녀 공용 기숙사에서 살았는데, 밤마다 파티에 참석하느라 정신이 없더라. 나는 어땠는 줄 알아? 틈만 나면 제나의 전화를 목이 빠지게 기다렸어(참고로 이건 핸드폰이 생기기 전의 일이야). 주말이면 그녀를 보기 위해 기숙사에 방문하곤 했는데, 갈 때마다 나는 거기서 벌어지고 있는 일들을 내 두 눈으로 직접 보고도 도무지 믿을 수가 없었어. 사내 녀석들과 여자아이들이 수건만 두른 채 복도를 활보하거나, 술을 마시고 있거나, 약물을 하고 있거나, 아무하고나 서로 껴안고 있었거든. 그런 건 영화에서나 보던 장면이었기에 나는 질투심으로 괴로웠어.

어느 목요일 밤에, 나는 제나와 그녀의 룸메이트와 함께 지역 술집에 갔어. 거기는 동물원이나 다름없었지. 수백 명의 사람들이 어깨동무를 하고 있거나, 애무를 하고, 테이블에 올라가서 춤을 추고, 맥주를 서로의 머리 위에 쏟으며 즐기고 있더라고. 나는 아는 사람도 없고 해서 계속 술만 마셔댔는데, 그러다 보니 아주 제대로 고주망태가 되었어. 자정이 지났을 때쯤 나는 화장실에 가서 토하고 오는 길에, 충격적인 장면을 목격했단다. 댄스 플로어에서 두 팔을 머리 뒤로 올린 내 여자를 두 명의 깡패가 샌드위치처럼 앞뒤에서 밀착하고 있는 거야!

아드레날린이 솟구쳐 심장이 쿵쾅거리는 소리가 귀에 들릴 정도로 분노가 치밀어서 나는 제정신이 아니었어. 그 즉시 댄스 플로어로 돌진해서, 그녀의 팔을 잡고 헝겊 인형처럼 질질 끌고 술집 밖으로 나왔지. 길

187

거리로 나오자 제나가 나를 뿌리치려고 하기에, 나는 그녀의 머리끄덩이를 틀어쥐고 주차된 차 안으로 난폭하게 팽개쳐 넣었어. 정신을 차리고 보니, 내가 땅바닥에 태아처럼 옆으로 쪼그리고 누운 자세로 있더라. 성난 군중들에 의해 거의 죽을 지경이 되도록 두들겨 맞았던 거야.

내가 기억하는 거라곤 도로에 쓰러진 채 끊임없이 주먹질과 발길질을 당한 것과 제나가 발작적으로 울부짖는 소리가 울려 퍼지고 있었던 것뿐이야. 그게 어떻게 된 일인가 하면, 제나와 춤추고 있던 녀석들은 제나의 기숙사 이웃들이자 지역 남학생 사교 클럽 회원들이었어. 내가 그녀에게 하는 짓거리를 보고는 그들 중 여덟 명 정도가 술집에서 뛰쳐나와 나를 흠씬 두들겨 패버린 거지. 의식을 되찾고 보니, 셔츠는 너덜너덜 찢겨져 있었고 신발은 두 짝 모두 벗겨져 나갔고 앞니 한 개가 빠진 채로 피투성이가 되어 누워 있더라고. 믿거나 말거나, 술에 취해 정신없는 나를 그들로부터 끄집어내서 구해준 사람은 제나였어. 그러니 그녀가 사랑스러울 수밖에 없지. 그녀는 길가에 죽은 듯이 쓰러져 있던 나를 기숙사로 데려갔어. 우리 중 어느 누구도 말 한마디 하지 않았어.

무슨 일이 일어난 건지 믿을 수가 없었어. 나만큼은 결단코 그렇게 되지 않으리라고 맹세했는데! 내가 폭력적인 남자 친구가 되어 있던 거야. 갈비뼈 두 대에 타박상을 입고, 입술이 찢어지고, 코뼈가 부러지고 나자 너무나도 부끄럽더라. 그날 밤부터 우리의 관계는 영원히 단절되었어. 다시는 회복할 수 없는 지경이었지. 그녀는 여러 차례 나와 결별하려고 했단다. 나는 막무가내로 버텼어. 질투와 불신으로 얼룩진 채 파란만장한 2년을 보내고 나서 결국 영원히 헤어지고 말았지. 아무리 내가 무지한

19살 철부지였다지만, 그토록 수치스러운 판단 착오를 했다는 건 내 스스로 용서가 되지 않는 일이었어. 온 마음을 다해 사랑한다고 하면서 학대를 일삼는 사람의 마음속을 누군들 이해할 수 있겠니?

이런 지옥 같은 경험을 피하는 가장 좋은 방법은 사내 녀석의 마음에 자리 잡고 있을지도 모르는 폭력적인 성향을 미리 알아차리는 법을 배우는 거야. 어떤 녀석이 너의 방어막을 통과해서 안전지대로 들어오도록 허용하기 전에, 너는 실패할 염려가 없는 심사 과정을 개발해야 해. 또 극히 조심해야 하지. 너의 노력을 확실히 도와줄 네 가지 포인트를 알려줄게.

그가 자기 엄마나 여자 형제들을 어떻게 대하니?

너는 이미 그 녀석의 기질에 대해서 많은 것을 알고 있을 거야. 이 항목은 너에게 그의 본성에 관해서는 물론, 그의 가족관까지 잘 알려줄 지표가 될 거야. 가족관쯤이야 지금은 너에게 별다른 의미가 없을지 몰라. 하지만 이 녀석과 미래를 함께하게 된다면 극히 중요해지지. 자기 가족, 특히 여성인 가족을 사랑하고 존중하는 녀석은 아마 자기 여자 친구들에게도 똑같이 행동할 거야. 물론, 여자아이들은 모름지기 외톨이나 이해하기 힘든 나쁜 남자를 좋아하지. 그러나 스스로에게 다음과 같은 질문을 해봐야 해. 그들은 어째서 외톨이일까? 그들은 어떤 감정의 응어리를 담고 다니지? 내가 그런 응어리의 일부분이 되고 싶은 건가?

그가 아이들을 어떻게 대하니?

아이들을 진정으로 좋아하는 남자는 인생을 즐겁게 살아가는 사람이야. 어린이보다 삶을 더 정직하거나 열정적으로 살아가는 사람은 아무도 없어. 아이들은 뭐든지 있는 그대로 말하는데, 만약 네 남자가 아이들과 잘 지낼 수 있다면 꽤 괜찮은 사람일 거야. 아이들에겐 '멍청이 감별 센서'가 내장되어 있거든. 되도록 많은 아이들에게 그 남자를 어떻게 생각하는지 물어보렴. 그러면 너는 그의 본성에 대해 엄청난 통찰력을 얻게 될 거야. 또한, 아이들과 잘 지내는 10대 남자아이들은 대개 장차 훌륭한 아빠가 될 능력을 소유하고 있어. 같이 축구를 하며 놀아주는 아빠, 나무 위에 오두막집을 지어주는 아빠, 눈사람을 만들어주는 아빠, 일요일 아침이면 달걀 스크램블을 요리해주는 아빠가 될 수도 있겠지. 그러니까 Mr.원더풀을 어떤 아이의 파티에 초대하거나, 임시로 아기 돌보기 일을 하면서 도와달라고 해봐. 그렇게 정신없는 곳에서 어떻게 반응하는지 살펴보는 거지. 그가 우리 안에 갇혀서 탈출하고 싶어 안절부절못하는 호랑이를 닮았니, 아니면 웃고 있거나 미소 지으며 기분이 좋은 상태에서 아이들과 함께 어울리고 있니?

그가 동물들을 어떻게 대하니?

동물을 좋아하는 남자라면 대개 부드러운 심성을 가지고 있을 거야. 그렇다고 그가 꼭 동물 애호가여야 할 필요는 없어. 그저 반려동물과 함께 지낼 기회가 없었을 뿐일 수도 있거든. 그러니까 이건 그렇게 간단하게 눈치챌 수 있는 지표는 아니야. 차라리 그가 동물들과 우연히 마주쳤을 때 어떤 태도를 보이는지 평가해봐. 동물들이 있는 줄도 모르고 있니, 아니면 잔혹하게 구니, 아니면 짜증을 내니? 아니면 다정하게 그 동물을 부르니? 네가 과거에 키웠던 반려동물이 죽었던 날의 이야기를 꺼낼 때 그는 어떤 태도를 보이니? 웃고 있니, 아니면 너를 안아주니? 이런 것들은 남자가 방심한 틈을 노려 별로 눈에 띄지 않게 할 수 있는 테스트들인데, 심지어 그의 선행까지도 알아볼 수가 있어. 만약 너와 데이트를 하고 있는 남자가 자기 반려동물들을 마치 아이처럼 다룬다거나, 길 잃은 동물들을 도와주려고 차를 멈춘다면, 그는 마음씨가 고와서 순수

한 의도로 그런 일을 했을 가능성이 높아. 더욱이 동물을 키우고 있는 남자라면 실제로 자기 주변을 잘 보살필 수 있어. 이런 특성이야말로 진정으로 이타적인 사람이라는 것을 드러내주는 본보기인 셈이야.

이전의 관계를 조사해보렴[37]

이것은 네가 탐정 노릇을 잘 해서 알아내도록 해봐. 감히 예전 여자 친구에게 전화를 걸거나 가족 구성원들을 다그쳐도 상관없어. 어쨌든 네가 할 수 있는 것은 무엇이든지 해서 알아내렴. 그들은 왜 헤어졌니? 그들은 얼마나 오래 사귀었니? 그는 그녀를 어떻게 대했니? 이런 것들을 조사해보면 그의 과거에 대해 흥미로운 사실을 알 수 있을 거야. 더 중요한 건, 그의 미래를 알 수 있다는 거지.

---

37 미국 날라리 아빠의 지나친 딸 걱정에서 나온 극단적인 충고다. 상대에게 실례가 될 수 있으므로 저자의 조언처럼 '무엇이든' 해서 남친의 과거 행적을 쫓는 것은 옳지 않은 방법이다. 정 궁금하다면, 주변 사람들에게 조심히 물어보는 정도로 그치자. −편집자 주

언어폭력

우리 아버지는 35년간 뼈 빠지게 일하고 마침내 도로공사에서 은퇴를 하셨어. 이제 정원에서 여유 있게 지내면서 내면의 열정을 되찾으며, 인생의 황혼기를 즐길 준비가 된 거야. 아버지는 요가, 명상, 태극권, 독서 등을 통해 정신적 자기 성찰을 하기 시작했는데, 주로 인생의 의미에 관한 뉴에이지 서적[38]을 잔뜩 쌓아놓고 읽고 계시지. 그중 하나가 멕시코 주술사인 돈 미구엘 루이즈가 지은 『네 가지 약속(The Four Agreements)』이야. 아버지는 이 책을 읽고 크게 감명을 받아서 나에게도 꼭 읽어보라고 권하셨어. 나는 아버지가 그렇게 해줘서 아주 기쁘단다. 왜냐하면 이 책이 삶을 변화시키고 있기 때문이지. 이 책은 근본적으로 삶에서 부정적인 에너지를 없애는 다양한 방법들을 다루고 있거든. 전에 부정적인 에너지의 영향을 여러 차례 받았던 나에게 정말 유용한 책이야. 돈 미구엘은 고대 톨텍 문명[39]의 지혜를 통찰력을 키우는 데 활용했더구나. 세상을 이런 관점으로 보면 인간의 존재를 훌륭하게 묘사할 수 있어서 쉽게 공감이 가지만, 아직까지는 미국인의 전통적 가치관에 전적으로 어긋나는 내용이기는 해.

책에서 내가 좋아하는 부분은 직장에서 스트레스를 잔뜩 받고 퇴근한 중년의 엄마가 머리가 지끈지끈하고 온몸이 욱신욱신 쑤셔서 거실에

---

38 현대 서구적 가치를 거부하고 영적 사상, 점성술 등에 기반을 둔 생활 방식과 관련된 서적

39 톨텍족이 이룬 고대 멕시코 문명으로 상형 문자와 달력이 있었고 석조 건축과 미술이 뛰어났는데 13세기경에 아스테카 왕국에 정복당하였다.

서 조용히 편안하게 쉬고 싶어 하는 부분이야. 그녀는 파김치가 되어 소파에 누운 채 언젠간 삶이 좀 편해지는 날이 오기는 할까 의아해하고 있었어. 위층에 멀찌감치 떨어져 있는 침실에는 그 여자의 어린 딸이 전신 거울 앞에 서서 미래의 인기 아이돌을 꿈꾸며 브러시를 마이크 삼아 온갖 폼을 다 잡고 즐겨 부르는 노래를 부르던 중이었지. 그런데 피곤해서 예민해진 엄마가 갑자기 자기 딸에게 시끄럽게 굴지 좀 말라고 소리를 버럭 지르는 바람에 그 공연은 중단되고 말았어. 방문이 쾅 닫히자 그 어린 여자아이는 브러시를 바닥에 내동댕이치고 베개에 얼굴을 파묻은 채 하염없이 흐느껴 울며 다시는 노래를 부르지 않겠노라고 다짐했어.

매일같이 우리가 서로에게 무심코 하는 말은 우리의 인생에 잠재적으로 충격적인 영향을 미칠 수 있단다. 너도 알다시피 어째서 어른들은 계속해서 아이들에게 "막대기와 돌로 네 뼈를 부러뜨릴 수는 있지만, 말이 너를 해치지는 못할 거야"라고 말하는 걸까? 음, 그거야말로 어른들이 아이들에게 하는 가장 큰 거짓말일 거야. 신체적 폭력은 몸을 상하게 하는 반면에, 언어폭력은 마음속 깊이 파고들어 영혼을 상하게 하거든. 13년 동안 우리 엄마는 매일 밤 집에 올 때마다 내가 방금 언급했던 그 여자같이 굴었어. 나는 아무리 나쁜 적일지라도 우리 엄마가 정신병적으로 사건을 일으킬 때마다 나를 불렀던 호칭으로는 부르지 않을 거야. 엄마는 어릴 때 나를 "아무짝에도 쓸모없는 개자식"이라고 불렀어. 어른이 되어 거울을 들여다보니 정말로 그렇게 되어버린 내 모습이 보이더라. 그렇지만 내가 정신적으로 좀 더 성숙해지고 보니, 엄마가 나를 공격했던 것은 결코 개인적으로 나를 미워해서 그랬던 게 아니었어. 오히려 엄마 자신의 마음을 괴롭히는 것들과의 싸움, 그 일부분이었다는 것을 깨닫기 시작했지. 나는 단지 그 과정에서 무고하게 집중 공격을 받았던 것뿐이야.

누구나 자기 자녀가 평화로운 세상에서 살길 바라지. 하지만 정말로 그게 이루어질 수 있을까? 아무리 사리에 맞는 말일지라도 무심코 던진 말로 인해 많은 것들이 바뀔 수도 있어. 마음을 상하게 하는 말 때문에, 전쟁이 일어나거나 가족이 분열되거나 사람들이 죽기도 한단다. 나는 살아가는 내내 사람들에게 끔찍하게 모욕적인 말을 하고 나서 "아이, 그냥 농담한 거야!"라는 말로 덮곤 했어. 그게 나의 빼어난 유머 감각인 양 여기곤 했지만, 실제로는 나의 불안과 자기혐오를 밖으로 표출해서 다른 사람들이 공유하도록 하려는 터무니없는 시도였지.

내가 교사가 되었던 첫해에, 그러니까 내가 마약쟁이였던 시기에, 학생들에게 동기부여를 하기 위한 도구로 굴욕감을 사용하는 게 정말 좋은 아이디어라고 생각했어. 라힘이라는 독특한 이름을 가진 아이가 있었는데, 그 아이는 내가 여태까지 만났던 학생들 중에서 가장 나쁜 학생이었어. 시큰둥하고 반항적인 태도를 보였을 뿐만 아니라 가장 기본적인 것조차 제대로 하지 못해서 매일 내 화를 돋웠지. 그 당시엔 내가 너무 무지해서 계속 그 아이의 단점에만 주목했거든. 그 아이가 답을 모르겠다 싶으면 일부러 그 아이를 시키고, 칠판에 아주 어려운 문제를 풀도록 강요하고, 심지어 망친 시험 점수를 공개적으로 발표하기도 했었어.

어느 날 그 아이가 제출한 수행평가 보고서

아빠가 이렇게 약마 같았던 때가 있었다니, 네가 실망하는 건 아니겠지.

195

폭력

가 말 그대로 백과사전을 베낀 것이라는 사실을 알았을 때, 나는 자제력을 잃고 말았어. 라힘이 방금 우리 할머니 뺨을 때리기라도 한 것처럼 나는 그 아이의 얼굴에 대고 고래고래 소리 지르며 수행평가 보고서를 갈기갈기 찢어버렸지. 결국 그 아이를 울리고 만 거야. 그 아이의 첫 번째 눈물방울이 책상에 떨어지자마자, 내가 세상에서 가장 얼굴이 두꺼운 인간이란 것을 깨달았단다. 내 자신이 학교 숙제를 표절하는 어린이라고 상상해보니까, 지금의 내가 믿기지 않을 정도로 파렴치하게 위선적인 행동을 하고 있다는 것을 알겠더라. 나에게 무시당했던 이 아이에게는 악질적인 훈련 교관이 필요했던 것이 아니라 인생에 긍정적인 영향을 미치는 사람이 필요했다는 것을 내가 너무 무지해서 알지 못했던 거야. 그 일이 있은 이후로 라힘은 그해에 책 한 번 펼치지 않았고, 펜을 집어들지도 않았으며, 웃음기도 싹 사라지고 말았어. 교실에서 그저 조각상처럼 앉아 있기만 했지.

내가 가장 두려워하는 것은 나의 행동이 이 아이의 인생을 어떻게든 파괴했을지도 모른다는 거야. 이와 같은 홀대가 아이들의 삶을 고통스럽게 만들어서, 아이들이 멈추고, 포기하고, 결국 학교를 그만두도록 만들 수도 있거든. 내가 아이들을 그렇게 만든 기폭제가 될 수도 있다는 걸 생각하면 너무나도 부끄러워. 그 아이가 이미 오래전에 나를 잊었기를 바랄 뿐이야.

삶의 법칙 #15: 고운 말을 써라. _돈 미구엘 루이츠

말을 잘못 사용하지 않으려면 끊임없이 스스로를 개선하려고 노력하며 행동에서 긍정적인 분위기가 우러나도록 해야 해. "너 정말 대단하구나" 또는 "잘했어!"와 같은 간단한 칭찬 몇 마디가 상대방의 일상에 얼마나 활기를 불어넣는지 모를 거야. 서로 오랜 시간을 함께 지낼 경우엔 사람들의 에너지가 상대방에게 상당히 큰 영향을 미칠 수가 있단다. 나는 부정적인 성향이 끊임없이 샘솟는 사람들과 매일 함께 일하고 있어. 다른 사람들의 흥을 보거나, 깎아내리고, 빈정거리며, 동료들의 고통을 즐기는 사람들도 있어. 하지만 나는 더 이상 이런 일에 가담하고 싶지 않았어. 그래서 나의 행실을 뜯어고치고, 『네 가지 약속』에 나오는 원칙들을 직장 생활에도 적용하기 시작했지. 나는 수업이 끝날 때까지 시간에 연연하지 않고, 어린이들의 사고방식을 긍정적인 방향으로 이끌 수 있는 놀라운 기회를 소중히 여기기 시작했어. 선생님이라는 것이 얼마나 영광스러운 일인지 깨달았기 때문에, 아이들에게 툴툴거리는 선생님보다는 미소 짓는 선생님으로 기억되고 싶었어.

그래서 날마다 아이들이 기억할 만한 일을 만들기 위해, 음악가이자 믿음직한 친구이자 심지어 어설픈 코미디언으로서의 나의 재능을 활용하기 시작했어. 매일 아침마다 보충 수업을 하고, 현장 학습에 따라가고, 댄스 파티에 보호자를 자청하고, 장기자랑을 계획하고, 방과 후 기타 동아리를 만들기도 했지. 하지만 무엇보다 모든 아이들에게 진심 어린 격려를 하는 데 주안점을 두었단다. 우리 반은 지금까지 그랬던 것처럼 불안정한 명청이가 아니라, 공정하면서도 다가가기 쉬운 선생님과 함께 재미있게 상호작용하는 학습의 장이 되었어. 힙합 음악을 주로 듣던 도심

지역의 아이들이 손에 기타를 들고 있는 모습을 지켜보는 것[40]은 나의 교사 생활 동안 가장 보람찬 경험 중 하나였단다. 그렇다고 내가 라힘을 다루었던 방법을 벌충하진 못하겠지만, 그 기억을 조금 덜 잔인하게 만들어주긴 했어.

폭력은 이 세상에 존재하는 악한 행위 중 하나지만 유감스럽게도 그렇기 때문에 우리 모두가 폭력을 다루는 방법을 배워야만 해. 나의 어린 시절을 돌이켜볼 때, 내가 결코 두들겨 맞지 않았다면 지금 어떤 모습이 되었을까 궁금했던 적이 있어. 뭐, 답은 아무도 모르지. 그 생각만 하면 화가 치밀어 올라서 잠을 이룰 수가 없지만 말이야. 그럼에도, 나 자신의 과거를 장밋빛이었다고 꾸며댈 수가 없어서 이렇게밖에는 표현할 수가 없다. 네가 이 글을 읽을 때 네 아빠를 좀 더 잘 이해하는 데 도움이 되기를 바랄 뿐이야. 나는 내 인생을 조금도 포장하고 싶지 않아. 지금의 내가 매우 자랑스럽거든. 온갖 폭력을 당했지만, 덕분에 부정할 수 없는 삶의 법칙을 깨달았으니까.

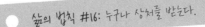

삶의 법칙 #16: 누구나 상처를 받는다.

---

40   우리나라에서는 〈쇼미더머니〉 등의 프로그램과 힙합 아티스트들의 활약으로 힙합에 대한 편견이 많이 사라지긴 했으나 여전히 불편한 시선은 존재한다. 힙합하면 떠오르는 이미지가 상대방을 비난하거나, 저항 의식 혹은 반항 의식을 표출하는 행위이기 때문이다. ─편집자 주

06

우울증

정말 굉장한 노래를 한 곡 알려줄게. 1990년대 초반에 R.E.M.이라는 밴드가 부른 '누구나 상처를 받는답니다(Everybody Hurts)'라는 노래야. 들을 때마다 꽤 괜찮은 노래라고 생각하던 차에, 어느 날 뮤직비디오를 보고는 나의 인생관이 송두리째 바뀌고 말았지. 이 노래는 인생에서 모진 풍파에 휩싸였지만 결코 포기하지 않고 싸워나가야 한다는 내용의 슬픈 가사가 인상적이야. 뮤직비디오는 꽉 막힌 도로를 무대로 이야기가 전개되지. 온갖 부류의 사람들이 자동차 안에서 속수무책으로 창밖을 바라보며 앉아 있는 모습이 나와. 이 뮤직비디오는 시나리오 구성이 무척 흥미로워. 이 자동차에서 저 자동차로 카메라 앵글이 바뀔 때마다 차에 타고 있는 사람들의 생각이 자막으로 나타나거든. 자동차마다 타고 있는 사람들의 표정은 다 똑같아. 자신이 처한 문제에 골몰한 채, 왜 그토록 힘든 삶을 살아야 하나 궁금해하며, 비참한 표정을 짓고 있어. 특히

199

내 마음을 사로잡은 장면은 우울한 표정으로 눈에 눈물이 그렁그렁한 채 앉아 있는 노인이 등장하는 부분이야. 그가 등장하는 부분에는 아주 짤막하게, "그녀가 영원히 떠나버렸어"라는 자막이 나오지.

이 노래의 클라이맥스에서 사람들은 모두 자기 자동차를 버리고 떠나. 마치 "누가 이런 개똥같은 게 필요해? 난 여기에서 나갈래!"라고 말하는 것처럼, 그 상황에서 빠져나가는 거야. "누구나 상처를 받는답니다, 누구나 울기도 하지요, 그러니 견뎌봐요!"라고 심금을 흔드는 합창이 반복되면서, 수백 명의 사람들이 일제히 떠나가는 모습이 나와. 나는 그 노래를 생각하는 것만으로도 전율이 느껴져. 이 노래를 통해 다른 사람들도 나와 마찬가지로 무력한 기분을 느낀다는 사실을 깨닫게 되었거든. 또, 내가 정신병 환자가 아니라는 것, 인간은 누구나 파멸이 다가오고 있음을 끊임없이 느낀다는 것을 알게 되었지. 이걸 깨달은 때가 바로 내가 어두운 터널의 끝에서 빛을 보았던 순간이었어. 내가 여러 해 동안 그토록 찾아 헤맸던 빛이었지.

나를 아는 사람들은 아마 내가 꽤나 느긋한 성격의 행복한 사내라고 말할 거야. 나도 그게 사실이었으면 좋겠어. 하지만 느긋함은 내 진짜 감정과는 영 거리가 멀단다. 내가 기억하는 한 슬픔의 그림자는 늘 나를 졸졸 따라다니고 있었거든. 일찍이 고등학교 3학년 때는 욕실 샤워 박스에 숨어서 몰래 울곤 했는데, 하루에 여러 번 울었던 날도 있었어. 나는 누군가 기분 나쁘게 쳐다보거나 그저 지나가는 말에도 항상 예민하게 반응해서 히스테리를 부리는 그런 아이였거든. 이런 감정은 청소년기뿐만 아니라 성인이 된 후에도 지속되었어. 그렇지만 내 문제를 겉으로는 다른 사람들에게 들키지 않는 방법을 발달시켰을 뿐이지.

나는 심지어 20대 중반이 되어서야 비로소 우울증이 무엇인지 알았어. 그전까지는 우울증이 실제 질병인지도, 전 세계에서 수백만 명이나 이 병에 걸려 있다는 사실도 몰랐거든. 혹시 너도 이 병에 대해 모를 수 있으니까 아빠가 알려줄게. 우울증은 무력감과 절망감, 헤어날 수 없는 슬픈 감정인데, 신체적인 고통이 병행될 수도 있어. 아무리 마음이 평온한 사람일지라도 우울증에 걸리면 마음이 혼란스럽고 조그만 일에도 눈물이 나오는 지경이 되어버릴 수 있지. 침대가 가장 안전하다고 생각하며 방에서 나가는 것조차 두려워지기도 해. 우울증이 일단 마음속에 파고들면, 그 손아귀에서 벗어나기 위해 끝없이 싸워야 할 수도 있어. 우울증은 누구나, 언제든지 걸릴 수 있는 병이야. 심지어 세상을 쥐락펴락하는 것처럼 보이는 사람들도 예외가 아니지.

나는 내가 우울해질 이유가 전혀 없다고 계속해서 되뇌곤 했어. 나는 건강하고 사랑하는 가족도 있고 교육 수준도 높은 데다가 많은 사람에게서 사랑받았으니까. 그러나 이 질병은 네가 가진 것보다 갖고 있지 않은 것에 더 집중하게 해. 우울증은 너를 형성하는 기본 토대의 안정성에 관한 문제거든. 너는 어릴 때 어떤 토대 위에 세워졌니? 견고한 반석이었니, 아니면 불안정한 늪지대였니?

우울증을 일으키는 원인이 무엇인지 확실히 아는 사람은 아무도 없어. 부모로부터 우울증을 유발하는 DNA를 물려받는 거라고 말하는 사람이 있는가 하면, 대단히 충격적인 경험이 발병 원인일 수도 있다고 말하는 사람들도 있거든. 우울증은 심지어 끔찍한 다이어트와 주로 앉아서 지내는 현대인의 생활양식 때문에 발생할 수도 있다더라. 내 개인적인 생각으로는 우울증이 위에 열거한 모든 것들의 복합적인 영향으로 생겨나는데, 개인의 형편에 따라 어떤 조건이 두드러지게 영향을 미치는 것 같아. 수많은 치료사들의 도움을 받고 약물 치료를 받으며 우울증의 원인과 결과에 대한 끝없는 연구를 하고 나서야, 나는 회복으로 이르는 길에는 두 가지가 있다는 결론을 내렸어. 하나는 몇 년에 걸쳐 치료 요법을 시행하는 것인데, 이 방법은 상당히 오랜 기간이 걸리고 비용도 많이 들어. 또 다른 길은 좀 더 쉬우면서 거의 즉각적인 결과를 가져오는 직통 코스야. 바로 처방받은 약을 복용하는 거지. 나는 항우울제가 세상에서 가장 많이 처방되고 있는 약이라는 것을 어디선가 읽은 적이 있어. 수백만 명의 사람들이 매일 항우울제에 의존하고 있다는 거지. 하지만, 병에 담긴 행복은 대가를 치르게 마련이야.

그 대가가 약값 서넙 달러를 뜻하는 건 아니야.

나는 담당 의사에게 지속적으로 슬픈 생각이 든다는 푸념을 하고는 아주 간단한 검사를 받았어. 그런 다음, 렉사프로를 처방받고 문을 나섰지. 나는 여러 해 동안 불법 약물들로 자기 치료를 해왔었지만 번번이 실패했거든. 그래서 나의 별난 정신 상태를 제어하기 위해서는 아무래도 의학박사 학위를 가진 전문가가 더 잘해낼 수 있으리라고 생각했어. 스스로 전문적인 약물 치료가 필요한 것 같다고 늘 짐작은 했었지만, 약물 치료에 뒤따르는 어마어마한 부작용이 우려되어서 피하고 있었거든. 뭐, 막상 약물 치료를 받고 보니 대다수의 부작용은 사소한 골칫거리 정도였어. 딱 한 가지 부작용만큼은 무서워 죽는 줄 알았는데, 바로 성욕

감퇴야. 전에는 성욕이 감퇴되는 일이 문제였던 적도 전혀 없었고 나랑은 완전히 무관하다고 여기며 생각조차 하고 싶지 않은 영역이었거든. 그럼에도 나는 어쨌든 진정한 사내다운 삶에서 누리는 행복을 선택하고자 이 약을 먹기로 결심한 거야.

행복해지는 약

나는 약을 먹기 전에 먼저 인터넷에서 우울증 약에 대한 정보를 찾아보았어. 이 주제와 관련된 인터넷 게시판도 엄청나게 많고 상당히 유익한 정보들이 쏟아져 나와서 놀라웠지. 대부분의 사람들은 항우울제가 효과는 아주 좋지만 부작용을 해결하기 어려운 때도 있다고 썼더라. 가장 흔한 부작용 증상으로는 불면증, 피로, 메스꺼움, 설사, 두통, 멍한 느낌이었는데, 당연히 축 늘어지는 증상도 있었어. 나는 무슨 일이 있어도 행복해지고 싶었단다. 그래서 행복을 최우선으로 두고 일단 첫 번째 알약을 오렌지 주스와 함께 한 입에 꿀꺽 집어삼켰지.

부작용은 즉각 나타났어. 하루 종일 기운이 없고, 밤새도록 잠을 못 이루고 계속 시계만 쳐다보게 되더라. 며칠 동안 좌변기를 떠나지 못했고, 3개월 무렵의 임신부처럼 엄청난 구역질이 나를 엄습했어. 나는 이 모든 증상에 완전히 압도되어 좀처럼 헤어나지 못했지만, '그 약은 부정적인 효과가 사라질 때까지 8주가 걸릴 수 있다'고 쓰여 있던 걸 믿어보기로 했어.

고통스러운 몇 주가 지나고, 일상생활을 하며 느끼는 기분과 마음가짐에 미묘한 변화가 일어났어. 평소에는 화가 머리끝까지 치솟곤 하던 일에 덜 흥분하게 되었거든. 또한 예전에 나의 삶을 괴롭혔던 부정적인 생각과 의식에도 집착을 덜하게 되었지. 시계처럼 정확하게, 8주 만에 나는 완전히 다른 사람으로 거듭났어. 갑자기 연신 미소를 지어대며 1950년대 집배원처럼 '지피티 두 다(Zippity Doo Dah)[41]'를 휘파람으로 흥얼거렸어. 마음이 느긋하고 편안해서 우울한 일 없이 하루하루를 지낼 수 있었지. 인생이 즐거웠어, 아주 좋았어!

우울증을 치료하는 약들은 뇌에서 생성되는 화학 물질인 세로토닌에 영향을 미치지. 엑스터시를 설명할 때 언급한 바 있는 바로 그 세로토닌이야. 항우울제는 신체의 세로토닌 공급을 조절하기 때문에, 일상생활에서 극단적인 감정의 오르내림을 경험하지 않게 해줘.

나는 꼬박 일 년 동안 약을 먹었어. 비록 염려스러운 게 몇 가지 있긴 했지만, 약의 효과는 매우 만족스러웠지. 나는 부모가 꽤나 친밀한 사이라고 여기는 것보다 더 터무니없는 생각은 없다는 걸 알아. 그렇지만 내가 기억하는 것을 완전히 공개하기로 약속했으니까, 그 약속을 지켜야겠지. 솔직히 말할게. 약을 먹고 나서 나의 성욕이 '예순-여덟-살' 노인 의료보험 수혜자처럼 되고 말았어. 나는 아직 내 청춘을 포기할 준비가 되지 않았는데, 부인을 별 관심 없이 쳐다보는 그런 사내가 되어버린 거야. 그런데도 네 엄마는 나를 더할 나위 없이 잘 이해해주었고 지지해주었어. 나의 행복이 언제나 네 엄마의 첫 번째 관심사였거든. 두 번째로, 내 삶에서 감정의 기복이 싹 사라져버렸어. 나는 하루 24시간 일주일에

---

41 원곡은 'Zip-a-Dee-Doo-Dah'로 1946년 디즈니 영화 〈남쪽의 노래(Song of the South)〉의 주제가이며 행복해서 나오는 감탄사로 주로 사용된다.

7일 내내 한결같은 '돌부처'가 되고 말았단다. 엄청나게 행복하지도 않았고, 극단적으로 슬프지도 않았어. 대단히 예민해서 항상 기분이 얼굴에 쓰여 있던 내가 돌부처가 되었다는 게 너무나 이상했어.

제일 난감했던 점은 신체적으로 울 수가 없었다는 거였어. 렉사프로를 복용하는 내내 눈물샘이 제대로 기능을 하지 못했거든. 나는 항상 보통 남자들보다 훨씬 더 많이 우는 경향이 있었는데 말이야. 영화를 보든지, TV 프로그램을 보든지, 책을 읽든지, 광고를 보든지, 결혼식에 가든지, 노래를 듣든지, 뭘 하든지, 하는 내내 울곤 했거든. 네가 태어났을 때도 내가 유치원생처럼 몹시 울었던 기억이 나. 그렇지만 네 남동생이 태어났을 때는 울고 싶은데도 그럴 수가 없었어. 그렇다고 내가 네 동생을 덜 사랑한다는 의미는 아니야. 단지 그 약이 내가 감정을 충분히 느끼도록 허용하지 않았던 것뿐이지.

게다가 나는 여생을 약물 치료에 의존하며 지내고 싶지는 않았어. 한 번은 주말에 여행을 떠났는데 깜박하고 약을 챙겨 가지 않은 바람에 너무 힘이 들었던 적이 있었어. 금단 증상 때문에 거의 신경쇠약에 걸릴 지경이었거든. 성인이 된 이후 처음으로 나는 그 어떤 향정신성 화학 약품으로부터도 자유롭고 싶다는 생각이 들었지. 평화롭고 행복하게 지내고 싶은데 그 감정을 자연스럽게 성취하고 싶었어. 내가 100퍼센트 약물 없이 지낼 수 있을까? 두렵긴 했지만, 운에 맡기고 일단 실천에 들어갔어.

나는 스스로 약물을 끊고 우울증에 정면 대처하기로 결심했어. 그래서 우울증 약들을 면도날로 쪼개 예전보다 더 적은 양을 낮은 빈도

205

로 복용하기 시작했지. 그러다가 마침내 부스러기 같은 양을 거쳐서, 먼지 입자라고 해도 될 정도로 적은 양을 먹게 됐어. 처음에는 끔찍한 환각이 나를 삼키는 바람에 미처버리는 줄 알았다. 화학 약품을 끊으니까 내 몸이 반항적인 태도를 보인 거야. 피해망상이 도지면서 처음부터 다시 재정비해야만 했지. 불면증, 식은땀, 메스꺼운 증상이 분노와 함께 돌아왔어. 때때로 3일 동안이나 잠을 이루지 못한 적도 있었지. 몇 주가 지나자 광기가 서서히 줄어들고, 옛 친구인 우울증이 또다시 나를 맞이하더니, 과거로 되돌아가려는 마음을 부채질했어.

속수무책으로 어쩔 줄 몰라 하고 있던 차에, 친한 친구의 권유로 전문적인 치료를 받기로 결정했어. 그래서 몇 년 동안 치료 전문가를 여러 명 만났지. 더러는 젠체하며 빈말만 떠벌리는 사람들도 있었단다. 아무런 도움도 주지 못하면서 일주일에 3일이나 나를 만나고 싶어 하더라니까. 그런 반면에 매우 자상하면서도 통찰력이 있는 사람들도 있었지. 그중에서도 특히 많은 도움을 주었던 치료사가 한 명 있어. 그녀는 내 이야기를 귀 기울여 들어주었고, 자신의 실제 경험을 들려주기도 하며, 격려와 조언을 아끼지 않았어. 사실, 이 장의 많은 부분은 그녀가 나에게 준 정보와 문헌을 근거로 쓸 수 있었어. 그중에는 데이브 펠처가 지은 『그거라고 불린 아이(A Child Called It)』라는 정말 믿기지 않는 내용의 책도 포함되어 있었지.

현대사에서 가장 끔찍한 아동 학대의 실제 사례가 담겨 있는 책이야. 이 이야기는 어렸을 때 알코올 중독인 엄마에게 잔인하게 맞고 심리적으로 극심한 고통을 받은 한 남자의 삶이 연대순으로 기록되어 있었지. 책장을 넘길 때마다 너무 가슴이 아파서 눈물을 한 바가지는 쏟은 것 같아. 내가 13개월 만에 처음으로 울게 된 거야. 살아남고자 하는 이 남자의 놀라운 의지는 나에게 치료를 계속해서 과거를 극복하는 데 필요한 용기를 북돋아주었어.

개드슨 박사를 2년 동안 띄엄띄엄 만나는 동안, 그녀는 내가 매우 힘든 시기를 이겨나갈 수 있도록 진정으로 도와주었어. 나는 항상 상담 기간이 지나면 깨달음을 얻게 되어, 더 제대로 된 생각을 해서 나 자신에게 더 나은 인생을 약속하게 되었지. 하지만 그것도 잠깐이고, 한두 시간쯤 지나면 우울증이 도져서 내 마음이 다시 부정적인 생각에 휩싸이곤 하는 게 문제였어. 나는 심지어 밤늦은 시간에도 필사적인 심정으로 그녀에게 도움을 요청하는 전화를 건 적도 몇 번 있어. 그러다가 그녀가 내 버팀목이 되어가고 있다는 사실을 깨달은 거야. 나를 스스로로부터 구하기 위한 버팀목 말이야. 렉사프로나 마리화나나 바이코딘이나 술처럼, 그녀에게 지나치게 의지하고 있었던 거지. 이번엔 치료 요법에 중독되어서 그것 없이는 살 수 없게 된 거야. 정상이 되고 싶다면, 내 문제는 나 혼자서 처리했어야 해. 의사도, 우울증약도, 마약도, 그 어떤 것도 소용없어. 더 나은 길이 있는 게 틀림없는데, 여생을 구명 밧줄에 매달린 채 지낼 수는 없었단다.

골리앗 같은 우울증과의 싸움은 즉각적인 효과가 나타나는 약을 복용하거나 매주 상담을 하는 것보다 시간이 더 오래 걸렸어. 내가 어울려 지내는 사람, 내가 먹는 음식, 그리고 내가 살고 생각하는 방법에 이르기까지, 나 자신에 대한 모든 것을 바꾸어야 했거든. 내 계획은 이런저런 자기 계발 기법들을 모두 겸비해서 완전히 새로운 나를 창조하는 거였

207

우울증

어. 그래서 생각해낸 방법이 있는데 들어봐. 이름하야 '영혼 관장' 치료법! 네 삶이 된 모든 악습관을 공격적으로 제거하는 방법이지. 너의 마음과 몸, 영혼에서 부정적 성향을 전체적으로 없애는 거야.

이번엔
알약을 삼키는 것보다
훨씬 더 어렵단다.

영혼 관장 1단계: 건강 되찾기

항우울제를 복용하고 있는 동안 내 몸은 끔찍할 정도로 엉망이 되어버렸어. 앞서 말했듯이, 감정의 기복이 전혀 없고, 활력이 넘치거나 흥분하는 때도 없었고, 산을 오르거나 작곡을 하고 싶어도 전혀 영감이 분출되질 않았지. 극단적인 기분은 한편으로는 심신을 쇠약하게 할 수도 있지만, 다른 한편으로는 매우 효과적으로 의욕을 불러일으킬 수도 있는거잖아. 우울증약을 먹을 때는 기본적으로 아무것도 하지 않고 가만히 있고만 싶었어. 그냥 푹 퍼질러 앉아서, 불량 식품이나 먹어가며, 마냥 잠이나 자고, 바보상자나 보면서 지냈지. 기운이 하나도 없어서 몸이 늘어지고, 아무런 의욕도 없고, 내 평생 처음으로 '뚱뚱'해졌단다. 고등학교를 졸업할 때 체중이 118파운드[42]였던 사내가 이 지경이 되다니. 나는 아무리 매일 정크푸드[43]를 먹어대도, 절대 1온스[44]도 늘지 않는 아이였는데! 그렇던 내가 이제는 키 5피트8인치[45]에 185파운드[46]에 육박하는,

42 53.52킬로그램
43 건강에 좋지 못한 것으로 여겨지는 인스턴트 음식이나 패스트푸드
44 28.35그램
45 172.72센티미터
46 83.91킬로그램

옆구리에 군살이 뒤룩뒤룩 붙은 배불뚝이가 되고 만 거야.

약이 나를 게으르게 만들었다면, 내가 뚱뚱해진 데는 즐겨 먹던 음식이 한몫했어. 평생토록 유지했던 나쁜 식습관이 마침내 내 발목을 붙잡고 늘어진 거야. 몸의 신진대사가 상당히 둔화되어서, 식단을 과감하게 바꾸지 않았다간 살에 파묻히게 생겼지 뭐니. 곧 배는 남산만 하고 남잔데도 가슴이 불룩하고 바지가 내려가 궁둥이 골이 보이는 채로 쇼핑몰 푸드 코트에 죽치고 있는 남자들처럼 될 수도 있다고 생각하니까 정신이 번쩍 들었어.

믿거나 말거나, 음식은 네가 느끼는 감정과 직접적으로 관련이 있어. 일반적으로 매일 먹는 음식에는 방부제나 농약을 비롯해서 여러 가지 해로운 화학 물질들이 잔뜩 들어 있단다. 그러므로 네 몸을 망가뜨릴 뿐만 아니라 정신까지도 파괴할 수 있지. 우울증을 총체적으로 치료할 때 가장 어려운 부분이 식단을 바꾸는 거야. 나쁜 식습관은 어린 시절에 즐겨 먹던 패스트푸드와 사탕, 케이크, 탄산음료 같은 달콤한 간식으로부터 비롯되지. 그런데 이 음식들은 맛이 끝내주잖아. 이렇게 달콤한데 어떻게 몸에 해로울 거라는 생각이 들겠니? 와퍼[47]랑 감자튀김이랑 아이스크림이랑 사탕을 좋아하지 않는 사람이 어디 있겠냐고? 먹는 행위는 인간의 가장 근원적이면서 즐거운 욕구 중 하나잖아. 특히 초콜릿 같은 특정 음식은 네 몸에 엔도르핀이라고 불리는 자연적인 화학 물질을 촉발시키는데, 사랑에 빠졌을 때와 똑같은 느낌이 들게 해.

47   미국의 햄버거 체인점 버거킹에서 판매하는 햄버거 −편집자 주

우울증

패스트푸드가 해롭다는 사실을 처음으로 알게 되었을 때, 나는 산타클로스가 없다는 이야기를 들었을 때만큼이나 끔찍했어. 너는 왜 미국이 세계에서 가장 뚱뚱한 사람들이 많은 나라가 되었다고 생각하니? '시간은 돈이다'라는 사고방식을 갖고 있기 때문이야. 배가 고프면 얼른 간단히 먹고 곧바로 일하러 돌아가는 데만 관심이 있지. 게다가 영양에 대한 전반적인 개념도 완전히 뒤죽박죽이야. 설탕, 유제품, 튀긴 음식, 지방이 많은 고기는 엄청나게 많이 먹으면서, 과일과 야채는 거의 먹지 않잖아. 이거 하나만 물어볼게. 아시아 사람 중에서 일부러 살을 찌운 스모 선수 외에 비만인 사람을 본 적이 있니? 아마 드물걸. 그들은 적절한 식단에 필요한 것이 무엇인지 잘 파악하고 있거든. 아시아 사람들의 식사는 대개 야채와 쌀이 대부분이고 단백질 보충을 위해 반찬으로 약간의 고기를 곁들인단다.

나는 최근에 파키스탄 북부 히말라야 산맥지대의 훈자족에 대한 글을 읽은 적이 있어. 이들은 놀랍도록 건강하게 120살 이상 장수하는 비범한 사람들이었지. 훈자족은 세상으로부터 극단적으로 고립되어 있기 때문에, 완전히 자급자족하는 사회가 될 수밖에 없었어. 유기농법으로 재배한 작물을 먹고 살았으며, 세상에서 가장 건강에 좋다는 자유롭게 방목한 가축을 먹고 살았어. 어디든 걸어 다녔고, 하루 종일 햇빛에서 열심히 일했으며, 스트레스와 질병, 우울증이 전혀 없는 생활을 영위했어. 어떤 인류학자가 몇 년 동안 훈자 마을 사람들을 연구한 결과 그들이야말로 그가 지금까지 만난 사람들 중에서 가장 행복한 사람들이며 건강한 생활양식을 보여주는 진정한 증거라고 표현했어.* 만약 햄버거 체인점이 이 마을에 세워진다면, 혼자족은 순식간에 멸종될 거야.

패스트푸드는 수십억 달러 규모의 산업이야. 실제로 과학자들로 하여금 실험실에서 이 음식을 거부할 수 없을 정도로 맛있게 만들도록 하는 거지. 모건 스펄록이라는 사내가 만든 경이로운 다큐멘터리[48]가 있는데, 이 다큐멘터리를 모든 사람들이 봤으면 좋겠어. 이 사람이 30일 동안 쭉 아침, 점심, 저녁을 오로지 맥도날드 햄버거만 먹으면서 그 과정을 전부 필름에 담았거든. 한마디로 제정신이 아니었던 거야. 그는 사람들에게 패스트푸드가 우리 사회에 엄청나게 충격적인 영향을 미치고 있다는 사실을 증명하고 싶었대. 그런데 너 그거 알아? 별것 아닌 듯 보이는 이 실험 때문에 그 사람은 하마터면 죽을 뻔했어.

마라톤을 할 수 있을 만큼 최적의 건강 상태이던 모건 스펄록은 신체적으로나 정서적으로나 문자 그대로 망가지고 있었어. 그 모습을 지켜보자니 정말 입이 다물어지지 않더라. 그는 햄버거만 먹기 시작한 다음, 거의 즉각적으로 우울해지기 시작했고, 패스트푸드를 끊임없이 갈망하게 되었어. 그의 몸이 수백만 명의 교복 입은 10대들과 마찬가지로 패스트푸드에 중독되기 시작한 거야. 30일이 지나자, 의사들은 모건 스펄록의 몸이 거의 회복할 수 없는 지경으로 심각한 피해를 입은 것을 보고 경악을 금치 못했어.[49]

---

48 2003년 2월부터 30일 동안 기록한 〈슈퍼사이즈 미〉라는 다큐멘터리 영화

49 한 달이 지나자 몸무게는 11킬로그램이 증가했고, 신체 나이는 23.2세에서 27세로 올라갔으며, 우울증, 성기능 장애, 지방간 등을 겪었을 뿐만 아니라, 콜레스테롤 수치 상승으로 심장병 위험도도 두 배로 상승하였다. 증가한 몸무게를 다시 줄이는 데는 14개월이나 걸렸다.

211

Trust me!!

너의 건강을 위해!

아빠는 이제 이 쓰레기 같은 음식을 전혀 즐기지 않아.

패스트푸드를 멀리해라

그래, 삥이야. 패스트푸드는 끊기 어려운 습관 같은 거거든. 가끔 자정이 넘은 시간에도 빅맥을 먹어야겠다는 집념으로 길을 나서는 내 모습이 흡사 마약 중독자 같을 때가 있어. 그럴 때면 혼자 드라이브스루⁵⁰를 이용해서 부끄러워하며 주문을 하지. 음식이 나오면 게 눈 감추듯 해치우곤 후다닥 차를 몰고 그 자리를 떠나곤 해. 그래 놓고는 그런 나 자신이 혐오스러워서 얼른 가장 가까운 쓰레기통으로 달려가서 토해버리고 싶다는 생각이 들어.

일전에 신문에서 스페인에 관한 굉장한 기사를 읽었어. 스페인 사회가 어떻게 '시에스타'라는 오랜 전통을 완전히 버리게 되었는가 하는 내용이었지. 시에스타란 매일 오후에 집에 가서 따뜻한 점심을 먹고 상쾌한 낮잠을 한숨 자고 나서 일하러 돌아가는 것을 말해. 그런데 이런 식의 생활을 경시하는 풍조가 번지면서, 이제는 오랜 시간 일하고 패스트푸드로 끼니를 때우는 미국식 노동관이 팽배해졌다는 거야. 아주 흥미로운 사실은 스페인 인구의 항우울제 복용 비율이 천정부지로 치솟았다는 점이야. 이 기사야말로 패스트푸드의 위험에 대해 아주 잘 보여주고

으어어… 빅맥… 빅… 매… ㄱ

있다는 생각이 들었지.

그렇다고 패스트푸드를 절대 먹지 말라는 말은 아냐. 적당량만 먹는다면야 괜찮지. 여행 중이거나 시간에 쫓길 때는 부득이하게 패스트푸드를 먹을 수밖에 없을 테니까. 대신 덜 위험한 메뉴를 고르면 돼. 어떻게 해서든지 감자튀김, 프라이드치킨, 양파링 같은 튀긴 음식은 피하도록 노력하렴. 이런 형편없는 기름투성이 음식은 네 허리둘레를 키워줄 거야. 게다가 순식간에 피부를 상하게 할걸. 내가 어느 해 여름에 닭 날개를 파는 음식점에서 튀김 전문 요리사로서 일했던 적이 있어서 잘 알아. 이때만큼 여드름이 덕지덕지 많이 났던 적이 결코 없었어.

유제품을 피해라

우유, 치즈, 크림, 버터는 모두 기름기가 엄청 많은 음식이야. 때문에 심혈관계 질병을 일으킬 수 있을 뿐만 아니라, 해로운 화학 물질들도 잔뜩 들어 있지. 요즘 낙농업 산업은 상당히 경쟁이 치열한데, 아무래도 큰 소를 갖고 있는 낙농업자들이 돈을 많이 벌게 되겠지? 이런 점 때문에 낙농업자들이 소에게 소의 성장 호르몬인 RBGH와 같은 스테로이드를 잔뜩 투여하는 거야. 그야말로 네가 상상할 수 있는 가장 비인도적인 일일 테지. 내가 다닌 대학이 목축 지대에 있었기 때문에, 실제로 젖이 너무 커서 마치 작은 자동차 위에 올라 앉아 있는 것 같은 소를 본 적이 있거든. 이런 해로운 약물들은 인간이 섭취하는 유제품들을 통해 우리에게 전해지게 돼. 이게 얼마나 많은 해를 끼칠지 누가 알겠니. 게다가 낙농업자들은 자기네 소들이 건강해서 질병에 걸리지 않기를 바라기 때문에, 스테로이드와 더불어 항생제도 주사하지. 그것도 우리에게로 전해질 거야. 낙농산업은 사람들이 소젖을 생존을 위한 필수품이라고 믿도록 세뇌하기 위해 광고하는 데만 수백만 달러나 소비하고 있어. 나는 이런 일이 일어나도록 허용하는 정부가 졸렬하다고 생각해.

심지어 너의 몸이 유제품을 소화시킬 수 있는 능력을 상실할 수도 있어. 대학을 갓 졸업했을 무렵에, 나는 한동안 너무나 끔찍한 복통과 '밥통 장애'라는 우스꽝스러운 별명을 가진 과민대장증후군을 앓았어. 욕실에서 소동이 일어나지 않는 날이 단 하루도 없었지. 내가 뀐 방구가 대량 살상 무기 그 자체였거든. 나는 전전긍긍하다 최악의 경우까지 염려되어 얼른 명의로 손꼽히는 내과 의사를 찾아갔어. 병원에서 진료를 받은 지 일주일도 되기 전에 3피트 길이의 카메라를 엉덩이에 삽입하고 S상 결장경 검사를 하게 되었지. 그때까지만 해도 내가 S상 결장을 갖고 있다는 것조차 몰랐는데 말이야.

무척 고통스럽고도 수치스러운 검사를 여러 차례 더 받고 나자, 나는 켈러 박사 생각만 해도 소화가 안 될 지경이었어. 느닷없이 그녀가 내 식단에서 모든 유제품을 배제하라고 권하더구나. 내가 의학 용어로 젖당 소화 장애가 있거나 '유당불내증'일지도 모르기 때문이래. 23살 때 내 식단은 죄다 피자, 초콜릿, 치즈 타코, 아이스크림으로 이루어져 있었으니까, 켈러 박사가 시키는 대로 하면 아무래도 뭔가 큰 성과를 이뤄낼 가능성이 아주 높았지. 나는 처음으로 일주일 동안이나 유제품을 먹지 않았어. 그랬더니 위장이 놀랍도록 편안해지더라고. 마침내 대단히 필요한 줄 알면서도 실천에 옮기지 못했던 규칙적인 생활까지 하게 되었어. 내가 좋아하는 음식들을 먹지 못하고 피해야 하는 건 너무나 힘들었지만, 그래도 결과적으론 장점이 단점보다 훨씬 더 컸단다.

유제품을 대체할 수 있으면서도 건강 유지에 필요한 모든 영양소를 공급해주는 좋은 식품들이 많아. 예를 들어 콩에서 추출한 두유, 쌀 또는 아몬드 같은 것들이지. 이런 음식들은 약물이나 화학 물질을 사용하지 않고 유기농법으로 재배되고, 낙농장으로부터 생산되는 허접쓰레기보다 더 건강에 좋은 방법으로 생산돼. 물론 말보다 실천에 옮기는 게 훨씬 더 어렵다는 건 알아. 그렇더라도 유제품 섭취를 제한하려고 노력해봐. 일단 네 엄마 주변에 있을 때만 조심해도 될 거야. 엄마는 구제불능 아이스크림 중독자라서 자칫하다간 엄마를 따라서 아이스크림을 실컷 먹게 될 우려가 있거든.

설탕 소비를 제한해라

너는 친가와 외가 모두 당뇨병 내력이 있기 때문에 특히 조심해야 해. 우리 모두 단 음식을 유난히 좋아하거든. 설탕을 너무 많이 섭취해서 몸이 당을 분해할 수 있는 능력을 상실한 사람들도 있어. 그들은 매일 자기 몸에 주사를 놓아야 하고, 혈당 수치를 확인해야 하며, 매우 엄격한 식단을 유지해야 해. 만약 그렇게 하지 않으면, 병이 악화되어 실명하거나 사지를 절단하거나 심지어 뇌졸중을 일으킬 수도 있거든. 당뇨병은 잠재적인 살인마야. 수백만 명의 사람들이 앓고 있는 것으로 보아 유전적인 성향이 있는 것 같기도 해.

설탕은 적은 양만 먹어야 해. 탄산음료, 사탕, 케이크, 아이스크림, 시럽을 다년간 탐닉하면 당뇨병에 걸리게 될 뿐만 아니라, 몸이 엉망진창이 되고, 이까지 썩어버리거든. 6학년 때 선생님이 학생들에게 집에 보관해둔 젖니를 가져오라고 했던 적이 있었어. 우리는 가져온 젖니를 탄산수를 담은 컵에 넣어 창턱에 올려놓고 몇 주에 걸쳐 관찰했지. 끔찍하게도 이가 완전히 분해되더니 결국은 아무것도 남지 않더구나. 나는 지금도 누군가가 나에게 콜라를 권할 때마다 그 실험이 떠올라서 물을 택하게 되더라.

물을 많이 마셔라

인체의 75퍼센트는 물로 구성되어 있어. 물은 우리가 살고 있는 세상과 그 세상에 살고 있는 모든 생물들의 생명소야. 설탕이 든 음료수 대신 물을 선택하는 것은 너의 건강과 마음 상태를 완전히 다르게 만들 수도 있어. 물은 네 몸에서 모든 독소를 씻어내고, 소화를 돕고, 너의 모공을 깨끗하게 해주며, 네 피부가 건강하고 맑아 보이게 만들어줄 거야. 하지만 수도꼭지에서 바로 나오는 물은 매우 조심해야 해. 그건 화학 약품이나 살충제, 오염 물질투성이일 수도 있고, 다른 무언가가 자연 상태에서 지하수면으로 스며들어갔을 수도 있거든. 육안으로는 깨끗하게 보일 수도 있겠지만, 수돗물 단 한 잔에도 상당히 많은 화학 약품들이 들어 있어서 몸에 매우 해로울 수 있어. 유감스럽게도 요즘엔 병에 든 생수가 최선책일지도 몰라. 20년 전에 병에 든 물을 사 먹었다면, 사람들이 미쳤다고 했을 거야. 그런데 이제는 공짜 물을 마신다면 미친 짓이라고 하겠지. 나는 그저 미래에 우리가 산소를 마시기 위해 돈을 내야 하는 날이 오지 않기를 바랄 뿐이야. 하지만 아직은 모르는 일이겠지?

약을 남용하지 마라

일전에 AADD(성인 주의력 결핍 장애)에 대한 약 광고를 본 적이 있어. 그 광고는 "너는 쉽게 주의가 산만해지고, 혼란스러워지고, 집중도 안 되지? 음, 우리가 너를 위해 약을 준비했단다!"라는 내용이었어. 나는 내 귀를 믿을 수가 없었어. 주당 50시간을 일하고, 두 아이를 키우며, 과도한 대출금에 시달리면서, 산더미 같은 스트레스를 받고 있는데, 이런 생활이 그런 증상을 일으킬 수도 있단 말이잖아? 아니, 이젠 심지어 무언가에 골몰하는 것조차 빌어먹을 질병이라는 거야.

제약회사들은 사람들의 건강염려증과 집착까지 약물 치료를 한답시고 수십억 달러를 벌어들이고 있어. 아무래도 그들 모두 대회장에 모여서 "다음번엔 말이야. 어떤 질병을 꾸며낼까?" 하며 음모를 꾸미고 있는 것 같아. 예를 들면 집착적인 생각이나 하지불안증후군처럼 누구나 어느 정도는 갖고 있는 증상을 취해서 이런 '거짓 장애'와 싸우기 위한 약을 만들어내고 있지. 만약 너도 이런 새로운 약의 효과를 알려주는 광고를 본다면, "어머, 내가 갖고 있는 증상인데!"라는 말이 나올 거야. 젠장, 누구나 그렇게 생각할 거라고!

약품은 너를 상당히 우울하게 만들 수도 있고 심지어 네 몸의 면역체계를 훨씬 더 약화시킬 수도 있어. 만약 네가 질병에 걸릴 때마다 매번 약을 먹는다면, 너의 몸이 질병과 자연스럽게 싸우도록 허용하지 않는 것이기 때문에, 질병을 이겨나가는 시스템이 취약하게 된단다. 일하지 않은 근육들이 축 늘어지는 것처럼, 일하지 않는 면역체계는 점점 더 약해지게 마련이거든. 너의 몸은 병균과 싸워서 건강한 균형을 수립하도록 만들어져 있어. 그러니까 네 몸에 회복할 수 있는 기회를 줘. 그리고 어떤 증상이 일어날 때마다 매번 약국으로 달려가기를 멈춰. 건강에 좋은 음식을 먹고, 운동을 하고, 비타민 C를 잔뜩 먹어. 그건 아무리 많이 먹어도 괜찮고 너의 면역력을 탄탄하게 형성해줄 거야.

붉은 고기 섭취를 제한해라

내가 앞에서 우유에 들어 있는 화학 약품들을 언급한 바 있지. 고기도 마찬가지야. 고기는 어떤 종류든지 너무 많이 먹으면 건강에 좋지 않아. 특히 붉은 고기를 너무 많이 먹으면 처참한 결과를 얻을 수가 있단다. 이 물질은 네 심장에 끔찍하게 해로울 뿐만 아니라 소화되기도 상당히 어려워. 게다가 네 장 안에서 몇 주 동안 문자 그대로 죽치고 앉아 있기 때문에 배설되기도 전에 부패하거든. 어떤 친구가 나에게 하워드 라이먼 이라는 이름의 사내에 대해 알려주었어. 그는 40년 이상 몬태나 주에서 가장 성공적으로 소를 키운 목장 주인이었지. 그런데 건강에 심각한 문제를 겪고 나자, 부패한 고기와 연관이 있는 위험에 대해 조사하기 시작했어. 그는 조사 결과를 보고 즉각 엄격한 채식주의 식단으로 전환했을 뿐만 아니라, 더 나아가 육가공산업의 비리에 대항하는 싸움을 주도적으로 지지하게 되었단다. 라이먼 씨는 웹사이트와 소식지를 운영하고 세미나를 개최하면서, 공장식 축산업의 위험성과 소고기를 대체하면서도 건강에 좋은 식품을 설파하고 있어. 그에 따르면 칠면조나 닭, 혹은 특정 유형의 생선이 비록 완벽하지는 않지만 붉은 고기보다는 훨씬 더 안전하다는구나.

정당한 이유로 채식주의자가 되고 나서 전적으로 잘못된 방법으로 나아가는 사람들도 많아. 내 친구의 여동생은 고기는 포기하고 먹지 않으면서, 새로운 식단을 죄다 피자와 감자튀김, 초콜릿으로 구성하는 바람에, 몸이 허약해지고 만성피로에 시달리게 되었지. 제대로 조사를 해서 실천에 옮기되, 채식 식단에 적절한 영양제를 곁들이면 건강에 아주 좋을 거야.

운동하고, 운동하고, 운동해라

운동은 아무리 강조해도 지나치지 않아. 주로 앉아서 지내는 생활방식을 유지하면 언젠간 반드시 심각한 우울증이 문을 두드릴 거야. 소파에서 뒹굴뒹굴하며 텔레비전이나 보면서 정크푸드를 먹는 생활은 네 체격을 망가뜨릴 뿐만 아니라, 너의 마음도 지배하게 될 거야. 이것을 방지하는 효과적인 방법이 바로 운동이란다. 달리기, 수영, 춤, 자전거, 스케이트도 좋고, 너의 심장을 두근거리게 해주는 것이라면 무엇이든지 좋아. 건강한 신체만큼 병균을 잘 물리쳐주는 것은 아무것도 없거든.

햇빛은 기분을 끌어올려주는 역할도 한단다. 그러니까 운동을 하려거든 이왕이면 집에서 빨리 빠져나가. 나는 어떻게 사람들이 하루에 몇 시간씩이나 러닝머신 위에서 벽을 응시하며 운동이 끝날 때까지 초를 세면서 시간을 보낼 수 있는지 도무지 이해가 안 되더라. 너무 많은 자외선은 해로울 수 있지만, 적당히 조금만 쏘이면 아주 유익해. 비타민 D는 필수 영양소인데, 햇빛을 받으면 생기고, 계절성 정서 장애[51]를 극복하는데도 도움이 되거든. 내가 뉴욕에 살고 있었을 때는 우울증 증상이 항상 새해가 된 직후에 최고조에 달하곤 해서, 봄까지 실제로 정신병동에 입원해 있곤 했어. 햇살이 좋은 플로리다 주로 이사한 것이 내 기분을 안정시켜주고 건강해지려는 의욕을 북돋우는 데 매우 효과가 좋았단다. 건강에 관해서라면 너무 많은 사람들이 쉬운 방법을 택하고 싶어해. 그래서 건강에 좋다는 음료를 마시거나, 약을 먹거나, 크림을 바르거나, 수술을 하거나, 최신 유행하는 다이어트를 하기도 하지. 나를 믿으렴. 햇빛을 쏘이고 뼈를 덜거덕거리며 조깅을 하는 것보다 더 효과적인 치료약은 없어. 힘들여 뛰고 나서 샤워를 하면, 뭔가 장래에 계획이 있는 남자인 것 같아 뿌듯한 마음이 들기도 해.

영혼 관장 2단계: 열정적으로 생활해라

'나태한 마음은 악마의 놀이터다'라는 유명한 속담이 있어. 인간의 마음은 비범한 기계나 다름없지만, 그것이 너의 가장 나쁜 적이 될 수도 있단다. 뇌는 모든 충동을 분석하고 무한한 사고 패턴을 고려하기 위해 탐색 활동을 계속하지. 낮 동안에는 우리가 정신없이 바쁜 생활에 사로잡혀 있어서 그것을 무시할 수가 있지만, 밤이 되어 빛이 사그라지고 너의 머리가 베개에 닿으면 싸움을 허용한단다. 그래서 밤에는 질주하는 마음을 멈추려다가 거의 미칠 지경이 되기도 해. 온갖 생각이 난무하고, 감정이 가열되고, 의문이 생겨나서, 자제력을 되찾기 위해 고군분투하게 되는 거야.

인간의 뇌는 우주의 비밀을 밝히려고 노력하는 것처럼 해결할 수 없는 암호를 풀려고 애쓰는 컴퓨터와 무척 닮았어. 우리의 마음이 미지의 것을 향해 노력하는 것을 결코 멈추지 않기 때문에 인류가 놀라운 일들을 성취할 수 있는 거야. 문제는 뇌가 정보를 처리하는 일을 어떻게 멈추어야 하는지를 모른다는 거지. 그래서 네가 편히 쉬고 싶은 때에도 미친 과학자처럼 계속해서 분석을 하게 돼. 이것이 사람들이 술을 마시고 마약을 하게 되는 또 다른 이유야. 자신의 마음을 자기 파괴적인 사고 패턴으로 침묵시키려는 필사적인 시도라고도 볼 수 있어.

심지어 네가 잠자고 있는 동안에도 마음은 여전히 이상한 꿈들을 열심히 만들어내서, 너를 깨어 있으면서도 정신은 차리지 못하는 상태로 만들기도 해. 제대로 쉬지 못하는 마음은 우울증을 유발하는 주요 원인 중 하나야. 이를 방지하기 위해서 너는 네 인생에서 뇌의 에너지를 집중

하고 쏟을 긍정적인 일들을 발견해야만 해. 너에게 본질적인 즐거움을 주고 네가 생각하는 것을 멈추도록 하는 활동에 열정을 가져야 한단다. 이게 바로 텔레비전에서 병뚜껑을 수집하거나, 쓰레기를 조각하거나, 밧줄도 없이 암벽을 등반하거나, 벌거벗고 행글라이더를 타는 것처럼, 별나거나 위험한 관심을 가진 사람들에 대한 이야기가 끊임없이 소개되는 이유야. 내 열정은 계절에 따라서 바뀌는 경향이 있어. 최근엔 달리기랑 여행이었고, 아주 최근에 재미가 들렸던 건 독서였어.

나는 20대 후반까지 꼭 필요한 책만 읽었어. 책 읽는 걸 즐긴 적은 한 번도 없었지. 어느 날 기타 악보를 구하려고 서점 주위를 어슬렁거리다가, 사람들이 제임스 레드필드가 쓴 『천상의 예언(The Celestine Prophecy)』이란 책에 대해 이야기하는 것을 우연히 들었단다. 그래서 즉흥적으로 그 책을 집어 들고 처음 몇 쪽을 읽어보다가 즉각 마음이 사로잡히고 말았어. 이 책은 내가 그런 게 있다는 것조차 알지 못했던 지적인 사고의 세계로 나를 인도해주었어. 나는 퍼지 브라우니 한 접시를 순식간에 먹어 치우듯 그 책을 단숨에 독파했어. 『천상의 예언』은 내가 누구이고 세계란 어떤 것인지를 알아내려고 노력하도록 영감을 주었단다.

야간에는 반스 앤 노블 서점에서 일했는데 문학파트를 담당해서 아주 좋았어. 서점 직원이나 서점에서 많은 시간을 보내는 사람들에게 말을 걸고 그들에게 지혜를 빌려서 내가 할 수 있는 한 많은 저자들과 책 제목들을 적었지. 내가 책을 빨리 읽지 못하는 편이라서 수월한 작업은 아니었어. 나처럼 같은 쪽을 여러 번 다시 읽어야 이해를 하는 사람에겐 적합하지 않은 책들도 많았거든. 그저 내 나름의 속도로 읽어나가며 저자의 목소리에 정말로 공감하려고 했어. 불안한 마음을 없애는 완벽한 해결책은 도전 의식을 북돋우는 책을 읽는 거야. 잠자리에 들기 전에 텔레비전을 켜는 대신에, 나는 영감을 불러일으키는 사람들의 전기나 자기계발서나 역사소설을 읽기 시작했어. 이것은 내가 약물의 도움 없이도 잠이 들 수 있도록 도와주었을 뿐만 아니라, 매우 귀중한 교훈을 가르쳐 주었단다.

삶의 법칙 #17: 아는 것이 힘이다.

독서 담당 선생님이 되고 싶다는 것을 깨달은 때가 바로 이 시기였어. 아이들에게 독서가 두렵고 따분한 일이 아니라 인생에서 상상력을 발휘할 수 있도록 도와주는 방법이라는 것을 보여주고 싶었거든. 그래서 대학으로 다시 돌아가서 2년도 채 안 되어 읽고쓰기교육 석사 학위를 받았어. 취하지 않은 말짱한 정신과 성공에 대한 진지한 열정으로 무언가를 성취할 수 있다는 것은 놀라운 일이야. 매일 나는 미국에 이민 온 가정의 학생들에게서 긍정적인 결과를 보고 있어. 그들 중에는 몇 년 전까지만 해도 영어를 한마디도 못 했었는데, 이제는 아동문학 작품들 중에서 가장 잘 알려진 작품 몇 편 정도는 즐겨 읽을 수 있게 된 학생들도 있어. 워낙 이상적인 경우라서 너랑 네 남동생에게 꼭 알려주고 싶었단다. 책 읽기를 좋아하게 되면 육체적으로나 정신적으로나 너의 모든 생활에서 닫혀 있던 문들이 계속 열리게 될 거야.

내가 그다음으로 열정을 쏟은 분야는 여행이야. 새로운 장소를 방문하는 경험보다 더 많은 가르침을 줄 수 있는 것은 세상에 아무것도 없지. 지구 전체가 탐험할 만한 곳 천지인데, 그에 비하면 너의 고향은 한 날 먼지 한 점에 불과해. 어릴 때부터 자라던 동네에서 계속 같은 친구들이랑 고등학교까지 다니며, 때때로 주말에 휴가를 떠날 때를 제외하고는 뉴욕 주의 롱아일랜드를 벗어난 적이 없어서, 거기가 전 세계인 것처럼 여기고 사는 사람들이 얼마나 많은지 몰라. 대학을 졸업하고 직장을 잡기 전에 몇 년에 걸쳐 세계 여행을 하며 견문을 쌓는 것을 관례처럼 여기는 나라도 많단다.

내 친구 더그와 나는 1999년 여름에 자동차로 국토 횡단 여행을 했어. 3개월 동안 미국 대륙을 가로질러 거대한 삼각형 모양으로 수천 마일을 이동했지. 나는 그 여행을 통해서 세계와 나 자신에 대해 17년간의 학창 시절에 배웠던 것보다 더 많은 것을 배웠단다. 학교 공부가 중요하긴 하지만, '인생의 수업'은 영혼을 위한 교육이거든. 그렇다고 내가 루이스와 클라크처럼 미지의 영역을 발견하려던 것은 아니야.[52] 내가 보았던 장소들은 1년에 수백만 명의 사람들이 방문하는 곳인데, 그래도 자신의 눈으로 그 광경을 직접 보기 전까지는 진정한 아름다움이 무엇인지 절대 모르는 법이거든.

로키 산맥과 서부 대평원을 처음으로 목격했을 때, 나는 얼핏 천국을

---

52 토마스 제퍼슨 대통령의 명령에 따라 메리웨더 루이스와 윌리엄 클라크의 지휘하에 총 삼십삼 명의 인원이 1804년 5월부터 1806년 9월까지 세인트루이스에서 미주리 강을 거슬러 올라가 로키 산맥을 넘고 콜롬비아 강을 경유해 태평양 연안까지 나아갔다. 탐험 기간에 이들은 수로와 동식물 및 인디언의 실태 등을 조사하였으며 약 백사십 장 정도의 지도를 그렸다.

본 것 같았어. 경치가 정말 끝내주더라. 탁 트인 평야 위로 하늘은 푸르르고 그림같이 아름다운 풍경이 펼쳐져 있었어. 난생처음으로 내가 전적으로 자연과 연결되어 있다는 느낌이 들었어. 경외심을 불러일으키는 그랜드캐니언을 노새를 타고 내려가서 사막을 지나 서쪽으로 나아가, 캘리포니아라는 극락을 발견했지. 캘리포니아는 말로는 설명할 수 없는 분위기를 지니고 있더구나. 사람들과 해변, 날씨와 주민들의 전반적으로 느긋한 태도가 잘 어우러져서 아주 매혹적이었어. 기가 막히게 멋진 태평양 연안 고속도로로 북쪽을 향해 나아가다 보니, 곧 왜 그토록 많은 사람들이 북부 캘리포니아가 별천지라고 느끼는지 확실히 알겠더라고. 이 지역에는 주로 레드우드라고 불리는 삼나무가 우거져 있는데 키가 30층 건물만큼 어마어마하게 크거든. 레드우드는 내가 얼마나 하찮은 존재인지를 깨닫게 해주었단다.

그다음엔 아이다호 주에 가서 자연 그대로의 모습을 간직한 숲에서 야영을 했어. 별로 기대하지 않았던 이곳이 그토록 천연의 낙원일 줄 누가 알았겠니? 차를 타고 북부 몬태나 주를 지나가다가 우리는 글레이셔 국립공원과 마주치게 되었는데, 150만 에이커나 되는 넓은 면적에 너무나도 아름답고 경이로운 풍경이 펼쳐져 있었지. 아마 미국에서 때 묻지 않은 자연 그대로의 신비한 모습을 간직하고 있는 몇 안 되는 장소로 손꼽힐 거야. 동물원이나 텔레비전에서만 보았던 동물들이 우리 자동차로부터 3미터밖에 떨어져 있지 않은 곳에 불쑥 나타나곤 했어. 미국이 지닌 매력에 대해 이야기하자면 책 한 권은 쓸 수 있겠지만, 그것을 제대로 표현할 수가 없어서 아쉬울 따름이야. 언젠가 네가 그것을 네 눈으로 직접 보게 된다면, 내가 하는 말이 무슨 뜻인지 확실히 이해하게 될 거야.

여행은 해방감을 느끼게 해주는 경험이야. 올바른 방법으로 사이좋은 파트너와 함께 여행하는 건 네 인생에서 결정적인 순간이 될 수도 있을 거야. 네 엄마는 제스라는 친구와 함께 유럽 전역을 기차로 여행한 적이 있었어. 6주간의 여정을 마치고 돌아왔을 때, 그녀는 완전히 다른 사람이 되어 있었단다. 예전에 네 엄마를 나약하게 만들었던 수줍음과 불안감이 마침내 가라앉아서, 다시 태어난 것 같은 느낌이 들었대.

나의 마지막 열정은 약물을 다루었던 장에서도 언급했었던 '달리기'야. 처음 몇 주간은 메스껍거나 다리에 쥐가 날 수도 있어. 하지만 이 기간이 지나고 나면, 달리기는 우울증을 막을 수 있는 궁극의 무기가 될 거야. 달리기 선수들이 느끼는 '러너스 하이'를 아니? 몸에서 엔도르핀이 솟아 나오는 경쾌한 느낌을 말해. 아무런 통증이 느껴지지 않고, 발이 보도 위를 달리고 있다는 느낌도 들지 않게 되지. 그리고 너의 생체 리듬과 조화로운 균형을 이루게 될 거야. 8개월 동안 끈질기게 달리기를 계속하자, 나도 마침내 러너스 하이를 경험하게 되었고, 그 이후로 다시는 약물을 필요로 하지 않게 되었단다.

어렸을 때 나는 자전거를 탈 때마다 나보다 나이가 많은 아이들에게도 뒤지지 않으려고 안간힘을 썼던 기억이 나. 인내심의 한계에 이를 정도로 내 몸을 몰아붙였었거든. 내 영혼의 내면에 숨겨진 기어처럼, 다리 근육이 얼얼하고 숨을 헐떡거릴 정도로 계속해서 페달을 밟아대곤 했

227

어. 사람들은 나이가 들면서 이 기어를 잃어버리는 걸까, 아니면 어딘가에 간직하고만 있는 걸까? 네 몸의 모든 세포가 그만하라고 간청하는데도 네가 계속해서 강행할 필요가 있겠냐는 나약한 인내심의 목소리에 귀를 기울이게 되면, 위대한 인간 승리 따위는 생기지 않게 마련이야. 너의 몸과 마음이 생존을 위한 치열한 전투에 몰두하게 되면, 그런 형편없는 일이나 끊임없는 빚 따위도 갑자기 아무런 의미가 없어진단다. 그것은 단지 길에 놓인 장애물 정도일 뿐이야. 나는 최근에 뉴스에서 84세 마라톤 주자의 인터뷰를 본 적이 있어. 기자가 노령에도 마라톤을 할 수 있는 비결을 묻자, 그는 아주 간단하게 대답했지. "대부분의 사람들이 포기하는 지점에서, 나는 시작할 뿐입니다." 나는 그 사람이야말로 자신의 숨은 기어를 발견했다는 생각이 들었어.

이 세상에는 열정을 기울일 만한 일들이 아주 많아. 네가 그 일을 찾아 나서지 않는다면, 너는 그것들이 무엇인지, 그것들이 네 인생을 얼마나 많이 바꿀 수 있는지 결코 알지 못할 거야. 내 친구 루크는 자신의 삶을 변화시킬 수 있는 열정을 아무도 전혀 생각지 못한 것에서 발견했단다. 그는 키만 멀쑥하고 호리호리한 체구에 조용하며 사람들 앞에선 약간 부끄럼을 타서, 항상 이상한 녀석 취급을 받았었어. 그런데 무술 훈련을 몇 년 받고 나더니, 어느 날 친구들에게 종합 격투기 대회에 나가고 싶다고 하더라. 종합 격투기는 경기를 하는 동안 권투나 무술, 레슬링뿐만 아니라 길거리 싸움 방식까지도 동시에 사용하는 상당히 야만적인 운동이란 말이야. 울타리가 쳐진 팔각형 모양의 링 안에서 상대 선수가 쓰러져 일어나지 못할 때까지 서로 겨루는 경기거든. 게다가 전문적인 레슬링과는 달리 이 종목의 선수들은 연기 따위는 하지 않아. 모든 사람들이 그 친구가 경기에 나갔다간 죽을 거라고 뜯어말렸지만, 루크는 이 무모한 목표를 달성하겠노라고 굳게 결심했어.

너무나 뜻밖에도, 루크는 경기를 뛰어나게 잘했을 뿐만 아니라, 케이블 텔레비전 쇼 프로그램인 〈종합 격투기〉에서 대단히 선망 받는 자리를 차지했어. 그 대회에서 놀랄만한 준우승을 거두고 나서 그는 전문적인 격투기 선수로서 계약서에 서명했지. 그래서 이제는 배짱 있는 약자가 승리한 본보기로 수많은 사람들의 용기를 북돋아 주는 '침묵의 암살자' 루크 쿠모라고 알려져 있어. 우리는 이 이야기에서 어느 누구도 너에게 "너는 할 수 없어"라는 말을 하도록 내버려두어서는 절대 안 된다는 교훈을 얻을 수 있어. 너는 35살에 축 처져서 집에서 빈둥거리며 감자 칩이나 먹고, 아무 생각 없이 시트콤이나 보는 생활을 상상이나 할 수 있니? 너는 반드시 거기에서 나아가 너의 열정이 무엇인지 발견해야 해. 만약 네 안의 열정을 발견한다면, 절대 우울한 시기를 다시는 겪지 않을 거야.

영혼 관장 3단계: 영적 치유

이왕 우리가 정신과 신체의 치유에 대해서 이야기했으니, 마지막 퍼즐 조각인 영혼의 치유에 대해 말해보자. 누구나 인생에서 과거를 받아들이기 시작해야 하고 미래로 나아가기 시작해야 하는 때가 온다. 대부분의 사람들이 파란만장한 어린 시절을 보내고 대단히 충격적인 경험을 통해서

229

고통스런 기억을 갖고 있게 마련이야. 나는 살아가면서 힘든 시기를 겪지 않는 사람은 단 한 사람도 없을 거라고 생각해. 문제는 '우리가 얼마나 오랫동안 자신의 과거의 노예로 지내고 있는가? 노예로서의 삶을 그만두고 우리가 되어야 마땅할 사람이 되어야 할 때는 언제인가?' 하는 점이야.

너를 정신적 트라우마로부터 치료해줄 수 있는 딱 두 가지 방법은 수용과 용서야. 누군가를 미워하게 되면 하루 종일 그 생각에 얽매이게 되고, 네 가슴이 찢어지고 네가 너무나 초라한 존재인 것처럼 느끼게 될 수 있거든. 누군가에 의해 육체적으로나 정신적으로 상처를 입으면 지극히 고통스러워. 이럴 땐 복수만이 유일한 해결책이라고 생각할 수도 있는데, 너라고 크게 다르진 않을 거야.

증오라는 감정 때문에 나는 9살 때부터 무척 괴로웠어. 엄마를 머릿속에 떠올리기만 해도 분노가 폭발했던 때가 여러 번 있었어. 그래서 나는 엄마가 나에게 겪게 했던 고통을 엄마가 조금이라도 겪어봤으면 좋겠다고 생각했지. 나는 사방에서 위안을 찾으려고 했어. 그래서 술도 마시고, 약물도 했고, 무의미한 관계를 맺거나, 여러 가지 치료 요법을 써보기도 했어. 그러나 나는 여전히 외로웠고 공허한 생활을 계속했단다. 결국 나는 나의 분노를 극복할 해답을 가족과 친구들에게서 찾았는데, 그들 모두 용서하고 잊으라는 충고를 해주었지. 나는 이런 개념이 낯설었어. 한창 잘나가던 시절에 그 두 가지 중의 하나라도 받아들인다는 건 상상조차 할 수가 없었거든. 나는 곧 내가 찾고 있던 해답을 생각지도 못했던 곳에서 발견했단다. 그건 바로 교회였어.

그렇다고 내가 대단히 신앙심이 깊은 사람은 절대 아니야. 솔직히 말하자면 내가 살아가면서 심각한 불신자였던 때가 여러 번 있었거든. 나의 주된 불만은 항상 '만약 신이 있다면 어떻게 세상에서 그런 비극과 고통을 허락할 수 있단 말인가?' 하는 거였어. 종교는 너무나도 융통성이 없고 이해하기도 힘들거니와, 성경이 평범한 사람들에 의해 쓰였다는 사실이 나로 하여금 그들의 의도를 믿지 못하게 만들었단다. 하지만 기독교의 본질인 예수 그리스도의 이야기에는 늘 매료되어 있긴 했어. 내가 교사로 근무하던 가톨릭 학교에서 교장이 고학년들에게 〈그리스도의 수난(The Passion of the Christ)〉이라는 영화를 보여주기로 결정했을 때, 난 사실 그 영화를 보는 게 망설여졌어. 하지만 내가 인솔 교사로 뽑혔기에 기꺼이 아이들을 데리고 갔지.

너도 지금쯤은 그 이야기를 알고 있을 거야. 예수님은 자신이 하느님의 아들이라는 것과 자신의 사명이 인류를 자멸의 길로부터 구원하는 것이라고 믿었지. 이런 믿음 때문에, 예수님은 공개적인 자리에서 끔찍한 고문을 받았어. 고통스러운 고문을 받는 중에도 예수님은 피투성이가 된 얼굴로 하늘을 바라보며, "아버지, 저 사람들을 용서하여주소서. 저들은 자기들이 하고 있는 일을 알지 못합니다"라고 말했어. 나는 영화를 보는 내내 전율을 느꼈어. 예수님은 수없이 많은 매를 맞고 채찍질을 당하고 십자가에 못 박혀 피를 흘리며 죽어가면서도 상대를 미워하지 않았거든. 나는 이 장면에 감동을 받아 눈물을 흘렸는데, 단지 생생한 폭력 장면 때문만이 아니라, 내 평생 처음으로 진정한 용서가 무엇인지를 깨달았기 때문이야.

세상 사람들이 끔찍한 일을 저지른다는 것은 의심의 여지가 없어. 그런데 이것이 그들이 선천적으로 나쁘기 때문일까, 아니면 그들이 자신의 악한 충동과 싸울 만큼 충분히 강하지 못하기 때문일까? 내 어머니가 손에 펜을 들고 나를 학대하고 못살게 굴려는 계획을 세워서 실천에 옮겼던 건 아니거든. 어머니는 단지 힘겨운 삶으로 인해 어찌할 줄 몰랐을 뿐이야. 무려 20년 동안이나 망나니 같은 10대들을 노란색 스쿨버스에 태우고 다녔을 뿐만 아니라, 두 자녀를 사실상 혼자 키운 거나 다름없으니까. 가슴속에 꼭꼭 묻어두었던 온갖 좌절감을 쏟아낼 방법이 필요했던 거야. 내가 이처럼 여린 사람을 어떻게 괴롭히고 싶다는 생각을 할 수 있었던 걸까? 더 이상은 그럴 수가 없었어. 어머니가 너무 가엾게 여겨졌거든. 왜냐하면 어머니는 자기가 무엇을 했는지도 알지 못했기 때문이야. 이건 내가 일요일마다 교회에서 생각하는 똑같은 말이야. 다른 사람들은 모두 성경을 읽으며 자기 자녀에게 호들갑을 떨고 있는 동안에, 나는 대개 십자가를 바라보며 나에게 용서하는 것을 가르쳐준 예수님께 감사를 드린단다.

몇 달 전에, 어떤 정신 나간 사람이 펜실베이니아 아미쉬 학교에 총으로 무장하고 들어가서 아무 죄 없는 아이들에게 닥치는 대로 총을 쏘기 시작했어. 그런데 살해된 아이들의 부모들은 그 살인자를 완전히 용서하고, 심지어 그의 장례식에도 참석을 했다더구나. 제대로 이해하기는 어렵지만, 나는 이 이야기에 무척 감명받았고, 아미쉬 사람들의 순박한 마음씨와 종교적인 신념이 부럽기까지 했단다.

내가 지금 우리 동네에서 제일 거룩한 남자라고 주장하는 건 아니야. 그렇지만 나는 하느님과 예수님을 믿고 천국이 있다는 걸 믿어. 내가 종교에 대한 압도적인 과학적 증거를 갖고 있기 때문이 아니야. 오히려 우리가 밤에 자고 있는 동안에도 우리 가족을 지켜주는 존재가 있다는 걸 아니까 안전하다는 느낌이 들기 때문이야. 게다가 우리 모두가 죽은 후에도 다시, 심지어 영원히, 함께 있을 수 있는 곳이 있다는 걸 알기에 대단히 기쁘단다. 그렇다고 네가 나무 십자가를 들고 길모퉁이에 서서 확성기를 들고 신자가 되라고 외쳐댈 필요는 없어. 홀가분하게 너보다 훨씬 더 큰 존재를 신뢰할 수 있다는 건 정말로 아주 멋진 기분이란다.

네 엄마가 너를 임신했을 때, 의사들이 너의 뇌에 맥락막총 낭종[53]이 있을지도 모른다고 알려주더구나. 맥락막총 낭종은 다운증후군과 심각한 뇌 손상을 일으킬 수 있는 염색체 이상이야. 다행스럽게도 괜찮다는 결과가 나오긴 했지만, 나는 마지막 검진 결과가 나오기 전까지 몇 주 동안 얼마나 기도를 많이 했는지 모른다. 아마 내 평생 결코 그때보다 더 많이 기도할 수는 없을 거야. 네가 11개월이 되었을 때는 시계 배터리를 삼키는 바람에 네 엄마랑 내가 혼비백산했던 적이 있어. 나는 남아 있는 배터리를 물 컵에 넣고 녹색 산이 쏟아져 나오는 모습을 공포에 사로잡힌 채 지켜보았지. 우리는 쉬지 않고 기도했어. 이틀 후에 마침내 너의 기저귀에서 젓가락으로 그 배터리를 찾아내곤 하늘에 계신 그분께 다시 진심으로 감사를 드렸단다.

네가 돌아갈 곳이 없을 때에도 하느님께서는 늘 함께 계신다. 그것이

---

53 choroid plexus cyst, 뇌척수액을 생산하는 맥락막총에 생기는 양성 물혹으로 태아 초음파 검사로 임신 20주까지 관찰되는 경우가 1~3% 정도 되며 23주 전후에 저절로 소멸되는 것이 정상이나, 25주가 지나서도 보이는 물혹은 염색체 이상이 동반되는 빈도가 높다.

바로 너에게 신앙이 필요한 이유야. 아무리 신을 믿지 않던 사람일지라도 자기 자녀가 병원에 입원하게 되면 순식간에 믿음을 갖게 되는 경우가 많아. 너에게 특정 종교를 믿으라고 강요하진 않을 거야. 네 엄마와 나는 너처럼 가톨릭 신자로 자랐어. 네가 어른이 되어서 자아 성찰을 하게 된다면, 나는 네가 어떤 종교를 믿겠다고 하든지 그 결정을 존중해줄 거야. 다만 기독교든지, 불교든지, 이슬람교든지, 유대교든지, 힌두교든지, 아니면 심지어 사이언톨로지든지, 모두 본질적으로 똑같은 가치를 공유하고 있다는 걸 언제나 기억하렴. 그건 바로 서로 사랑하고, 약한 자에게 자비를 베풀고, 다른 사람을 용서하는 거야. 네가 이와 같은 이상을 가지고 살아가는데 어떻게 잘못된 길로 나아갈 수가 있겠니?

내면의 목소리 통제하기

내 사촌 조쉬는 지난 13년간 정신분열증으로 고통받으며 정신병원에서 지내고 있어. 정신분열증은 다중 인격을 지니게 되면서 편집증적 망상을 일으키며 머릿속에서 계속 목소리가 들리는 정신 장애야. 그가 22살에 병의 증상이 나타나기 시작했다는 것을 알고는 무척 충격을 받았지만, '누구나 그런 증상을 어느 정도는 갖고 있지 않을까?'라는 생각이 들더구나. 나도 목소리를 듣고(대부분은 그런 목소리를 생각이라고 하지), 피해망상을 느끼기도 하고, 가끔은 완전히 다른 사람이 된 것 같은 느낌이 들 때도 있거든. 게다가 나랑 똑같은 증상을 이야기하는 사람들도 많이 보았어. 과연 이것이 우리 모두가 정신분열증이라는 것을 의미하는 걸까?

아마도 그런 느낌을 누구나 조금씩은 갖고 있을 거야. 대부분의 사람들은 바빠서 무시해버리기 때문에 문제될 게 없는 거지. 하지만 망상에 굴복해서 하루 종일 그 생각에 사로잡혀 후회하며 지내다가 결국 미쳐버리는 사람들도 있어. 그렇다고 조쉬를 비롯한 수만 명의 사람들이 이런 정신 장애로 진단을 받은 것이 본인들의 탓이라는 뜻은 절대 아니야. 다만 이런 종류의 질병이 심리적인 문제로 영속화될 수도 있는 건 아닌지 궁금할 뿐이야. 그건 그렇고, 왜 내면의 목소리를 통제하는 것이 그다지도 어려운 걸까? 생각을 통제하고 내면의 목소리를 무시하는 법을 배우는 게 우울증을 치료하고 정신을 치유하는 데 아주 큰 비중을 차지한단다.

바로 이 방법을 수천 년 동안 세상에서 성공적으로 실현해온 사례들이 있어. 만약 제대로 하기만 한다면 정신을 되찾는 데 도움이 될 거야. 명상과 요가야말로 삶을 변화시키고 네가 늘 바라는 낙천적인 사람이 되도록 도와주는 놀라운 방법이야. 이 두 가지 방법 모두 같은 사상에서 나왔지. 마음을 깨끗이 하고, 몸과 조화를 이루고, 부정적인 에너지를 날려버리는 거야.

내가 속한 밴드를 위해 지은 노랫말 중 하나인데 도입부가 좀 거창한 편이지만 들어봐.

아 오늘 아침에도 태양이 떠올라
잠든 나를 깨웠다네.
수만 가지 생각과 걱정들이

235

내 머릿속을 맴돌고 있었지.
나는 뒷마당으로 가서
풀밭에 누웠다네.
세상을 생각하기 시작하니
온갖 걱정은 멀찌감치 사라져버렸다네.

나에게 아침은 늘 하루 중 가장 스트레스가 많은 시간이었어. 눈을 뜨자마자 나의 뇌는 마감 시간, 청구서, 약속, 일, 핸드폰 등등 내가 그날 해야 하는 많은 일들로 정신이 없었거든. 아침을 먹을 때가 되면 이미 지쳐서 침대에 쓰러지기 일보 직전이 되곤 했어. 이때가 바로 스트레칭을 하고 마음을 깨끗이 닦을 시간이야. 요가와 명상은 네 내면의 힘을 드러내고 균형을 잡을 힘을 줄 거야. 네가 실제로 어려운 자세를 취해서 마음을 편하게 할 수 있으려면 몇 달 정도는 연습을 해야겠지만, 네가 자신을 믿고 계속한다면, 너의 건강과 마음의 평안에 엄청난 영향을 미칠 거야.

내면의 목소리를 통제하는 또 다른 대단한 방법은 글쓰기야. 잡지든, 일기든, 회고록든, 꾸며낸 이야기든, 아니면 실제 살아온 이야기든, 누구나 펜을 들고 종이에 글을 써내려가기만 하면 되는 거야. 글쓰기는 네가 너의 생각을 해석하고 네가 누구인지를 발견하는 데 도움을 준단다. 나는 대학에 갈 때까지 글을 한 단락 이상 써본 적이 결코 없었어. 심지어 그때까지 어떻게 하면 조리 있는 문장을 쓸 수 있을지 아예 감조차 잡지 못했었어. 내 머릿속에서 무슨 생각이 떠오르고 있는 것 같긴 한데,

막상 그것을 종이에 옮기려면 너무 정신이 혼란스럽더라고. 내 느낌을 글로 쓴다는 것은 그 내용이 아무리 한심하고 쓸데없는 짓일지라도 정말로 나의 정서적 안정에 변화를 가져온다는 것을 어느 날 깨달았단다.

유명한 무술가인 브루스 리[54]는 부정적인 생각들을 종이에 써서 불 속에 던져 넣어 영원히 제거해버린다고 말한 적이 있었어. 만약 네가 이 남자가 싸우는 모습을 보았더라면 그의 말을 전적으로 믿을 수 있었을 거야.

세상살이는 고달프게 마련이야

세상살이는 우울증처럼 물리칠 수 있는 것도 아니고, 수두처럼 영원히 지니고 있어야 하는 것도 아니야. 사람들이 평생토록 계속해서 싸우는 전투인 셈이지. 전투에서 승리하는 유일한 방법은 우울증이 상징하는 것과 완전히 반대로 행동하는 거야. 다정하고, 너그럽고, 자비롭고, 공감하고, 온유하고, 무엇보다 낙천적이면 되는 거야. 세상은 온통 비관주의자들로 가득 차 있거든. 네가 어디를 가든지 얼굴에 '개떡 같은 인생'이라고 씌어 있는 사람들을 흔하게 볼 수 있을 거야. 그런데 어느 날 거울을 들여다보았다가 그와 똑같은 얼굴을 보게 될지도 몰라. 그것은 에볼라 바이러스처럼 전염성이 강하거든. 머지않아 너는 사교 모임을 피하고, 통화를 차단하고, 차가 조금만 막혀도 욕을 하고, 마트 계산대에 줄이 길다고 불같이 화를 내게 될 거야.

54   Bruce Lee, 이소룡

우울증

이 책을 쓰기 위한 자료를 조사하다가 나는 엘리자베스 워첼의 흥미진진한 작품둘을 접하게 되었단다. 그녀는 우울증, 중독, OCD(강박장애), 어긋난 관계 등에 대해 모두 직접적인 체험을 통해 얻은 관점으로 책을 여러 권 썼어. 그녀의 저서 세 권을 읽고 나자, 나는 그녀의 작품을 여성이기에 겪는 끊임없는 고통에 대한 증거로서 이해하게 되었어. 생리, 지겨운 사내 녀석들, 무능력한 느낌, 성적 압력 등 그 고통의 목록을 나열하자면 끝이 없단다. 엘리자베스는 성장통을 겪는 어린 소녀의 절망적인 마음에 명쾌한 길잡이 역할을 해주고 있어. 그녀의 책을 읽으면 네가 미워하느라 보내는 매 순간이 너를 비참한 사람으로 죽어가는 데 1분 더 가까이 데려간다는 사실을 이해하는 데 도움이 될 거야.

그러니까 다음번에 스스로 짜증이 나서 어찌할 바를 모르겠거든, 그냥 몇 번 숨을 깊이 들이마시고, 10부터 거꾸로 세고, 무엇이든 보면서 웃어넘기려고 해봐. 가게에서 본 귀여운 아기건, 네 옆 차에서 코를 파고 있는 나태한 남자건, 보고 그냥 피식 웃어버리는 거야. 우울한 기분은 삶의 일부분이야. 적절한 도구가 주어진다면 얼마든지 궁지로 몰아버릴 수가 있지. 비록 영혼 관장이라는 걸 지키기 어려울지도 모르지만, 나야말로 기적을 이룰 수 있다는 살아 있는 증거잖아.

* 210쪽_로데일(Rodale), J. I. 1949. 건강한 훈자족(The Healthy Hunzas), (엠마우스(Emmaus), PA: 로데일 출판사(Rodale Press)).

07

행복에 이르는
세 가지 열쇠

내가 이 글을 쓰는 동안, 이라크라는 나라에서는 수많은 사람들이 무분별하게 생명을 빼앗겼어. 처음엔 억압적인 정권으로부터 피폐해진 나라를 해방시켜준다는 목적에서 단기간의 침략으로서 시작된 전쟁이었지. 하지만 벌써 4년이 넘도록 이해할 수 없는 유혈 사태가 이어지고 있어. 미국 내에서도 여러 가지 의견이 분분해. 베트남전을 연상시키는 기운이 감도는 데 대한 우려가 팽배한 상태야. 미국 정부는 이라크 국민들을 위하여 전쟁을 끝내고 혼란 상태의 이 나라에 민주주의를 수립하겠다는 공약을 내세우고 있지. 하지만 미국인들은 그저 사랑하는 사람들이 돌아오기만을 바랄 뿐이야. 전 세계에서 억압받는 국가의 숫자를 고려한다면, 사랑하는 사람들의 귀환을 여전히 우리의 목표라고 믿고 있는 나도 참 터무니없지. 미국의 젊은 군인들을 계속해서 대량 학살이 자행되는 곳으로 보내는 데 의심스런 눈초리를 던지는 사람들도 많아. 이유가

239

뭐겠어? 바로 그 나라의 삭막한 풍경 아래에 묻혀 있는 엄청난 양의 '검은 황금', 즉 석유 때문이지.

내가 어렸을 적 우리 동네에 살았던 친구 한 명이 지금 9개월째 이라크에서 근무하고 있어. 벌써 두 번째 파병이래. 우리는 서로 이메일을 종종 주고받는데, 매번 애달픈 내용의 편지에서 그 친구가 살려는 의지를 점차 잃어가고 있다는 게 느껴져. 매일같이 반란군의 공격에 군인들이 총에 맞아 죽거나, 자살 폭탄 테러를 당하고 있거든. 군인들이 애국심에 열광하고 승리에 초점을 맞추었던 건 과거의 전쟁에서겠지. 그와 달리, 오늘날 이라크에 파병된 군인들은 자신들이 무엇을 위해서 싸우고 있는지 전혀 갈피를 잡지 못한 채, 그저 살아서 가정으로 돌아가고 싶어 할 뿐이야.

죽음의 그림자가 사방에 드리워져 있는 탓에, 로니는 아내와 쌍둥이 딸들을 다시 볼 수 있을지 심히 걱정이 되었나 봐. 어느 날 내게 보내온 편지에 이렇게 썼더라고. "나와 내 전우들이 매일 고통을 견뎌낼 수 있는 건 오직 전우애와 사랑하는 가족 덕분이야. 또 아이팟으로 노래를 들으면 마음이 한결 편안해져."

편지의 내용에 따르면, 파병된 군인들 중 대부분이 실제로는 죽음을 두려워하는 아이들이라고 해. 심지어 미국이 집착하고 있는 것들과는 티끌만큼도 관계가 없는 사람들이라고 하더라. 자동차, 집, 섹스, 기술, 운동, 경력, 돈, 명예 등 그 모든 것이 이들에게는 아무런 의미가 없는 거야. 이들에게 있어 행복으로 이르는 세 가지 열쇠는 가족과 친구, 그리고 음악뿐이란다.

가족

내가 애틀랜타로부터 돌아왔을 때 네 엄마가 나에게 처음으로 했던 말은, "당신은 내 가족이야. 가족은 서로 포기하지 않는 거잖아!"였어. 그런데 이런 개념이 나에겐 무척 낯설었단다. 사는 내내 가족에게 극도의 반감을 지니고 있었으니 당연하지. 10대 때, 나는 잠을 자거나 샤워할 때 외에는 집에 거의 들어가지도 않았어. 가족의 기능을 끝없이 외면했고, 결혼은 생각조차 하지 않았지. 심지어 내가 어떤 가족의 사랑하는 구성원이 된다는 건 상상조차 할 수가 없었어. 나는 어렸을 때부터 가족의 사랑 대신 친구들에게 의지했거든. 그들이야말로 내게 필요한 전부였지.

나는 매일 밤을 다른 소파에서 술에 취해 곤드라졌다가 깨어났어. 그러곤 또 다른 모임을 물색하곤 했지. 하지만 상대방을 아무리 굳게 믿는다고 할지라도, 대부분의 사람들은 자기밖에 모른다는 것과 심지어 가장 친한 친구와의 우정도 틀어질 수 있다는 것을 곧 깨닫기 시작했어. 돈 문제 때문이든지, 삼각관계 때문이든지, 의견 차이 때문이든지, 아니면 비밀을 폭로했기 때문이든지, 그 어떤 이유로든 우정은 깨질 수 있는 거야. 때로는 느닷없이 마음이 변해서 훌훌 털어버리고 새로운 생활을 시작하기도 해. 사랑하는 가족이 없다면, 배신당하고 버림받는 생활을 반복하게 될 수도 있겠지.

대학에서 네 엄마를 만나고 나서야 나는 마침내 가족이란 말의 진정한 의미를 알게 됐어. 네 엄마는 형제자매가 일곱이나 되는 사랑이 넘치는 대가족에서 자랐더라고. 조카는 스물한 명이나 되고 일가친척은 셀 수도 없이 많아. 이렇게 놀라운 가족이 만들어진 이야기를 한번 들어볼래? 네 엄마네 가족은 그야말로 인간 정신의 의지를 보여주는 놀라운 증거야. 네 외할머니와 외할아버지는 두 분 다 각각 세 명의 자녀를 데리고 재혼하셨지. 외할머니의 전남편은 이른 나이에 심장병으로 돌아가셨고, 외할아버지의 전처는 비극적이게도 자동차 사고로 목숨을 잃으셨대. 남겨진 두 분 모두 상심이 크셨지만, 홀로 부모 노릇을 하느라 힘겹게 지내면서도 삶을 포기하지 않으셨어. 그러다가 '한부모 모임'에서 우연히 만나게 된 거야! 두 분은 결국 사랑에 푹 빠졌고, 1년도 채 안 되어 결혼하셨대. 그리고 일곱째 아이인 네 엄마를 갖게 되신 거지. 외할머니는 네 엄마가 두 가족을 하나로 이어준 접착제였다고 늘 말씀하셨단다.

　나는 처음으로 펠란 가족을 만났을 때의 경험을 결코 잊지 못할 거야. 그날은 우리가 만난 지 3개월쯤 되었을 무렵의 추수감사절 밤이었어. 도나 이모네 집에 디저트도 먹을 겸, 가족끼리 서로 살아가는 얘기도 할 겸 초대를 받고 갔지. 그때까지만 해도 나에게 추수감사절이란 어떤 거였냐면……. 전날 밤늦게까지 완전히 취해서 해롱거리다가, 대낮까지 늘어지게 잠을 자고, 내 방에서 혼자 축구 경기나 보며 빈둥거리다가 나와서, 여느 때나 다름없는 저녁 식탁 한가운데에 달랑 하나 더 놓인 칠면조 고기를 먹으며 영락없이 말다툼을 벌이곤, 감옥 같은 내 방으로 퇴각하는 게 전부였어. 이날 밤 나는 이모네 집에 도착해서 문을 열었다가, 흠칫 놀라 뒷걸음쳤어. 침실 두 개짜리 코딱지만 한 집에서 삼십 명 남짓한 사람들이 복작거리고 있었거든. 어린 아이들은 벽을 기어오르기도 하고, 어른들은 야한 농담을 하기도 하고, 도란도란 지난 시절 이야기를 나누기도 했어. 모두들 정말 즐거워하며 서로 함께 있는 시간을 즐기는 게 눈에 보이더라. 거기는 내가 있을 자리가 아닌 것 같았어. 나는 어떻게 행동해야 할지도 모르겠고, 심지어 시선을 어디에 둬야 할지도 몰라서 정말 난감했지.

그래도 밤이 깊어가면서 조금씩 긴장이 풀리더라. 그들은 나에게 꼬치꼬치 캐묻지도 않았거니와 나를 눈곱만큼도 불편하게 만들지 않았거든. 오히려 나를 한 식구처럼 대해줬어. 파이 몇 조각을 먹고 신나게 픽셔너리 게임[55]을 한 판 하고 나자, 내가 방금 그런 친밀함을 경험했다는 게 어찌나 신기하던지! 나는 그런 건 단지 텔레비전 드라마에나 존재하는 거라고 생각했었거든. 네 엄마와 더욱 친밀해지고 나서는 그녀가 자기 가족에게 헌신하는 모습에 더욱 반했단다. 네 엄마는 매일 가족에게 전화를 걸어 안부를 묻고, 연휴 때마다 집에 가고 싶어 했어. 그리고 자기 부모님 이야기를 할 때면, 사랑과 존경의 마음이 넘쳐 눈빛이 초롱초롱 빛나곤 했지. 나는 이런 유대감이 너무나 부러웠어. 그래서 질투를 섞어 끊임없이 "마마걸"이라거나 "아빠의 꼬마 천사"라고 부르며, "이젠 탯줄을 좀 자르시지!"라고 괜히 놀려대곤 했다. 그러면서도 내가 그런 사랑스런 가족관을 지니고 살았더라면 과연 어땠을까 상상해보게 되더라. 만약 그랬다면 내가 이기적이고 비관적이며 신경질적인 사춘기를 지냈을까? 누가 알겠니?

이 미친 세상에서 너에게 끊임없이 사랑과 안정감을 공급해주는 원천은 오직 가족뿐이야. 누구나 홍수로 물이 불어났을 때 매달려 있을 바위가 필요하게 마련이잖아. 붙잡을 게 없으면 너는 망각 속으로 휘말리고

---

55   Pictionary, 단어를 보고 그림을 그려서 어떤 단어인지 정해진 시간 안에 맞추는 게임

행복에 이르는 세 가지 열쇠

말 거야. 가족이 열쇠야. 물론 가족이 티셔츠에 붙어 있는 뻣뻣한 상표처럼 거슬릴 때도 있어. 하지만 문자 그대로 너를 위해서라면 죽을 수도 있는 사람들이거든. 너에게도 그런 사람들이 있다는 걸 네 마음속 깊은 곳에선 알고 있을 거야. 가족이야말로 사람들이 살아가는 데 필수적인 요소이며, 가족이 없어서 마음의 갈피를 못 잡고 우울해하는 사람들도 많아.

몇 년 동안이나 나는 내가 심각한 정신병을 앓고 있어서 내 두뇌의 일부분이 제대로 작동하지 않는 게 틀림없다고 생각했어. "제기랄, 왜 나는 다른 사람들처럼 그냥 행복할 수가 없는 걸까? 왜 나는 나 자신을 좋아할 수가 없는 걸까?" 그런데 지나고 나서 보니까 확실해졌지. 외로움과 약물 중독에 찌들어 지냈던 세월들은 모두 내가 사랑하는 가족을 통해 안정감을 얻지 못했기 때문이었어. 나는 아빠에 대해선 전혀 알지 못했고, 엄마는 나를 스트레스 해소용 샌드백으로나 사용했지. 누나는 나를 워낙 경멸해서, 어렸을 때 나는 내 진짜 이름이 "꺼져!"인 줄 알았다니까. 이런 부정적 경험이 '가족이란 어떤 거다'라는 나의 관점을 왜곡해버렸던 거야. 불안정한 바닥에 집을 짓는다고 생각해봐. 그 집이 얼마나 오랫동안 지탱할 수 있겠니?

네 엄마 가족에게 상당히 깊게 감명받고 나서, 나는 몇 가지 사회학적 실험을 해보기로 결정했어. 말하자면 사랑하는 가족에 대해 배울 점과 가족이 제공해야 하는 게 무엇인지 탐색하는 실험이었지. 내가 개발한 이론이 하나 있는데, 그걸 시험해보고 싶었거든. 내가 세운 가설은 성격이 기가 막히게 좋은 사람들은 사랑이 넘치는 가족에서 나온다는 거였어.

내 계획은 가능한 한 가장 당당하고 자신감 있으며 너그럽고 낙천적이며 다정한 사람들을 찾아내서, 그들과 친분을 맺는 거였어. 일단 내가 그들의 삶의 일부분이 되면, 자연스런 연구 환경이 마련되어 편파적이지 않은 결과를 얻을 수가 있을 테니까. 네 엄마의 가족만큼 유대가 친밀한 가족이 또 어디 있겠니? 나는 그것을 알아내기 위해서 더 많은 자료가 필요했어.

첫 번째 대상은 교생 실습 기간에 내 멘토였던 여성이야. 대니 테이어는 놀라울 정도로 대단한 분이었지. 처음 8주를 끔찍하기 짝이 없는 감독 선생님과 보내서 그런지 두 번째 실습 때는 학교에 가는 것조차 몹시 두렵더라고. 엄청 불안한 마음을 안고 교실로 들어갔는데, 정말 멋진 사람이 반갑게 맞이해주어서 난생 처음으로 아주 기쁘다고 생각할 정도였다니까. 대니는 뉴욕 북부에 있는 시골 마을 학교에서 4학년을 맡고 있는 선생님이었어. 엄청 대단한 마음씨를 지닌 중년의 엄마였는데, 늘 빙하까지 다 녹여버릴 것 같은 따사로운 미소를 짓곤 했어. 우리는 서로 존중하며 금세 가까워져서 평생 친구로 지내기로 했지. 처음에는 서로 나이 차가 많아서 조금 어색하긴 했지만, 그런 건 금방 사라졌어. 겨우 몇 주밖에 되지 않았을 때, 나는 그녀의 가족과 함께하는 저녁 식사에 초대받았어. 짐작했던 대로, 그녀의 남편인 짐과 네 명의 자녀들은 그녀만큼이나 따뜻하고 놀라운 마음씨를 지녔더라. 가족 모두 한결같이 낙천적인 분위기를 풍기고 있었거든. 나는 그들이 서로 깊은 공감대를 형성하고 있는 모습에 경외심이 느껴졌어.

시간이 갈수록 우리의 우정은 더욱 끈끈해졌어. 난 난생처음으로 정말 좋아하는 엄마가 생긴 것 같은 기분이 들었단다. 그 학기가 끝나자,

행복에 이르는 세 가지 열쇠

우리는 눈물을 머금고 작별 인사를 했어. 나는 다시 일상으로 돌아와 대학 생활을 하며, 처음으로 언젠가 사랑하는 가정을 꾸리는 꿈을 갖게 되었어. 대니와 나는 그 후로도 수년간 연락을 유지했어. 그녀는 내 결혼식에도 와주었지. 심지어 네가 아기였을 때 호숫가에 있는 그림같이 아름다운 그녀의 집을 여러 차례 방문하기도 했는데, 기억나니? 지금도 여전히 그녀는 내가 전 세계에서 가장 좋아하는 사람들 중 하나야.

다음번 시험 대상은 존 호건이라는 대학 동창이었어. 이 친구는 만나자마자 좋은 분위기의 가정에서 자랐다는 것을 금방 알아차릴 수 있겠더라. 그는 특별한 마음뿐만 아니라, 내가 사람들에게서 기대하는 다른 무형의 가치들도 많이 소유하고 있었어. 그는 정말 꼭 필요한 시기에 나의 삶으로 들어왔지. 내가 21살 때 성적 불량으로 잘렸다가 대학에 막 재입학했을 때였거든. 나는 그때 25살이었으니까 보통 대학생 아이들보다 훨씬 나이가 많았지. 동네 친구들은 대부분 떠났고, 대학 동창들은 모두 졸업했으며, 네 엄마랑은 우리의 관계를 다시 생각해보기로 해서 잠시 헤어져 있었던 시기였어. 그러니까 두말할 필요도 없이, 나는 그 어느 때보다도 외로웠단다. 존은 나랑 같은 층에 살고 있었는데, 어느 날 복도에서 마주치자 나를 파티에 초대하더라고. 이 녀석은 생명력과 긍정적인 분위기가 넘치는 사람이었어. 그날 밤부터 우리는 떨어지고는 못 사는 친구가 되었지.

방학 때 그 친구의 가족을 만난 적도 있는데, 나한테 정말 잘해주어서 만나길 참 잘했다 싶었어. 그 친구도 네 엄마처럼 굉장히 다정한 식구들로 이루어진 대가족에서 자랐더라고. 성자 같은 호건 부인은 나를 마치 일곱째 아들처럼 대해주었고, 궁극적으로 내가 교직에 첫발을 디딜 때 잘 적응할 수 있도록 도와주었단다. 존은 나의 가장 좋은 친구들 중 한 명이었어. 우리는 밤새도록 술을 마시며 인생과 가족, 우리의 어린 시절에 대한 이야기를 나누다가 어느새 해가 떠오르는 걸 보게 되었던 적이 한두 번이 아니야. 내 슬픈 사연을 들려주었을 때 그 친구는 함부로 판단을 내리지 않았어. 그저 묵묵히 귀 기울여 들어주었지. 나는 그 친구의 자신감과 낙천적인 태도가 무척 부러웠어. 아무리 기분이 엉망일지라도 존만 곁에 있으면 언제 그랬냐는 듯 기분이 다 풀어질 정도였거든. 그 친구가 29살에 어떤 학교의 교장으로 승진했다는 소식을 들었을 때도 눈곱만큼도 놀랍지 않았어. 그의 부모님은 존이 스스로 그런 결실을 맺어낸 것을 무척이나 자랑스러워하셨지. 나도 언젠가 내 아이들을 자랑스러워하게 될 날이 오면 좋겠다는 생각이 들었어. 아이들이 내가 자기들을 기른 방법을 자랑스러워하면 더욱 좋겠지. 인생은 끊임없이 신나는 일이 일어나고, 멋진 여자 친구보다 더 중요한 가치가 있다는 것을 발견하기 시작했을 무렵에, 때마침 존을 알게 되었던 거야.

네 엄마와 존 그리고 대니로부터 모은 자료들이 비록 내 이론을 확실히 뒷받침해주지는 못할지라도, 나는 조사를 계속해서 더 깊이 파고들어가기로 결정했어. 이 무렵에 나는 학교 선생님이었는데 6학년 종일반을 맡고 있었어. 그들은 내 연구를 계속하기에 딱 좋은 대상이었지. 나는 정말로 자신감이 있고 자존감이 강하며 행복해 보이는 아이들에게 초점을 맞추었어. 그들에게 가정 생활에 대해 개인적인 질문을 했지. "주말에는 뭘 하니? 부모님은 결혼생활을 잘 유지하고 계시니? 부모님이 많

행복에 이르는 세 가지 열쇠

이 다투시니? 부모님이 집에서 소리를 지르거나 때린 적이 있니?" 내 질문이 윤리적 경계를 넘어섰다는 것을 깨닫긴 했지만, 과학이라는 이름으로 포장하여 꼬치꼬치 캐묻는 나를 정당화했어.

이렇게 선택된 학생들의 부모님이 선생님인 나에게 면담하러 올 때마다, 나는 그들의 됨됨이에 정말로 좋은 인상을 받곤 했어. 이 아이들 모두 기가 막힌 부모님을 갖고 있다는 것을 금방 알게 되었지. 자녀들이 그토록 긍정적이며 자존감 강하게 자랄 수 있었던 이유는 바로 부모님이었어.

그래서 나는 내 이론이 타당하다고 생각해. 서로 무척 사랑하고 아끼는 가족은 실제로 자기네 식구들이 낙천적이며 정서적으로 안정된 사람이 되도록 이끄는 원동력이 돼. 어떤 가족이든지 문제가 있게 마련이고, 불만이 있을 수도 있고, 의도와 다른 말을 하기도 하지. 그러나 결론은 그들이 무조건적인 사랑을 소유하고 있다는 거야. 이것이야말로 행복으로 이르는 진정한 열쇠야. 얘야, 너는 그걸 다른 데서 찾아볼 필요가 없단다.

네가 찾는 것은 바로 집 안에 있거든.

친구

1990년 11월 3일 토요일에 롱아일랜드에서 있었던 일을 이야기해줄게. 이 날은 무척 분주했지. 부모님이 결혼 25주년 기념으로 카리브해 크루즈 여행을 떠나셨는데, 나는 사랑스런 누나를 감시한다는 핑계로 집에 남았어. 사실은 단짝 친구인 스티브와 함께 야심 찬 계획을 세웠거든. 우리 마을에서는 여태껏 본 적이 없는 가장 큰 규모의 파티를 집에서 여는 거야! 누나가 아침에 출근하자마자, 우리는 재빠르게 움직였지. 전화기 앞에 앉아서 맥주를 여러 통 주문하고, DJ를 물색하고, 문 앞에 세울 근육이 우락부락한 사람을 몇 명 고용하느라 정신없이 바빴어. 파티를 연다는 소문이 삽시간에 온 동네에 퍼졌다고.

우리의 장애물은 딱 하나! 계절에 맞지 않게 밤 기온이 몹시 낮아서 추울 거라는 상당히 암울한 일기예보뿐이었어. 나는 뒷마당에 서서 내 파티를 잊을 수 없게 만들 만한 방법을 생각하다가, 기가 막히게 좋은 아이디어를 떠올렸지. "야, 스티브. 풀장이 있던 곳에 모래밭을 만들어놓고 모닥불을 피우는 건 어떨까?" 스티브의 눈이 초롱초롱 빛나더니 내가 말을 다 끝내기도 전에 전화 다이얼을 돌리기 시작했어. 한 시간도 채 안 되어, 나무토막을 잔뜩 실은 픽업트럭이 우리 집 마당으로 후진해서 들어오더구나. 장작더미를 10피트쯤 쌓았을 때, DJ가 음향기기를 설치하기 시작했고, 맥주 통을 잔뜩 실은 손수레들이 밀려들어왔어. 이 파티가 확실히 기억에 남을 수밖에 없도록 만들 작업이 현실화되기 시작한 거야. 이 당시에 나는 전국에서 꽤 큰 규모로 손꼽히는 고등학교에 다닌 지 얼마 안 되었을 때였어. 세이쳄 고등학교는 재학생 수가 각 학년마다 천 명이 넘었는데, 8시가 되자 얼마나 많은 학생들이 우리 집으로 몰려왔던지 학교 학생들 거의 모두가 온 것 같았지.

DJ 토미가 설치한 스피커로부터 음악이 뿜어져 나왔어. 도수가 낮은 맥주인 밀러 라이트가 물결치듯 계속 배달되어 들어왔으며, 우리 집 뒤쪽 테라스는 1970년대 디스코 장을 방불케 했지. 10시가 지나자, 기온이 0도 가까이로 곤두박질치기 시작했어. 나는 모래밭 가장자리에 서서 다음 행보에 대해 곰곰이 생각하고 있었어. 수많은 아이들이 모닥불로 인

행복에 이르는 세 가지 열쇠

해 흥분한 나머지 한껏 들떠서 나를 부추기고 있었거든. 그 순간, 나의 모든 불안감과 어린 시절의 고통이 마음속에서 사무쳐 오르면서 헛구역질이 나는 거야. 곧바로 나는 장작더미에 석유를 쏟아붓고 성냥을 던져 넣고는 내 창작품이 활활 살아나는 모습을 지켜보았어. 높이 치솟아 오른 불길이 모든 사람의 마음을 사로잡았고, 나를 또래들 사이에서 일약 스타덤에 올려놓았지. 불길이 무서운 기세로 타올라 순식간에 뒷마당이 여름밤처럼 후끈거렸어. 수백 명의 술 취한 10대들이 재킷을 벗어 던지고 원시인 같은 패션으로 활활 타오르는 불길 주위에서 춤을 췄단다.

한밤중이 되기 직전에 갑자기 경찰이 들이닥치는 바람에, 모두들 뿔뿔이 흩어져 미친 듯이 도망쳤어. 마지막 남은 친구들 몇 명도 자동차를 향해 비틀거리며 걸어갔고, 꺼져가는 불씨에서 피어오르던 연기마저 사그라지자, 그제야 우리 집이 눈에 들어오더라. 정신을 차리고 집이 입은 피해를 헤아려봤는데, 정말 눈앞이 깜깜했어. 파티의 후유증은 그리 아름답지 못했거든. 아빠의 카누를 도둑맞았고, 싸움이 벌어져서 울타리 두 군데가 부서졌고, 엄마가 애지중지하는 정원은 짓밟혀 뭉개졌으며, 플라스틱 판자를 덧댄 집 외벽은 온통 그을음투성이였어. 그나마 다행스럽게도 담당 경찰관이 내 친구의 아버지여서 엄중한 경고만 받고 끝났지. 하지만 부모님이 휴가에서 돌아오면 직면하게 될 분노에 비하면 그건 새 발의 피나 다름이 없었어. 그 결과로 초래된 아수라장은 앞마당 잔디밭에서 온 동네 사람들이 보고 있는 가운데 아버지가 나에게 주먹다짐을 함으로써 막을 내렸지.

그날 밤에 나는 우리 집을 홀랑 태워먹을 뻔 했지만, 크게 신경 쓰지 않았어. 이 사건 덕택에 내가 기념비적인 명성을 얻었으니까! 예전에는 나랑 친한 친구들의 모임에 속한 멤버가 고작 네 명이었는데, 그 이후에 스무 명으로 늘어났거든. 전화통에 불이 나는 줄 알았다니까. 내 꿈이 마침내 실현된 거야. 갑자기 사람들이 내 이름도 알게 됐고, 내가 지나가면 누구인지도 알아보게 된 거지. 뭐, 기분 탓일 수도 있고. 어쨌든 여자아이들이 나를 좋아하기 시작했고, 나도 이제는 어울려 다니는 멋진 무리가 생겼다는 말씀! 우리는 주말마다 순회하듯이 파티를 다녔어. 거기에 모인 사람들마다 나에게 한결같은 인사말을 건넸다고. "어이, 그때 그 파티 진짜 죽여주더라!"

유명 인사가 된 지 몇 달쯤 지나고 나서, 나는 이 사람들이 진짜 내 모습을 아는 것도 아니며, 사실은 나에게 아무런 관심도 없다는 사실을 깨달았어. 그들은 오히려 내 뒤통수를 쳤어. 나에 대해 안 좋은 소문을 퍼뜨리거나, 내가 말 더듬는 걸 흉내 내거나, 내 여자 친구들에게 치근댔지. 심지어 나에게 나쁜 일을 하게끔 끊임없이 윽박지르기도 했어. 그들은 한낱 술친구에 불과했던 거야. 어느 해 겨울에 사고로 척추가 부러져서 입원한 적이 있는데, 걔네 중에서 병문안을 온 친구는 단 한 명도 없었거든. 오히려 샌님 같은 두 친구랑 쇼핑몰에 가서 우리를 거들떠보지도 않는 여자아이들을 넋 놓고 바라보기만 했던 시절이 그립더라니까. 이 무렵에 나와 데이트하던 여자아이들과는 그야말로 껍데기뿐인 사이였던 거야. 또, 새로 사귄 친구들을 무척 아끼긴 했지만 결국 이 친구들 때문에 내가 플로리다로 이사 가야 할 일이 생겼던 거고. 내가 지금 다소 장황하게 말을 늘어놓고 있지? 그러니까 정말로 너에게 들려주고 싶은 말은 진정한 우정은 경이로운 것이며, 무의미한 인기는 너무나도 위험하다는 거야.

네가 태어나던 해에 나는 롱아일랜드 동쪽 끝에 위치한 부유한 동네의 학교에서 근무하고 있었어. 그해에는 모두 좋은 가정환경에서 자라 매우 다정한 성품을 지닌 꽤나 괜찮은 아이들을 맡고 있었지. 그중에서도 워낙 멋있어서 내 마음속에 길이 남은 아이가 하나 있다. 그 아이의 이름은 스테파니 하르킨이야. 이 여자아이는 결코 어느 누구에 대해서도 험담을 하는 적이 없고, 아주 친절하고, 자신감이 있으며, 성실하기까지 했어. 다른 여자아이들이 질투심에 사로잡혀 계속해서 그 아이를 깎아내리려고 하고 윽박지르기까지 했지만, 전혀 소용이 없었지. 그 아이는 그런 행동을 개의치 않고 늘 상냥한 미소를 지었거든. 네가 태어났을 때는 너에 대해 줄곧 물어보더니, 병원에 너를 보러 오기까지 했단다.

종업식 날 나는 스테파니에게 "우리 릴리가 언젠가 너처럼 자랐으면 좋겠다"고 말해주었어. 그랬더니 그 애가 울면서 나를 꼭 안아주고는 "I put the cool in school[56]"이라고 쓰여 있는 티셔츠를 주더라. 나는 그해에 스테파니에게 분수를 곱하는 법을 가르쳤어. 그런데 그 아이는 나에게 더 멋진 사실을 알려주었지. 아무리 어린 소녀일지라도 패거리의 압력에 굴복하지 않으며, 선량한 마음씨를 지니고, 모든 사람들에게 진정으로 친절할 수 있다는 사실을 말이야. 배려심이 깊은 이 꼬마 친구 덕택에 나는 여자아이들에게 필요한 다섯 가지 우정의 법칙을 배웠어.

56　"학교생활, 끝내줘요!"

Trust me!!

우정의 법칙!

항상 정직하고 신뢰할 수 있는 친구가 되라

거짓말쟁이를 좋아하는 사람은 아무도 없어. 거짓말로 인생을 헤쳐 나가는 건 무척 끔찍한 방법이야. 나야말로 거짓말쟁이였고, 그런 나 자신이 몹시 싫었기 때문에 잘 알아. 나 역시 때로는 재미 삼아, 때로는 여자아이들에게 깊은 인상을 심어주려고 거짓말을 하기도 했어. 하지만 주된 이유는 내가 자기중심적인 악물 중독자인 데다가, 허튼소리나 해대는 사기꾼이라는 서글픈 평판을 내 스스로 만들어냈기 때문이야. 아무래도 그렇게 된 건 어린 시절 탓이 큰 것 같아. 우리 부모님은 내가 어렸을 때 아무것도 하지 못하게 했기 때문에, 내가 바라는 것을 얻기 위해서 끊임없이 거짓말을 해야만 했거든. 나는 자라면서 연초마다 다시는 거짓말을 하지 않겠노라 다짐하곤 했어. 그런데 나도 모르게 또다시 거짓말을 반복하고 있었지. 거짓말이 역겨운 습관이 되고 만 거야. 게다가 나는 가장 나쁜 부류의 거짓말쟁이였어. 거짓말을 하도 자주 하다 보니, 내가 꾸며낸 말을 진짜로 믿기 시작했거든. 잠깐의 망설임도 없이 거짓말이 내 입에서 곧장 뿜어져 나가기 시작하면 울컥 화가 치밀기도 하고, 거짓말이 내 입술을 떠나는 순간 민망해지기도 했어.

　나는 거짓말하는 습관을 개선하고 싶었다. 그래서 일단 '거짓말 자제하기'에 첫 발을 살짝 내딛어보았지. 시간이 얼마쯤 지나자 더 쉬워지더구나. 거짓말을 자제하느라 매일 전쟁을 치르다시피 했지만, 이 싸움은 포기할 수가 없었어. 정직하게 생활하는 것은 너 자신의 이미지에도 중요하고 너를 사랑하는 사람들에게도 중요해. 너는 사람들이 너의 거짓말을 눈치챌까 끊임없이 노심초사하고, 네가 했던 이야기들을 모두 잊지 않으려고 스트레스를 받고, 네가 누구에게 무슨 이야기를 했는지 걱정하며 지내고 싶니? 그렇게 사는 건 너무 끔찍할 거야. 그러니까 네 친구들에게 솔직하게 대하고, 너에게 솔직한 사람들하고만 어울리도록 해.

신뢰야말로 좋은 사람과 완전한 패배자를 구분하는 차이점이 될 수 있어. 이 한 가지 특성이 네가 어떤 종류의 친구이며 상대방에게 얼마나 변함없이 충실할 수 있는가를 알아볼 수 있는 진정한 테스트가 될 거야. 친구의 아주 매력적인 비밀을 알게 된다면, 혹은 가장 친한 친구의 남친이 은밀히 너에게 작업을 걸어온다면, 넌 어떻게 하겠니? 즉각적인 만족을 선택해서 너를 사랑하는 사람의 믿음을 배신할래, 아니면 입술을 깨물며 우정의 의미를 기억할래?

내 인생에서 드류와 28년간 가꿔온 우정보다 소중히 여기는 것은 거의 없어. 우리는 유치원에 입학하던 날 처음 만난 이래로 지금까지 형제처럼 지내고 있지. 비록 중간에 다투어서 몇 년 동안 사이가 멀어졌던 때도 있긴 했지만, 우리 관계의 기반이 되었던 것은 언제나 신뢰와 충실함이었어. 내가 밤에 두들겨 맞고 나서 드류네 집으로 달려가 그 애의 어깨에 기대어 울었던 때가 한두 번이 아니었단다. 크론병[57]과 고통스럽게 싸우고 있는 그 애의 슬픈 사연을 귀담아 들어주기도 했었어. 그렇게 지금까지도 특별한 유대관계가 꾸준히 이어지고 있지. 내 결혼식 때는 그 친구가 나의 베스트 맨[58]으로서 옆에 서 있어주었고, 요즘도 무슨 좋은 일이 있을 때마다, 드류한테 제일 먼저 전화를 걸게 돼.

　신뢰할 만한 친구가 되는 데 또 다른 중요한 조건은 남 얘기를 좋아하는 사람이 되지 않도록 조심하는 거야. 네가 입을 열어 다른 사람들에 대한 소문을 퍼뜨릴 때마다, 그것은 항상 되돌아와서 네 엉덩이를 물어버릴 거야. 나야말로 소문을 퍼뜨렸다가 친구들을 잃은 적도 있었고, 심지어 두들겨 맞은 적도 몇 번 있거든. 남자아이들에겐 남 얘기를 하지 않는 게 도전해볼 만한 일일지도 몰라. 하지만 자기 또래에 대해 이야기하길 좋아하는 여자아이들에겐 특히 어려운 일일 거야. 그렇지만 어느 누구도 그래서는 안 되거니와, 그랬다간 언젠가 판단을 받게 마련이라는 것을 기억해.

　내 제자 중 한 명이 최근에 생리 중이었는데 혈이 흰 바지에 묻었었나 봐. 다행히 아무도 몰랐는데, 나중에 그 아이랑 가장 친한 친구가 이 '엄청난' 사실을 다른 아이들에게 알려주려고 쪽지를 쓴 거야. 내가 중간에서 가로채긴 했는데, 좀 슬펐어. 어린 아이들이 다른 사람의 고통에서 만족을 느낄 수 있다는 사실에 가슴이 찢어지는 것 같았지. 내 생각에 그게 인간의 본성인 것 같아. 인간은 다른 사람이 고통을 받을 때 자기 자신이 그렇지 않은 것에 대해 안도하는 경향이 있거든. 그러면 왠지 기분이 좋아지는 거야. 혹시라도 너의 인생이 갑자기 소문과 악의적인 험담으로 짓눌리게 된다면, 나는 네가 도마 위의 생선처럼 중대한 위기에 봉착하지 않도록 차라리 새로운 친구들을 사귀라고 조언해줄 거야.

57　입에서 항문까지 소화관 전체에 걸쳐 어느 부위에서든 발생할 수 있는 만성 염증성 질환. 병적인 변화가 분포하는 양상이 연속적이지 않고 드문드문 나타나는 경우가 많다. −편집자 주

58　결혼식에서 신랑 들러리 −편집자 주

친구를 외모로 판단하지 마

해마다 나는 우리 반 여자아이들이 어이없게도 외모에 따라 사회적 서열을 매기는 것을 보게 돼. 예쁜 아이들끼리 힘을 합쳐서, 발육이 늦은 아이들을 소외시키고, 결국 그 아이들을 압도하더구나. 모두들 '영원한 단짝친구(Best Friends 4Eva)' 같은 노래나 부르고 뽐내면서 몰려다니지. 그런 아이들은 틀림없이 말다툼을 하거나, 서로에 대한 나쁜 소문을 퍼뜨리거나, 상대방의 남자 친구를 훔치기도 하면서, 서로 못 잡아먹어서 안달이 나게 마련이야. 내가 경험한 바로는, 외모가 빼어난 여자아이들은 오히려 못되게 구는 걸로 더 높은 점수를 얻는 경향이 있는 것 같아. 한마디로 '섹시한 영계 증후군'이라고 불리는 건데, 대개 사춘기 동안 나타나기 시작하는 이상한 특성이지. 예쁜 여자아이들은 어디를 가든지 공주처럼 대접받잖아. 이것이 결국 그들이 세상에 대해 상당히 왜곡된 인식을 발달시키게 만들거든. 그들은 자기만큼 중요한 사람은 아무도 없으며 온 세상이 자기를 중심으로 돌아간다고 믿기 시작해. 착각은 자유지만 말이야! 나는 살아오면서 이런 여자아이들을 수없이 많이 보았는데, 그런 아이들이 주위에 있으면 무척 거슬려. 하지만 그런 아이들과 친구가 되는 것은 꽤나 구미가 당기는 일일 수도 있어.

나는 '섹시한 영계 패거리'에 속하고 싶은 유혹이 유명 인사의 생활양식을 맛보는 것과 같은 종류일 거라고 짐작해. 아름다운 사람들과 어울려 지내며, 최고의 파티에 참석하고, 값비싼 옷을 입고, 새 차를 타고, 멋진 남자들을 만나게 된다는 건 듣기만 해도 정말 매력적이잖아. 하지만 조금만 지나면, 그런 여자아이들은 얄팍한 본색을 드러내기 시작할 거고, 결국엔 참을 수 없는 악몽이 되어버릴 거야. 그런데도 그 무리에서 배제될까 두려워서 끊임없이 노심초사하며, 알파걸에게 휘둘려 자신을 무가치한 졸병처럼 여기게 되는 거지. 나는 그런 무리가 활개치는 모습을 개인적으로 경험해본 적은 전혀 없었어. 하지만, 로잘린드 와이즈만이 지은 『여왕벌과 워너비들(Queen Bees and Wannabes)』이라는 계몽적인 책이 청소년들 간에 서열이 정해지는 상당히 복잡한 내용들을 깨닫게 해주었지. 이 책이야말로 모든 아가씨들의 필독서라고 할 수 있어.

장차 친구를 사귀게 된다면, 너는 백만 불짜리 미소보다 아름다운 마음씨를 가진 사람을 원할 거야. 몇 년 동안 네 곁에 있을 사람인데, 너를 판단하거나 너를 배신하거나 너의 가슴속 깊은 비밀을 아무렇지도 않게 퍼뜨리는 사람이어선 안 되겠지. 누군가를 존경할 때는 그들의 외모나 신고 있는 신발에 의해서가 아니라, 그들의 내면이 어떤 사람이고 무엇을 옹호하는지를 보고 판단해야 해. 그렇게 한다면, 평생토록 지속할 수 있는 경이로운 우정을 맺을 수 있을 거야.

입은 다물고, 귀 기울여 들어라

'수다병'이라고 불리는 질병에 걸린 사람이 정말 놀라울 정도로 많아. 이 사람들은 자기 자신의 목소리에 사로잡혀서 언제 입을 다물어야 할지를 전혀 몰라. 영화관이나 연주회장에서나 음식점뿐만 아니라 심지어 도서관에서도 떠들어대는 사람들이 있잖니. 그들은 그냥 신체적으로 잠시도 자신의 거대한 주둥이를 다물고 있을 수가 없는 거야. 만약 네가 정말로 좋은 친구가 되기를 갈망한다면, 입을 다물고 다른 사람의 말에 귀를 기울이는 방법을 배워야 해. 그렇다고 지금 내가 너더러 그냥 조용히 있으면서 네가 말할 차례를 기다리라고 말하는 건 아니야. 내 말뜻은 귀뿐만 아니라 마음으로 들으라는 거야. 진정한 친구라면 상대방의 말을 열심히 듣고, 그러고 나서 나중에 사려 깊게 분석해서 격려해야겠지. 이렇게 간단한 행동이 사람들에게 세상에 그 어떤 것보다 더 큰 의미를 지닐 수 있는 거란다.

우리들 대부분은 심지어 충고를 기대하지도 않아. 혹독한 비난을 두려워하지 않고 그저 불만을 터뜨리며 마음에서 걱정을 떨쳐버리고 싶어만 하지. 너는 오늘날 수백만 명의 미국인들이 왜 치료받고 있다고 생각하니? 그들은 함부로 판단하지 않고 귀 기울여 들어주는 사람이 주위에 아무도 없기 때문에 너무나 절망해서, 치료비를 수천 달러나 기꺼이 지불하고 있는 거야. 나도 말을 더듬는 것 때문에 평생토록 이런 일을 여러 번 경험했어. 툭하면 무시당하기 일쑤였고, 전화하는 도중에 상대방이 전화를 확 끊어버린 적도 있었고, 번번이 비웃음을 당하기도 했지만, 고등학교 4학년 때부터는 매번 어떡하든지 내가 하던 얘기를 끝까지 마무리했어. 하지만 그런 경험을 통해 나는 상대방의 말을 최고로 잘 들어주는 사람이 되는 것이 정말 중요하다는 점을 배웠어. 그것이야말로 나를 배려 깊은 친구이자, 남편이자, 선생님이자, 아빠로 만들어주는 자질들 중의 하나라고 생각해.

이런 특성 때문에 나는 어릴 때 플라토닉한 관계이면서 로맨틱한 여자 친구들이 많았어. 여자아이들은 말이 통하는 남자를 제일 좋아하거든. 사실 이 책에 기록한 정보들 중에는 여자들과 몇 년 동안 수천 번의 대화를 통해 얻어낸 것들이 많아. 나는 상대방의 말을 귀 기울여 듣고 의견을 믿어주는 것이 그 사람을 편안하게 만들어준다는 사실을 어린 나이에 터득했어. 그러니까 혹시라도 "맙소사, 나, 나, 나, 나, 처럼……,"에 비견될 정도로 말을 더듬는 멍청해 보이는 10대 소녀가 네 주위에 있거든, 내가 이 책에 써준 내용을 기억하고 그 친구가 설사 아무리 바보스럽더라도 정중히 대해주렴.

기운 빠지게 만드는 비관적인 사람은 피해

앞에서 『천상의 예언』이라는 책을 언급한 적이 있었지. 인생에 대한 아홉 가지 통찰력에 관한 소설인데, 고대 문명기에 쓰인 글이 페루의 깊은 정글에서 발견되었다는 설정이야. 이 통찰력들 중 한 가지가 '기운 빠지게 만드는 사람'과 '기운 나게 하는 사람'과 관련된 거야. 기운 나게 하는 사람들은 긍정적이고, 행복해하며, 마음이 평온하고, 용기를 북돋아주며, 너그러운 사람들이야. 주위에 있기만 해도 기분이 좋아지는 사람들 있잖아. 반면에, 기운 빠지게 만드는 사람들은 완전히 정반대야. 부정적이고, 우울하며, 자신감이 없지. 이런 사람들은 너의 기운을 쏙 빠지게 만들어서, 겨우 2분만 대화를 해도 너를 우울하게 만들어버릴 거야.

이렇게 기운 빠지게 하는 사람들이 기묘한 점은 그들이 항상 지긋지긋하게 굴지만은 않는다는 거야. 너의 우정을 얻기 위해서 처음에는 굉장히 친절할 수도 있거든. 그런데 네가 일단 낚이고 나면, 그들은 너에게 세상에 대한 부정적인 성향을 쓰나미처럼 불러일으킨단다. 하지만 나는 이것이 다른 사람의 말을 아주 잘 들어주는 사람이기 때문에 겪는 커다란 부정적인 단면 중의 하나라는 것을 인정할 수밖에 없구나. 갑자기 너는 모든 사람의 고민을 들어주는 심리학자가 되어 그들의 문제 때문에 잠 못 이루게 될 거야. 우리가 플로리다로 이사하게 되었던 많은 이유들 중의 하나는 이렇게 기운을 빼앗아가는 사람들과도 어느 정도 관계가 있어. 그리고 내 인생에 부정적인 성향이 너무 많다는 것을 깨달았기 때문이야. 약물이나 알코올 중독이거나, 돈 문제가 있거나, 인간관계가 좋지 않은 내 친구들이 나의 모든 생각을 침범하기 시작하더라고. 결국엔 심지어 상대방이 누구일지, 그들이 어떤 고통을 나누려고 할지 겁이 나서 더 이상 전화조차 받을 수 없는 지경까지 이르렀단다.

누군가를 처음 만났을 때, 그를 너무 믿지는 마. 왜냐하면 그들이 일단 너의 마음속 안전지대 안으로 들어오면, 수술이 불가능한 암적인 존재가 될 수도 있기 때문이야. 새로운 관계를 맺을 때는 서서히 진행되도록 해. 상대방이 너의 신뢰를 받을 가치가 있는지 너에게 입증할 시간을 줘야 해. 그렇다고 겨우 몇 주 만에 알아보라는 뜻은 아니야. 친절하고 이기적이지 않은 태도가 드러나려면 몇 달이 걸릴 수도 있고 몇 년이 걸릴 수도 있어. 누군가와 섣불리 관계를 덥석 맺었다가, 그 사람이 자기를 붙잡아달라며 전화로 몇 시간씩 애걸복걸하며 진이 빠지게 만드는 괴짜라는 걸 알게 된다면, 심각하게 후회할 거야. 친구를 선택할 때도 남자 친구를 고를 때처럼 어려울 수가 있단다. 친구들과 시간을 보내는 것이 복잡하거나 골치 아프지 않고 편안해야 해. 그 친구 주위에 있으면 늘 일이 엉망이 되고 부정적인 생각이 든다면, 이제 그 사람에게서 벗어나야 하는 거야.

아낌없이 주는 사람이 되라

또래 집단의 압력 부분에서 레이에 대해 언급했었지. 그 애는 9살 때부터 14살 무렵까지 나랑 가장 친한 친구였어. 그 친구의 할머니가 우리 동네에 살았는데, 싱글맘인 어머니가 밤에 웨이트리스로 일하기 때문에 줄곧 할머니 댁에서 지냈거든. 그런데 처음부터 레이는 자기 인생에 대해 뭔가를 숨기고 있는 게 확실해 보였어. 나를 자기네 집에 초대한 적도 없었거니와, 집이 어딘지도 말하지 않았고, 그런 얘기가 나올 때마다 화제를 딴 데로 돌리곤 했거든.

우리가 친구가 된 지 3년쯤 지났을 때, 드디어 레이가 자기 생일에 파자마 파티를 하자며 나를 초대했어. 걔네 집에 도착해보니 그 친구가 무엇을 숨기고 있었는지를 금방 알겠더라. 레이는 꼬질꼬질하기 그지없는 침실 하나짜리 아파트에 살고 있었거든. 고양이 오줌 냄새가 코를 찌르고, 왕개미가 득실거렸어. 내가 걔 방에 들어가서 놀자고 했더니, 그 친구는 겸연쩍어하며 거실에 있는 낡고 퀴죄죄한 소파를 가리켰지. 거실 바닥엔 장난감 몇 개가 아무렇게나 흐트러져 있었어. 가구 위엔 고양이 5마리가 빈둥거리고 있었고, 설거지거리와 빨랫감이 산더미처럼 쌓여 있었어. 냉장고를 열어봤더니 생일인데도 케이크 한 조각조차 없고, 달랑 케첩 한 병밖에 없었어.

레이의 별난 엄마는 밤새도록 깨지 않고 잠만 잤는데, 내가 그 집에서 좀 더 있어보니까, 걔네 엄마가 집에서 하는 일이라곤 정말 잠자는 것뿐이더라. 레이 엄마가 침실에서 나왔던 건, 밤에 세븐일레븐이라는 편의점에 가서 레이의 건강한 식습관을 유지하기 위한 탄산음료와 쿠키, 감자 칩을 사오라고 돈을 주러 비틀거리며 나왔을 때 딱 한 번뿐이었어. 그때까지만 해도, 나는 이렇게 사는 사람들이 있으리라곤 정말 생각도 못 했어. 내 어린 시절이 험난하긴 했지만, 나는 늘 먹을 것이 있었고, 옷도 갖춰 입을 수 있었고, 깨끗한 집에서 살았었거든. 그 친구가 왜 비만이 되었으며 왜 매일 똑같은 옷을 입고 학교에 왔는지를 그때서야 제대로 알게 된 거야.

나로서는 눈이 휘둥그레질 만큼 충격적인 경험이었어. 다음 날 아침에 걔네 집을 나서면서 나는 그렇게 방치되어 있는 내 벗에 대한 동정심에 휩싸였어. 누군가가 고통받고 있다는 것을 두 눈으로 직접 보기 전에는 결코 모르는 법이야. 나는 레이를 식사 때 초대하기 시작했고, 뭔가를 할 때는 내가 그 친구의 비용까지 지불해주었고, 그 친구가 나를 필요로 할 때마다 내 시간을 내주었어. 그 친구에게 친절하게 대하는 것이 그 친구의 암울한 생활을 밝게 해주었을 뿐만 아니라, 나로 하여금 스스로를 인간으로서 훌륭하다고 느끼게 해주었단다. 그런 생활이 고등학교 내내 지속되었더라면, 아마 내가 좀 더 강해졌을 텐데. 만약 네가 살아가면서 정말 운이 좋아서 레이 같은 친구를 만나게 된다면, 너 자신과 네가 가진 것들을 진정으로 아낌없이 주렴. 그것이 그들에게는 네가 생각지도 못할 만큼 큰 의미가 있을 거야.

사회적 생물들이 나이가 들어감에 따라 돌고 돌아 제자리로 돌아올 수 있다는 게 참 이상하기도 하지. 내가 천방지축이던 '열-세-살' 때는 좋은 친구가 네 명이 있었고, 10대 후반에서 20대 후반에는 '무슨' 친구였든지 간에 수십 명이 있었는데, 30대가 된 지금은 다시 네 명이 되었거든. 하지만 이 네 명은 끊임없이 나를 정신적으로 고양시키는 놀라운 사람들이고, 나도 그들에게 중요한 존재라는 것을 시간이 다시 증명해주었던 거야. 우정은 확실히 양보다 질이 훨씬 더 중요한 부문이야.

청소년기엔 가장 친한 친구들끼리는 바보 같은 짓을 하더라도 마냥 즐겁게 마련이란다. 다음번에 네가 친구들과 함께 있는데 너무 심하게 웃어서 뺨이 얼얼하고 숨이 넘어갈 지경이라면, 멈춰서 네가 만들어내고 있는 잊을 수 없는 추억에 주목하렴. 우정도 첫사랑만큼 마법 같을 수 있거든. 우정이야말로 의심할 여지 없이 행복에 이르는 진정한 비법이지.

음악

행복으로 이르는 마지막 열쇠는 네가 일상에서 배경으로 적잖이 듣고 있는 거야. 바로 음악이지. 내 인생에서 음악이 가장 중요했던 때가 있었어. 100퍼센트 긍정적이며 절대로 나를 해칠 수 없는 유일한 것이 바로 음악이라고 알고 있었거든. 나는 음악을 연주하기도 하고, 작곡도 하고, 음악 감상도 하면서, 언젠간 내가 좋아하는 밴드들 중의 하나와 순회공연을 하게 되길 무척 고대했어. 무지개를 눈먼 사람에게 설명하기 어렵듯이, 음악은 말로는 제대로 표현할 수 없는 추상적인 개념이야. 본질적으로는 한 다발의 소음일 뿐이지만, 음들을 어떤 목적을 가지고 잘 정돈해놓은 작품이야. 음악을 그토록 마법처럼 만드는 것은 음악이 본능적으로 인간의 감정과 상당히 관련이 있기 때문이란다. 네가 7개월 무렵에 우리는 너를 스테레오 앞에 앉혀놓고 음악을 틀곤 했었어. 그러면 처음 몇 음이 울려 퍼지기 시작하자마자, 네가 잇몸이 드러날 정도로 활짝 웃으며, 기저귀를 차고 있는 엉덩이를 박자에 딱딱 맞춰 씰룩씰룩 흔들어대곤 했어. 음악이 너의 기분에 미치는 자연적인 영향은 정말 놀라웠어. 배우는 것만으론 되지 않는 것들이 있는데, 이런 거야말로 타고나는 거지.

록음악, 클래식, 테크노, 블루스, 랩, 컨트리 송, 트랜스, 재즈든지, 혹은 네가 이 책을 읽을 때쯤 새로 생긴 음악이든지, 모든 음악은 전부 공통적으로 어떤 특별한 것을 지니고 있는데, 그건 바로 영혼이야. 노래에 담겨 있는 열정은 바로 음악가의 영혼으로부터 나와서 듣는 사람의 영혼으로 옮겨 들어가는 거거든. 음악은 우리가 살고 있는 세계에 대해 개

263

인적으로 이해한 것을 나누기 위하여 모든 인류가 사용할 수 있는 세계 공통어야. 하지만 내 말을 오해하지는 마라. 음악이라고 다 좋은 것은 아니고, 돈을 벌려는 목적이나 천박하게 명성만 얻기 위해 만들어진 곡처럼 형편없는 음악들도 꽤나 많으니까. 하지만 좋은 것과 나쁜 것과 추한 것을 구분하는 확실한 방법이 있어. 바로 '체감온도'라고 부르는 거야.

네가 음악을 듣고 있는데 목뒤의 머리카락이 쭈뼛쭈뼛하면서 갑자기 온 세상이 그 노래를 위해서 멈추는 느낌이 든다면, 바로 내가 말한 마법을 경험한 거야. 이 순간은 너의 잠재의식에 영원히 아로새겨질 거야. 어느 날 네가 차를 타고 돌아다니다가 라디오에서 바로 그 노래가 나올 수도 있겠지. 그러면 갑자기 네가 그 노래를 처음 들었던 시절로 되돌아가서, 그때와 똑같은 감정이 물밀듯이 되살아날 거야. 파자마 파티, 예전 남자 친구, 학교 무도회, 첫 키스, 키우던 반려동물, 방학, 제일 친한 친구, 이미 고인이 된 사랑하는 사람 등, 네 인생의 여러 가지 추억들이 그런 경험을 형성하는 데 도움이 되었던 어떤 노래나 밴드와 연관이 지어질 거야. 네 자신의 인생을 한 편의 영화라고 생각한다면, 그 노래를 일종의 영화 삽입곡이라고 할 수 있겠지.

나이가 들수록 너의 음악적 취향도 시류에 따라 변하기도 하고, 살면서 경험이 쌓일 때마다 계속 진화할 거야. 지금은 꽉 막힌 사람처럼 보이는 네 아빠가 아디다스를 입고 다니며 자유분방하게 행동하던 '갱스터 랩'의 팬이었다는 것을 네가 상상이나 할 수 있으려나 모르겠다. 하지만 그게 그다지 오래전 일도 아니란다. 릴리야, 네가 마주칠지도 모르는 모든 노래에 마음을 열고 그 모든 것을 그냥 받아들이렴. 집 없는 길거리 연주자가 조율도 안 된 기타로 하는 연주든지, 줄리아드 음대 출신의 피아니스트가 카네기 홀에서 하는 연주든지, 그 음악이 영혼에서 우러나온 것이라면, 네가 그것을 느낄 것이고 그 음악을 결코 잊지 못할 거야.

세월이 흘러도 잊히지 않는 음악

지난 반세기 동안 활동했던 수많은 음악가들 중에서 음악이 무엇이고 음악이 무엇이 될 수 있는지에 대한 개념을 근본적으로 혁신한 사람은 겨우 몇 명밖에 없어. 진정한 소리의 혁신자라고 할 수 있는 이런 사람들은 결코 어떤 음악 선집의 각주에조차도 오르지 못할 거야. 그렇지만 오히려 그들의 놀라운 업적에 대해서는 끊임없는 관심을 받게 될 뿐만 아니라, 조직화된 소음 예술에 대해서는 불멸의 헌신을 하게 될 거야. 나는 지금으로부터 수백 년 후에도 사람들이 어딘가에 앉아서 존 레논과 지미 헨드릭스와 밥 딜런의 난해한 작품을 듣고 심오하게 깨우침을 받게 될 거라고 장담할 수 있어. 현대의 역사학자들이 소크라테스와 모차르트와 니체 같은 사람들의 이름을 길이길이 보존했던 것과 아주 비슷한 방식이지.

원시인이 처음에 속이 빈 통나무를 우연히 돌로 쳤다가 그것이 만들어낸 잔향을 즐기게 되어 그 과정을 반복하게 되면서, 사람들은 소리를 조합해서 마음에 감동을 주는 창작물들을 생산해왔어. 이미 수백 년간 음악적 천재로 여겨져온 베토벤, 바흐, 드뷔시와 같은 음악가들을 다시

행복에 이르는 세 가지 열쇠

탐색하는 것은 무의미하다고 생각해. 그래서 이 책에선 그냥 최근 50년에 집중해서 이야기할 거야. 왜냐하면 이 시기에는 음악이 과거보다 더 많아졌을 뿐만 아니라, 종교에 가까울 정도로 부흥했기 때문이야. 그중에서 가장 감흥을 주는 음악가 몇 명에 대해서만 간략하게 설명해줄게. 이 음악가들은 특정 장르에서 나름대로 한 획을 그었을 뿐만 아니라, 사람들이 음악을 듣는 방식까지 변화시켰어. 네 아빠 시대의 음악을 감상하는 것이 네 나이 또래들 사이에서는 구닥다리 취급받는다는 걸 나도 잘 알고는 있지만, 이번만큼은 나를 믿어봐. 이 예술가들의 음악을 들어보면 너의 인생이 달라질 거야.

Trust me!!

이 노래를 들어봐!

비틀즈

아빠 세대에서 비틀즈는 언제까지나 세상을 빛낸 가장 훌륭한 밴드로 간주될 거야. 두말할 것도 없지! 단순히 내 의견이 아니라, 제정신인 사람이라면 어느 누구도 반론을 제기할 리 없는 엄연한 사실이거든. 기가 막히게 멋지고 천재적이며 많은 열매를 맺었다는 말 정도로는 멤버들이나 그들의 경이적인 노래에 제대로 경의를 표할 수조차 없어.

비틀즈는 고등학생 시절 영국 리버풀에서 친구들과 함께 밴드를 결성하여 활동하기 시작한 게 점차 진화하여 세계적인 그룹으로 발돋움한 경우야. 주옥같은 작품들로 대중음악의 면모를 완전히 바꾸어놓았다고 해도 과언이 아니지.

폴 매카트니와 존 레논이야말로 가장 환상적인 싱어송라이터 팀이라고 할 수 있어. 링고 스타와 조지 해리슨과 더불어 세상에 말을 건네는 노래들을 만들어냈는데, 이전의 어느 밴드도 하지 못했던 일을 해낸 거야. 비틀즈 단독으로 소리 공학의 가능성에 일대 변혁을 일으켜서, 오늘날에도 여전히 유용하게 사용되는 스튜디오 기술을 탄생시켰지. 1970년대 초반에 음악적 견해 차이로 해체된 이후에 각각의 멤버들이 솔로 가수로서 다양한 활동에 성공을 거두긴 했어. 하지만 우리 사회에서 끊임없이 회자될 음악은 그들이 함께했던 노력의 결실일 거야. 그야말로 살아가면서 이 밴드의 음악을 접하지 않을 수가 없을 정도라니까. 비틀즈의 노래를 들어봐. 멜로디가 너를 변화시키고 가사가 너의 영혼에 박히게 될 거야. 이 전설적인 팝포[59]가 없었더라면, 우리가 알고 있는 대중음악은 존재하지 않았을 거야.

CHECK! 꼭 들어야 할 앨범

□ 페퍼 상사의 외로운 사람들의 클럽 밴드(Sgt. Pepper's Lonely Hearts Club Band)
'일생의 하루(A Day in the Life)'

앨범 명(위)라
노래 제목(아래)을
알려줄게!!

지미 헨드릭스

1960년대 중반에 기타의 거장 지미 헨드릭스가 등장하기 전까지만 해도 기타는 단지 노래를 얹는 리듬을 공급하는 데 사용되는 악기에 불과했었어. 하지만 헨드릭스 이후에는 기타의 여섯 줄을 이전과는 다른 방식으로 바라보게 되었단다. 왼손잡이 블루스 기타리스트인 지미는 워싱턴 주의 시애틀에서 태어나 12살 때 처음으로 기타와 인연을 맺었으며, 로큰롤 음악의 선구자인 리틀 리처드의 기타리스트로 활동하기도 했어. 그 후에 대서양을 건너 영국으로 가면서 더욱 세계적인 대가로 성장했지. 몇 년 후에 미국으로 돌아왔을 무렵에는 그야말로 기타의 신이나 다름없었어. 맹렬한 연주 속도와 뼛속까지 오싹하게 만드는 음조로 피드백을 자극적으로 사용하는 그의 연주 기법은 너무나도 경이로워서, 매번 수천 명의 팬들이 기립한 채 입을 다물 수 없게 만들었단다. 헨드릭스의 솔로 연주를 들으면 청각적인 유토피아를 경험하는 기분이 들거든. 그것은 마치 이 세상의 음악이 아닌 것처럼 너무나도 훌륭했을 뿐더러, 시대를 수십 년은 앞선 것이었어. 그의 음악은 너무나 원시적이면서도 신비로워서, 아마 바로 이 순간에도 어디선가 누군가는 헤드폰을 끼고 침대에 누워 마법 같은 그의 음악을 만끽하고 있을 거야. 비틀즈가 소리를 기록하는 가장 훌륭한 밴드였다면, 헨드릭스는 기타 연주에 있어서 단연코 가장 훌륭한 연주자란다.

CHECK! 꼭 들어야 할 앨범

☐ 중심축: 사랑할 때처럼 용감하게(Axis: Bold as Love)
'사랑할 때처럼 용감하게(Bold as Love)'

밥 딜런과 조니 미첼

밥과 조니를 함께 언급하는 것은 신성모독이다. 하지만 나는 이 두 음악의 아이콘이 같은 비전을 갖고, 같은 정신을 나누고 있으며, 매우 비슷한 메시지를 전달하고 있다는 느낌이 들어. 미국의 젊은이들이 사회적 규범과 정부의 부당함으로부터 벗어나고 싶어 하던 시절에, 이 두 사람은 자신의 음악으로 통찰력과 나아갈 지침을 제시했거든. 그들의 노래에는 엄청 많은 메시지가 담겨 있어. 그들의 노래는 시대를 초월하는 노랫말, 꿈결 같은 상태를 유발할 정도로 본능적인 목소리, 정신적인 발견을 하도록 이끌어줄 수 있는 깊이 있는 스토리로 이루어져 있어. 이토록 놀라운 두 아티스트의 복잡한 스타일의 선율에 귀를 기울인다면, 세상을 전적으로 새로운 방식으로 보게 될 거야.

밥 말리

어린 시절에 밥 말리의 음악을 듣고 그의 음악적 진가를 알아보긴 했지만, 그가 믿기지 않을 정도로 훌륭한 음악가이며 얼마나 많은 사람들이 그를 진정으로 흠모했는지 깨닫게 된 것은 대학에 들어가고 나서였어. 기숙사의 거의 모든 방마다 벽에 온통 밥의 포스터로 장식되어 있었고, 복도까지 그의 음악이 쩌렁쩌렁 울려 나오곤 했거든. 나는 처음에 밥이 대마초를 피우는 것을 대단히 지지하는 사람이라서 모두들 그를 좋아하는 줄 알았어. 그러나 나는 말리의 음악이 인종과 신념, 종교를 초월하여 전 세계 모든 사람들에게 깊이 있게 말하고 있다는 것을 곧 알게 되었어. 섬나라 자메이카의 가난한 집안 출신인 로버트 네스타 말리[60]는 고무적인 메시지가 담긴 노래로 레게음악이라는 장르를 전 세계에 널리 알렸어. 말리의 목소리와 부드러운 기타 연주를 듣노라면 자유가 구현되는 느낌이야. 축구를 하다가 다친 후에 엄지발가락에 암이 발병하였는데, 몸을 절단하는 것은 그가 믿는 래스터패리언[61]으로서의 민

---

60 Robert Nesta Marley, 밥 말리의 본명

61 Rastafarian, 에티오피아의 옛 황제 하일레 셀라시에를 숭상하는 자메이카 종교 신자

음에 반하는 것이었기 때문에 자연적인 방법으로 암을 치료하고자 했대. 결국 암이 신체의 다른 부분으로까지 퍼져서 36살이라는 젊디젊은 나이에 사망하고 말았지. 그가 죽기 전에 자기 아들에게 마지막으로 한 말이 "돈으로 생명을 살 수는 없단다"였대. 그 어떤 것도 이 말보다 밥을 더 잘 보여주는 것은 없을 거야. 그는 자유를 대변하였으며, 진실을 위해 노래했으며, 대의명분을 위해서 죽었어.

CHECK! 꼭 들어야 할 앨범

☐ 전설(Legend)
'구원의 노래(Redemption Song)'

비비 킹

이론의 여지가 없는 블루스의 왕인 라일리 B. 킹은 미시시피 주의 이타베나에서 소작농의 아들로 태어났지만 대성할 운명이었어. 언젠가 그가 어떤 인터뷰에서 자신의 불우했던 어린 시절에 대해 이야기하는 것을 들은 적이 있거든. 그의 음악 인생은 방 하나짜리 판잣집 현관에 박혀 있는 못에 묶여 있는 선을 퉁기면서 시작되었다더라. 젊은 시절에 비비는 조상들의 노예 시절 삶의 애환을 악기 연주와 결합하여서 '블루스'를 나름대로의 고유한 장르로서 만들어냈어. 애지중지하는 기타 '루실'과 함께 지난 60년 동안 거의 매일 밤마다 순회공연을 하며 지냈지. 나는 운 좋게도 그의 라이브 공연을 한 번 본 적이 있는데, 72살인데도 그토록 뜨거운 열정을 소유하고 있다는 게 믿기지가 않았어. 게다가 그는 인종을 불문하고 한 가족처럼 함께 노래할 수 있게 만드는 천부적인 재능을 보유하고 있었어. 지금까지도 나는 그토록 애절하고 구슬픈 기타의 울음을 들어본 적이 결코 없거니와 앞으로도 다시는 못 들을 것 같아. 오늘날의 음악가들은 디지털 효과음과 신시사이저로 수만 가지 소리를 만들어낼 수 있지. 반면에, 비비와 루실은 달랑 나무와 쇠만 가지고 혼신을 다해 그렇게 해낸 거야.

CHECK! 꼭 들어야 할 앨범

☐ 아폴로 극장에서의 공연 실황 음반(Live at the Apollo)
'전율은 사라졌네(The Thrill is Gone)'

마일스 데이비스와 존 콜트레인

재즈란 정확하게 뭘까? 나 역시 잘은 몰라. 어느 누구도 이 질문에 제대로 답변해주지 못할 거야. 재즈는 미국이 기원인 유일한 음악 장르인데 블루스에서 파생되어, 곧 자유로운 형식으로 표현하는 음악으로 자라났어. 많은 아티스트들이 비상한 능력으로 즉흥적으로 연주를 하며 음악적 가능성의 장벽들을 무너뜨림으로써 재즈를 탄생시키게 되었단다. 전형적인 틀을 깬 가장 뛰어난 재즈 음악가 두 명이 바로 마일스 데이비스와 존 콜트레인이었어. 마일스의 트럼펫 연주나 콜트레인의 색소폰 연주를 듣다 보면 아주 기묘한 다른 차원으로 들어가는 것 같은데, 너무나 대단해서 도저히 거부할 수가 없을 정도야. 재즈가 시사하는 바가 많은 음악이라서 때로는 무서울 수도 있지만, 인생의 숨겨진 보물들 중의 하나인 것만은 틀림없어. 만약 네가 창의성을 고무시키고 싶을 때, 이 사람들의 음악에 귀를 기울인다면, 더 나은 세상을 만들고 싶은 마음이 들

거야. 즉흥 음악을 좋아하는 사람이라면 이 두 명의 뛰어난 음악가들에게 감사해야 할 거야.

스티비 원더

펑크의 대가 스티비 원더는 어린 시절 미시건 주 디트로이트에 있는 교회 성가대 출신이며, 13살 때 이미 음악적 영재성이 드러났단다. 태어난 지 얼마 되지 않아 인큐베이터에서 실명했지만, 4살 때 음악을 처음 접한 후, 곧 아주 놀라운 목소리로 리드미컬하게 노래하는 방식을 발전시켜나갔어. 10대 때 전문적인 음반회사와 녹음 계약을 체결하고, 계속해서 무척 사랑스러운 노래를 만들어냈지. 나는 '미신(Superstition)'의 선율을 처음 들었던 때를 결코 잊을 수가 없어. 그 소리에 정말 말문이 콱 막혔지. 나는 그것이 클라비넷[62]이 내는 소리였다는 것을 나중에야 알게 되었는데, 다양한 그의 음악 작품들을 접할 때마다, 마치 미지의 행운과 마주치는 것 같은 느낌이 들었어. 음악이 한갓 듣는 대상에 불과하던 시

---

62 전자 기타를 키보드로 연주할 수 있게끔 고안한 전자 키보드의 일종으로 쳄발로와 비슷한 정확하고 분명한 소리가 특징이며 펑키한 음악에 주로 쓰인다.

기에, 내가 `스티비 원더를 통해 음악적으로 성년이 되었다고도 할 수 있을 거야.

레드 제플린과 블랙 사바스

내 취향은 아니지만, 하드록이나 '메탈' 사운드의 진정한 선구자들을 언급하지 않고서는, 양심상 도저히 이 장르를 대표하는 음악가들의 목록을 열거할 수가 없구나. 이 두 밴드는 1960년대 '평화와 사랑'을 표방하던 세대를 종식시켰어. 본래의 소리를 알기 힘들 만큼 날카롭게 왜곡시키는 기타 소리, 귀가 찢어질 것 같은 북소리, 중세 시대 같은 노랫말을 통해 음악적으로 대변혁을 가져왔지. '꽃의 힘'으로 대변되던 사랑과 우정의 노래들이 머리를 세차게 흔들면서 죽음과 검은 마술을 노래하는 것으로 갑자기 대체되고 있었어. 오지 오스본, 토니 아이오미, 로버트 플랜트, 지미 페이지가 밴드 멤버들과 함께 순회공연을 할 때면, 문제가 많은 젊은이들로 가득 찬 공연장마다 그야말로 아수라장이 되다 못해 폭동이 일어나기도 했단다. 요즘에는 이 두 밴드와 같은 영향을 미치는 음악가들을 발견하기가 거의 어렵지. 이다음에 네가 세상에 대해 몹시 화를 내고 싶다면, 이 사람들의 노래를 켜고, 네 뿔은 공중으로 던져버리고, 록음악을 들을 준비를 해봐.

퍼블릭 에너미와 N.W.A

만약 힙합이 네 취향이라면, 랩으로 유명한 두 그룹, 퍼블릭 에너미와 N.W.A.(Niggaz with Attitude)에 경의를 표하는 게 맞을 거야. 1980년대 초반에 혜성처럼 나타난 이들의 음악은 불만을 해소해주는 아주 신선한 노랫말과 다듬어지지 않은 듯한 힘으로 10대들을 완전히 사로잡았어. 미국 힙합계의 양대 산맥이랄 수 있는 P.E.와 N.W.E.의 음악에는 도시의 반란과 '권력자'에게 저항하는 똑같은 메시지가 담겨 있어. 척 디, 플레이버 플래브, 아이스 큐브, 이지 이, 닥터 드레가 노래하는 도발적인 새로운 리듬에 인종을 초월한 모든 사람들이 주목하였으며, 경의의 표시로 침입자를 상징하는 모자를 쓰기도 했어. 비록 이 사람들이 길거리 음악을 만들어낸 건 아니지만, 이 장르에 정당성을 부여하고 그것을 음악산업에 역작으로 만든 건 의심할 여지 없이 바로 이 사람들이었어. 오늘날 젊은 세대에겐 힙합이 최고잖아. 하지만 이렇게 열정적으로 획기적인 방법을 창안해낸 창시자들이 없었더라면, 최첨단 스타일을 보유하지 못했을 뿐더러 대중의 관심도 얻지 못했을 거야. 일전에 내 제자 중에서 영어를 거의 못하는 과테말라 학생이 교실에 들어오더니 비슷한 환경의 학생에게 "어이, 흑형, 안뇽!(Yo, what up ma nizzle!)"이라고 말하더구나. 그거야말로 힙합이 문화적으로 엄청난 영향을 끼치고 있다는 것을 보여주는 산 증거가 아니면 뭐겠니?

너바나

1980년대에는 음악이 급격히 나빠졌어. 밴드가 여자 옷을 입고 화장을 덕지덕지 하고 지극히 밋밋한 노래를 불렀거든. 딱 달라붙는 스판덱스 바지를 입고, 아이라이너로 눈 화장을 짙게 하고, 헤어스프레이를 뿌려 머리를 빳빳하게 세우는 식의 이런 터무니없는 운동에 음악산업 전체 가 매혹된 것처럼 보였단다. 이 음악가들 중에는 진짜 재능을 소유한 사 람들도 있긴 했지만, 그들조차도 매출에 신경을 쓰고 첫 MTV 세대라는 이미지로 통하기로 작정을 했던 거야. 이랬던 것이 1990년대 초반에 태평 양 연안 북서부 지방의 음악가들에 의해 새로운 브랜드로 싹 바뀌었어. 이런 반란을 주도한 것은 천재적인 선두주자 커트 코베인이 이끄는 너바 나라는 밴드였어. 커트와 그의 밴드 멤버들이 펜더 스트라토캐스터 기 타를 퉁겨 왜곡된 소리를 냄으로써, '그런지음악[63]'을 탄생시켰으며, 요란하게 메이크업을 한 헤어 밴드들의 희미하게 남아 있던 빛마저 완전히 꺼버려서 줄행랑을 치게 했단다. 코베인의 비극적 자살은 세상 사람들을 망연자실하게 만들었으며, 모든 세대의 음악 애호가들에게 치명타를 입혔어. 그러나 너바나의 덕택으로 로큰롤은 다시금 '쏜살같이' 되돌아왔지.

CHECK! 꼭 들어야 할 앨범

☐ 신경 쓰지 마(Nevermind)
'10대 정신 같은 냄새가 나네(Smells like Teen Spirit)'

더 그레이트풀 데드

아빠가 최고로 좋아하는 밴드야! 만약 네가 '더 데드'라는 밴드에 대해 알고 있는 사람에게 이 밴드를 어떻게 생각하냐고 물어본다면, 대부분의 사람들은 1960년대부터 활동했던 마약과 연관이 깊은 히피 그룹이고 전국 어디를 가든지 마약에 취한 기이한 팬들이 늘 따라다녔다고 말할 거야. 젠장, 나는 심지어 90년대 초반에 이르러서야 비로소 이들을 알아보는 기쁨을 누렸단다. 1992년 상쾌한 어느 봄날에 내 친구 한 명이 나소 콜리세움[64]에서 열리는 콘서트에 가고 싶지 않냐고 묻더라고. 난 늘 뭐든지 기꺼이 할 생각이 있었기 때문에, 누가 하는 공연인지 묻지도 않고 그 기회를 덥석 물었지. 그런데 그 밴드가 '사랑이 찾아온 여름(The

---

64   Nassau Coliseum, 뉴욕 주 유니언데일에 위치한 대형 실내 종합경기장으로 아이스하키, 미식축구, 농구경기 외에도 다양한 전시회와 공연이 열린다.

Summer of Love)'을 부른 반백 년 묵은 고물들로 이루어진 그룹이라고 하는 거야. 그 이야기를 들으니, 하필 이런 오락거리를 선택해서 황금 같은 금요일 밤을 망치게 된 것 같아 후회가 되기 시작했어.

하지만 내가 곧 듣게 될 음악이 아무리 형편없더라도 긍정적인 태도를 유지하려고 애를 썼어. 주차장에 들어섰을 때, 우리는 놀라 어안이 벙벙했어. 좀 더 단순한 삶을 살기 위해 사회에서 이탈한 사람들로 가득 찬, 전혀 다른 차원의 세상으로 들어선 것 같았거든. 이 사람들은 말 그대로 괴짜들이었어. 그들은 말도 안 되는 옷을 입고, 흐트러진 머리스타일에, 문신과 피어싱을 잔뜩 하고 있었어. 한마디로 현대적인 스타일을 완전히 무시하는 차림새였단 말이지. 내가 마치 세상 어느 구석진 곳에 고립되어 있던 잃어버린 종족을 방금 찾아낸 인류학자 같은 느낌이 들었어.

우리가 사람들에게 떠밀려 비틀거리며 공연장에 발을 들여놓았을 때, 극장 객석의 조명이 어두워지면서 귀가 찢어질 것 같은 함성 소리가 들려오는데, 섣달 그믐날 밤 타임 스퀘어에서 벌어지는 파티를 방불케 했어. 밴드가 무대에 등장하자, 관중들이 너무나 열광하여 극도의 흥분 상태에 달했지. 내가 생각했던 그대로, 머리가 온통 허옇고 수염이 덥수룩한 뚱뚱한 남자가 나이가 지긋한 사람들을 우르르 이끌고 나타났어. 밴드가 첫 곡을 연주하기 시작했는데, 퍼스트 기타의 반복 악절이 울려 퍼지자, 내 삶이 결코 예전과 같지 않으리라는 것이 느껴졌어. 그들이 연주하는 곡마다 점점 더 흥겹게 감흥을 돋우는 거야. 그들은 즉흥적으로 변주를 하며 원숙한 감성을 노래로 표출했고, 이만여 명의 팬들은 환호하며 사색에 잠긴 채 물결치듯 리듬에 몸을 맡겼단다. 모두 함께 공감하며 흥분한 것이 분명했어. 음악이라는 것이 내가 지금까지 꿈꾸었던 것보다도 훨씬 더 큰 존재라는 것을 깨달은 순간이었단다.

더 그레이트풀 데드 이전의 밴드들은 주로 로큰롤 음악을 활기차게 연주했고, 관중들은 넋을 잃고 미치광이처럼 펄쩍펄쩍 뛰곤 했었어. 하지만 더 데드는 그런 간단한 공식을 사용하면서도 그것을 전적으로 새로운 수준으로 가져왔어. 아주 실험적이고 신선해서 육체와 영혼을 사로잡는 소리를 만들어냈거든. 게다가 확장된 즉흥 연주라는 개념을 만들어내서, 때때로 4분짜리 선율을 사이키델릭 아트[65]의 경지에 이르는 45분짜리 긴 음악 여행으로 바꾸기도 했어. 이 모든 것의 배후에 있었던 미친 과학자는 아홉 손가락만으로 기타의 거장이 되었던 제리 가르시아였어. 밥 위어, 필 레쉬, 론 '피그펜' 맥커넌, 빌 크로이츠만과 더불어 이들은 '나무를 껴안아주는 히피[66]' 세대라고도 불리며, 사이키델릭 록(psychedelic rock)이라는 장르도 만들어냈지.

오늘날엔 콘서트에서 즉흥 연주를 하며 긍정적인 분위기를 조성해서, 관중들이 가만히 앉아서 듣기만 하기보다는 춤추며 즐기게 만드는 종류의 밴드가 수백 개는 있을 거야. 제리가 1995년에 불시에 죽음을 맞이하자[67], 수백만 명의 '데드헤드들(Deadheads)'은 진정한 혁신적 음악가를

---

65 psychedelia, 환각제를 복용한 뒤에 생기는 것과 같은 도취 상태를 재현한 예술

66 tree-hugging hippies, 나무 등 자연 및 환경을 사랑하고 보호하려는 사람들이지만 도가 지나치다는 의미의 급진적 환경보호운동가를 지칭하는 표현

67 수면 중에 심장마비로 사망함

잃은 것을 애도했을 뿐만 아니라 거의 40년 동안 지속해온 라이프스타일을 그만두게 되어 무척 마음 아파했단다. 그럼에도 더 데드의 유산은 거의 삼천 회에 이르는 콘서트 실황 녹음에 영원히 살아 있으며, 앞으로도 이렇게 경이로운 음악을 들어보지 못했던 사람들의 얼굴에 미소를 가져다주게 될 거야.

CHECK!

꼭 들어야 할 앨범

☐ 안전망 없이(Without a Net)
  '세상의 눈(Eyes of the World)'

● 삶의 법칙 #18: 책을 겉표지로 판단하지 마라,
　　　　　　　　바로 그 책 덕분에 네 인생이 달라질지도 모르니까.

음악가 되기

내가 아주 어렸을 적에 우리 집에선 스티비 원더와 오티스 레딩, 마빈 게이의 노래가 들리곤 했어. 이들의 전염성이 강한 리듬과 전율이 흐르는 멜로디에 매혹되었던 기억이 나. 우리 가족의 음악적 취향이 아주 다양했던 덕분에, 나는 무척 다채로운 음악에 노출이 되었었지. 우리 아빠는 50년대 두왑[68]을 좋아했고, 엄마는 모타운의 고전 격인 곡들[69]을 마음에 들어 했고, 누나는 팝음악에 관심이 있었거든. 나는 스피커에서 나오는 모든 음과 목소리의 뉘앙스와 노랫말에 열심히 귀를 기울이며, 스펀지처럼 그냥 모든 걸 다 흡수했어. 씨앗은 일찌감치 심어졌지만, 물은 전혀 주지 않은 셈이 되어버렸지. 나는 음악을 하도록 적극 권장을 받은 적도 없었지만, 학교에서 놀림을 받고도 의연할 만큼 충분히 강하지도 않았어. 나는 4학년 때 합창단에 들어갔다가, 다른 학생이 나더러 '합창단 동성애자'라고 부르기에 당장 그만뒀단다.

내 어린 시절은 훌쩍 지나가버렸고, 음악에 대한 나의 집착은 내면에 잠자고 있었어. 그런데 처음으로 그레이트풀 데드의 콘서트에 갔을 때, 그 모든 것이 전부 깨어났던 거야. 그들의 노래를 듣고 있는데, 갑자기 삶에 대한 강렬한 열정이 휘몰아쳐왔어. 그런 경험은 정말 난생처음이었어. 그 느낌을 영원토록 계속 느끼고 싶더구나. 그 자리에서 바로 기필코

---

68 doo-wop, 1950년대에 유행한 리듬 앤 블루스 스타일로 리드 보컬의 배경에 허밍풍의 코러스가 어우러진다.

69 Motown classics, 1960년대와 1970년대 사이에 디트로이트 시에 근거를 둔 흑인 음반 회사가 유행시킨 음악 형태

음악가가 되어야겠다고 마음을 먹었지.

그래서 곧바로 탐색을 시작했어. 바로 다음 날 중고 통기타 한 대를 사서, 내 방에 틀어박힌 채, 악기를 배우는 길고 고된 작업을 시작했어. 손가락이 온통 물집투성이가 되고 지문이 닳아서 없어질 때까지 연주를 했어. 깎아서 만든 나무와 쇠로 이루어진 그 덩어리를 가지고 즐거운 소리를 만들어내려고 필사적으로 노력했단다. 하지만 몇 개월이 지났는데도 잡음이 없는 말끔한 소리조차 내기 어려웠어. 내가 할 수 있는 거라곤 귀에 거슬리는 쓰레기 같은 연주밖에 없더라. 그러자 부정적인 마음이 다시 움트기 시작했어. "그냥 포기해, 넌 음악가에 맞지 않아, 네 손가락도 너무 짧잖아, 이런 건 어렸을 때 시작해야 하는 거야, 악보 읽는 법부터 배웠어야지, 넌 이 악기를 연주할 만큼 충분히 똑똑하지도 않고 강하지도 않잖아." 그래도 나는 낙천적인 생각을 유지하려고 애썼어. 위대한 일치고 하루아침에 이루어진 일은 없다고 되뇌며, 오로지 목표에만 초점을 맞추었지.

매일 밤 해질녘이 되면, 나는 영감을 찾기 위해 차를 몰고 바닷가로 가서 악기 연습을 하곤 했어. 그러던 어느 화요일에, 프렛[70]에선 계속 잡음이 나고 지판도 제대로 누르지 못해 불협화음이 난무하던 중에, 갑자기 아주 아름다운 소리가 들렸단다. 마치 하늘에서 수백 명의 천사가 일제히 노래하는 소리 같았어. 손을 내려다보니 내가 완벽하게 C를 잡고 있었지. 고문과도 같이 끔찍했던 시간이 거의 1년이나 흘렀을 즈음에,

---

70   fret, 현악기의 지판을 구획하는 작은 돌기

나는 마침내 즐거움을 주는 소리를 내고야 말았던 거야!

달랑 코드 하나를 제대로 짚었을 뿐이었는데, 나의 집념이 급격히 자라나면서, 손의 자세를 잡는 것이 더 쉬워지기 시작했어. 내가 실제로 기타를 연주하기 시작한 거야. 물론 훌륭하지는 않았지만 들어줄 만은 했어. 어느 날 내 침실에서 기타를 퉁기다가 입을 벌렸는데, 열정적인 목소리가 완벽한 음정으로 밖으로 나왔어. 그 목소리엔 열의와 의지가 담겨 있었어. 그것은 지난 10년 동안 내면에 깊이 묻혀 있었던 나의 어린 시절로부터 나온 거였어.

나는 직접 곡을 써서, 자그마한 파티나 바비큐 모임에서 몇 안 되는 사람들을 위해 연주하기 시작했단다. 그건 내가 매일 매 순간 꿈꾸던 거였어. 내 스타일은 간단했어. 마음으로 쓰고, 본능적으로 연주하고, 영혼으로부터 노래하는 거였지. 나는 정말로 명예에 대해서는 그다지 신경 쓰지 않았어. 내가 연주할 때 단 한 사람의 얼굴에라도 미소가 떠오르게 할 수 있다는 것만으로도 행복했단다. 잠깐만이라도 그들이 고민을 잊도록 도와준 거잖아. 너무나 기쁘게도 그런 일이 몇 번이고 계속해서 일어났어.

그것은 실제 무대에서 음악을 연주할 때 그야말로 걷잡을 수 없이 몰려오는 큰 기쁨이야. 그것이 섹스의 즐거움에 비견된다는 말을 종종 들었는데, 분명히 말하지만 기똥차게 비슷하더구나. 마치 사랑을 나누는 것처럼, 머릿속에서 "오 세상에, 믿을 수가 없어. 이런 일이 일어나다니 믿기지 않아!"라고 대화를 하고 있는 자신을 발견하게 되더라니까. 너의 몸에서 음악이 뿜어져 나오면, 너는 마치 온 우주에 연결되어 있는 전능한 존재가 된 것 같을 거야. 이렇게 신나는 감정이 바로 사람들이 악기를 몇 년에 걸쳐 수천 시간씩이나 연습하는 단 한 가지 이유지.

나는 친구들이랑 주말마다 끝내주는 밴드를 보러 가곤 했어. 그러다가 우리는 밴드의 멤버들과도 친해졌고, 얼마 후 나는 리드 기타리스트로부터 레슨을 받기 시작했어. 행크는 굉장히 멋진 선생님이었어. 내가 음악적으로 성장할 수 있도록 잘 이끌어주었거든. 어느 날 나더러 실력이 많이 늘었다고 칭찬을 하더니, 7월 4일에 열리는 독립기념일 파티에서 자기네 밴드에 앞서 통기타 연주로 첫 순서를 맡아줄 의향이 없느냐고 물었지. 나는 생각이고 뭐고 할 것도 없이 그 기회를 덥석 잡았어. 공연까지는 2주가 남았다고 했어. 그날 밤에 그가 떠나자마자, 충동적으로 결정을 내린 게 몹시 후회가 되더라. 내가 동의를 했다는 사실만으로도 벌써 덜덜 떨리기 시작했거든.

며칠 동안 잠도 제대로 못 이루며 고민한 끝에, 어떻게든 해보기로 결론을 내렸어. 무대에 올라, 눈을 질끈 감고, 버티고 서서 그냥 노래하기로 했지. 나는 이미 내 나름대로 고정적인 레퍼토리가 세 곡 있었고, 대체할 수 있는 곡도 몇 개 있었거든. 그 당시에 네 엄마와의 관계도 한층 좋아지기 시작했던 터라, 그녀에게도 같이 가자고 초대를 했단다. 우리가 파티에 도착했을 때, 놀랍게도 거기엔 이백여 명이나 되는 사람들이 와 있었어. 무대로 사용되는 트레일러도 이미 다 준비가 되어 있었어. 나는 너무나 긴장한 나머지, 먹은 걸 다 게우고 끔찍하게 설사까지 해댔단다. 그러고 나서, 네 엄마를 한 번 안아주고 무대로 올라갔어.

그날 밤에 나는 정말 미친 듯이 연주를 했는데, 다행히 관중들도 그 음악에 푹 빠졌어. 난생 처음으로 내가 사람들이 존경하는 사람이 된 것 같은 느낌이 들었지. 그렇게 높은 관심을 받으리라곤 꿈에도 생각지 못했거든. 내가 머릿속으로만 꿈꾸었던 미래가 실현된 거야. 그냥 몇 마디 말로는 도저히 표현할 수가 없는 정말 어마어마한 경험이었어. 그로부터 며칠 후에, 우체통에 네 엄마가 써서 보낸 너무나 감동적인 시 한 편이 와 있더구나. 나는 그 무엇보다도 이 시를 제일 좋아해.

"언제나 기억해"

그대 마음을 통해 그대 입술을 지나
그대 영혼으로부터, 손가락 끝에서
아름다운 선율이 되어 나오는 것을
벅찬 감동과 경외심으로
나는 보았네

두려움을 이겨내자
그대 가슴의 짐이 사라지는 것을
나는 보았네
꿈이 이루어지는 것을 본 나는 운 좋은 목격자
그대에게 이토록 큰 영감을 받은 적이 없었다네

강인하고 자긍심 넘치는 목소리로

행복에 이르는 세 가지 열쇠

친절한 친구들에게 그대의 내면을 보여주었지
우리는 그대의 사랑을 느꼈고 그대의 기품을 보았네
그대는 우리를 더 높은 곳으로 데려갔다네

언제나 기억하길, 그대가 그날 밤 어떻게 느꼈는지를
더 이상 바랄게 없는 것 같았다네
나도 약속해요 결코 잊지 않겠노라고
그대가 처음 연주했던 그 마법 같은 소리들을

-사랑하는 지나가-

나를 음악가로 믿게 만들어준 건 이 시뿐이었어. 그리고 내가 미래의 부인을 발견한 거야말로 절대적으로 긍정적인 일이었지.

딱 한 가지 아쉬웠던 점은 사람들을 춤추게 만들고 싶었는데 그러지 못했다는 거야. 그래서 밴드가 필요했어. 지역 음악 신문마다 비슷한 생각을 가진 음악가들을 찾는다는 광고를 실었는데, 마침 가수를 찾고 있는 남자들로 이루어진 밴드를 만나게 되었단다. 나는 독학으로 배운 초보자였지만, 그들은 모두 음악학교 출신이어서, 이론에도 통달했었고 진짜 프로였어. 간단한 화음으로 만든 내 노래를 그들은 15분짜리 거대한 관현악곡으로 변형시키기도 하더라. 그들은 두말할 나위 없이 세상에서 가장 멋진 사내들이었어. 우리는 즉시 밴드를 결성했지. 즉흥 연주를 하기도 하고, 곡을 쓰기도 하고, 화음을 넣어 노래하기도 했어. 당연히 파티도 아주 열심히 했단다. 우리는 영화 주제가들로 레퍼토리를 만들었는데, 팬도 조금 있었어. 처음엔 롱아일랜드 바에서 연주하기 시작했는데, 나중에는 심지어 뉴욕의 몇몇 유명한 클럽에서도 연주를 하게 되었단다.

우리 밴드의 이름은 내가 6학년 때 과학 교과서에서 보았던 판게아[71]라는 이름으로 지었어. 사명을 띤 록 밴드가 되자는 의미였지. 우리는 정말로 이름을 날리기 시작해서, 일주일에 여러 날 밤을 손님들이 꽉 들어찬 바나 파티에서 연주를 했어. 그러다가 2000년 7월 어느 여름날 밤에 절정을 이뤘지. 이날 밤에 우리는 수백 명이나 모인 야외 축제에서 연주를 했거든. 무대에 오르자, 내 꿈이 마침내 결실을 맺었다는 것이 실감이 나더구나. 내가 음악가가 된 거야. 사람들이 실제로 내 노래에 맞춰 춤을 추고 내 노래의 제목을 외치고 있었어. 엄청나게 많은 사람들이 우리에게 환호하고 있었어. 정말 죽어도 여한이 없을 만큼 행복했고, 내 인생에서 이런 일을 해냈다는 게 너무나 뿌듯했단다.

정말로 믿기지 않는 여정이었어. 4년 동안 쉼 없이 활동하며 신나는 추억을 만들었지. 나는 솔로 아티스트로서 평생 배울 수 있는 것보다 더 많은 것을 밴드 활동을 통해 배웠어. 하지만 늘 그렇듯, 밝은 빛의 이면에는 어두운 그림자가 있게 마련이지. 파티를 너무 많이 하다 보니, 더

---

71 Pangea, 대륙 이동설에서 모든 대륙이 하나로 붙어 있었던 거대한 단일 대륙을 일컫는 표현

행복에 이르는 세 가지 열쇠

이상 손 쓸 수 없는 경지가 되어갔어. 어느 날 네 엄마가 퇴근을 하고 집에 오더니, 너를 임신했다고 말하더구나. 정말 황홀하리만큼 기뻤단다. 동시에 로큰롤 가수로서의 생활을 끝내야 할 때가 다가오고 있다는 것이 느껴졌어. 그래도 당분간은 밴드 활동을 계속하기로 했어. 사실 너도 엄마의 뱃속에 있을 때 판게아 연주회를 많이 다녔지. 그러나 네가 마침내 태어나 내 삶 속으로 들어오자, 중대한 변화를 모색해야만 했어.

그래도 나는 여전히 그럭저럭 음악과 함께하는 삶을 살고 있는 셈이야. 벽장에 넣어두었던 통기타를 꺼내서 포크 루츠(folk roots) 음악을 다시 시작했거든. 다만 요즘에 나를 춤추게 만드는 건 오직 너랑 네 엄마랑 제시뿐이야. 앞으로도 나에게 언제까지나 꼭 필요한 팬은 바로 우리 가족뿐이란다.

> 삶의 법칙 #19: 누구나 내심 즉흥 연주를 해보고 싶어 하지!

음악에 관한 한, 이 세상 사람들은 딱 두 가지 유형이 있어. 음악을 연주하는 사람과 음악을 듣는 사람이야. 내가 알게 된 사실은 음악을 듣는 사람도 모두 실제로는 음악을 연주하는 사람이 되고 싶어 하면서도, 투지가 부족하고 마음에 부담이 되어 실천에 옮기지 못할 뿐이라는 것을 본인들은 깨닫지 못하고 있다는 거야. 나는 음치나 음악적으로 장애가 있는 사람이 있다고는 믿지 않아. 누군가가 나에게 그런 이야기를 할 때마다, 나는 그들에게 톰 웨이츠의 노래를 들어보라며 격려를 하지.

이 사람은 귀에 거슬리는 창법으로 30년간 활동을 해왔는데도, 뛰어난 노래로 우리 시대에 가장 존경받고 인기 있는 아티스트들 중의 하나로 손꼽히고 있거든. 네가 음악가가 되는 데 필요한 것은 독특한 음색과 감정이 풍부한 표현과 꾸준한 연습 요법뿐이야. 두 살 때부터 노래하고, 악기에 맞춰 두드리기도 하고, 춤을 추는 네 모습을 봐왔기 때문에, 나는 네가 음악적으로 어떤 미래로 나아갈지 미루어 짐작이 돼.

이 주제에 관해 내가 너에게 해줄 수 있는 가장 좋은 충고는 정말로 너에게 감동을 주는 음악을 찾으라는 것과 그런 즐거운 마음으로 네 나름대로의 스타일을 개발하려고 노력하라는 거야. 흥미로운 화음 진행을 찾아내서, 네가 좋아하는 식으로 조정을 하고, 연주에 따라 흥얼거려봐. 그런 흥얼거림이 곧 의미 있는 가사가 될 것이고, 너의 노래가 될 것이며, 세상에 네 마음을 일부분을 나누는 일이야. 나는 그저 너의 음악적 취향이 무엇이건 간에, 네가 언제나 이미지와 스타일에 대한 실체와 의미를 찾게 되길 바랄 뿐이야. 그 노래가 너에게 영감을 불어넣니? 거기에 진실과 영혼과 신념이 담겨 있니? 그런데 이거야말로 가장 중요한 점인데, 그 노래가 너에게 전율을 불러일으키니?

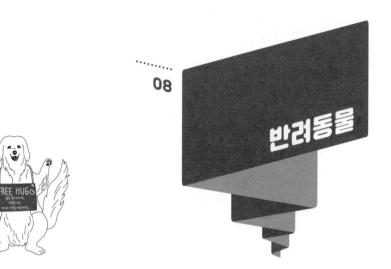

08

반려동물

언젠가 자동차 범퍼에 붙어 있는 커다란 광고 스티커에서 멋진 문구를 읽은 적이 있어. "나는 사람들을 더 많이 만날수록, 내 강아지를 더 많이 사랑한다!" 내 생각도 바로 그래. 나는 동물들의 힘이 대단하다고 믿는 사람이거든. 동물들은 여러모로 너의 삶을 풍요롭게 만들어줄 힘이 있어. 그들은 너에게 무조건적인 사랑을 줄 거야. 또한 너에게 현재에 충실해야 한다는 걸 끊임없이 일깨워줄 테지. 게다가 동물들은 근심 걱정도 없고 충동적이어서, 그런 기분이 너에게도 긍정적인 영향을 불러일으킬 거야.

나는 동물을 무척 좋아했는데, 키울 수가 없었어. 부모님이 집안 환경을 세균조차 없을 것처럼 깔끔하게 해놓고 애완동물은 아예 얼씬도 못하게 했거든. 몇 년 동안이나 조르고 조른 끝에, 마침내 내가 13살 때 첫 애완동물을 기르게 되었지. 부모님이 내 성화에 못 이겨 햄스터 한 마리를 사줬어. 하지만 나랑 햄스터는 잠자는 스케줄이 정반대였던 탓에 친분을 쌓을 시간이 전혀 없었지. 게다가 나는 털이 복슬복슬한 동물과의 우정을 동경하고 있었어. 내가 원했던 건 배신을 모르는 충직한 동료이자, 평생토록 우정을 잃지 않을 친구였지, 낮에는 자고 밤에 일어나는 햄스터는 확실히 아니었어.

그래서 나는 대학을 졸업하고 혼자 아파트에서 자취를 시작하자마자, 앞뒤 가리지 않고 동네 동물보호소에서 고양이 한 마리를 입양했어. '브로'는 아주 똑똑한 야옹이였지만, 나한테 어찌나 쌀쌀맞던지! 침대 밑으로 한번 들어갔다 하면 몇 주씩 나오지 않기도 했고, 내가 불러도 콧방귀도 뀌지 않았어. 나는 가능한 한 온갖 설치류를 다 키워보다가, 얼른 물고기로 갈아탔어. 그래도 맘에 들지 않자 각종 파충류로 넘어갔다가, 심지어 한동안은 장난삼아 새를 키워보기도 했지. 하지만 모두 헛수고였어. 그 아이들에게는 미안하지만 나는 여전히 만족할 수가 없었거든.

반려동물들은 정말이지 손이 엄청 많이 가는데, 그들에게 받는 사랑은 그런 귀찮음을 몇 번이고 더 겪더라도 전혀 상관없을 만큼 치명적이야. 나는 유달리 강아지가 좋았어. 심지어 어렸을 때는 친척집에 놀러 가면 사촌들은 모두 맨헌트 게임[72]을 하고 있는데, 나만 혼자 마당에서 멍멍이 가족과 뒤엉켜 놀곤 했어. 왜 강아지들이 그렇게 친밀하게 느껴졌는지 모르겠어. 내 생각에 우리는 그냥 서로 마음이 잘 통했던 것 같아.

마침내 내 강아지를 갖게 된 날은 그로부터 27년 후였다. 누런 래브라

---

72   Manhunt, 록스타에서 개발한 PC 게임명

도 리트리버였지. 이름은 제리 가르시아[73]의 본명[74]에서 따와서 에스겔 제롬(Ezekiel Jerome)이라고 짓고, 짧게 줄여서 '제케(Zeke)'라고 불렀어. 여러 가지 품종들 가운데 나한테 딱 맞을 만한 품종을 찾아내는 데 몇 주는 걸렸던 것 같아. 마음에 드는 품종이 아주 많았거든. 뉴펀들랜드는 위풍당당하지만 침을 너무 많이 흘리고, 잉글리쉬 불독은 귀엽긴 한데 호흡기에 문제가 있고, 독일 셰퍼드는 집은 잘 지키지만 너무 예민하고, 바셋 하운드는 온순하지만 고집이 너무 세더라.

오랫동안 심사숙고한 끝에 래브라도가 최선의 선택이라고 결정을 내렸지. 내 나름대로 조사를 해보다가 랩[75]에도 두 가지 혈통이 있다는 것을 알게 됐어. 잉글리쉬 혈통과 아메리칸 혈통이야. 아메리칸 혈통은 커서 주로 사냥개가 된대. 주둥이가 길고 뾰족하며, 몸통은 가늘고, 다리는 길지. 꼬리는 뻣뻣하고, 에너지가 넘치는 친구들이야. 반면에 잉글리쉬 혈통은 키가 작달막하고, 주둥이가 좀 더 짧고, 얼굴은 각진 편이고, 떡 벌어진 가슴에, 꼬리는 수달을 닮았어. 이 개들은 기질적으로 훨씬 더 차분해서 애견 품평회에 나가는 쇼독(show dog)으로 성장한다고 하네. 래브라도를 무척 좋아하지만 이런 정보를 알지 못해서 실수로 아메리칸 혈통의 강아지를 구입한 바람에, 집안 여기저기가 망가지고 삶이 엉망진창이 되는 경우도 많단다. 비슷한 이야기가 존 그로건의 『말리와 나(Marley and ME)』라는 책에 아주 재미있고도 흐뭇하게 그려져 있지.

---

73 기타리스트이자 가수, 작곡가로 그레이트풀 데드의 창립 멤버이다. ─편집자 주

74 Jerome John Garcia

75 lab, 래브라도의 줄임 말

네 엄마가 개에 대해선 전문가나 다름없었던 게 나에게 큰 도움이 되었어. 네 엄마는 어렸을 때 개를 많이 키워봤고, 심지어 한꺼번에 다섯 마리를 키운 적도 있대. 네 엄마가 제일 좋아했던 강아지는 게일이라는 이름의 검은 랩이었어. 지금도 여전히 그 강아지 이름을 언급하기만 해도 눈물을 글썽거리지. 아무튼 우리는 일단 랩을 키우기로 결정했고, 다음 단계로 평판이 좋은 사육사를 물색했어. 나는 그냥 동네 '애완'동물 가게로 가서 아주 멋진 강아지 한 마리를 골라잡기만 하면 아무 문제가 없을 줄 알았거든. 정말로 무지했지. 하지만 강아지를 이런 방법으로 데려오면 고통스러운 교훈을 얻게 된다는 사실을 곧 알게 되었어. 있잖아, 사실 거의 모든 애완동물 가게는 소위 강아지 공장[76]에서 강아지를 공급받아. 여기서는 개들이 하루 24시간 우리 안에 갇힌 채 고통받고 있어. 사람들이 강아지에게 계속 새끼를 낳게 하거든. 근친상간 혈통도 종종 생기는 모양이야. 정말 끔찍한 곳이지. 공장을 운영하는 사람들은 돈벌이용 강아지들을 쏟아내는 것이 유일한 목적이라 전혀 신경 쓰지 않아. 이렇게 열악한 환경에서 낮에도 깜깜한 상태에서 아주 비참한 삶을 살고 있는 동물들이 있다는 걸 알아야 해.

이런 장소를 운영하는 사이코들에게 개는 그저 상품에 불과할 뿐이야. 그리고 무엇보다 최악인 건, 그렇게 생산되는 강아지들은 대개 건강에 문제가 많을 수밖에 없다는 거지. 그런 강아지를 새로 산 사람들은 동물병원에 수시로 들락거리며 수천 달러를 쓰게 될 뿐만 아니라 끊임

---

76 puppy mill, 상업적인 목적으로 강아지를 대규모로 사육하는 농장

다음 이야기는 스킵해도 좋아. 좀 끔찍하거든.

없이 마음고생을 하게 될 거야.

생각만 해도 소름 끼치는 이야기가 하나 떠올랐어. 내가 어렸을 때 살았던 동네에서 어떤 노인이 강아지 공장을 운영하다가 체포된 적이 있었지. 경찰이 그의 집을 급습했다가 음침하고 지저분한 지하실에 잔뜩 쌓아놓은 아주 작은 케이지들을 발견했는데, 그 안에 뭐가 있었는 줄 알아? 코커스패니얼이 50마리도 넘게 발견된 거야. 케이지마다 소변과 똥으로 가득 차서 온갖 배설물들이 아래로 뚝뚝 떨어지고 있었다더라. 강아지들은 병약했고 영양실조 상태여서, 그중 많은 강아지들이 굶어 죽었다고 해.

삶의 법칙 #20: 강아지는 절대로 애완동물 가게에서 사지 마.

어쨌든 제케에 대한 이야기로 다시 돌아가자. 우리는 평판이 좋은 사육사가 있는 곳을 찾아낼 수 있었어. 마침내 강아지를 데리러 가는 날이 되어, 뉴저지에 있는 농장으로 차를 몰고 갔지. 진입로로 들어서자, 털이 복슬복슬하고 땅딸막한 강아지들 한 무리가 헛간에서 뛰어나와 우리를 반기는데, 어찌나 사랑스럽던지, 첫눈에 반해버리고 말았지 뭐야. 다른 강아지들은 주위에서 뒤엉켜 장난을 치거나 서로 엉덩이를 킁킁거리고 있었는데, 제케가 곧장 내 품으로 폴짝 뛰어들어오길래 바로 이 강아지구나 싶었어. 비록 처음엔 안아주려 해도 들어올리지도 못하게 했지만, 몇 달쯤 지나 조금 자라자, 내가 언제든 찾을 수 있는 가장 사랑스런 동반자가 되었지. 내가 이 강아지를 어떻게 느끼는지는 말로 다 표현할 수 없어. 제케는 문자 그대로 내 생명의 은인이야.

2001년 여름, 롱아일랜드의 남쪽 해변에 있는 방갈로에서 살고 있었던 때의 일이야. 어느 날 우리는 여느 때와 다름없이 해질 무렵에 조깅을 하고 있었어. 그러다가 과감히 바닷물에 뛰어들기로 결심했지. 제케는 내가 수영할 때마다 늘 물에 따라 들어왔는데, 물에 익숙한 강아지라서 큰 파도를 통과하는 모험을 할 만큼 어리석지 않았어. 이날 밤은 좀 특별했어. 파도가 유달리 거칠어서 그런지, 바닷가에 우리 말고는 아무도 없었거든. 물에 뛰어들자마자 갑자기 어마어마한 이안류가 나를 낚아채서 바위투성이 바닥으로 확 잡아 내리는 느낌이 들었어. 겨우 다시 수면 위로 올라와 소금물을 뱉어내고 숨을 헉헉거리며 사방을 둘러보니, 내가 바닷가에서 아주 멀리 떨어진 곳에 휩쓸려 왔더라. 나는 이런 상황에서 지켜야 할 첫째 수칙이 당황하지 않는 것이라는 걸 잘 알고 있었어. 그런데도 겁에 질려 어쩔 줄 모르겠더라고. 심지어 아주 극심한 공포에 사로잡혔지! 손을 허우적거리고 발을 버둥거리며 도와달라고 미친 듯이 소리를 질러댔어. 파도가 휘몰아칠 때마다 물살이 나를 가차 없이 더 멀리 휩쓸어갔어. "이러다 죽겠네. 믿을 수가 없어. 하느님 제발 도와주세요!" 그때의 기억이 지금도 아주 생생해!

하얗게 부서지는 파도 위로 노을이 지고 있는데, 갑자기 하얀 생물체가 첨벙거리며 나를 향해 다가오는 모습이 보였어. 마치 쇼에 나오는 사랑스러운 아기 물개 같았어. 파도에 휘둘려 머리가 물 위에 떠 있기도 힘들 때 제케가 주둥이를 내 얼굴에 맞대고 킁킁거렸어. 나는 안간힘을 다해 제케의 꼬리를 꼭 잡은 채 계속 기도했어. 격렬한 파도를 헤쳐 나가기가 너무나 힘겨웠지만, 제케의 짤막한 다리는 휘젓는 것을 결코 멈추지 않았고, 나는 어떻게든 꼬리를 붙잡은 채 간신히 버틸 수 있었어.

얼마쯤 후에 나는 겨우 무릎이 잠길 만한 얕은 곳을 지나 마른 모래밭으로 끌려갔어. 너무 놀라 말도 안 나오더라. 나는 완전히 기진맥진했지. 방금 일어난 기적이 도무지 믿기지가 않았어. 제케는 마치 아무 일도 없었다는 듯이 털을 탈탈탈 털고는 프리스비[77]를 하려고 근처에 있는 막대기를 물어오더라. 그건 제케에게 그냥 놀이였지만, 내 사랑과 애정을 받기 위한 끊임없는 노력의 일부이기도 했어. 살아 있다는 것이 얼마나 대단한지 깨닫게 된 마법 같은 순간이었지. 그 후론 매일 제케를 볼 때마다 너무나 고마워서 가슴이 뭉클했단다.

흔히 개의 침에는 치료 과정의 속도를 높이는 화학 물질이 들어 있다고 해. 그래서 개들이 늘 상처를 핥는 거라고 하지. 나도 그 말을 믿어. 심지어 개의 침은 신체적 상처뿐만이 아니라, 정신적인 상처까지도 치료해주는 것 같아. 한동안 내가 우울증이 극도로 심했을 때가 있었어. 얼마나 심각했냐면 매일 아침 잠자리에서 일어나기도 전에 눈물부터 흘렸다니까. 더 이상 견딜 수가 없고 삶에 아무런 희망이 없다는 생각이 들었을 때, 제케가 방으로 뛰어들어와 내 눈물을 다 핥아주곤 했어. 제케가 내 눈을 빤히 쳐다보며 이렇게 말하는 것 같았어. "아름다운 날이에

---

77 플라스틱으로 만든 원반, 또는 그 원반을 서로 던지거나 받는 놀이나 경기를 말한다.
　　 —편집자 주

요! 저를 바닷가로 데려다주세~용!" 제케는 매번 내가 정신을 가다듬고, 개 줄을 잡고, 다시 세상을 대면할 용기를 불어넣어주었단다.

동네를 산책할 때면, 제케는 행복해서 꼬리를 살랑살랑 흔들며 활기차게 거리를 활보했어. 나는 그런 제케의 모습을 보며, '애 좀 봐. 애는 믿기지 않을 정도의 열정으로 하루하루를 맞이하잖아. 그런데 왜 나는 쟤처럼 지내지 못하고 허구한 날 아프다고 걱정만 하며 지내는 걸까?'라는 생각이 들더라. 나는 이 개를 훈련시킨답시고 몇 백 시간을 함께했는데, 사실은 그 시간에 오히려 내가 제케에게 배우고 있었던 거야. 나는 제케에게 "앉아, 멈춰, 고쳐"라고 명령하고 있었지만, 제케는 나에게 "삶을 끌어안으세요, 행복하세요, 당신의 가족을 사랑하세요"라고 명령하고 있었던 거지. 우리가 반려동물을 사랑하는 데 그저 조금만 시간을 쏟으면, 애완동물로부터 아주 많은 것들을 배울 수 있을 거야. 인간이 이 세상에서 가장 우월한 종이라고 장담할 수는 없는 것 같아. 내 말은 개들이 인간의 똥을 작은 비닐봉지에 주워 넣지는 않는다는 거야, 그렇지 않니?

나는 제케와 함께 보낸 지난 8년이 너무나 좋았어. 내가 어디를 가든 제케가 따라다녔지. 침대에서 일어나려다 밟을 뻔했던 적이 한두 번이 아니었고, 외출했다 돌아오면 마치 몇 년 동안 헤어졌다가 만난 것처럼 제케가 현관에서부터 반갑게 덤벼들곤 했었어. 제케를 나에게 보내주신 하느님이 얼마나 감사한지 몰라. 네가 병원에서 태어난 지 3일 만에 처음으로 집에 왔을 때, 우리는 너를 카시트에 눕힌 채 복도에 두었는데, 제케가 코를 킁킁거리며 네 이마를 핥더라. 그런 다음 네 옆에 누워서 그

FREE HUG♡

삶을 끌어안으세요.
행복하세요.
당신의 가족을 사랑하세요.

삶을 끌어안으세요!

곁을 떠나지 않았어. 수년간 너는 제케 위에 올라타고, 눈을 찌르고, 귀나 꼬리를 잡아당기기도 했지. 옷 입히기 놀이를 한답시고 이 옷 저 옷을 입혔다 벗기기를 반복하기도 했고, 심지어 북극곰 털같이 보드라운 제케의 품에 안긴 채 낮잠을 자기도 했어. 사실 네가 처음으로 했던 말들 중 하나가 "에크"였어.

몸무게가 90파운드[78]나 되는 제케가 너한테 사랑을 받느라 곤죽이 될 정도로 시달렸지. 그럼에도 그는 우리 가족을 아주 살뜰히 보호해주고 있어. 길에서 수상쩍은 사람들이 우리를 향해 다가올 때면, 놀라울 정도로 사납게 구는 걸 종종 봤거든. 그리고 내가 밤에 집에 없을 때에도 제케가 너를 지켜주고 있다는 것을 알기에 무척 안심이 된단다.

사춘기는 반려동물이 관심 밖으로 밀려나기 쉬운 시기일 수 있어. 남자아이들과 학교, 네 친구들을 제쳐두고 또 다른 생각을 품기는 거의 어려운 때라고 본다. 하지만 네가 하루 중 아주 잠깐이라도 네 반려동물에 관심을 기울인다면, 인생에서 중요한 것에 다시 집중하는 데 도움이 될 거야. 만약 그런 기회가 주어진다면, 동물들이 너에게 어떻게 하면 배려심을 키울 수 있는지 가르쳐줄 수 있겠지. 그뿐만 아니라, 동물들을 보살피는 일은 좋은 부모가 되기 위한 기막히게 좋은 연습이기도 해. 나야말로 제케를 키우기 전에는 지구상에서 가장 이기적이고 무책임한 인간이었거든. 어떤 생물을 보살피는 것은 상상조차 할 수 없는 일이었어. 먹을 것과 마실 것을 챙겨준다거나, 산책을 시켜주거나 상처를 치료해주

[78] 40.82킬로그램

299

일은 생각도 못 했지. 하물며 나에게 의지를 한다니! 하지만 제케를 키우기 시작한 지 겨우 몇 달도 지나지 않아 나는 완전히 달라졌어. 무슨 일을 계획하든지 제케를 고려하기 시작했거든. 누구나 마음속으로 진정 원하는 건 사랑받는 것이지 판단을 받는 게 아니잖아. 우리가 키우는 반려동물보다 이 일을 더 잘하는 생명체가 있을까? 물론 반려동물들은 냄새가 나기도 하고, 벼룩이 생기기도 하고, 털이 빠지기도 하고, 물건을 망가뜨리기도 하고, 키우는 데 드는 비용이 만만찮을 수도 있어. 하지만 반려동물들은 그 모든 것을 감수해도 전혀 아깝지 않을 만큼 죽을 때까지 좋은 친구가 되어줄 거야.

09

학교

나는 직업이 교사인지라 초등학교부터 대학까지의 학창 시절 외에도 쭉 학교라는 시스템과 연을 맺고 지내왔어. 34년간의 인생에서 28년 동안이나 말이야. 학교라는 주제야말로 내 전문 분야라고 해도 과언이 아니지. 나는 학창 시절 내내 학문적으로나 사회적으로나 견뎌내기가 만만치 않았어. 그중에서도 고등학생 때가 단연코 정신적으로 제일 힘들었지. 고등학교 시절이 인생에서 가장 좋은 시기일 수도 있지만, 4년 내내 고통스러울 수도 있거든. 내 경우엔 두 가지 다였어. 신입생 때와 2학년 때는 악몽이었던 반면에, 3학년 때와 졸업반 때는 정말 좋았거든[79]. 나는 과거를 되돌아보고, 내 경험을 분석하고, 내 행동이 모두 그럴 가치가 있었는지를 헤아리느라 많은 시간을 보냈어. 그러다 보니, '그 끔찍한 수학,

---

79 　미국은 지역에 따라 학제가 다양한데, 초등학교 5년제, 중학교 3년제, 고등학교 4년제인 지역이 많다.

물리, 화학, 경제 같은 것들을 정말로 모두 배울 필요가 있었을까?'라는 생각이 들더라. 그런 건 전부 쓸모가 없다고 너한테 얘기해주고 싶은 마음은 굴뚝같아. 하지만 그럴 수가 없네.

왜냐하면 최근 몇 년 사이에 교육을 전적으로 신뢰하게 되었고, 교육이 너의 미래에 정말로 중요한 역할을 한다는 것을 실감하게 되었거든. 물론, 별의별 사실과 날짜들을 비롯해서 쓸데없는 내용을 셀 수 없이 많이 배우고 암기하는 게 얼마나 끔찍한지는 나도 잘 알아. 그러나 읽기, 쓰기, 말하기, 이 세 가지는 성공적인 사람이 되는 데 믿기지 않을 정도로 꼭 필요한 기술이야. 책 한번 제대로 펴보지 않고, 리포트 한번 쓰지 않고, 혹은 수업 시간에 발표 한번 하지 않고, 고등학교를 간신히 졸업하는 사람들이 꽤 있지. 나도 그랬고. 하지만 학창 생활을 그런 식으로 보내면, 그 이후의 삶에 실제로 상당히 부정적인 영향을 미친다고. 나야말로 언제나 지름길이나 찾고, 정직하지 못한 책략을 꾸미기도 했고, 중요한 과제를 할 때면 다른 친구에게 도움을 청하기도 했어. 그 결과! 아빠가 대학생 때 얼마나 괴로웠는지 아니? 아마도 내가 대학교 3학년 때 중퇴하고 내내 맥주나 마시며 지내게 되었던 주요한 이유 중 하나가 학교 생활에 충실하지 못했기 때문일 거야.

나는 학생과 교사로서 책상의 양쪽에 모두 앉아봤잖아. 그래서 학교가 사람들에게 가르치는 것은 딱 한 가지라는 걸 알게 됐어. 바로 '규율'이지. 무슨 말이냐면, 너는 규칙을 따르고, 마감 시한에 맞추어 과제를 제출하고, 부지런히 공부하고, 다른 사람들과 잘 지낼 수 있을 만큼 훈육을 잘 받았니? 만약 그렇다면, 네가 꼭 필요한 온갖 노력을 다했으며 중

압감을 이겨내고 진정한 회복력을 보여주었다고 말해주는 한 장의 종이로 보답받게 될 거야. 흔히 이 종이를 학위 또는 졸업장이라고들 부르지. 졸업장은 인생에서 더 쉬운 길로 들어서는 티켓이 아닐까 해. 학교의 규칙과 엄격성을 견디지 못하는 사람들은 학창 생활을 중퇴로 마무리 짓고는 그 종이가 없는 삶은 장난이 아니라는 걸 금방 알아차리게 될 거야.

우리 사회는 근로자들을 크게 두 가지로 분류해. 화이트칼라와 블루칼라지. 근본적으로, 한쪽은 손이 더러워지는 일을 하는 사람들이고, 다른 한쪽은 그렇지 않은 사람들을 일컫는 말이야. 화이트칼라 근로자들은 의사, 변호사, 작가, 은행 직원을 비롯해서 직업의식을 가진 사람들이야. 반면 블루칼라는 대개 육체노동을 더 많이 하고 근로조건도 열악한 편이지. 그렇다고 내가 블루칼라 근로자들을 깎아내리려는 건 절대 아냐. 블루칼라 근로자들 중에도 근사한 직업을 갖고 멋진 삶을 사는 사람이 많거든. 결론은 상대적으로 훨씬 더 힘든 일이라는 거지. 요즘엔 전 세계적으로 직업 시장에서의 경쟁이 워낙 치열하잖니. 대학 졸업생들조차도 성취감을 주는 직업을 구하기가 어려운 실정이야. 달랑 고등학교 졸업장만 갖고 있는 사람은 더더욱 고군분투할 수밖에 없으리라는 것을 너도 쉽사리 짐작할 수 있겠지. 맙소사! 나는 학사 학위를 세 개나 갖고 있는데도, 무려 38년이란 세월 중에서 빠듯하게나마 가족을 부양할 수 있었던 건 겨우 1년 정도밖에 되지 않아.

얼마 전까지만 해도, 젊은 여성들의 장래 희망이 현모양처인 경우가 많았어. 심지어 네 엄마도 10대 때 현모양처를 꿈꾼 적이 있대. 이 직종이 굉장한 직업이 아닌 건 아니지만, 급여 측면에서 부족한 건 확실하잖아. 그 시절엔 고등학교를 졸업하고 곧바로 결혼을 해서, 애 낳는 기계가 되어, 사랑하는 남편에게 모든 것을 의존하게 되는 사람들이 많았어. 그러다가 어느 날 사랑하는 남편이 자기 비서와 눈이 맞아 달아나는 경우도 있었고. 그러면 부인은 3살짜리 아이가 딸린 36살짜리 싱글맘이 돼버리는 거야. 그렇게 되면 달랑 고등학교 졸업장만 있고 직장에 근무한 경력도 없으니 어쩌겠어? 할 수 있는 일이 아무것도 없잖아. 그런 이유로 싱글맘들 중에 스트립 댄서나 매춘부가 되는 사람들이 생기기도 해. 먹여 살려야 하는 아이들이 딸려 있어서, 다른 선택의 여지가 없는 거야. 버거킹 아르바이트 정도로는 어림도 없거든.

요즘에야 18살에 결혼하는 여자아이들은 거의 없지. 성급한 선택을 했던 엄마들이 교육을 제대로 받지 못해 동네 편의점 야간 근무로 힘겹게 살아가는 마음 아픈 현실을 통해 교훈을 얻었기 때문이야. 요즘 여자아이들은 최악의 경우가 발생했을 때 기댈 수 있는 학위나 경력, 경제적 안정이 얼마나 중요한지 잘 알고 있어.

그렇지만 학교가 모든 사람들을 위한 건 또 아니지. 몇 시간씩 책상 앞에 앉아 선생님의 단조로운 음성을 듣는 건 순전히 고문이거든. 하지만 누구나 자기 나름대로 배우는 능력을 갖고 태어났다는 말씀! 대학에서 다중지능이론*의 창시자인 하워드 가드너에 대해 공부한 적이 있어. 그의 이론에 따르면 누구나 일곱 가지 지능을 갖고 있는데, 사람마다 지식을 다르게 습득하며, 무언가에 성공할 수 있는 잠재력을 갖고 있대. 단지 사람마다 더 뛰어난 지능과 조합이 다를 뿐이지.

너는 어디에 속하는 것 같니?

CHECK! 하워드 가드너의 다중지능이론

☐ **언어적 지능: 달변가**

달변가들은 언어를 유달리 능숙하게 구사하는 사람들이야. 자연스럽게 손쉽게 말하고 쓸 수 있을 뿐만 아니라, 아주 사소한 운과 운율까지도 알아차릴 수 있는 능력을 가졌어. 작가, 시인, 배우, 코미디언, 진정한 리더십의 자질을 지닌 정치가들이 여기에 속해.

☐ **논리적/수학적 지능: 분석가**

분석가들은 패턴, 관계, 질서를 쉽게 알아차리는 사람들이야. 논리적/수학적 지능은 과학자, 수학자, 철학자, 컴퓨터 프로그래머, 의사, 회계사, 변호사, 범죄학자 등이 속한 분야에서 대단히 유리하겠지?

☐ **음악적 지능: 음악가**

음악가들은 말 그대로 음악을 즐기고, 연주하거나, 복잡한 음악 작품을 작곡할 수 있는 능력을 지녔어. 음정, 음색, 리듬, 복잡한 선율뿐만 아니라, 음악에 함축되어 있는 감정까지도 쉽게 판독할 수 있지. 끊임없이 흥얼거리고, 손이나 발로 탁탁 두드리며 박자를 맞추는 사람들 있잖아. 이들은 노래를 부르고, 다른 사람들은 알지 못하는 소리를 알아차리기도 해. 음악적 지능이 발달하면 장차 작곡가, 프로듀서, 가수, 지휘자, 악기 연주자, 녹음 기술자가 되어 능력을 발휘할 수 있을 거야.

☐ **공간적 지능: 시각형인 사람**

시각형인 사람들은 형태나 대상을 잘 인지하고 조작할 수 있으며, 말을 시각적으로 표현할 수 있는 능력을 지녔어. 건축가, 미술가, 기술자, 패션 디자이너, 인테리어 디자이너, 사진작가, 그래픽 아티스트는 모두 공간적 지능을 타고난 사람들이지.

☐ **신체적/운동감각적 지능: 몸을 움직이는 사람**

이 사람들은 문제를 해결하고, 제품을 만들어내거나, 아이디어를 전달하기 위해, 섬세한 운동 기능을 사용할 수 있는 능력이 있어. 의자에 잠깐 앉았는데도 오랜 시간 앉아 있었던 것처럼 느껴진다고? 그럼 운동선수, 경찰관, 소방관, 댄서, 발명가, 행위예술가가 될 수 있는 소질이 있는 거야.

☐ **대인관계 지능: 사교적인 사람**

사교적인 사람들은 말재주를 타고난 사람들이야. 게다가 다른 사람들의 마음에 공감하는 소질도 있어서, 다른 사람들의 문제를 앞장서서 도와주는 편이지. 교사, 사회복지사, 심리학자, 상담가, 영업직, 간호사, 관리직, 인류학자는 모두 이런 기량을 살려 업무를 처리해.

☐ **자기성찰 지능: 개인**

이 사람들은 자기 자신을 이해하는 데 탁월한 능력을 지녔어. 꿈, 생각, 목표, 감정을 쉽게 알아차릴 수가 있지. 만약 네가 하루 종일 앉아서 생각을 해도 흥미로운 아이디어가 전혀 고갈되지 않는다면, 장래에 글쓰기, 상담, 예술, 철학, 또는 심리학을 하는 게 좋을 거야.

305

학교

미국의 현대적인 공립학교 시스템에서는, 언어적 지능과 수학적 지능이 높은 사람들만 두각을 나타내고, 다른 모든 사람들은 실패자 취급을 받게끔 되어 있지. 대부분의 교육자들은 지미가 달리기를 잘하는지, 점프를 잘하는지, 노래를 잘하는지, 그림을 잘 그리는지, 조각을 잘하는지, 혹은 다른 사람의 마음에 잘 공감할 수 있는지에 대해선 거의 신경을 쓰지 않아. 그들은 단지 그 아이가 정보를 잘 암기하고 표준화된 시험을 뛰어나게 잘 치러서, 자신들이 유능한 교사라는 사실을 드러내줄 수 있는지만 관심이 있는 경우가 많아.

이 일곱 가지 지능 중 어느 분야에서 두각을 보이는지 알려주는 테스트가 많이 있긴 해. 하지만 나는 네 스스로 이를 발견해야 한다고 생각해. 굳이 조사를 많이 하지 않아도 될 거야. 유치원 때부터 스스로의 강점을 알 수 있는 기회가 많았기 때문에, 너도 이미 어느 정도 느끼고 있을 거야. 그 강점을 잘 키우렴. 그리고 어느 누구도 너에게 그런 점은 쓸모없다고 말하게 내버려두지 마.

선생님

네가 학창 시절에 직면하게 될 가장 큰 장애물 중 하나는 선생님들일 거야. 믿을 수 없겠지만! 이상한 선생님들이 있거든. 너에게 좌절을 안겨주고, 널 짜증나게 하고, 네가 깨어 있는 모든 순간에 고통을 안겨주게 될 존재들이지. 내가 보기에, 네 인생에서 만나게 될 선생님들의 반은 권력에 굶주리고 폭력적인 바보들일 수도 있어. 반이라니 너무 많은 것 같다고?

이것도 그나마 적게 어림잡은 거야. 내가 지난 10년 동안 매일같이 이 사람들과 함께 일했으니 속속들이 잘 아는 게 당연하지. 나는 심지어 아이들을 좋아하지 않는 교사들도 많다는 말을 너에게 해줘야 하는 게 슬퍼. 가르치는 일은 그들의 삶에서 '제2의 안'이었는데, 일이 제대로 풀리지 않는 바람에 자신이 꿈꾸던 직업을 갖지 못하고 선생이 된 사람들도 있어. 그들이 학생들을 상대로 자신의 실패에 대한 분풀이를 하게 되는 거지.

내가 5학년 때 선생님인 호퍼 부인을 예로 들 수 있겠다. 그 선생님은 기독교인은 절대 아닐 거야. 복수심이 대단히 강한 데다가 몹시 심술궂기까지 했거든. 지금도 그 선생님 반에서 겪었던 고통스러웠던 일들이 생생하게 떠오른다니까. 호퍼 선생님은 아주 포악한 지도자였어. 잔인한 체벌을 서슴지 않았고, 아무리 의지가 강한 학생일지라도 눈물을 떨구게 만드는 능력만큼은 어느 누구에게도 뒤지지 않았지. 나는 아침마다 배가 아파서 잠에서 깨곤 했는데, 그 선생님의 혐오스러운 목소리를 또 들어야 한다는 게 너무도 두려웠어. 방과 후엔 손이 얼얼하도록 사전을 베껴야 했고, 쪼끄만 '아기 의자'에 앉아 있어야 했던 적도 있어. 옷장 안에서 무릎을 꿇고 있었던 적도 있단다. 심지어 턱받이를 하고 고무 젖꼭지를 물고 있었던 적도 있고 말이야. 그 선생님이 나더러 "네 나이에 맞는 행동을 할 준비가 될 때까지!" 그렇게 하라고 시켰거든. 그 후로 이렇게 세월이 많이 지났는데도 여전히 그 선생님의 비도덕적인 책략이 생각나. 또 그 선생님이 내 인생에 끼친 부정적인 영향을 실감하고 있지.

나는 요즘에도 매일 교무실에서 그런 선생님들이 아이들을 마구 헐뜯는 소리를 듣고 있어. 개인적인 가

사람들은 주로 이런 선생님들에게 끔찍한 별명을 붙이곤 해.

307

족 문제나 복잡하게 얽힌 부모의 이혼 문제, 사적인 의학적 문제에 이르기까지, 주제도 제한이 없고, 끼리끼리 모여 앉아 시시덕거리곤 하는데, 정말 보기 싫어. 이 사람들은 애초에 아이들을 잘 다뤄본 경험이 있어서가 아니라, 단지 말을 잘하고 적절한 자격증을 가지고 있어서 채용이 된 거야. 나와 함께 일했던 어떤 남자는 아인슈타인에 견줄 만한 아이큐를 지녔지만 사회부적응자였어. 평소에 아이들에게 찍소리도 못하게 하더니, 결국 6학년 아이들에게 부적절한 성적인 이야기를 했다가 해고됐지.

그렇게 형편없는 교사들은 대부분 단지 너의 젊음과 천진난만한 태도를 질투하고 있을 뿐이라는 걸 알아둬. 아마 그들은 고등학생 때도 괴짜였을 거야. 그래서 이제 멋진 아이들에게 복수를 하고 싶은 거지. 이미 중년이 되어버린 구부정한 자신의 모습 대신에, 너와 인생을 바꿀 수 있다면 무슨 짓이라도 할 사람들이야.

하지만 좀 더 긍정적으로 생각해보면, 견디기 힘든 선생님들을 상대하는 일은 훌륭한 인품을 발전시키는 데 도움이 될 거야. 장차 어른이 되어서 위협적인 상사들을 만날 때를 대비해 탁월한 훈련이 되기도 하겠지.

만약 그렇지 않은 나머지 50퍼센트의 좋은 교사들이 없었다면, 나는 당장 모든 교육 시스템을 비난하면서 유별난 홈스쿨링 옹호자가 되었을 거야. 이 선생님들은 배려심이 많고, 공정하며, 참을성이 있고, 재미있고, 진정으로 아이들을 사랑하는 사람들이거든. 오늘날 내가 교사로서 아이들 앞에 서 있게 된 것은 오로지 이런 선생님들 덕분이야. 이제 내 인생에서 몇 안 되는 보배 같은 선생님들에 대한 이야기를 들려줄게.

Trust me!!

내겐 감동이었던 선생님들

로이 선생님: 유치원 선생님

로이 선생님에 대한 아련한 기억이 떠오를 때면, 항상 저절로 미소를 머금게 돼. 지극히 다정하신 분이었지. 키는 4피트 11인치[80] 정도로 아담하지만 거인 같은 마음을 지니고 있어서, 우리는 모두 그 선생님이 자기를 제일 좋아한다고 생각했어. 줄을 설 때마다 선생님 손을 잡고 싶어서 서로 앞다투어 맨 앞에 서려고 했던 게 아직도 생생하게 기억이 나. 낮잠 시간엔 자장가도 불러주셨지. 아무리 심하게 울던 아이도 로이 선생님이 포근하게 안아주면 울음을 뚝 그치곤 했어.

산토스 선생님: 8학년 때 음악 감상 담당 선생님

내가 알고 있는 사람들 중에서 가장 유행에 밝은 선생님이었어. 산토스 선생님은 록밴드에서 가수 겸 기타리스트였는데, 그 지역에서 인기가 꽤 있었단다. 학교를 위해 여러 차례 연주회를 하기도 했고, 비틀즈와 지미 헨드릭스의 작품들을 사용해서 영감을 주는 수업도 진행했어. 음악에 대한 열정이 대단해서 연주를 듣는 사람들도 저절로 흥이 날 정도였지.

요즘도 70년대의 기타 연주곡을 들을 때면, 멀릿 헤어스타일[81]의 머리를 마구 흔들어대던 산토스 선생님의 모습이 눈에 선해.

피츠시몬스 선생님: 10학년 때 역사 선생님

'피츠' 선생님은 열정 가득한 세계적인 여행가였어. 워낙 재미있게 수업을 해서, 실제로 멋진 여행을 하는 듯한 느낌이 들 정도였지. 학생들을 대할 때 어른에게 하듯이 이야기를 해주다 못해, 너무나 충격적인 역사 소설을 들려주기도 했어. 그중에는 러시아의 여자 황제였던 예카테리나 대제 이야기도 있었는데, 전설에 따르면 그녀가 문란한 성생활 때문에 일찍 죽었다고 하더라. 10학년 때 우리 반 학생들 전체가 귀를 쫑긋하고 집중해서 들었던 수업은 재학 기간 중에서 이때밖에 없을 거야.

분 선생님: 고등학교 때 언어치료사 선생님

분 선생님은 내 인생에 어마어마한 영향을 미친 분이야. 처음으로 나를 정신적 난쟁이 취급하지 않고 지적인 인간으로서 대해준 사람이었거든. 내 말에 귀를 기울여주었고, 내가 내 목소리를 찾도록 도와주었으며, 결국 나와 같은 고통을 지닌 사람들이 수백 명은 있다는 것도 알게 해주었지.

칼데론 선생님: 11학년 때 생물 선생님

'C' 선생님은 다정한 엄마 같았어. 모든 학생들에게 진심으로 다가갔으며, 자신이 살아오면서 겪은 이야기들을 들려주기도 했지. 현장 학습을

---

81   mullet hair, 옆과 뒤가 긴 헤어스타일, 일명 맥가이버 머리

갈 때면 보호자를 자청했고, 동아리를 관리하거나, 끝내주는 파티를 열기도 했어. 칼데론 선생님이야말로 내 평생 최고로 좋아하는 선생님이었다. 안타깝게도 몇 년 전에 돌아가셨는데, 장례식 때는 고등학교 졸업 10주년 동창회를 방불케 할 만큼 많은 제자들이 와서 애도했단다.

길든 교수님: 다문화 교육

당시에 75세였던 이 신사 분은 전직 재즈 드러머였어. 일곱 자녀의 아버지이자 암을 극복한 멋진 분이었지. 1960년대에는 시민 인권 운동가로도 활동했다고 하더라. 미국 최남부 지역에서 평등을 위한 행진을 하다가 총에 맞았다거나, 심지어 자신의 신념을 지지하다가 여러 차례 체포되었다는 이야기들은 그분의 소신을 드러내는 증거였을 뿐만 아니라, 우리에게도 고무적인 영향을 미쳤어.

디마르티노 교수님: 창의적 글쓰기 담당 교수님

첫 번째 작문 숙제 점수를 끔찍하게도 'C'를 받았는데, 교수님이 나를 사무실로 부르는 거야. 이토록 너그럽지 못한 선생님이라면 얼마나 거들먹거리며 나무랄지 모르겠다 싶어서 마음의 준비를 단단히 하고 들어갔지. 그런데 뜻밖에도 이 교수님은 나를 앉혀놓고 내가 쓴 글에 드러난 나의 목소리를 칭찬해주었어. 그뿐만 아니라, "너는 꼭 뭔가 큰일을 이뤄낼 거야, 피터"라며 나를 격려해주기까지 했어. 그로부터 몇 달 동안 디마르티노 선생님은 나를 살뜰히 챙겨주며 마음에서 우러난 글을 쓰는 데 꼭 필요한 요소가 무엇인지 알려주셨어. 독자와 소통하는 방법도 가르쳐주셨지. 서퍽 전문대학의 대다수 신입생들과 마찬가지로, 불안정한

'열여덟-살'짜리 아이들의 바다에서 나는 거의 눈에 띄지 않는 존재였어. 그러나 디마르티노 교수님만은 나를 새로이 재능을 발견하게 된 장래가 촉망되는 젊은이로 대해줬단다.

 너는 선생님들이 전부 미운 나머지 아예 생각조차 하고 싶지 않을지도 몰라. 설사 그렇게 느끼고 있더라도 너를 도와주려고 진심으로 노력하는 분들일 수도 있으니까 최선을 다해 선생님들의 말에 귀를 기울이려고 노력해봐. 섣불리 선생님들의 말을 외면하지 말고, 먼저 선생님들에게 기회를 주는 거야. 나는 선생님에 대한 내 마음을 결정하기 전에 항상 그들에게 최소한 한 달은 주곤 했어. 심지어 매일 똑같은 바지만 입고, 펜을 귀에 걸치고 다니며, 어깨는 온통 비듬투성이이고, 너덜너덜한 셔츠를 입고 다니는 지지리 못나 보이는 사람들조차도 너에게 세상에 대해 상당히 많은 것을 가르쳐줄 수가 있거든. 그 사람들이 다른 사람들을 어떻게 대하고 삶을 어떻게 충분히 받아들이는지를 보고 배우렴.

공립학교와 사립학교

공립학교와 사립학교 중에서 어디가 더 좋은 교육을 할까? 이 질문은 학교가 생긴 이래로 부모들이 계속 고민하고 있는 부분이야. 나는 두 종류의 학교에서 다 가르쳐본 경험이 있어서, 자연히 이 문제에 대해 확고한 견해를 갖고 있어. 미국의 경우에 사립학교들은 주로 학생의 등록금과 자선기금, 또는 기부금으로 자금을 조달해. 반면에 공립학교들은 국가 재정과 부모의 세금으로 자금을 조달하지. 공립학교들은 국가로부터 자금을 지원받기 때문에 더 많은 재정을 확보할 수 있어서, 특별 활동이나 운동, 동아리 활동을 지원하거나, 다른 교재를 구입할 수 있는 여유가 훨씬 많아. 이런 점은 아이들의 생활에 무척 중요한 영향을 미쳐. 게다가 다양한 교육을 받고 자라면 팔방미인이 되겠지. 그렇긴 하지만, 내가 보기에 이 두 가지 학교 시스템 간의 가장 큰 차이점은 아이들이 받는 교육이 아니라 어떤 아이들이 모여 있는가와 관계가 있는 것 같아.

공립학교가 지닌 한 가지 문제점은 일정 지역 내의 모든 아이들을 받아들여야 하고, 그 아이들이 살인광이 아닌 한 지켜주어야만 한다는 거야. 법으로 그렇게 정해져 있어. 대부분의 부모들은 공립학교 안에서 돌아다니는 몇 안 되는 달갑지 않은 위험 인물들보다 백만 달러짜리 축구장과 최첨단 컴퓨터 시스템을 훨씬 더 중요하게 여기는 경향이 있지. 하지만 내 생각은 달라.

학교의 전반적인 분위기가 특별 활동 못지않게 중요하거든. 아이들은 또래로부터 배우니까. 정말이지 나쁜 아이 한 명이 학교 전체를 위험지대로 바꾸어버릴 수도 있어. 심지어 이런 반사회적인 부적응자들이 뜻밖에 좋은 배경을 가진 아이일 수도 있지.

313

1999년 4월 20일에 콜로라도 근교의 고등학교에 완전 무장을 한 10대 학생 2명이 공격용 무기와 폭약을 가지고 난입했어. 한바탕 끔찍하게 총기를 난사한 끝에, 학생 열두 명과 선생님 한 명이 잔인하게 살해되었지. 속수무책으로 희생당한 이 사람들은 아이러니하게도 의도했던 표적과는 거리가 멀었고, 오히려 억세게 재수가 없어서 하필이면 그 시간에 그 장소에 있었던 무고한 청소년들이었어.[82]

사건이 일어난 후에 조사를 시행해보니, 이 두 명의 살인자, 딜런 클리볼드와 에릭 해리스는 과거에 말썽 한 번 일으킨 적 없이 얌전하게 지냈던 아이들이었대. 수많은 학생들과 인터뷰를 하고, 소중한 가족이나 친구를 잃은 사람들과 슬픈 상담을 하고, 제정신이 아닌 이 살인자들의 컴퓨터 블로그에 대한 집중 분석이 이루어졌어. 그 결과, 이 끔찍한 사건은 학교에서의 집단 괴롭힘에 대해 어긋난 방식으로 대처한 극단적인 사례였다는 사실이 드러났지. 살인자들은 허구한 날 괴롭힘을 당하는 데 진절머리가 났던 아주 약한 아이들이었어. 학대를 더 이상 견딜 수 없는 지경이 되자, 최악의 방법을 이용해 폭력적으로 복수를 했던 거야. 비극적인 이 사건이 발생하고 나서, 전국 각지의 고등학교에서 모방 범죄가 생겨나기 시작했어. 그럴 때마다 거의 매번 꺼벙해 보이는 헤어스타일에 100파운드[83] 정도밖에 되지 않는 숙맥인 아이가 수갑을 차고 집

---

82   컬럼바인 고등학교에서 에릭 해리스(18세)와 딜런 클리볼드(17세)가 발목까지 내려오는 검은 코트 차림에 스키 마스크를 뒤집어쓰고 교실과 도서관을 돌아다니며 권총과 반자동 소총을 쏘고 사제 폭탄을 던져서 13명이 숨지고 24명이 다쳤던 총기난사 사건

83   45킬로그램

에서 끌려 나오곤 했지. 사람들은 온통 어안이 벙벙해서 동기를 궁금해했어. 대답은 너무 뻔했다. 지속적으로 어떤 사람을 미치기 일보 직전까지 몰아붙이면, 그 사람은 조만간 폭발하게 마련이야. 괴롭힘은 사람들이 생각하는 것보다 훨씬 더 큰 문제야. 고작 45분 동안 선생님의 강의를 듣는 것 정도로는 치유할 수 없는 일이야.

나야말로 평생의 대부분을 괴롭힘 당하며 지냈기 때문에 잘 알아. 아이들이 끊임없이 내 바지 뒤춤을 잡아 들어 올려서 바지가 엉덩이 사이에 끼거나, 갑자기 앞에 나타나서 내 젖꼭지를 꼬집어서 비틀기도 했고, 툭하면 돈을 빼앗아 갔거든. 그건 아이들에게 지옥이나 다름없는 일이야. 한번은 중학교 때 화장실에서 두 명의 선배한테 공격당한 적도 있어. 그들은 오물이 가득 찬 아주 더러운 소변기에 내 얼굴을 밀어 넣고, 계속 물을 내려댔지. 그 후로 몇 주 동안 나는 매일 매 순간 그런 쓰레기 같은 인간들한테 가능한 한 빨리 어떻게 복수를 해줄까, 그 궁리만 하며 지냈어. 인간이라면 누구나 그런 상황에선 나쁜 감정을 느끼는 게 지극히 당연해. 하지만 컬럼바인 고등학교에서 자녀가 살해당해 엄청난 충격을 받은 부모들에게 그런 일이 일어난 이유를 설명하려고 노력해보렴.

해결책은 아주 명확해. 학교에 소속감을 느끼지 못하는 아이들이 있잖아? 늘 누군가를 공포에 떨게 하고, 위협하고, 굴욕감을 주려는 단 한 가지 목적을 가지고 학교를 돌아다니는 아이들 말이야. 데릭 앤더슨은 내가 말을 더듬는 습관을 매일같이 너무 악랄하게 놀려대서, 그 아이에겐 영혼이 없는 게 아닐까 하는 생각이 들

> 무고한 희생자의 부모에게 무슨 말을 할 수 있겠니?

정도였어. 데릭은 상대방의 눈물을 볼 때까지 꿈쩍도 하지 않았거니와, 피를 볼 때까지 계속 친구들을 괴롭히려 했지. 나를 "피-피-피-피터"라고 처음 부르기 시작한 게 바로 이 못된 녀석이야. 한번은 나를 속옷 바람인 채로 야구공을 넣어두는 철창 안에 가두고 하교 시간에 쪽문으로 그 철창을 밀고 나갔어. 그 녀석은 복도를 지나가면서 계속 유명한 만화에 나오는 말더듬이인 포키 피그[84]를 흉내 내며 "이-이-이-이-이게 다에요, 여러분!"이라고 소리를 빽빽 질러댔어.

이 쟁점에서 가장 나쁜 점은 공립학교가 단독으로 이 문제에 종지부를 찍을 수 있을 만큼 간단한 문제가 아니라는 거야. 나는 무수히 많은 워크숍과 세미나에 참가해봤지만, 전부 탁상공론일 뿐이더라고. '괴롭힘 없는 스쿨 존'이라거나 '약물 없는 스쿨 존'이라는 것 자체가 터무니없는 얘기인 것 같아. 일일이 감시를 하는 것도 무리고, 완벽하게 통제를 하는 것도 불가능하거든. 괴롭히는 아이들은 믿을 수 없으리만큼 요령이 있어서, 들키지 않을 만한 적절한 때에 상대방을 때린단다. 때리는 장소도 복도나 화장실, 어디든지 가리지 않지. 그 애들은 "만약 선생님이나 다른 어른들에게 알리면 알지?" 하고 협박하며 신체적으로 심각한 위해를 가하겠다고 으름장을 놓기도 해. 그리고 교육청에 보고가 된다고 할지라도, 처벌은 거의 솜방망이에 불과할 거야. 미국의 경우엔 기껏해야 이틀간의 정학 처분에 그치겠지. 그 애들은 반성은커녕 웃으면서 집에서 늦잠이나 자고 TV나 보면서 지낼걸? 요즘에 공립학교 시스템으로부터

---

84   Porky Pig, 루니 툰즈(Loony Tunes) 시리즈에 등장하는 돼지 캐릭터로 심한 말더듬이다.

영원히 쫓겨나려면 거의 중죄를 저질러야만 해. 중학생들이 죽이겠다고 협박을 하거나 금품을 강탈하는 모습을 내가 실제로 목격한 적이 있었는데, 그 정도로는 징계처분이 시행되지 않더라고.

내가 뉴욕과 플로리다의 도심 지역과 시골 지역 모두에서 4학년부터 8학년까지 가르쳐봤기 때문에, 최고의 경우와 최악의 경우를 다 겪어봤다고 해도 과언이 아닐 거야. 내가 마지막으로 근무했던 공립학교는 안전을 위해 무장한 경찰관을 고용해서 복도를 돌아다니도록 해야만 했지. 우리 반의 어떤 학생이 '호신용'으로 필통에 커터 칼을 가지고 다니는 것을 보고, 나는 내 경력을 재평가할 시간이 되었다는 사실을 깨달았어.

조디 블랑코가 쓴 『제발 나를 그만 좀 비웃어(Please Stop Laughing at Me)』는 바로 이런 주제를 다루고 있는 책인데, 정말 굉장한 내용이 담겨 있어. 책 내용은 괴롭힘을 당하는 여성의 관점에서 쓴 실화야. 괴롭힘이 스스로를 엄청나게 파괴한다는 것을 잘 보여주지. 조디의 가슴 아픈 이야기는 내 어린 시절의 기억들을 생생하게 떠올리게 했어. 결국 너를 위해 이 책을 쓰도록 영감을 준 여러 계기 중 하나가 되었지.

CHECK! **괴롭힘을 막는 방법**

누군가 너를 부당하게 괴롭힌다면 아빠는 그들을 용서할 수 없을 것 같아.

☐ 침묵이 최선의 초기 대응책이야.
약자를 괴롭히는 사람들은 상대방의 반응을 보는 낙으로 살거든. 만약 네가 그냥 아무런 반응을 하지 않으면, 그들은 더 연약한 먹잇감을 찾을 거야.

☐ 괴롭히는 사람과 친한 친구들과 가깝게 지내라.
이것은 괴롭힘을 그만두도록 만드는 가장 좋은 방법이자, 또한 내가 사용해서 성공을 거둔 작전이기도 해. 만약 네가 그들이 신뢰하는 누군가에게 신임을 받는다면, 그들이 너를 그냥 내버려둘지도 모르거든.

☐ 네가 믿는 어른에게 이야기해라.

네가 원한다면, 네 이름은 밝히지 않아도 되니까, 솔직히 털어놓으렴.

☐ 친절하게 대하려고 시도해봐.

때로는 괴롭히는 사람이 자기 본연의 모습을 들키고 싶어 하지 않는 경우일 수도 있어. 그저 자신감이 바닥인 사람인 거지. 네가 그들의 우정에 관심이 있다는 사실을 느낀다면, 자신들의 태도를 바꿀지도 몰라.

☐ 터프한 친구를 한두 명 두어라.

터프한 친구들이 너랑 제일 친한 친구일 필요는 없어. 그러나 위협적으로 보이는 사람들과 관련을 맺고 있으면 괴롭히는 사람을 제지하는 효과가 대단할 수도 있단다. 내가 속해 있던 레슬링 팀의 대니 웨버라는 친구는 울끈불끈 우람한 근육질 몸매였지만 성격은 온순했어. 그런데도 내가 그 녀석이랑 11학년 때 친구가 된 후로는 데릭 앤더슨이 나를 다시는 거들떠보지도 않더라고.

☐ 만약 네가 신체적으로 위협을 받고 있는데 다른 해결책이 전혀 보이지 않는다면?

먼저 때려라, 그것도 아주 세게 때리고, 얼른 도망가! 만약 너의 행동이 정당하다면, 내가 언제나 교육청과 함께 너를 든든하게 지원해줄 거야.

☐ 사이버 괴롭힘

《아이들을 위한 시간(Time for Kids)》이란 잡지에 따르면, 10대 세 명 중 한 명이 매일같이 이메일이나 인스턴트 메시지, 채팅 방을 통해 온라인상에서 괴롭힘 혹은 위협을 당하고 있다고 해. 이 문제가 아직은 비교적 새로운 괴롭힘 사례이긴 하지만 현대 사회에서 큰 문제인 것은 분명해. 잡지에 기고한 전문가들은 10대들에게 사이버상의 괴롭힘을 처음에는 무시하되, 사건이 있을 때마다 모두 캡처를 해서 프린트해놓을 것을 권장하고 있어. 그런데도 만약 괴롭힘이 계속된다면 믿음직한 어른에게 이야기하렴. 이 아빠의 욕심 같아서는 네가 대학에 들어갈 때까지는 인터넷을 할 때 일일이 감독하고 싶은 심정이야.

이 모든 작전은 지극히 신중하게 적용해야 해. 만약 네가 엉뚱한 사람에게 엉뚱한 방법을 시도한다면, 끔찍한 결과를 초래할 수도 있어.

사립학교

교육 스펙트럼의 다른 한쪽 끝에는 사립학교가 있어. 학생들이 스포츠, 기술, 특별 활동, 동아리 등 모든 것을 최고로 누리는 사립학교들이 있지. 하지만 이런 학교들은 대부분의 학교에서 1년 동안 내는 것보다 많은 비용을 한 학기동안 내야 할 거야. 여기서 내가 말하려는 학교는 등록금이 비싼 사립 초등학교나 아이비리그 학교가 아니야. 교구 학교와 같이 좀 더 비용이 적당한 사설 기관에 대해 말하려는 거지.

내가 교사로서 처음 근무한 곳은 가톨릭 학교였어. 내가 이 학교에 들어가게 된 건 하느님의 말씀을 전하려는 특별한 목적이 있어서가 아니라, 단지 공립학교보다 일자리를 구하기가 더 쉽기 때문이었지. 롱아일랜드에 있는 공립학교에서 교직을 찾기란 하늘의 별 따기였거든. 사실 그 학교에 근무하고 있던 내 친구의 어머니가 친절하게도 나를 추천해준 덕분에 그나마 일자리를 구할 수 있었던 거야. 나는 학창 시절에 공립학교를 다녔기 때문에, 완전히 물 밖에 나온 물고기 같았어. 모든 상황이 당혹스러웠지. 아이들이 교복을 입고, 기도 시간이 무척 자주 있었으며, 시설은 굉장히 낡아빠진 데다가, 아주 오래된 교육 과정을 운영하고 있었거든. 게다가 교장 선생님은 74세의 로잘리 수녀님이었는데 무척 냉혹했단다.

시간이 흐르면서 나도 가톨릭의 생활방식에 적응을 했고, 내가 그 학교에서 보게 된 것을 좋아하게 되었어. 물론, 12년 된 역사책으로 수업을 하고, 비가 오는 날이면 교실 천장에서 비가 줄줄 샜지. 하지만 대다수의 아이들이 나를 존경했으며 서로를 존중했단다. 이 학교는 퀸즈에서도 빈곤하고 범죄가 빈발하는 지역에 있었지만, 아이들은 모두 규칙을 잘 따르고 어른의 말을 잘 들었어. 그 이유는 입학 첫날부터 학생들이 규칙을 어기면 퇴학당한다고 배웠기 때문이야. 로잘리 수녀님은 학생들이 규칙을 세 번만 위반하면 학자금을 땡전 한 푼도 지원하지 않고 헌신짝처럼 내치곤 했어. 부모들은 질서와 통제가 월등하게 잘 이루어지고 있는 이 학교를 벗어나서 길 건너의 공립학교로 가게 되는 끔찍한 상황을 피하고 싶어 했어. 그래서 아이들로 하여금 학교에서 선생님 말씀을 잘 듣게 하려고 애를 썼던 거야.

우리 학교에도 세상의 다른 모든 학교들과 마찬가지로 당연히 말썽꾸러기들이 있긴 있었지. 하지만 외줄타기를 하듯 아슬아슬하게 넘어갔던 거야. 학생들에게 학교 생활에 적응을 하고 자신의 태도를 변화시킬 기회가 주어졌거든. 이렇게 하는 것이야말로 학생들이 규율을 지키게 하는 유일한 방법이었어. 이 학교에는 스포츠 팀도 없고, 식당도 없어서, 매일 점심을 교실에서 먹어야만 했어. 그러나 학생들은 아이들이 배워야 하는 가장 중요한 세 가지 교훈인 훈육과 존중 그리고 도덕적 가치를 배웠단다. 무엇보다 중요한 점은 그들이 언제나 안전하다고 느꼈다는 거야. 엄격한 규율은 때로는 학교에서 누군가를 괴롭히는 것을 멈출 수 있는 유일한 방법이야. 사건이 종료되는 거지. 내가 세인트 스티븐스에서 가르쳤던 4년 동안, 공립학교에서 2년 동안 경험했던 일탈 행동 중의 그 어느 것도 본 적이 없어.

지금 나는 사립학교에서 남아메리카 이주민들의 자녀들을 가르치고 있어. 여기도 가톨릭 학교인데, 내가 참여했던 일 중에서 가장 보람 있지. 주민의 99퍼센트가 히스패닉 계인데, 나머지 네 명의 백인 아이들은 부모들이 좋은 양육 환경을 위해 일부러 이 학교에 보낸 거야. 이 학교에서는 가족의 가치와 희망을 최고로 여기거든. 나도 사립학교들이 더 우수한 이유가 바로 그런 점이라고 생각해. 너를 그런 학교에 보내기 위해서라면, 나는 거리 모퉁이에서 춤을 춰서라도 학비를 마련할 거야. 그런 학교에서는 견줄 데 없이 좋은 교육을 받을 수 있을 뿐만 아니라, 대인관계 능력까지도 발전할 테니까.

교육이 열쇠야. 네가 공부하는 걸 좋아하든지 아니든지, 공부의 중요성을 빨리 깨달으면 깨달을수록 더 좋아. 꼬마 아가씨, 네가 만약 "거기에 감자튀김을 곁들이시겠어요?"라고 말하는 직업을 갖고 싶지 않다면, 책과 씨름하는 편이 나을 거야. 공부가 얼마나 힘들고, 네가 공부를 얼마나 많이 싫어하는지를 굳이 나에게 말할 필요는 없어. 공부는 당연히 어렵게 마련이니까. 그렇지 않으면 세상에 모든 멍청이들이 의사나 변호사가 될 테니. 네가 만약 몇 년 안 되는 이 기간 동안 뼈 빠지게 공부할 수만 있다면, 너는 인생에서 모든 것을 다 가질 수 있을 거야. 만족스러운 직업을 갖고, 아름다운 집에서 살며, 멋진 자동차를 타고, 끝내주는 휴가를 보내게 될 거야. 파티나 전전하며 지내던 나랑 내 친구들은 집에서 로스쿨 공부를 하던 내 단짝 친구 스티브를 비웃곤 했어. 그런데 지금은 우리 네 명의 월급을 다 합친다고 해도, 그 친구의 급여나 신나는 생활방식을 능가하지 못해. 나는 네가 성공하는 데 학창 시절에 도움이 될 만한 조언이라면, 그게 무엇이든 알려주고 싶어.

321

Trust me!!

네가 성공하고 싶다면!

메모를 해라

메모는 내가 학창 시절에 제일 못했던 부분이야. 메모하는 걸 꺼렸거든. 무언가를 쓰면 그냥 듣기만 하는 것보다 기억하는 데 도움이 된다는 건 과학적인 사실이야. 벼락치기할 때 시험 직전에 내용을 반복해서 써봐. 효과가 있을 테니까.

노력은 성공의 어머니다

선생님으로서 보기에, 필사적으로 공부하는 아이보다 더한 감동을 주는 것은 없더라. 예전에 나는 자기 이름조차 제대로 쓰지 못하는 학생들을 가르쳐본 적이 있어. 그런데 그 학생들은 투지가 넘쳐서, 끊임없이 궁금한 걸 물어보러 왔으며, 추가 점수를 받을 수 있는 프로젝트를 적극적으로 해 오기도 했지. 이런 모습은 발전할 가능성을 말해줘. 노력하는 모습은 대부분의 선생님들이 너를 위해서라면 무엇이든 하도록 만들 거야.

부정행위는 절대 하지 마

나는 고등학교 때 걸핏하면 속임수를 썼어. 내가 커

닝을 무척 능숙하게 잘한다고 생각했거든. 커닝 페이퍼를 만

들고, 남의 답을 넘겨보기도 했으며, 미리 시험지를 입수하기도 했고, 심

나에겐 좀 부끄러운 주제야!

지어 남의 보고서를 그대로 베끼기도 했어. 내가 처음으로 들켰던 때가 다름 아닌 졸업 시험을 볼 때였단다. 하필이면 내가 존경해 마지않는 제인 스톨워스 선생님께 걸렸지. 선생님이 방과 후에 나를 불러 따져 물었지만, 나는 눈물을 삼키며 커닝하지 않았다고 거짓말했어. 필시 졸업을 못할 수도 있었지만, 선생님이 나를 측은히 여겨서 속는 셈치고 믿어주었지. 정말 다행히도 대학 시절에는 진실함을 되찾았고, 사기를 치느니 성공하기로 마음을 다잡았어. 네가 이런 식으로 학교 생활을 한다면, 그건 바로 스스로의 미래를 상대로 사기 치는 거나 다름없어.

재미 삼아 읽고 쓰기에 도전해봐

고등학생 때 나는 읽는 거라면 뭐든지 아주 질색을 했어. 심지어 책을 하나도 안 읽은 채 독후감이나 연구 보고서를 지어내기까지 했지. 종합적인 독해는 학습될 수 있는 기술이야. 그러니까 초반에 어렵다고 좌절하지 마라. 다른 모든 뛰어난 재능들과 마찬가지로 읽는 것도 여러 해에 걸쳐서 서서히 숙달되어야만 해. 독서에 대한 열정을 계발하면, 공부가 식은 죽 먹기가 될 뿐만 아니라, 너의 가장 큰 꿈이 실현될 수도 있거든. 잠자리에서 너에게 『달아나는 버니(The Runaway Bunny)』를 수도 없이 읽어준 게 괜한 헛수고는 아닐 거야.

아이들이 글쓰기를 그토록 싫어하는 주된 이유는 철자나 문법에서 실수를 할까 봐 두렵기 때문이야. 학생들에게 평가에 대한 걱정은 하지 말고 재미 삼아 글을 써보라고 해봤거든. 그랬더니 아이디어도 넘쳐나고 즐겁게 글을 쓰더라고. 잭 케루악의 유명한 저서 『길 위에서(On the Road)』는 최초로 구두점이나 문법을 전혀 개의치 않고 쓴 책이야. 이 책에는 글쓴이의 생각이 장장 삼백 페이지에 걸쳐서 자유로운 형식으로 담겨 있는데, 지금도 여전히 가장 많이 팔리고 있는 문학작품들 중 하나지. 말이 길게 늘어지든지, 너무 짤막하든지 상관없어. 주어와 동사의 일치나 철자를 틀릴까 봐 걱정하지 마. 그런 건 결국 시행착오를 거쳐서 해내게 마련이니까. 여기서 가장 중요한 건 네 의식의 흐름을 종이로 옮길 수 있냐는 거야. 이 한 가지 기술이 너를 뛰어난 학자로 만들지도 모르지. 또, 다른 사람들에 비해 돋보이게 해줄 수도 있고.

수업을 빼먹지 마라

마구잡이로 수업을 빼먹는 학생보다 더 선생님을 열 받게 하는 건 없어. 네 친구들은 죄다 바닷가에 놀러 가거나 누군가의 빈집에서 파티를 하려고 수업을 땡땡이치는데 너 혼자만 거부하기는 아주 곤란하겠지. 하지만 파티가 땡땡이를 칠 만큼 가치 있는 일일까? 요즘엔 출석 체크를 컴퓨터로 하는 경우도 많아서 걸리지 않기는 힘들 거야. 수업을 빼먹는 건 선생님들을 적으로 만드는 확실한 방법이지. 성적도 떨어질 수밖에 없겠고. 내 친구들 중에는 실제로 체육 수업을 너무 많이 빼먹는 바람에 우리랑 함께 졸업을 못 한 친구도 있어. 어쩔 수 없이 그 친구는 여름학기를 듣고 나머지 낙제생들과 함께 8월에야 졸업할 수 있었지. 틀림없이 그 친구는 그런 낭패를 보고 나서야 그냥 참고 피구 수업에 들어갈걸 그랬다 싶었을 거야.

대학

몇 년 후에는 네가 대학에 가겠지? 그 생각만으로도 아빠는 걱정이 많이 돼. 인정하긴 싫지만, 나는 누구나 대학에 가야 한다고 믿고 있거든. 신입생 생활을 해보는 정도가 아니라 확실히 일정 기간은 다녀봐야 해. 대학은 보조 바퀴가 달린 자전거를 타는 거나 마찬가지야. 대학에 가면 혼자의 삶과 책임감, 궁극적인 자유를 맛보면서도, 여전히 대학의 보호를 받으며 부모의 경제적 지원을 받게 되니까. 나는 대학에 들어가자마자 몇 주 만에 자기 파괴적인 미치광이가 되었어. 매일 밤, 술이나 마시고, 손에 넣을 수 있는 온갖 약물은 다 했지. 치마만 두르면 이 여자 저 여자 가리지 않고 사귀기도 했고. 이렇게 별스런 기억을 갖고 있는 것치고는 운이 좋았어. 그렇지 않았다면, 첫 학기부터 퇴학당했을 텐데. 2년 동안이나 간신히 버티다가 마침내 잘리고 말았으니까. 온갖 파티를 전전하느라 수업을 빼먹은 게 결국 내 발목을 잡고 만 거야.

그런데도 대학은 나에게 많은 것을 가르쳐주었어. 주로 살면서 하지 말아야 할 것들을 말이야. 대학 생활은 인생에서 극히 중요한 단계야. 이 시기로 나아갈 준비가 되면, 이 단원을 돌아보렴.

325

Trust me!!

성공적인 대학 생활을 위하여!

사교 클럽[85]은 안돼

고등학교를 졸업하기 전에 선배 몇 명이 나에게 대학에 가면 그 어떤 사교 클럽에도 입회 서약을 하지 말라고 주의를 주더라고. 하지만 대학에 입학하고 3주쯤 지났을 때, 이미 나는 캠퍼스에 있는 온갖 주요 남학생 사교 클럽의 연합회에 참석하고 있었단다. 죽었다 깨어나도 사교 클럽 회원[86]은 되지 않겠노라고 다짐하면서, 한 번쯤 직접 경험이나 해보자는 요량으로 들어갔는데, 도저히 헤어나올 수가 없었어. 30명쯤 되는 친구들이 4층짜리 빅토리아풍 저택에 상주하며, 밤마다 미친 듯이 파티를 열어댔고, 예쁜 여자아이들이 서로 들어오려고 줄을 섰지. 마치 뉴욕 북부 판 할리우드 같았다니까. 이 녀석들은 연예인이나 다름없었어. 각각의 클럽마다 축구 선수들, 라크로스[87]팀, 럭비 사나이들, 부잣집 아이들 등 나름대로의 이미지를 갖고 있었지. 그리고 그들은 어디를 가든지 왕족처럼 대접받았어.

---

85   Greek life, 미국 대학의 사교 클럽 문화를 통칭하는 표현으로, 누구든지 가입할 수
       있는 동아리와는 달리, 가입 조건이 까다롭고 회원들끼리 서로 형제(brother)라고 부
       를 만큼 관계가 무척 친밀하며 결속력이 굉장히 높다. 남학생 사교 클럽인 Fraternity
       와 여학생 사교 클럽인 Sorority로 나뉜다.

86   frat boy, 남학생 사교 클럽인 fraternity의 회원을 일컫는 표현

87   lacrosse, 각각 10명의 선수로 이뤄진 두 팀이 그물채 같은 것으로 공을 던지거나 잡
       으며 하는 하키 비슷한 경기

그 무렵에 '시그마 델타 감마'라는 하드코어 파티광들을 만났어. 이 녀석들은 바에서는 우선순위 취급을 받으며, 공짜 술을 마시고, 가장 인기 있는 여자아이들을 거느리고 다니더구나. 나는 이 친구들의 정체를 알 수밖에 없었어. 내가 처음으로 연합회에 참석했을 때, 그들은 본관 복도에 스트리퍼, 필로폰 주사기, 6피트짜리 마리화나 흡입용 물 담뱃대, '맥주를 바닥에 뿌리고 미끄럼 타기' 시설까지 갖추고 있었거든. 아무도 그들과 상종을 하지 않는데, 그들이 갖고 있는 문서 보관함은 캠퍼스에 있는 모든 교수들의 시험지와 리포트로 가득 차 있다는 소문이 파다했지.

내 룸메이트는 입회를 주저했지만 내가 끈질기게 설득한 끝에 나와 함께 입회 서약을 하기로 했어. 남학생 사교 클럽은 입회 서약을 하는 과정에서 온갖 끔찍한 일들을 겪게 된다는 이야기를 꽤 많이 듣긴 했지만, 나는 믿지 않았거든. 고작 2주밖에 안 되는 기간에 나쁜 일이 일어나봐야 뭐 얼마나 심하겠니?

첫째 날 밤에 나는 같이 서약을 하게 될 16명의 형제[88]들과 함께 팔짱을 낀 채, 그들이 아지트로 사용하는 건물 지하실로 이끌려갔어. 정말 칠흑같이 깜깜하더라. 그런데 갑자기 불이 켜지더니, 모터헤드가 부른 '스페이드 에이스(Ace of Spades)'를 귀청이 떨어질 정도로 크게 틀어놓은 채, 50명의 형제들이 달려들어 우리를 인사불성이 될 정도로 두드려 패는 거야. 모두들 머리에 스타킹을 뒤집어쓰거나 악마의 마스크를 쓰고 있었는데, 우리가 입고 있던 티셔츠와 청바지는 물론이고 속옷까지 벗겨내고는, 벌거벗은 우리를 차가운 콘크리트 바닥에 내동댕이쳤어. 20분 동안 미친 듯이 때려대다가, 마침내 누그러지나 싶더니, 또다시 우리를 벽에 밀치고 마구 때렸어. 그런 다음 양동이에 담겨 있는 얼음장같이 차가운 물을 끼얹더라고. 1월이라서 기온이 영하였으니 얼마나 추웠겠니. 그러고 나서 우리에게 씹는 담배, 매운 칠리 고추, 가래와 같이 역겨운 것들을 먹게 했어. 그걸 먹다 토하면 무릎을 꿇고 토사물을 다시 핥아 먹어야만 했지.

첫째 날 밤에 우리는 문자 그대로 엄마를 부르며 울면서 집으로 돌아갔단다. 그러나 입회 의식을 치르다가 그만두면, 학교 생활은 끝난 거나 다름없기 때문에 함께 서약한 형제들과 나는 끝까지 굳세게 견뎌내자고 다짐했어. 입회 의식을 그만뒀다간 학교를 그만둬야 했을 수도 있었거든. 그런데 설마 했던 일이 벌어지고 말았어. 어떤 친구가 짐을 챙겨서 바로 다음 날 아침에 버스를 타고 집으로 가버린 거야. 그 쪼다 같은 녀석 때문에, 우리는 다음 날 밤에 훨씬 더 힘든 통과의례를 겪어야만 했어. 네가 역겨워할 수도 있으니 잔학한 장면을 더 이상 세세하게 묘사하지는 않을게. 하여간 12일 동안 밤마다 첫째 날 밤과 다름없이 고통스러웠어. 맨발로 눈밭에서 물건을 찾기도 했고, 마구잡이로 머리를 삭발 당하기도 했어. 악명 높은 '수프의 밤'에는 핫소스와 식초, 오트밀을 가득 채운 욕조에 머리부터 먼저 처박히기도 했단다.

마침내 형제라고 불리는 회원이 되자, 내가 꿈꾸던 것이 전부 이루어졌어. 우리는 늘 최고의 파티를 열었고, 전에는 나를 거들떠보지도 않던 여자아이들이 앞다투어 나랑 사귀려고 하더라. 여자아이들과 친밀하게 지내면서도 한편으론 혼란스럽고 괴로웠지. "아니 이렇게 대단한 여자아이가 도대체 어쩌다가 나랑 키스를 하려는 걸까?"라는 생각이 자꾸만 들었어. 내 가슴에 세 개의 사교 클럽 심벌이 달려 있는 한, 나는 천하무적이 된 것 같았어. 그렇지만 그 건물에서 한 학기를 지내고 나자, 이 녀석들은 절대로 내 진짜 친구가 아니라는 것을 확실히 알아차렸지. 그들은 서로 물건을 훔치기도 했고, 친구의 여자친구랑 사귀기도 했으며, 다투기도 하고, 서로 끊임없이 괴롭혔거든. 그러자 어린 시절에 느꼈던 온갖 끔찍한 불안감이 또다시 되살아났어. 나는 자존감에 문제를 지닌 채 훌쩍 컸는데, 이 '형제들'로 인해서 7학년 때 느꼈던 고통이 다시 찾아온 거야. 너는 내가 고등학교 때 이미 피상적 우정에 대해서 교훈을 얻었을 거라고 생각하겠지만, 나는 너무 미련하게도 그런 얄팍한 우정에 또 속고 만 거지.

네 엄마도 과장된 선전에 휘말려서 사교 클럽에 선서를 하고 들어갔었대. 엄마의 말에 따르면, 내가 경험했던 것만큼이나 잔혹한 통과의례를 겪었는데, 다만 남학생들에 비해 신체적으로는 덜 힘들었다고 했어. 여학생 사교 클럽들 중에는 속옷을 몽땅 벗기고 살찐 부분에 샤피(Sharpie) 마커로 동그라미를 그리는 경우도 있대. 그들은 입회 기간에 바에서 공개적으로 창피를 주고, 모멸적인 별명을 붙이고, 온갖 불안감을 조성했다는구나. 과거를 돌아보면, 우리 둘 다 그 어떤 사교 클럽에도 절대 연루되지 말았더라면 좋았을 텐데. 네가 대학에 가거든 엄마, 아빠가 했던 것처럼 말고 옛날 방식으로 친구를 사귀어라.

오전 10시 이전 수업은 수강 신청을 하지 마

대학 신입생 때는 모두 의욕에 넘쳐서 똑같은 실수를 하곤 하지. "나는 모든 수업을 일찍 들을 거야. 그리고 나서 나머지 시간은 나 자신을 위해서 쓸 거야." 그래, 맞아, 넌 아마 10시 전 수업은 가지 못할 거야. 심지어 12시도 너무 이르지. 내가 가장 높은 평점을 받았던 학기는 전부 저녁 수업을 들었을 때였어. 대학생들은 낮 동안 아무것도 하지 않아. 너도 실컷 잠을 자도 돼. 수업만 빠지지 마라!

외출해서 딱 한잔만 하겠다고? 꿈 깨!

고등학교를 졸업하면 매일 밤이 토요일 밤이나 다름없어. 1달러짜리 물을 마시려고 나가든지, 25센트짜리 맥주를 마시려고 나가든지, 오픈 하우스[89]에 참가하든지, 매일 밤 파티가 벌어지는데, 만약 네가 가볍게 외출할 생각이라면 그건 착각이야.

남학생 사교 클럽 회원은 멀리하길!

남학생 사교 클럽 회원들은 상상 이상으로 추잡해. 화장실 문에 구멍을 뚫어놓고 몰래 엿보거나, 데이트를 하다가 약물을 먹이고 성폭행을 하거나, 여러 사람 앞에서 섹스 장면을 보여주는 짓을 밥 먹듯이 하거든. 내가 속한 남학생 사교 클럽은 일요일 정규 모임 때마다 '더러운 보고'라고 부르는 발표 시간이 있었어. 형제 회원들이 누구랑 어떻게 지냈는지, 추악한 내용을 세세하게 공유하는 데 몰두하곤 했지. 남학생 사교 클럽 중에서도 최고로 여겨지는 클럽의 아무리 멋있어 보이는 회장이 너에게 끌린다고 하더라도, 이 글을 기억하렴.

교수님들과 친하게 지내라

이 말이 굽실거리라는 것처럼 들릴지 모르겠지만, 정말 효과가 있어. 교

---

89   ladies night, 여학생이 남학생 사교 클럽에 게스트로 참가할 수 있는 밤

수님의 사무실로 가서 추가로 도움을 받거나 조언을 구하고, 개인적으로 다가가서 알고 지내렴. 열심히 노력하는 모습을 보이고 그것이 성적으로 나타나면, 너를 인정하고 크게 써주실 거야.

사랑에 빠지지 마

남자아이들은 대학생이 되면 난잡하게 지낼 수 있는 기회가 주어졌다고 여기는 경우가 많아. 그러고도 언젠간 이 시기에 대한 기억을 떨쳐버리곤, 천연덕스럽게 정상적으로 생활할지도 모르지. 네가 만약 지방에서 온 기숙사생과 사랑에 빠진다면, 그 녀석은 삽시간에 네 마음을 아프게 할 거야. 대부분의 남학생들은 신체적으로 한 여자와만 사귈 수 있을 만큼 절제를 잘 하지 못하거든. 그들은 매 순간 여자랑 누워서 시간을 보내는 데 대한 집착으로 머릿속이 꽉 차 있기 때문에, 한 여자랑만 사귀면 절대 행복하지 못할 거야. 대학 시절에 방탕한 생활을 해보지 않은 녀석들은 중년에 늦바람으로 똑같은 위기에 직면하게 될 수도 있단다.

차를 가진 친구와 사귀어라

신입생 때는 차가 없을 공산이 커. 나는 너의 자동차 보험료를 지불해주지 않을 테니까. 그러니까 차가 있는 사람을 알아두면 큰 도움이 될 거야.

대학에 들어가면 살찌는 걸 조심해

나는 입학할 때만 해도 날씬하고 탄탄한 몸매였던 신입생들이 불과 몇 년 만에 몸매가 펑퍼짐하게 엉망이 되는 모습을 많이 보았어. 그들 대부분은 다시 몸무게가 줄기는커녕 금세 특대 사이즈가 되기도 하지. 대학생들의 식습관은 대개 맥주, 피자, 감자튀김, 치킨으로 이루어져 있는데, 운동할 생각은 아예 하지도 않거든. 그러니까 가끔 샐러드도 먹어야 해.

맥주와 독한 술을 섞어 마시지 마

"맥주보다 독주를 먼저 마시면, 괜찮다"라는 옛말을 들어본 적이 있니? 뭐, 이런 헛소리가 다 있을까? 21살 생일에 나는 속담대로 먼저 독주를 마시고 나서 맥주를 마셨어. 그런데 극심하게 아팠고, 결국 알코올 중독으로 병원에 실려가고 말았지. 위세척은 즐거운 유람선 여행 같은 게 절대 아냐!

룸메이트가 정말 중요해

룸메이트가 네 새내기 생활의 성패를 좌우할 거야. 만약 룸메이트가 괜찮은 친구면 대학 생활을 좋아하게 되겠지만, 엉망인 친구면 즉시 집으로 가버리고 싶겠지. 네 엄마는 아주 좋은 친구와 대학에 다녔는데, 그건 극히 예외적인 경우야. 나도 정말 운이 좋아서 원만한 성격을 지닌 숀 레니한이라는 친구와 룸메이트가 되었지. 하지만 신입생 때 사이코 같은 룸메이트 때문에 무척 괴로워한 친구들이 많았어. 그중에는 마운틴 듀라는 음료수 병에 자기 소변을 담아서 벽장에 수집하는 녀석도 있었대.

---

* 304쪽_가드너(Gardner), H. 1983. 마음의 틀(Frames of Mind): 다중지능이론(The Multiple Intelligence Theory).

^ 쿡 초등학교(Cook Primary School). 2008. www.cookps.act.edu.au. 캔버라(Canberra), 오스트레일리아.

10

직장

나는 판에 박힌 따분한 일상, 스트레스, 마감 시한, 짜증나게 하는 동료들, 형편없는 상사들 때문에 일에 넌더리가 났던 때가 여러 번 있어. 때때로 그냥 일을 그만두고 트레일러에서 살면서 여기저기 돌아다니고 싶다는 생각도 들더라. 스트레스가 적은 일을 하면서 변화를 즐기고 싶었지. 그러나 실제로 그렇게 지낸다면, 내 집 마련, 은퇴 생활, 휴가, 치안이 좋은 동네에서 사는 것, 경제적 안정과 같은 인생의 많은 즐거움을 포기해야 할 거야. 누구나 어떤 식으로든 일을 해야 하기 때문에, 깨어 있는 거의 모든 순간을 직업을 준비하느라 시간을 보내거나, 자신이 선택한 직장 생활로 인한 긴장을 푸느라 보내게 돼. 그러다가 조금 지나면 심지어 자신이 누구인지, 그리고 무엇을 믿고 있는지조차도 잊어버릴 수도 있어.

갑자기 너와 네 직업이 혼연일체가 되어버릴 거야. 너는 모든 열정을 소비하며, 네 부모가 열심히 일하며 살았던 모습을 그대로 답습하겠지.

333

자명종이 울리면, 잠옷을 입은 채로 이 끔찍한 직장에서 또 하루를 지내야 하는구나 싶은 생각에 진저리를 치게 될 거야. 왜 어른이 되면 하루하루가 빨리 지나간다고 하잖아? 그건 네가 어린아이였을 때는 깨어 있는 모든 순간을 만끽하지만, 어른이 되면 단지 주말이나 휴가 때만 음미하게 되기 때문이야. 그래서 네 인생의 대부분을 그저 흘러가게 두면서 멍하니 보내게 될 거야.

이는 우리가 그저 받아들여야만 하는 삶의 법칙이야. 지름길은 없어. 나야말로 지름길을 찾는답시고 몇 년이나 허비했거든. 그러니까 아빠를 믿으렴. 만약 네가 멋진 인생을 살고 싶다면, 일은 꼭 해야 해. 다만, 네가 즐겁게 할 수 있는 일을 찾는 게 제일 중요하지.

나는 15살 때부터 일하기 시작했어. 주당 5달러밖에 안 되는 쥐꼬리만 한 용돈으로는 너무 빠듯했거든. 그래서 아르바이트 전선에 뛰어들기로 결심했지. 지금까지 나는 형편없는 일도 해봤고, 괜찮은 일도 해봤고, 내가 정말 좋아하는 일도 몇 가지 해봤어. 각각의 일을 통해서 나는 인간의 본성을 깨닫게 되었고, 돈이라고 불리는 이 미친 종이에 대해 아주 많이 배웠단다.

만약 네가 잠깐 동안이라도 돈의 개념과 돈이 대변하는 것이 무엇인지 생각해본다면, 차라리 미치고 싶을 거야. 사람들은 인간 존재의 기반을 초록색으로 염색한 이 종이에 두고 있는 셈이거든. 심지어 돈 때문에 자기 어머니를 죽이는 사람도 있지. 사람들이 물물교환을 했던 옛날에는 모든 것이 좋았어. "안녕하세요, 옆집 아저씨, 옥수수가 좋아 보이는데 제 달걀이랑 바꾸실래요?"라고 했을 거야. 지금은 그럴 수 없어서 나빠. 그러나 물물교환은 인간의 자본주의 통치 체제의 근간에 어긋나는 거야. 자본주의의 주요 의제는 죽을 때까지 가능한 한 돈을 많이 버는 거잖아.

그러나 만약 네가 안락한 삶을 얻고 싶다면 돈은 필수품이야. '안락한 삶'이 무엇을 의미하는가는 전적으로 너에게 달렸어. 그것이 집 3채와 고급 자동차와 외국 여행이니? 아니면, 중산층의 생활 편의 시설을 갖춘 수수한 생활방식이니? 나는 돈이 사람들은 물론 그들의 우정과 가족을 파괴하는 모습을 직접 목격했어. 게다가 나 자신도 그런 일을 실제로 경험했지. 내 어머니는 돈 문제로 인해 어머니의 형제자매와 거리가 멀어진 지 꽤 오래되었어. 돈은 정말로 모든 악의 뿌리야.

물론, 돈으로 행복을 살 수 없어.

어떻게 하면 안락하게 지낼 수 있을 만큼 돈을 충분히 많이 벌면서, 너의 인생을 파괴하거나 불행한 사람이 되는 것은 피할 수 있을까? 정말 어려운 문제야. 그래도 그 모든 것이 결국 인생 경험으로 귀결될 거야. 너는 거기에서 빠져나가서, 너 자신에 관한 모든 것을 인식하고 너를 행복하게 만들어주는 것이 무엇인지를 깨닫기 위해 발 벗고 나서야 해. 나는 체력적으로 매우 힘든 육체노동은 결코 나와 맞지 않는다는 것을 첫 일터에 출근한 첫날부터 단박에 알아차렸어. 9학년 여름에, 어머니의 친구분이 나에게 자신의 농장에서 과일과 야채를 파는 가판대와 관련된 일거리를 주셨거든. 첫째 날 나는 트럭에 잔뜩 실려 있는 거대한 수박과 60파운드[90]짜리 감자 자루들을 내리라는 지시를 받았어. 그런데

90   27.2킬로그램

그 당시 내 몸무게가 겨우 90파운드[91]였단다. 흙먼지를 뒤집어쓰고 일한 탓에 매일 밤 꾀죄죄한 상태로 집으로 돌아오면, 70살 노인처럼 온몸이 쑤시곤 했지만, 시간당 3달러나 받았기 때문에 참았어. 하지만 할로윈이 다가와서 호박 트럭이 도착하자, 더 이상은 감당할 수가 없겠더라고. 그래서 그만뒀지. 그리고 그 순간부터, 내 미래의 직업은 머리를 써서 하는 일이어야 할 거라는 걸 깨달았어.

그 다음번 일자리는 16관짜리 영화관이었는데, 진짜 대박이었어. 표를 찢고, 끈적거리는 바닥을 청소하고, 냄새를 잔뜩 머금은 소변기 탈취제를 교체하는 등의 궂은일을 해야 했어. 그렇지만 이 일 덕분에 나는 정말 좋은 부가적인 혜택을 누렸지. 영화광이었던 나로서는 천국에 있는 것 같았거든. 나는 1989년부터 1991년 사이에 나온 모든 영화를 다 공짜로 봤어. 게다가 온갖 팝콘과 사탕, 탄산음료도 마음껏 먹었지. 내가 아는 사람들을 죄다 표를 받지 않고 뒷문으로 들여보내주었더니, 햇병아리인 내 인기가 정말로 하늘을 찌르기 시작했어. 훨씬 더 중요한 사실이 있었는데, 이곳이 언제나 귀여운 아가씨들로 발 디딜 틈이 없었다는 거야. 극장 안은 꽤 어두컴컴했어. 종업원들과 그들의 친구들, 10대 영화 관람객들 틈에서 나는 꽤 많은 아가씨들을 유혹했단다. 인생이 이보다 더 좋을 수가 없었어. 하지만 새로운 매니저가 오고 나서, 〈델마와 루이스(Thelma and Louise)〉가 상영되는 동안 동료들과 스킨십을 했다고 해고당하고 말았지. 하지만 나는 그때 겨우 18살이었고, 돈을 더 많이 벌고 싶

91   40.8킬로그램

은 열망이 있었기 때문에, 그 정도론 눈도 깜빡 않고 또 다른 일거리를 물색했어.

이번엔 훨씬 더 큰 보상을 받는 일을 목표로 삼았어. 서빙 하는 일이 었는데 청소년에겐 노다지나 다름없다고 알려진 일자리야. 그런데 서빙 일은 알고 보니 정말 이상한 직업이더구나. 내가 청소년치고는 어마어마하게 돈을 많이 벌긴 했지만, 결코 열심히 일해서 번 것이 아니었거든. 팁을 한 푼이라도 더 받으려고 엄청 비굴하게 행동한 결과였어. 만약 네가 이 일에서 한밑천 잡고 싶다면, 미친 듯이 뛰어다니며 기를 쓰고 일하고, 손님들로부터 수치스러운 일을 당하더라도 만면에 가짜 미소를 활짝 띠어야 할 거야.

음식점에서 일하려면 고객은 언제나 옳다는 것을 받아들여야만 해. 이 사람들은 일주일 내내 자기 일터에서 온갖 굴욕을 다 당한 사람들이야. 그래서 금요일 밤에라도 왕족처럼 대접받고 싶고, 여느 때와 반대로 다른 사람들을 막 대하고 싶은 심리가 있거든. 내 면전에 대고 고함을 지르거나, 내 말투를 흉내 내거나, 심지어 나에게 음식을 집어 던진 손님들도 있었어. 그래도 나는 돈을 벌기 위해 자존심을 죽이고 모든 수치를 참았던 거야. 뭐, 내가 수프에 침을 뱉지 않았다거나 포크를 가끔 엉덩이 사이에 문지르지 않았다고는 말 못 해. 그런데 음식점에서 웨이터를 열 받게 했다가는 네가 바로 그런 일을 당하게 될 지도 몰라.

> 삶의 법칙 #21: 네 음식을 서빙 하는 사람에게 함부로 대하지 마라. 언제나 팁은 20퍼센트라는 걸 잊지 말고!

팁을 받고 일하는 사람들은 대략 시간당 2달러를 벌어. 그들 대부분은 힘겹게 살아가고 있는 엄마들이거나 대학생들이야. 만약 그들이 지나치게 형편없거나 무례하게 행동하지만 않는다면, 뼈 빠지게 일하고 적절한 팁을 받을 거야. 아무튼 서빙 하는 일을 통해 나는 겸손한 태도와 1달러의 진정한 가치, 그리고 사람들을 어떻게 대해야 하는지를 배웠어. 그뿐만 아니라 레스토랑 종업원들은 록스타처럼 생활한다는 사실을 알았지. 이 사람들은 밤새도록 열심히 일하고, 퇴근하면 해가 뜰 때까지 나돌아다니다가, 어두워질 때까지 자. 하루의 사이클이 늘 그렇게 반복돼. 뱀파이어 같은 생활을 하는 게 한동안은 재미있더라. 그러나 내가 한 달 이상 햇빛을 보지 못했다는 사실을 깨닫고 나자, 어느 정도 일반적인 라이프스타일에 이바지하는 일을 할 필요가 있다는 결정을 내렸어.

이 무렵이 내가 선생님이 되고 싶다는 것을 깨달았던 시기야. 나는 2년 동안 정처 없이 전문대학을 떠돌다가, 인생에 중대한 결단을 내렸어. 나는 아이들과 함께 지내면서 아이들의 삶에 변화를 일으킬 수도 있는 일을 하고 싶었어. 나를 처음으로 믿어주었던 언어치료사 보네 부인처럼 말이야. 그 분야에서 경험을 쌓기 위해서, 발달 장애아와 함께하는 일자리를 택했어. 자폐 아동을 위한 학교와 시설에서 일하는 한 여자아이를 알고 있었는데, 어느 날 그 친구가 자기네 학교에서 상담 교사를 구하고 있다고 알려주더라고. 비록 힘은 들겠지만, 변화를 꾀할 수 있는 기회라는 생각이 들었지.

자폐증은 사회적 행동에 영향을 미치기 때문에, 자폐증으로 고통을 받는 사람들로 하여금 사적인 영역에만 머무르도록 암묵적으로 강요하는 경향이 있어. 나 나름대로 자폐증에 대해서 공부를 많이 했고, 6주 동안 힘든 연수 과정을 통과했지만, 실제 적용할 수 있을 만큼 준비가 되기에는 턱없이 부족했어. 대다수 경미한 증상의 자폐증 아동들은 가족이 조금만 도와주면 어느 정도 정상적인 삶을 살 수 있다는 걸 몰랐거든. 내가 상담하게 될 아이들은 자폐증 증상이 아주 심각한 경우였어. 그들의 부모는 아이들을 이 학교로 보내는 것 외에는 다른 선택의 여지가 없었던 거야. 이 아이들은 자기 자신과 다른 사람들에게 극심하게 폭력적이었어. 침을 뱉거나, 물거나, 음식을 빼앗거나, 자해를 하기도 했단다.

아이러니하게도, 자폐아들은 아주 놀라운 기량이나 재능을 지닌 경우가 많아. 내가 담당하는 기숙사에 있던 12살짜리 해럴드는 닐 다이아몬드의 모든 노래를 휘파람으로 완벽하게 불었어. 제임스는 온갖 디즈니 영화 대사를 토씨 하나 틀리지 않고 암송할 수 있었고. 때때로 우리는 장난삼아 영화의 음을 소거한 채, 그 아이의 놀랄 만한 재능을 감상하곤 했단다. 사실 이 일을 하면서 정말로 가슴이 짠할 때가 한두 번이 아니었지. 가련한 이 아이들은 생일이건 주말이건 휴일이건 만나러 오는 가족들이 거의 없었거든. 크리스마스 아침을 적막한 기숙사에서 보내야만 했던 많은 아이들을 생각하면 지금도 여전히 가슴이 아파. 메리헤이븐에 있는 희망 센터에서 2년을 근무하고 나자, 언젠가 선생님이 되고 싶었던 내 꿈을 추구할 준비가 갖추어졌지.

스스로 겸손하게 행동하게 되는 일자리에 대해 한 가지 더 이야기해 줄 게. 대학 2학년이 되기 직전 여름방학에, 나는 청소 사업을 하는 친구네 회사에서 일을 했어. 절대 평범한 청소 사업이 아니었지. 그 친구는

339

개똥 치우는 일을 했거든. 90도[92]나 되는 8월의 불볕더위에 파리 떼로 뒤덮여 있는 똥 더미를 양동이에 퍼 담고 그것을 다시 트럭에 쏟아버리는 내 모습을 상상해봐. 정말 굴욕적이었어. 하지만 생활을 해나가기 위해서 문자 그대로 똥을 푸는 사람들이 얼마나 많은지 아니?

이 일을 하고 그 일은 집어치워!

중도에 포기하는 게 결코 자랑스러운 일은 아니지만, 직업이든지 꿈이든지 의미 있는 관계든지, 중요한 것일수록 포기할 수밖에 없는 일이 있다고 생각해. 10대 때 별로 대수롭지 않은 아르바이트를 하다가 일터에서 너를 열 받게 하는 일이 생긴다면, 그냥 후딱 나오렴! 정말 형편없는 일이 많거든. 쓰레기 같은 인간을 위해서 일하거나, 단돈 몇 푼 때문에 업신여김을 받기에는 인생이 너무 짧아. 내 아버지가 나에게 터무니없는 직업윤리를 심어준 바람에, 나는 늘 최악의 직장에서 너무 오랫동안 참고 견뎠어. 하지만 솔직히 말하자면, 내 인생에서 자신감이 충만했던 순간들은 뒤도 돌아보지 않고 일을 그만두고 나왔을 때였어. 직장에서 사람들이 너를 깔아뭉개도록 놔두지는 말아라.

만약 네가 성취감을 느낄 만한 직업에 종사하기로 단단히 결심했다면, 현재의 직장을 그만두는 게 결코 문제가 되지 않을 거야. 어렸을 때는 그토록 원대한 직업에 대한 야망을 품고 있었는데, 커서는 평범한 직업에 너무나 쉽사리 안주하는 사람들을 자주 보게 되지. 정말 왜 그러는 건지 의아할 때가 한두 번이 아니야. 학생들에게 장래 희망을 물어보면 거의 의사, 수의사, 가수, 프로 운동선수, 배우, 댄서가 되고 싶다고 말하잖아. 나는 어렸을 때 스턴트맨이 되고 싶었어. 물론 성공하려면 엄청난 노력이 필요한데, 그냥 너무 쉽게 포기해버리는 사람들이 있어. 너는 말을 더듬는 사람이 선생님이 되는 게 쉬웠을 거라고 생각하니? 그건 정말로 견디기 힘든 과정이었어. 그렇지만 나는 인내심을 갖고 해냈고, 나 자신에게 충실했어. 내가 아이들의 삶에 변화를 만들어줄 수 있을 거라는 확신을 갖고 있었고, 그 어떤 것도 나를 막지 못할 거라고 생각했거든. 나는 매일 아침마다 잠자리에서 일어나는 것이 두려운 삶은 살고 싶지 않았어. 나는 내가 중요하다고 여기는 곳에서 일하고 싶었어. 이런 점은 네가 진로를 정할 때도 꼭 살펴봐야 해.

삶의 법칙 #22: 과정을 즐겨라.

나는 새 책이 생기면, 곧바로 홱 뒤집어서 마지막 페이지부터 살펴보곤 했다. 줄거리를 즐기기도 전에, 내가 언제쯤 이 책을 다 읽게 될지 궁금해서 내용이 얼마나 긴지 보고 싶었거든. 오늘의 행복은 잊은 채, 끊임없이 내일의 행복을 추구하는 삶을 사는 사람들이 너무 많아. 이 사람들은 결코 도달할 수 없는 상태를 꿈꾸며, 싫어하는 일을 억지로 하면서, 인생을 허비하지. 이런 좀비 같은 사고방식에 빠져들지 않도록, 네가 현재 하고 있는 일이 무엇이든지 즐길 줄 알아야 해.

341

어느 날 예전의 몸매로 돌아가기 위해 조깅을 하다가 깨달았어. 달리고 있는 와중에 여느 때와 다름없이 달리기를 너무 하기 싫다는 생각이 들었거든. 달리는 걸 그만두고 집으로 가서 샤워를 하고 감자 칩 한 봉지와 하이네켄을 들고 소파에 벌렁 눕고 싶은 생각이 굴뚝같았지. 문득 그래야 겠다는 생각이 들었어. 그런데 그것이 내가 이런 형편없는 상태에 처하게 된 시발점이었던 것 같아. 내가 정말로 원래의 몸매로 되돌아가고 싶었다면, 이런 운동을 더 제대로 했어야 했는데 말이야. 나는 고통도 즐길 줄 알고 나의 비관적인 마음을 유용하게 활용하는 방법을 배웠어야 해.

어느 날 나는 내 나름의 방침을 세우고 현재를 즐기기 위해 최선을 다해봤어. 그랬더니 그날은 7마일[93]이나 달렸더라고. 그 전보다 훨씬 더 많이 달린 거야. 플로리다의 아름다운 일몰에 흠뻑 빠진 채, 나의 태도를 개선하기 위한 방법을 생각하며, 바닷바람에 귀를 기울이며 달리다 보니 그렇게나 많이 달렸더구나. 그래서 나는 이런 철학을 내 모든 삶에 적용하기로 했어. 우선 끊임없이 다음 방학은 언젠지 생각하던 것부터 그만두기로 결심했어. 먹든지, 운동을 하든지, 사랑을 하든지, 누구를 사귀든지, 독서를 하든지 재미있게 할 거야. 무엇보다 나는 직장 생활을 즐겁게 할 거야.

대부분의 사람들은 매년 거의 9천 시간 중에서 약 2,500시간을 일하며 지내. 네 인생의 4분의 1이상을 일을 하면서 지내는 거야. 때때로 나는 학교에서 끔찍한 하루를 보낼 때도 있어. 하지만 그런 날에도 우스꽝

---

93   약 11.3킬로미터

스러운 아이나 재미있는 농담에 초점을 맞춰서 긍정적인 하루로 바꾸도록 노력하고 있지. 만약 네가 직장 생활을 하다가 어떤 부분을 즐기는 게 불가능하다고 여겨진다면, 그때가 바로 직업을 바꿀 시기일지도 몰라.

진로를 수없이 많이 바꾸다가 마침내 자신에게 알맞은 직업을 찾기까지는 여러 해가 걸릴 수도 있어. 네 엄마는 광고 업체에서 5년 동안 노예처럼 뼈 빠지게 일하다가 가르치는 일을 해보기로 결단을 내렸는데, 지금 그 어느 때보다 더 행복해한단다. 토니라는 친구는 나랑 교대 동창인데 아주 놀라운 사연을 갖고 있어. 그 친구는 43살이라는 나이에 선생님이 되어서 아이들과 더 많은 시간을 보내기 위해 트럭 운전수라는 직업을 그만두었거든. 나는 이 녀석이 정말 존경스러워. 대출 받은 것도 있고 돌봐야 할 가족도 있는데 큰 결단을 내렸지. 아내가 든든하게 지지해 준 덕분이기도 해.

사람들이 싫어하는 직업에서 헤어나오지 못하는 주된 이유 중 하나가 바로 돈 때문이야. 진로를 바꾸기 위해 요구되는 공부를 할 수 있는 형편이 되지 않기 때문이기도 해. 만약 네가 살면서 이런 입장에 처하게 된다면, 내가 이거 하나만은 꼭 약속할게. 네가 필요할 때면 언제든지 우리에게로 돌아오는 것을 환영할 거야. 네 외할아버지와 외할머니는 자녀가 일곱 명인데, 우리 가족을 포함한 모든 자녀가 힘들 때 한두 번은 다 집으로 돌아갔던 적이 있어. 우리는 네가 태어났을 때 네 외갓집에서 살았어. 그분들의 도움이 없었으면 우리는 결코 제대로 해내지 못했을 거야. 이 일로 인해서 나는 무조건적인 사랑의 의미를 배웠어. 그리고 내 아이들도 언젠가 도움이 필요할 때가 되면, 나도 아이들에게 똑같이 해

343

주겠노라고 맹세했지. 그러니까 너는 네가 꿈꾸는 진로를 찾아가며 너답게 지내도록 해. 너를 미소 짓지 못하게 하는 일에는 절대 안주하지 마.

복리 후생

내가 10대였을 때, 우리 아버지는 매일 한결같이 나에게 두 가지 당부를 하곤 했어. 한 가지는 "오일을 점검해라"였는데, 이건 내가 제대로 해본 적이 없었어. 또 다른 한 가지는 바로 이거야. "네가 어떤 직업을 선택하든 상관없지만, 복리 후생이 좋은지는 꼭 확인하렴." 나는 17살 때 복리 후생이 중요하다는 것을 몸소 깨달았단다. 때문에 꼭 그렇게 하겠다고 각오를 다짐했고, 너에게도 확신을 가지고 바로 지금 말해주는 거야. 우리 아빠가 100퍼센트 옳았다는 것을 곧 배웠거든. 복리 후생이란 너를 고용한 직장이 너에게 제공하는 서비스야. 건강 보험, 치과 보험 혜택, 퇴직자 연금제도, 유급 병가/휴가, 주식 배당 같은 것들을 말해. 나는 1996년 겨울에 롱아일랜드에 수십 년 만에 최악의 눈보라가 몰아쳤을 때 복리 후생 혜택이 지극히 중요하다는 것을 배웠어.

세 들어 살고 있던 아파트의 꽁꽁 언 계단에서 미끄러져 굴러 떨어지는 바람에 의식을 잃고 척추뼈 두 개가 골절되는 신세가 되고 말았거든. 나는 8주 동안이나 보조기를 찬 채 지냈고, 4개월 동안은 일도 못 했어. 가뜩이나 속상한데, 어마어마한 병원비 때문에 기가 막힐 지경이었지. 치료하는 동안 각종 검사 비용, 약값, 진료비, 차후의 물리 치료비 모두 합해서 3만 달러가 넘었거든. 주당 2백 달러 정도를 버는 사람한텐 너무나 엄청난 금액이었어. 다행스럽게도 나는 이 시기에 믿기지 않을 정도로 건강 보험 혜택이 잘 되어있는 메리 헤이븐에서 일하고 있었어. 그래서 이 힘들었던 6개월 동안 나는 피보험자 부담으로 겨우 80달러 정도만 냈단다. 만약 내가 복리 후생 혜택을 받지 못했더라면, 나는 빚더미에 올라앉아서 인생을 망쳤을 거야. 바로 이와 같은 상황 때문에 사람들이 인생을 파괴하다 못해 심지어 온 가족이 거리로 나앉게 되기도 해.

네 할아버지는 내가 어렸을 때 세 가지 직업을 갖고 있었어. 밤에는 전기 기술자의 보조로, 주말에는 주유소 직원으로, 아침 9시부터 오후 5시까지 정규 근무 시간에는 지방 고속도로에서 도로 포장 작업을 하는 근로자로 일했어. 우리 아빠는 명석한 사람이었지만 대학 교육을 받지 않았기 때문에, 밑바닥에서 시작을 해서 노력해서 올라가야만 했단다. 그래도 지방자치단체에 소속된 일자리라서 궁극적으로는 대단히 안정적일 뿐만 아니라 가족을 위한 복리 후생 제도가 아주 잘 되어 있다는 걸 알았거든. 불과 몇 년 만에, 우리 아빠는 관리자로 승진했고, 결국 고속도로 감독관까지 되었어. 비록 초년에는 대단히 고군분투했지만, 은퇴 후에는 인생을 즐기며 살고 계시지.

언젠가 너도 인생의 황혼기에 접어들 때가 있을 거야. 그런데 젊었을 때 올바른 진로를 선택하지 않으면 죽는 날까지 일을 해야 될 수도 있어. 나는 60대에도 여전히 매일 생계를 위해서 일해야만 하는 사람들이 한탄하는 소리를 종종 들었단다. 비록 내가 어렸을 때는 우리 집이 매우 가난했지만, 아빠가 우리를 끌어내주었기 때문에 그 점에 대해서만큼

345

은 그분이 자랑스러워. 우리 아빠의 친구들 중에는 젊은 시절에는 큰돈을 벌었지만 지금은 퇴직금도 없이 근근이 살아가고 있는 분들이 많아. 네가 미래의 직업을 선택할 때 이런 점을 꼭 고려하길 바라.

삶의 법칙 #23: 신용카드는 악마 같은 존재야!

내가 처음으로 신용카드를 알게 되었을 때, 우리가 얼마나 놀라운 나라에 살고 있는지 믿을 수가 없었단다. "비록 돈이 없어도 내가 원하는 것을 무엇이든지 살 수 있다는 게 무슨 뜻인지 아니?" 너무 좋아서 믿기지가 않았어. 대학 신입생 때, 지방 은행에서 학생회관에 부스를 세우고 나처럼 아직 미숙한 아이들에게 가입을 종용하더라고. 나는 반신반의하며 한도가 천 달러인 학생용 비자카드에 가입했어. 가입 선물인 공짜 티셔츠를 받아 들고 집으로 가서, 무한한 가능성에 대해서 곰곰이 생각을 해봤지.

예상 적중! 카드를 흥청망청 쓰다 보니 불과 몇 주 만에 한도에 막힌 거야. 카드 값을 낼 방도가 없었어. 카드 요금 고지서가 왔는데 돈을 내지 못해서 전전긍긍했지. 이때 '나쁜 신용카드'나 '이자'라는 용어가 무엇을 의미하는지 실감하게 되었지. 이게 바로 카드 회사가 너 같은 아이들까지 가입하게 해서 연간 매출액이 10억 달러가 넘는 대기업이 된 이유야. 만약 내가 월요일에 너에게 10달러를 빌려주고 금요일에 15달러를 갚으라고 말했는데 네가 제때 갚지 못한다면, 너는 갚는 날짜가 하루씩 늦어질 때마다 2달러씩 더 내야 하지. 그러다 보면 너는 금세 네가 예상

했던 것보다 훨씬 더 많은 돈을 나에게 빚지게 되는 거야. 카드 요금을 제때 갚지 못해서 이자가 쌓여 빚이 늘어나면 무슨 일이 일어나는지는 내가 겪어봐서 잘 알아.

나는 겨우 24살에 신용불량자가 되었는데, 이 영향이 오랫동안 지속되다 못해 너에게까지 영향을 미치고 있거든. 네 엄마와 내가 함께 살기 시작했을 무렵, 우리는 한도가 꽤 높았던 네 엄마의 신용카드를 사용해서 분수에 넘치게 살았어. 사치스러운 휴가를 다녔고, 값비싼 가구를 샀고, 고급 레스토랑에서 외식을 했으며, 심지어 카리브해 연안으로 다녀온 신혼여행 경비도 모두 다 네 엄마의 카드로 긁었거든. 그게 최후의 결정타였어. 갓 결혼한 신혼부부가 이미 2천 달러나 빚을 져서 파산하기 일보 직전이 된 거야. 이런 식으로 가다간 내 집 마련은커녕 도저히 경제적으로 안정될 수가 없겠더라고.

재차 말하지만, 네 외할머니와 외할아버지가 우리를 받아줬기 망정이지, 그러지 않았더라면 우리는 완전히 끝장났을 거야. 우리는 한동안 극빈자처럼 생활하면서, 둘 다 투잡을 뛰어서, 간신히 파산을 면할 수가 있었어. 우리처럼 그런 식으로 지원을 받지 못하는 사람들은 인생을 망치고 평생 신용카드 회사의 노예가 되어버릴 수가 있어. 어쩔 수 없이 카드를 쓸 수밖에 없는 형편이 되었더라도, 긴급한 경우에만 써야 해.

애야, 돈에 관한 한, 소원을 빌 때는 신중해야 해. 언젠가 부자가 되는 것이 모든 사람의 꿈이지만, 그런 류의 라이프스타일로 인해 너무 많은 감정적 응어리를 짊어지게 될 수도 있거든. 부자가 되고서 오히려 비참

347

해지는 경우를 많이 봤어. 어느 날 문득 주위에 믿을 수 있는 사람이 단 한 명도 없다는 걸 깨닫게 되기도 해. 우리에게 부자 친척이 한 명 있는 데, 그는 모든 사람들이 자기 돈만 원한다는 생각에 가족과도 서서히 관 계를 끊었단다. 대부분의 경우 그렇게 되는 것 같아. 전화벨이 시도 때도 없이 울려대니, 그럴 때마다 마음이 착잡해졌겠지. 결국 약물과 알코올 이 그의 유일한 해결책이 되었다고 해.

나는 우리 가족의 현재 재정 상태에 매우 만족한다. 비록 네 엄마와 내가 바라는 것들이 많이 있긴 하지만, 그래도 우리가 필요로 하는 것 은 모두 갖고 있으니까. 좋아하는 직업을 갖고 있고, 어여쁜 자녀들도 있 고, 좋은 이웃에 평범한 집까지 다 갖추고 있잖아. 뭘 더 바라겠니?

오늘 밤에 글을 쓰려고 책상 앞에 앉기 전에 두 건의 뉴스를 연거푸 들었어. 지나치게 잔인한 소식을 연속해서 듣고 있자니 너무나 역겨웠어. 첫 번째 뉴스는 어떤 미친 남자가 고의로 자신의 두 자녀를 15층 발코니에서 던져서 죽였다는 내용이었지. 두 번째 뉴스는 헤어진 남자 친구가 질투심에 눈이 멀어서 예전 여자 친구의 얼굴에 휘발유를 끼얹었고 성냥불을 붙였다지 뭐야.

　뉴스 내용도 더할 나위 없이 끔찍하지만, 나를 훨씬 더 두렵게 한 것은 두 사건에 대한 나의 냉담한 반응이었어. 뉴스 진행자들이 상세하고 생생하게 설명하며 서로 아무런 감정 없이 농담을 주고받는 모습을 지켜보는 동안, 나는 별다른 감정을 느끼지 못했거든. 그런 모습이 나를 잔인한 세상에 공감할 수 없는 일종의 괴물로 만들어버린 걸까? 더 정확히 말하자면, 대중매체가 끊임없이 대중에게 충격을 주고 이용하며

349

두려움을 불러일으켜왔기 때문에, 내가 본의 아니게 둔감해진 걸까?

좋았던 옛날의 TV는 어디로 사라진 걸까? 1950년대에 참신한 아이템으로 네 곳의 지방 방송국에서 시작되었던 방송이 이제는 디지털로 성능이 향상되어 수천 개의 엔터테인먼트 채널로 진화했어. 수많은 회로와 튜브, 전선으로 이루어진 이 마법 같은 발명품에는 우리가 꿈꾸는 환상의 세계와 우리가 열망하는 이상적인 모습이 모두 담겨 있지. 텔레비전 없이 하루를 지낸다는 것은 음식이나 물 없이 24시간을 사는 거나 다름없어졌어. 늘 나의 뇌리를 사로잡고 있던 텔레비전에 대한 강박을 겨우 30대에 이르러서야 비로소 끝내려고 노력하고 있지. 어린 시절에 내가 문제 가정으로부터 탈출할 수 있는 유일한 시간은 텔레비전을 볼 때였어. 그래서 나는 일주일 내내 하루에 몇 시간씩 텔레비전에 딱 달라붙은 채 시간을 보내곤 했단다. 때로는 하루 종일 그러기도 했지. 텔레비전에서 보이는 허구의 삶을 꿈꾸면서 내 슬픈 마음을 달랬고, 내가 그 세상의 일부분이라고 상상하곤 했어.

어린 시절 기억들 중에서 좋았던 기억들은 대부분 어떤 식으로든 텔레비전과 연관이 있어. 나는 거실에 식탁 의자 몇 개와 담요를 이용해서 텐트를 세워놓고 그 캄캄한 은신처 안에서 바보상자의 따스한 불빛을 쪼이곤 했거든. 나 같은 어린아이가 보면 안 되는 온통 외설적인 내용으로 가득 차 있는 R-등급[94] 케이블 영화를 남몰래 보느라 밤을 꼬박 새기도 했어. 그뿐만 아니라 만화영화치고 내가 보지 않은 것이 없었고, 시트콤

---

94 19세 미만 관람 불가 등급

은 재방송 시간까지 모조리 줄줄 꿰고 있었어. 이게 내 현실이었어.

몇 년 동안 나는 모든 주요 방송국들의 황금 시간대 프로그램 편성표를 요일별로 줄줄 외울 수 있었어. 한마디로 말해서, 걸어 다니는 TV 가이드였지. 나는 또다시 그렇게 중독의 나락으로 떨어지지 않으려고 지금까지도 여전히 날마다 사투를 벌이고 있단다. 여가 시간이 생길 때마다, 자칫 네버랜드로 빠져들지 않도록 텔레비전을 틀지 않는 게 무척 힘들어. 게다가 요즘엔 방송 프로그램들이 훨씬 더 과격하고 폭력적이며 선정적이잖아. 네트워크끼리 서로 시청률 경쟁이 워낙 치열하다 보니, 한창 감수성이 예민한 청소년들이 시청하기에는 부적절한 수위의 내용이 자주 방송되고 있어.

하지만 내가 전적으로 시간 낭비만 한 건 아니었어. 30년간의 강박 상태가 나에게 많은 것들을 발견할 기회를 주었거든. 어느 날 밤에 무심코 수백 개의 채널을 이리저리 돌려보다가, 뜻밖에 대단히 깊은 깨달음을 얻었어. 쇼 프로그램들과 광고를 보다가, 문득 내가 온통 자기 비하적인 생각을 하고 있다는 것을 깨달았지. "나는 너무 땅딸막한 키에, 뚱뚱하고, 머리는 희끗희끗하고, 이빨은 누렇잖아. 나는 내 머리카락이 싫어. 새 차도 필요해. 34살이나 먹었는데 여드름은 나지 말아야지. 입 냄새도 심하고, 옷도 변변찮고, 돈도 없고, 내가 살고 있는 이 따분한 도시도 싫어!" 이런 생각들이 밤새도록 계속 떠오르는 거야. 너무 감당하기 힘들어서, 공책을 집어 들고 생각나는 대로 적어봤어.

TV가 내 생각을 통제하고, 나로 하여금 무의식적으로 나의 모든 결함

351

을 분석하고 그것들이 없어졌으면 좋겠다고 생각하도록 만들고 있더라고. 만약 내가 돈과 완벽한 몸매만 갖고 있다면, 마침내 행복을 얻을 수 있을 거라고 확신하고 있었어. 텔레비전이 내 마음속에서 자리하고 있는 주된 목적이 바로 이거야. 너를 즐겁게 해주거나 너의 걱정을 덜어주기 위해서가 아니라, 네가 쇼와 광고에 심취해서, 너 자신을 완전히 탈바꿈하고 싶게 만들고, 그래서 텔레비전에 나오는 제품들을 소비하고 싶도록 만들려는 거지.

요즘엔 심지어 광고를 실제 쇼에 포함시키기도 해. 작품 속에 제품을 배치하거나 화면 아래쪽에 광고를 띄우기도 하지. 내가 야구 세계선수권대회를 보는 동안 굳이 홈 플레이트 뒤편에서 비아그라 현수막 광고를 봐야 할 필요가 있을까? 경기를 보는 내내 언젠가 내 몸이 제대로 말을 안 듣게 될지도 모른다는 암시를 계속 받게 되어, 야구 경기를 제대로 즐길 수 없지 않을까? 무엇보다 충격적인 사실은 이런 메시지들이 너의 무의식으로 들어가서, 너로 하여금 "갖고 싶어, 갖고 싶어, 갖고 싶어"라는 한 가지 목적 외에는 아무런 생각이 없는 존재로 바꾸어버리는데도, 너는 거의 알아차리지 못한다는 거야.

밤에 텔레비전을 보고 나서 스스로에 대해 안정감을 느끼는 것은 거의 불가능해. 지방이라곤 눈곱만큼도 없는 할리우드 타입의 완벽한 몸매, 뽀얗고 탱탱한 피부, 멋진 의상, 아주 근사한 라이프스타일에 대한 환상이 네가 잠자리에 든 후에도 여전히 네 머릿속을 맴돌 거야. 보통 사람치고 그 모든 것을 다 보고도 "어이, 나는 직업도 변변찮고, 몸매도 촌스럽고, 이빨은 커피에 찌들어 누렇고, 머리카락은 산발이고, 구닥다리 옷을 입고 있고, 코딱지만 한 집에 살고 있지만, 나한테는 딱 좋아"라고 말할 수 있는 사람이 도대체 어디 있겠니.

'TV 혁명' 같은 건 일어나지 않을 거야. 결정적 순간에 세상 사람들이 텔레비전을 창밖으로 던져버리고 텔레비전의 통제에 저항할 것을 맹세하는 일은 벌어지지 않을 거야. 세상에 인구가 더 많아지고, 평범한 가족이 안락한 삶을 사는 것이 더 어려워짐에 따라, 이 문제가 악화되리라는 건 불 보듯 뻔해. 부모 중에서 한 명만 일하던 시절은 이미 오래전에 사라졌어. 요즘은 부모가 모두 직장에 다니기 때문에, 집에 혼자 남겨져 있는 아이들에게 텔레비전이 보호자 노릇을 하는 경우가 많단다.

그럼 TV가 없는 부모는 어떻게 하지? 그런 가정은 요즘 시대엔 본 적이 없어. 어떤 집에서든지 TV를 없앴다간 아마 난리가 날 거야. 네 엄마와 나는 텔레비전을 보는 시간을 최소한으로 제한하고 무엇을 볼지도 매우 엄격하게 정하기로 했어. 그게 그나마 공정하면서도 실현 가능한 계획이라고 생각했거든. 네 친구들이 끊임없이 MTV를 비롯한 각종 쇼 프로그램에 대해서 이야기할 때면 너도 그걸 본 척하느라 우리의 배짱을 미워할지도 몰라. 하지만 이 점에 관한 한 넌 그냥 나만 믿으렴. 독서나 피아노 레슨이 지금 당장은 쓸데없는 것 같지만, 10년 후에는 네가 재능이 많고 이지적이며 안정감 있어서 다른 사람들에게 영감을 불어넣는 젊은이가 될 테니까.

그때가서 이 아빠에게 고마워해도 돼!

내 제자들 대부분은 하루에 6시간 내지 7시간씩 TV를 보고 비디오

353

게임을 한다고 해. 주말에는 하루 종일 하기도 한대. 지난주에 나는 어떤 친구네 집 저녁 식사에 초대되어 갔었는데, 그의 8살짜리와 10살짜리 아들들이 편안하게 비디오 게임에 열중해 있더구나. 나는 그 옆에 앉아서 지켜보았지. 그들이 하고 있던 게임은 자동차를 훔치고, 경찰에 총을 쏘고, 지나가는 길에 있는 것을 모조리 파괴하는 내용이었어. 게임 속 캐릭터들이 불길이 솟구치고 머리가 폭발할 때마다 "죽어라 멍청아!"라고 비명을 질러대는 거야. 그 게임은 내가 1982년에 갖고 놀던 아타리(Atari) 2600 비디오 게임과는 아주 딴판이었어. 내 게임기는 두 개의 조이스틱과 패들을 앞뒤로 움직여서 조종했었거든. 내가 선생님이라서 그런지 이런 생각이 들더라. '어떻게 이 아이들이 양탄자 위에서 이야기를 듣는 시간을 즐길 수 있겠어? 분수를 오렌지를 잘라서 나누는 것으로 설명하는 수학 수업을 즐길 수 있겠어? 아, 얼마나 재미있는데!'

아이들이 더 이상 책을 읽지 않게 되고 수업에 집중하지 못하게 되는 데는 다 이유가 있어. 집에서 너무 과도하게 자극을 받아서, 책을 들여다보는 걸 참을 수가 없기 때문이야. 그래도 우리 반 아이들은 실제로 내 수업에 깜짝 놀라 귀를 기울인단다. 내가 이래 봬도 꽤나 재미있는 선생님이거든. 나는 아이들의 주의를 끌기 위해서, 저글링도 하고, 우스갯소리도 하고, 마술도 하고, 브레이크 댄스도 추고, 기타 연주도 하고, '갱스터 랩'에 나오는 은어로 말하기도 하는데, 그러면 그나마 간신히 효과가 있어. 이 아이들을 즐겁게 하기 위해서라면 나는 내 엉덩이에서 불을 내뿜는 것 외에는 뭐든지 다 하지. 쌀쌀맞은 성격에, 덜렁거리는 삼두박근을 가진 53살의 스미스 부인이 생기 없는 목소리로 아이들을 어떻게 의욕적으로 만들겠니? 그 선생님이 어떤지 얘기해줄게. "정말 못해!" 그 선생님은 툭하면 아이들에게 학습 장애라는 꼬리표를 붙이고는 전문가의 도움을 받으라고만 하지. 이 때문에 얼마나 많은 아이들이 향정신성 의약품을 처방받고 있는지 몰라.

유행병처럼 번지고 있는 자극적인 게임에 대해 부모들이 반대하는 입장을 취하지 않는다면, 시간이 감에 따라 우리 모두 주의력 결핍 장애를 갖게 될 거야. 대부분의 사람들은 자기 아이들이 방에서 얌전히 지내고 있다고 안심하고 있을지도 모르겠네. 사실은 아이들의 상상력과 스스로 생각할 수 있는 능력이 파괴되고 있다는 건 알아차리지도 못하겠지. 내가 고상한 체하는 사람은 결코 아니지만, 양심상 내 아이의 마음과 개성이 텔레비전과 비디오 게임에 의해서 빚어지도록 가만히 앉아서 놔둘 수는 없어. 만약 그런 일이 일어난다면, 나는 죄책감 때문에 견딜 수가 없을 거야.

음악이 '정말로' 죽은 날

70년대 초반에 돈 매클레인이 '아메리칸 파이(American Pie)'라는 짧막하면서도 기억하기 쉬운 멜로디로 이뤄진 곡을 썼어. 그 노래는 1959년에 비행기 추락 사고로 인해 세 명의 로큰롤 음악의 선구자인 리치 밸런스, 버디 홀리, 더 빅 바퍼를 잃은 비극적 사건[95]을 상징화했지. '음악이 죽

---

95 세 명이 함께 순회공연 중에 아이오와 주에서 미네소타 주로 향하던 비행기에 탑승했다가 사고를 당했는데, 로큰롤 시대의 종말을 의미하는 커다란 사건으로 여겨지고

텔레비전, 기술, 대중매체

던 날[96]'로도 알려져 있다시피, 이 음악의 아이콘들이 세상을 떠나자 로큰롤은 막대한 타격을 입었어. 그렇지만 우리는 새로운 재능의 조짐이 보이는 수많은 사람들을 통해 음악이 살아나길 수십 년 동안 꾸준히 기다려왔단다. 음악사에서 또 다른 비극적인 날이 찾아오기 전까지는 말이야. 1981년 8월 1일, 텔레비전 음악 프로그램인 MTV가 처음으로 방송되던 날, 나는 음악이 '정말로' 죽었다고 느꼈거든.

MTV가 처음으로 방송되던 때가 마치 어제 일 같아. 누나와 나는 우리가 좋아하는 가수들이 공연하는 모습을 처음으로 지켜보며 무척 경이로워했어. 그때까지는 유명한 음악가들을 잡지에서나, 이따금 밤늦은 시간에 하는 쇼 프로에 출연한 모습만 볼 수 있었거든. 이제 마침내 그들이 눈부시게 아름다운 모습으로 공연하는 것을 밤낮으로 볼 수 있게 된 거야. 우리가 보았던 첫 뮤직 비디오는 버글스가 부른 '비디오가 라디오 스타를 죽였다(Video Killed the Radio Star)'였어. 이 노래에서 암시했던 으스스한 미래가 더 이상 딱 맞아떨어질 수가 없었지. 왜냐하면 25년 후에 바로 그 일이 일어났거든.

바디오가 라디오 스타를 죽인 거야.

MTV가 등장하기 이전의 음악은 엄선된 천재들이 수천 명의 마음을 사로잡는 기술과 함께 그들이 소유했던 대가다운 능력을 발휘하는 예술 형식이었어. 음악이란 귀와 감정으로 경험하는 것이었는데, 음악 텔레비전이 독자적으로 이를 바꿔버렸지. 20년에 걸쳐서 음악을 청각적 경험에서 시각적 경험으로 변형시킨 거야. 인간은 본래

있다.
96   The Day the Music Died, 이 노래에서 반복되는 마지막 구절

시각적인 동물이기 때문에, 이렇게 발전하는 양상이 이치에 맞는 일이긴 해. 하지만 이렇게 통제 불능의 상태로 돌아갈지 누가 알았겠니?

MTV는 곧 네트워크의 괴물이 되어, 전국의 10대 시청자들을 장악했어. 결국 VH1과 MTV2를 세우고, 프로그램 편성을 확장해서 영화와 TV 쇼, 게임 쇼까지 제작하기에 이르렀어. 사실, 그들이 대중적인 리얼리티 TV의 진정한 창안자인 건 맞아. 그런데 난데없이 MTV가 모든 멋진 것의 완벽한 본보기가 되어서, 아이들에게 무엇을 입을지, 어떻게 말할지, 어떻게 느낄지, 무엇이 인기 있는지, 무엇이 인기가 없는지, 어떻게 생각해야 할지를 이야기하기 시작했어. 아이들은 모두 목마른 강아지들처럼 그것을 덥석 받아들였지. 이 때문에 음악가들이 요즘엔 잠깐 반짝했다가 바람과 함께 사라지는 경향이 있단다. '조니와 포켓 로켓들'이 월요일에는 가장 유망 주자였다가, 금요일에는 씻은 듯이 싹 사라져버리곤 하는 거야. 음악이 예술가의 스타일에 치중하게 되고 실제 내용상으로는 빈약해졌기 때문에, 예술가들이 불필요해졌어.

평범한 무도회의 여왕이면서 '예술가'로 여겨지던 애슐리 심슨이 몇 달 전에[97] TV 생방송[98] 공연 중에 립싱크를 하다가 들통이 난 일이 있었어. 오디오 트랙이 껑충 건너뛰는 바람에 마이크를 입에 대지도 않은 상태에서 본인이 미리 녹음한 목소리가 나온 거야. 결국 그녀는 창피한 나머지 눈물을 흘리며 무대를 뛰쳐나갔지. 그 어떤 말로도 이 난감한 상황을 표현할 수 없을 거야. 외모가 출중한 사람을 녹음실에 던져 넣고

---

97   2004년

98   NBC방송의 SNL(Saturday Night Live)이라는 프로그램

텔레비전, 기술, 대중매체

엠티비의 노예가 된 10대들

스튜디오의 마법사들로 하여금 그들을 '내일의 인기 있는 예술가'로 탈바꿈시키는 게 음악적으로 성공하는 새로운 공식이 되어버린 탓이지.

1960년대에 최고의 음악적 재능은 라디오를 통해 드러났었어. 주로 '톱 14(Top Forty)'라는 프로그램이 그런 역할을 했지. 이 프로그램을 통해 신기원을 이룬 많은 예술가들이 오늘까지도 여전히 눈부신 곡들을 쏟아내면서, 평생의 업적에 대한 공을 인정받고 있단다. 20년쯤 지나 이 사람들이 우리와 더 이상 함께 있지 못하게 되면 어떨까? 우리는 누구에게 경의를 표하고 누구에 의해 영감을 받을까? 20년 후에도 스티비 원더, 밥 딜런, 닐 영, 브루스 스프링스틴, 폴 매카트니, 보니 레이트 같은 사람들이 있을까? 그렇다고 오늘날 천재가 전혀 없다는 뜻은 아니야. 지금은 언더그라운드에서 보석을 찾아내야 한다는 말이지. 그리고 그들은 아메리칸 아이돌[99] 톱 12 결승전 진출자들 중에는 절대로 없어. 나는 '로큰롤 명예의 전당(the Rock and Roll Hall of Fame)'[100]이 어쩌다가 '섹시한 몸매를 가진 사람들이 전자기기로 음질을 높인 음악을 연주하는 홀(the Hall of Sexy Bodies and Electronically Enhanced Music)'로 명칭을 바꿔야 할 지경이 되었는지 한탄스러울 뿐이야.

---

99 American Idol, 2002년부터 미국 폭스 TV에서 방영한 노래 오디션 프로그램

100 미국 오하이오 주 클리블랜드에 있는 로큰롤 기념관으로 1983년에 로큰롤 음악 역사의 발전에 기여한 인물들에 대한 업적을 기리기 위해 설립되었다. 전 세계에서 가장 광범위한 자료를 소장하고 있으며, 전시회뿐만 아니라 음악회, 강연회, 토론회, 수련회 등 다양한 프로그램을 운영하고 있다.

텔레비전, 기술, 대중매체

12

영화

네가 깜짝 놀랄 만한 이야기를 들려주지. 내가 정말 집착하는 게 몇 가지 있는데, 그중 하나가 영화야. 물론 남에게 피해를 입히거나 잠재적으로 생활에 지장을 줄 정도로 집착하는 건 아니야. 아무리 형편없는 영화일지라도 10편에 1편 정도는 네 마음에 감동을 주고 네게 결코 잊지 못할 순간을 만들어줄 마법 같은 영화가 있을 거야. 〈베스트 키드(the Karate Kid)〉(1984)에서 주인공이 '학다리 차기[101]'을 날리며 극적으로 우승하는 장면이나, 〈이티(E.T.)〉(1982)에서 조마조마하게 탈출하던 장면을 떠올리면 아직도 소름이 돋는데, 이 두 영화 모두 20여 년 전에 나온 영화라는 말씀! 네 성격에 끊임없이 영향을 미칠 수 있는 놀라운 영화도 있어. 그런 영화들은 너로 하여금 영화를 감상하는 동안 네 삶을 떠나

---

101   Crane Kick:, 학처럼 한 발로 도움닫기를 한 뒤 다른 발로 턱을 차는 기술

환상과 모험의 세계로 안내해줄 거야. 사람들이 영화를 판단하는 기준은 아주 다양해. 음악과 마찬가지로, 어느 분야에나 변덕스러운 평론가들이 있게 마련이고, 수많은 사람들이 이구동성으로 한 가지 좋은 점만 말하는 작품은 없지. 그런데 나는 영화를 딱 한 가지 기준으로만 평가해. 그 영화가 나로 하여금 생각하고, 웃고, 느끼게 만들었나? 만약 그랬다면 그건 나한텐 좋은 영화인 거지.

내가 어렸을 때 우리 아빠와 함께 비디오 대여점에 가곤 하던 기억이 나네. 우리 아빠는 늘 자기가 좋아하는 옛날 영화를 콕 집어서 빌리곤 했기 때문에 내가 끼어들 여지가 거의 없었어. 하지만 내 영화 취향이 탁월하다는 것만큼은 너에게 약속해. 내가 이제 알려주려는 영화를 네가 볼 기회가 있었으면 좋겠다. 너무 좋아서 말문이 막힐걸? 지금으로부터 100년 후에도 여전히 훌륭한 영화로 손꼽힐 만한 영화들이거든.

361

Trust me!!

이 중에 네 인생 영화가 나올지도?!

뷰티풀 마인드(A Beautiful Mind)

정신 분열증을 앓고 있는 천재가 자신의 장애에 직면해서 고군분투하는 내용의 실화야.

타임 투 킬(A Time to Kill)

어떤 흑인의 18살짜리 딸이 백인 남자들에 의해 무참하게 강간을 당해. 그 대가로 그는 범인들을 죽이고 재판에 회부되지.

워크 온 더 문(A Walk on the Moon)

어린 나이에 엄마가 된 여자가 자신이 누리지 못했던 청소년기를 되찾으려다가 거의 모든 것을 잃게 되는 줄거리야.

아메리칸 뷰티(American Beauty)

평범한 미국 가정 안에 벌어지는 깜짝 놀랄 만큼 극적인 이야기야.

아메리칸 히스토리 X(American History X)

미국 교외 지역에서 벌어지고 있는 인종 간의 증오와 백인 우월주의에 대한 이야기를 다루고 있는데, 보는 내내 눈길을 떼지 못할걸.

아미스타드(Amistad)

아프리카 노예 무역 시절에 벌어졌던 잔혹한 행위들에 대한 역사적인 성찰이 담겨 있는 영화지.

백 투 더 퓨쳐(Back to the Future)

시간 여행에 관한 영화들 중 최고봉일 거야.

바스켓볼 다이어리(Basketball Diaries)

"마약 하지 마세요" 투의 영화야.

이 리스트에서 첫 번째

부기 나이트(Boogie Nights)

더러운 포르노 세계를 통과하는 어떤 젊은이의 여정을 그린 영화야.

보랏: 영광스런 조국 카자흐스탄의 이익을 위한 미국 문화 배우기

(Borat: Cultural Learnings of America for Make Benefit Glorious Nation of Kazakhstan)

막장인 사회를 희화화한 영화를 보고 싶다면, 오늘밤 이 영화를 추천한다.

7월 4일생(Born on the Fourth of July)

베트남전에 파견되었다가 불구가 되어 돌아온 병사가 삶을 헤쳐 나가는 이야기란다.

볼링 포 콜럼바인(Bowling for Columbine)

총과 폭력을 바라보는 미국의 강박 관념에 대한 충격적인 다큐멘터리야.

소년은 울지 않는다(Boys Don't Cry)

미국 중부 지역에서 성정체성의 위기에 처한 소녀가 잔인하게 살해당한 실화를 토대로 만들어진 영화지.

브로크백 마운틴(Brokeback Mountain)

믿거나 말거나, 가슴 저리는 게이 서부극이야.

캐스트어웨이(Castaway)

무인도에 5년 동안 갇히게 된다면, 너는 어떻게 하겠니?

크래쉬(Crash)

편견과 인종에 대한 고정관념을 이야기하고 있어. 놀랄 만한 줄거리들이 마침내 하나로 모이는 부분이 압권이지.

늑대와 춤을(Dances with Wolves)

아메리카 원주민 착취와 그들의 생활방식이 어떤 잔인한 결말을 맞았는지를 다룬 가슴을 저미는 이야기야.

죽은 시인의 사회(Dead Poets Society)

"현재를 즐겨라(Carpe diem)." 전 세계가 오늘을 즐기고 싶게 만든 영화란다.

드래곤플라이(Dragonfly)

한 남자가 신기하게도 부인이 죽은 장소로 이끌려와서 삶을 변화시키는 발견을 하게 된단다.

이티(E.T.)
몇 살에 이 영화를 보든지, 넌 그 내용이 진짜인 줄로 착각하게 될걸.

파고(Fargo)
몸값을 받아내려 납치를 했다가 사건이 점점 꼬여가는 과정을 통해 돈과 탐욕이 모든 악의 뿌리라는 것을 적나라하게 보여주는 영화야.

리치몬드 연애 소동(Fast Times at Tidgemont High)
마약 중독자와 관련된 내용의 영화로 80년대에 꽤 인기가 있었어.

피어(Fear)
사이코인 남자 친구가 한 소녀의 인생을 망치는 내용이야. 16살짜리 여자아이들이라면 누구나 이 영화를 꼭 봐야 해.

파이트 클럽(Fight Club)
네 내면의 야성적 본능을 깨우는 컬트영화의 고전! 게다가 브래드 피트의 아주 멋진 모습도 볼 수 있지.

포레스트 검프(Forrest Gump)
내가 제일 좋아하는 영화야. 지능은 낮지만 순수한 마음을 가진 남자가 자아를 발견하는 비범한 삶을 이끌어나가는 이야기란다.

프리퀀시(Frequency)

한 남자가 돌아가신 아버지가 쓰던 라디오를 통해 과거의 아버지와 통신을 하게 되면서, 과거의 사건을 바꿔나가는 이야기야.

가든 스테이트(Garden State)

20대 청년이 겪은 갖가지 시련과 고난을 마음의 눈으로 들여다볼 수 있는 영화야.

처음 만나는 자유(Girl, Interrupted)

각자 사연을 가지고 정신병원에 입원한 젊은 여성들이 서로에게서 위안을 찾는 이야기야.

굿 윌 헌팅(Good Will Hunting)

수학적으로 천재적인 두뇌를 가졌지만 고아로 마음의 문을 닫고 살던 한 청년이 그의 천재성을 알아본 심리학 교수와의 우정을 통해 자신의 과거와 싸우며 상처를 치유하고 변모해가는 과정을 그린 영화야.

좋은 친구들(Goodfellas)

조직적인 범죄의 구렁텅이에 빠져 탈출구 없는 삶을 사는 사람들의 모습을 보여주는 영화지.

하드볼(Hardball)

빈민가의 아이들이 마지못해 꼬마 야구팀을 맡게 된 코치와 함께 야구

실력뿐만 아니라 스포츠맨십을 배워나가며 성숙해가는 이야기야.

하이어 러닝(Higher Learning)

대학 생활 중에 겪게 된 비극적인 상황을 들여다보는 영화야. 요람에는 쓰여 있지 않은 내용이 모두 담겨 있단다.

멋진 인생(It's a Wonderful Life)

"네가 만약 태어나지 않았다면 세상은 어땠을까?"라는 오랜 질문에 답하는 고전적인 이야기야.

베스트 키드(Karate Kid)

왕따를 다룬 영화들 중 최고로 손꼽히는 영화란다.

리틀 미스 선샤인(Little Miss Sunshine)

불협화음이 끊이질 않던 가족이 미인대회에 출전하고 싶어 하는 7살짜리 막내를 위해 함께 뭉치면서 가족의 소중함을 깨닫게 되는 과정을 그린 사랑스런 영화야.

마스크(Mask)

어느 날 우연히 발견한 마스크를 쓰고 초인적인 힘을 갖게 된 주인공이 마스크가 필요 없는 진정한 자아를 찾게 되는 이야기다.

퀸카로 살아남는 법(Mean Girls)

10대 소녀들이 지닌 불안감을 이 보다 더 잘 표현한 영화가 또 있을까?

메멘토(Memento)

시간 순서를 역으로 제시하여 신비하면서도 감동적인 이야기야.

밀리언 달러 베이비(Million Dollar Baby)

31살이라는 나이에 권투 선수가 되려는 꿈을 이뤄가는 여자의 이야기를 그린 영화가 그토록 놀라울 수 있으리라고 누가 상상이나 할 수 있었을까?

몬스터(Monster)

플로리다의 매춘부가 연쇄 살인범이 된 으스스한 실화를 바탕으로 만들어진 영화야.

홀랜드 오퍼스(Mr. Holland's Opus)

위대한 곡을 작곡하고 싶지만 어쩔 수 없이 음악 교사가 된 주인공이 진심으로 학생들을 대하게 되면서 학생들에게 꿈과 희망까지 안겨주게 되는 이야기야.

마이 걸(My Girl)

어린 시절 우정의 경이로움에 대한 감동적인 영화지.

마이 라이프(My Life)

암에 걸려 시한부 선고를 받은 남자가 태어날 아기를 위해 아버지로서
알려줘야 할 모든 것을 비디오에 담아내는 이야기야.

나폴레옹 다이너마이트(Napoleon Dynamite)

저예산 컬트 코미디 영화의 고전이야. 우리 모두가 고등학생 때 한 번쯤
은 스스로를 주인공처럼 어수룩하다고 느껴본 적이 있을걸.

아름다운 세상을 위하여(Pay It Forward)

긍정적인 에너지를 퍼뜨릴 수 있는 가능성은 무한하지!

피위의 대모험(Pee Wee's Big Adventure)

내가 이 영화를 목록에 포함시켰다는 사실이 믿기지 않지만, 고백하자
면 이 우스꽝스런 판타지 영화를 어렸을 때 무척 좋아했었다.

프로젝트 X(Project X)

동물 실험의 폐해에 대해 일깨워주는 영화야.

레인 맨(Rainman)

빚에 시달리던 동생이 자폐증 환자이지만 암기력이 뛰어난 형의 유산을
가로채려다가 점차 형제애를 깨닫게 되는 과정을 그린 영화야.

레퀴엠(Requiem for a Dream)

"마약 하지 마세요" 투의 영화야.

기숙사 대소동(Revenge of the Nerds)

샌님들이 캠퍼스를 휘젓고 다니는 운동선수 집단에 대항해서 싸워 이기는 내용이지.

라이언 일병 구하기(Saving Private Ryan)

라이언 일병이 노년에 2차 세계대전 당시 감수해야 했던 악몽과 같던 끔찍한 상황을 회상하는데, 화면에서 눈을 뗄 수 없어.

쉰들러 리스트(Schindler's List)

홀로코스트 영화들 중에서 단연 압권!

세븐(Se7en)

지금까지 만들어진 연쇄 살인 사건을 다룬 영화 중에서 가장 긴장감 넘치는 영화로 손꼽힌단다.

티벳에서의 7년(Seven Years in Tibet)

평온했던 티벳이라는 나라에 찾아온 비극적 사건을 그린 영화야.

쇼생크 탈출(Shawshank Redemption)

한 남자가 억울하게 감옥에 가지만, 결코 희망을 잃지 않고 결국엔 자유를 찾는 모습이 감동적이지.

샤인(Shine)

천재적 재능을 지닌 피아니스트가 독선적이고 강압적인 아버지로 인해
신경쇠약에 걸려서 정신병원에서 10년이란 세월을 보냈지만, 피아노를
통해 행복을 되찾는다는 이야기야.

슬링 블레이드(Sling Blade)

예상 밖의 주인공의 정신 질환과 가정 폭력에 관한 영화야.

스펀(Spun)

"마약 하지 마세요" 투의 영화야.

스탠 바이 미(Stand by Me)

내가 좋아하는 성장 영화란다.

슈퍼 사이즈 미(Super Size Me)

패스트푸드가 얼마나 해로운지를 보여주는 다큐멘터리야.

피고인(The Accused)

인간의 악한 면을 그린 잔인한 영화지.

머시니스트(The Machinist)

달아날 수는 있지만, 자신의 죄책감으로부터 숨을 수는 없는 거다.

매트릭스(The Matrix)

종말론적 상황이 배경인 영화로, '좋은 방식'으로 너를 사정없이 혼란에 빠뜨릴 거야.

아웃사이더(The Outsiders)

1960년대 부자 마을과 가난한 마을 아이들 사이에 패거리가 형성되고 문화가 충돌하면서 빚어지는 이야기를 그린 영화야.

패션 오브 크라이스트(The Passion of the Christ)

예수 그리스도의 위대한 생애에 대한 이야기야. 너무나 사실적으로 묘사되어서, 십자가상을 결코 이전과 똑같이 바라보지 못하게 되었지.

스쿨 오브 락(The School of Rock)

아빠가 수업 시간에 어떤지 알고 싶다면, 이 영화를 보렴.

양들의 침묵(The Silence of the Lambs)

한니발 렉터(Hannibal Lector)는 영화사상 최고의 악당이다.

식스 센스(The Sixth Sense)

이 영화는 결말에 최고로 놀라운 반전이 있지롱.

트루먼 쇼(The Truman Show)

자신의 모든 인생이 TV의 리얼리티 쇼로 24시간 생중계되고 있다는 사실을 전혀 몰랐다가 사실을 알게 되면서 벌어지는 이야기야.

써틴(Thirteen)

13살에 납치되었다가 13년 만에 탈출에 성공한 소녀의 이야기야. 모든 부모에겐 악몽 같은 일이지.

이 소년의 삶(This Boy's Life)

한 소년이 폭력적인 계부의 손아귀에서 벗어나고자 고군분투하는 이야기야.

타이타닉(Titanic)

여자들이 엄청 좋아하는 영화야. 초호화 유람선이 침몰한 역사적인 사건을 배경으로 만들어졌단다.

트래픽(Traffic)

마약과의 전쟁을 벌이는 미국 정부의 노력이 허사임을 잘 보여주는 영화야.

언페이스풀(Unfaithful)

불륜은 언제나 비극으로 끝나게 마련이라는 것을 입증하는 영화야(맞아, 사실 난 다이앤 레인(Diane Lane)을 좋아해. 하지만, 그게 뭐 대수라고).

13

규칙 위반

1989년 10월에 비니 토리노와 나는 8교시를 빼먹었어. 대마초도 피우고 웬디스 버거의 드라이브스루 매장에 가려고 했거든. 비니는 가는 곳마다 말썽을 일으켰지만, 함께 지내면 정말 재미있는 아이였지. 이 친구는 무슨 일을 하든 두려움이라곤 없었어. 워낙 충동적으로 행동해서 진짜 반사회적 인격 장애자 같기도 했어. 비니는 툭하면 싸우고, 공공 기물을 훼손하고, 가게에서 물건을 훔치기도 했고, 그밖에도 별의별 짓을 다 했지. 예를 들면, 우리가 함께 영화를 보러 간 적이 있는데, 그 친구가 표를 끊자마자 매점에서 가장 큰 밀크 더즈[102] 상자를 사는 거야. 그걸로 뭘 하려나 했더니, 상자를 깔때기처럼 사용해서 앞줄에 앉은 사람들의 뒤통수를 향해 큰 소리로 웃어젖히더라고. 개랑 계속 어울리다간 결국

---

102   Milk Duds, 밀크 초콜릿 캐러멜 캔디

나한테 화를 초래하리라는 것을 난들 몰랐겠니? 단지 비니랑 있으면 너무 신나서 거절할 수가 없었을 뿐이야.

이날도 우리는 비니가 '파티용 바지선'이라고 이름 붙인 10인승 쉐보레 서버번을 타고 돌아다녔어. 평소에도 이 친구는 아이들을 가득 태우고 파밍빌 언덕에서 위험하기 짝이 없는 속도로 내달리며, 평화로웠던 동네를 아수라장으로 만들곤 했거든.

그런데 이날은 비니랑 나뿐이었어. 게다가 운 좋게도 마침 낙엽 치우는 날이었단 말씀! 동네 사람들이 낙엽을 갈퀴로 모아서 잔디밭 가장자리에 더미로 모아놓으면, 시에서 나와 거대한 진공청소기로 낙엽을 빨아들여 트럭에 싣는 날이었던 거야. 그런 날에 우리가 즐겨 했던 놀이가 있어. 이 낙엽 더미를 전속력으로 치고 지나가서 산산이 흩어지게 만드는 거였지. 그날도 어김없이 그다지 크지 않은 낙엽 더미 몇 개를 신나게 망가뜨렸어. 그러고 나서 학교 쪽으로 돌아가려는데, 우리의 눈앞에 결코 지나칠 수 없는 황금 더미 같은 낙엽 더미가 놓여 있는 거야. 모든 낙엽 더미들의 어머니 격이랄 수 있을 정도로 거대했지. 호화로운 집 앞에 놓여 있는 대형 쓰레기 수거함 크기의 이 낙엽 더미를 바라보며 우리는 입맛을 다셨어. 비니는 그 낙엽 더미를 똑바로 쳐다보며 가속 페달을 꾹 밟았고, 우리 둘 다 신이 나서 환호성을 질러댔어.

스피커에서는 데프 레퍼드가 부른 '나에게 달콤한 사랑을 줘(Pour Some Sugar on Me)'가 파티 바지선의 엔진이 부르릉거리는 소리만큼이나 쩌렁쩌렁 울려 나오고 있었고, 우리는 그 박자에 맞춰 주먹을 두드려댔어. 빈이 눈을 가늘게 뜨고 핸들에 집중하는 동안, 나는 계기판을 꽉 붙잡았어. 어찌나 세게 잡았던지 내 손가락들이 계기판에 파묻힐 지경이었다니까. 그런데 충돌하기 몇 초 전에, 나는 나뭇잎 더미가 이상하게 헝클어지고 있다는 것을 알아차렸어. 순전히 본능에 따라 팔을 뻗어서 미친 듯이 핸들을 오른쪽으로 잡아당겼지. 비니가 급히 브레이크를 밟자, 우리가 탄 차가 180도 돌더니, 원래 목표 지점의 바로 길 건너편 잔디밭에 끽소리를 내며 정지했어. 파티 바지선이 멈춰 섰고, 비니가 버럭 화를 내며 막 내 멱살을 잡으려던 참이었지. 우리는 정말 기절하는 줄 알았다. 장난감 총을 든 유치원 또래의 남자아이 두 명이 잔뜩 겁먹은 표정으로 그 나뭇잎 더미에서 튀어나와 자기네 집을 향해 뛰어가고 있었거든.

우리는 꼼짝할 수도, 말을 할 수도 없었어. 심지어 숨조차 제대로 쉴 수가 없었지. 마치 그 순간이 영원처럼 느껴졌단다. 성난 이웃들이 어찌된 일인지 알아보려고 뛰어나오기 시작하자, 빈은 격분해서 차를 몰고 그 자리를 떠났어. 그 친구는 말 한마디 없이 나를 학교에 내려주었지. 나는 그 두 남자아이의 모습이 자꾸만 눈앞에서 아른거려서, 내 차에 앉아 한 시간도 넘게 덜덜 떨었어. 만약 내가 핸들을 잡아당기지 않았더라면? 아마도 우리가 그 아이들을 치어 죽였겠지. 우리는 약에 잔뜩 취한 상태에서 의도적으로 무모한 행동을 한 거야. 그러니까 의심할 여지없이 교통사고에 의한 상해치사죄로 기소될 수 있던 거야. 별 걱정 없던 10대가 순식간에 살인자로 전락했겠지. 선생님이자 남편이자 사랑하는 아빠가 되는 대신에, 동물처럼 우리 안에 사는 재소자 #253-047호가 되어, 자살 감시 대상자가 되었을 거야. 내 일생이 죄 없는 그 두 어린 소년들과 더불어 끝장나버릴 뻔했어. 비니와 나는 그 후로 다시는 가까이 지내지 않았어. 아마 우리들 중 누구도 그날을 결코 잊지 못할 거야.

즐거운 시간이 순식간에 비극으로 바뀔 수 있다는 걸 보여준 사건이었지. 나는 이처럼 재앙을 아슬아슬하게 피한 일이 아주 여러 번 있었어. 내가 행실이 좋지 않은 무리와 어울려 다녔던 탓에 곤란한 일들이 늘 가까이에서 벌어졌거든. 아무래도 너에게 한 가지 이야기를 더 들려줘야할 것 같아. 어느 날 밤에 숲에서 열린 요란한 파티에 참석했을 때의 일이야. 우리는 모두 완전히 취해서, 음악을 크게 틀어놓고, 모닥불 주위에서 춤을 추고 있었어. 술에 취해 맥주통 던지기 게임도 했지. 그런데 게임이 끝나자, 에디 매캐런이란 녀석이 장난삼아 빈 통을 굴려서 불 속으로 들여보내더라고. 시간이 지나 파티의 흥이 잦아들면서 끝까지 버티고 남아 있는 사람이 몇 명 없을 때쯤, 나는 앰버 도나휴와 좀 더 친밀함을 느낄 수 있는 장소로 자리를 옮겼어.

다음 날 아침에 크리스가 혼비백산하여 나한테 전화를 하기 전까지, 무슨 일이 일어나리라곤 상상도 못 했다. 빈 맥주통이 나중에 불 속에서 폭발한 바람에 누군가가 죽었다는 거야. 죽은 친구는 조 와이스였어. 파도타기를 즐기는 아주 멋지고 무척 온화한 성품을 지닌 친구였는데! 나랑 잘 아는 사이는 아니었지만, 세상에 적이라곤 없는 착한 친구였다고. 일그러진 금속 파편이 그 친구의 가슴을 관통하면서 목이 거의 잘리고 말았대. 그래서 장례식은 관 뚜껑을 닫은 상태로 치러졌어.

에디 매캐런은 체포되어, 소환당했고, 결국 기소되었어. 돌이킬 수 없는 어리석은 실수에 대한 또 다른 본보기라고 할 수 있지.

377

어릴 때는 주변이 온통 재미있는 일투성이일 거야. 너는 결코 "얘들아, 아무래도 우리 이러면 안 될 것 같아"라고 말해서 흥을 깨는 사람이 되고 싶지는 않겠지. 그런 말을 한다면 누구나 너를 패배자라고 생각할지도 모르니까. 너도 믿을 수 없는 추억 거리를 놓치게 될지도 모르고. 그렇지만 때로는 네 직감을 믿어야 할 때가 있어. 만약 네가 어떤 일을 막으려고 하는데 역겨운 기분이 든다면, 그 일이 매우 나쁜 일일 가능성이 크다고 본다.

여자아이들의 경우 대개 진짜 위험한 상황은 그들이 어울리는 남자들로부터 일어나. 위험을 부르는 유형의 남자들은 딱 보면 알 수 있어. 툭하면 싸우고, 과속을 하고, 술을 마시고, 마약을 복용하는 녀석들이지. 이런 녀석들은 같이 노는 걸 거부할 수 없으리만큼 매력적일 수도 있어. 하지만 결국엔 너를 가장 불행하게 만들 사람이기도 하지. 그런 반사회적 인격 장애자로 인해서 마치 네가 그런 사람인 것처럼 많은 곤란을 겪을 수 있어. 게다가 네가 법을 모른다는 사실이 법을 어겼을 때 너를 보호해주지는 못하거든.

네가 그런 법이 존재한다는 사실을 모르고 법을 어겼대도, 그냥 넌 완전히 망한 거야.

내가 10대 때 친구들이랑 같이 했던 행동 몇 가지를 이야기해줄게. 요즘엔 좀 더 심각한 일들로 바뀌었을 게 분명하지만, 그중 몇 가지는 여전히 인기가 대단할 거라는 생각이 드니까.

Trust me!!

10대 때 저지를 수 있는 위험한 범죄

절도

절도가 10대 소녀들 사이에서 여전히 가장 상습적으로 저질러지고 있는 범죄들 중의 하나라고 확신한다. 심지어 성자 같은 네 엄마도 청소년기에 '몰래 슬쩍'했다가 몇 번 걸린 적이 있다고 했어. 너 또한 16살이 되어 옷장에 값비싼 옷을 채워 넣고 싶은데 감당할 능력은 되지 않을 때, 그런 일을 벌이고 싶은 유혹에 사로잡힐 수도 있단다. 옷은 쇼핑백에 집어넣기가 너무 쉽잖아. '어라? 이 정도면 훔치기도 쉽고 옷 하나 슬쩍해도 안 들킬 것 같은데?' 그건 너의 착각이야. 네가 필시 감시당하고 있다는 것만 기억해. 요즘에는 심지어 천원마트에도 네가 알아차릴 수 없는 곳에 감시 카메라가 숨겨져 있으니까. 너의 일거수일투족이 녹화되고 있을 텐데, 나중에 녹화된 영상이 법정에서 유죄의 증거가 될 수 있어.

쪽팔리지만 고백한다. 언젠가 나도 물건을 훔치다가 창피를 당한 적이 있어. 스타인벡 백화점에서 정말로 갖고 싶던 모직 재킷을 내 쇼핑백에 집어넣고 걸어 나온 적이 있거든. 하지만 불과 몇 초 만에 칠척장신의 안전 요원이 코앞에 나타나더니, 나를 위층에 있는 밀실로 끌고 갔지. 거기서 경찰을 부르고는, 나의 경거망동한 범죄가 고스란히 담겨 있는 비디오테이프를 보여주더라고. 다행히도 나는 아주 가벼운 처벌만 받았어. 전화로 집에 그 사실을 알리고, 평생 그 백화점 출입을 금지당했다.

가게에서 물건을 훔치는 습관이 강박증으로 변할 수도 있어. 몇 년 전에 위노나 라이더라는 유명한 여배우가 상점에서 물건을 훔치는 바람에 체포된 적이 있었지. 그녀는 백만장자임에도 불구하고, 돈을 내지 않고 물건을 그냥 갖고 나오고 싶은 충동을 견딜 수가 없었대. 마약을 끊기 힘든 것처럼 말이야. 그러니까 최대한 현명하게 판단해서 물건을 훔치는 일을 삼가도록 해. 너도 알다시피 우리 집이 동네에서 가장 부유한 집은 아니잖아. 그러니까 네가 더 많은 것들을 갖고 싶다는 생각이 드는 건 어찌 보면 당연해. 그럴 때면 저축해서 네 스스로 갖고 싶던 물건을 마련해보는 건 어때? 그보다 기분 좋은 일은 없을 거야. 네 엄마와 내가 언제든지 네가 정말로 원하는 것을 가질 수 있도록 도와줄게. 너는 다만 법을 어기지만 말아라. 그리고 무엇보다 멍청이 같은 네 친구들의 말은 듣지 마.

신분증 위조

옛날에 우리는 색연필로 면허증에 적힌 생일을 변조하거나 나이가 더 많은 친구의 면허증을 빌려서 바에 들어갈 때 사용하기도 했어. 술을 살 때도 마찬가지고. 요즘엔 온갖 첨단 기술을 동원해서 훨씬 정교하게 면허증을 위조할 수 있대. 하지만 그랬다간 무사하기 어렵겠지. 이제는 처벌도 한층 더 엄해졌고 말이야. 그래도 아이들은 가짜 신분증을 얻기 위해서, 언제든 새롭고 더 치밀한 방법을 알아낼 거야. 네가 겨우 몇 개월만 있으면 21살이 되는데 아직 맥주를 살 수 없다면 상당히 불만스러울 테니까. 하지만 신분증 위조는 실제로 매우 심각한 범죄거든. 위조한 신분증을 소지하면 꽤 곤란할 수 있어. 술집엔 앞으로 평생토록 얼마든지 갈 수 있잖아. 그러니까 너무 서두르지 마. 게다가 지금은 술집에 가는 게 멋져 보일 수 있지만, 그런 이미지는 과대평가된 거야.

DWI(음주 운전)

음주 운전은 너는 물론이거니와 무고한 다른 사람들의 목숨까지 앗아갈 위험이 있어. 게다가 그와 관련된 여러 가지 심각한 결과를 초래할 수가 있다고. 경찰은 음주 운전 죄를 정말로 엄중하게 다루고 있어. 법적으로 규제되는 혈중 알코올 농도(BAC)도 해마다 계속 낮아지는 추세야. 현실적으로 말해서, 만약 네가 날씬한 여자라면, 맥주 한 잔을 마시고 운전을 하는 것도 안 돼. 그 정도만 마셔도 법적 제한 수치를 훌쩍 넘어설 거야. 네가 술을 마신 후에 음식도 먹고 커피를 4잔이나 마셨다고 하더라도 소용이 없어. 오직 시간이 지나야만 술기운이 가실 거야. 그것도 아주 많은 시간이 지나야 말이지. 그밖에 다른 방법은 없어.

시간이 꽤 지났는데도 혈중 알코올 농도가 낮아지지 않는 경우도 자주 있어. 나와 같은 학교에 근무하던 한 선생님이 섣달 그믐날 저녁에 술을 마시고 8시간을 자고 나서, 다음 날 아침에 차를 끌고 나왔대. 그런데도 검문에 걸려서 차를 길가에 세우고 음주 측정을 했더니 수치가 높게 나왔다더라. 그는 면허정지 상태인데 운전을 했을 뿐만 아니라, 10년 만에 두 번째 음주 운전을 한 거였어. 결국 징역 6개월을 선고받고, 교사 자격증도 잃고 말았지. 게다가 중범죄 기록을 영원히 보유하게 된 거야. 그는 대단히 좋은 선생님이기도 했어. 그런데 지금은 먹고살기 위해 가구를 운반하고 있다는 걸 생각하면, 가슴이 찢어지는 것 같아. 술을 마시고 운전하는 것은 결코 해답이 아니야. 다른 사람들이 입은 손해를 보고 배워. 자동차 키를 꽂고 돌렸을 뿐인데, 수많은 생명이 영원히 산산조각이 날 수 있어.

네 자동차 속 불법 소지품

네가 드림카를 갖게 돼서 친구들을 옆에 태우고 다닌다고 가정해보자. 너는 네 자동차에 탄 사람들의 주머니에 뭐가 들었는지 알 수 있을까? 아마 절대 모를걸. 특히 네가 소란스러운 무리와 함께 어울려 다니게 된다면, 더더군다나 짐작도 못 할 거야. 그 애들이 태어날 때부터 너랑 가장 친한 친구여도 마찬가지야. 경찰이 차를 세우면, 누구든지 자신이 갖고 있던 물건을 얼른 좌석 밑으로 밀어 넣게 마련이거든. 경찰이 너희가 가지고 있으면 안 될 물건을 찾아냈는데 (그리고 찾으려고 할 때), 만약 아무도 자백하지 않는다면? 그 물건은 자연스럽게 자동차 소유자가 소지한 것으로 간주되겠지. 그리고 체포되는 사람도 자동차 주인일 테고. 언젠가 피시[103] 콘서트에 갔다가 마약에 취해 멍해 있던 한 아이를 내 차로 집에 데려다준 적이 있어. 차를 타고 가면서 그 친구가 "나 말이야. LSD[104]를 갖고 있어. 그것도 수백 번이나 사용할 수 있는 양을 말이야!"라며 고백하는 거야. 그때 바로 그 자리에서 차를 멈췄어야 했는데, 나는 바보같이 그러지 않았어. 만약 경찰이 내 차를 세우고 검문을 했더라면, 내 인생은 끝장났을 거야. LSD는 걸리면 아주 엄중한 처벌을 받는 약물 중 하나거든. 너는 그 아이가 나를 두둔해주었을 거라고 생각하니?

---

103 Phish, 1986년에 데뷔한 로큰롤 밴드
104 강력한 환각제

10대 남자아이들 중에는 여자 친구가 자기를 태우고 시내 여기저기를 다니는 운전기사 노릇을 해주길 바라는 무리들이 있어. 술이나 마약에 취해서도 걱정 없이 제멋대로 지내고 싶기 때문이지. 그 녀석의 친구들이 파티에 더 많이 참가하면 할수록, 네가 차를 세우고 검문받게 될 가능성이 더 커질 거야. 자동차를 샅샅이 뒤져서, 심지어 빈 맥주 캔 한 개, 마리화나 씨앗, 또는 술병 뚜껑이 하나라도 있으면, 네 인생이 꼬이기 시작하는 거지. 네가 그토록 열심히 일해서 이루어놓은 것들을 송두리째 잃을 수도 있단다. 그러니까 정말 너 자신을 위해서, 이런 무모한 미치광이들과 함께 차에 타지도 말고 결단코 차로 태워다 주지도 마. 차에서는 그냥 만나기만 해.

　검문에 걸려서 차를 세웠을 때, 만약 네가 올바르게 처신하면, 엄중한 경고는 면할지도 몰라. 경찰은 그 상황을 좌지우지할 수 있는 모든 권력을 갖고 있거든. 마음만 먹으면 손에 쥐고 있는 펜을 네 인생을 망치는 데 사용할 수도 있다는 것을 항상 명심해. 경찰에게 반항적인 태도를 보이는 것은 결코 좋은 생각이 아니야. 네가 할 일을 알려줄게. 즉각 차를 세우되 서서히 멈춰. 실내등을 켜고, 양손을 핸들 맨 위에 얹고, 최대한 공손하게 사과해. 그리고 어떠한 경우에도 결코 자동차 문을 열거나 내리려고 하지 마라. 이대로 하면, 욕을 하거나 항의를 했다가 빚어질 수도 있는 곤란한 상황은 겪지 않아도 될 거야. 지켜야 할 것이 한 가지 더 있어. 경찰에게 거짓말은 절대로 하지 마. 이 사람들은 직업상 거짓말을 워낙 많이 들었기 때문에, 1마일 밖에서도 낌새를 차릴 수가 있거든. 거짓말을 했다간 경찰이 정말 열 받을 수도 있어.

네 집에서 열린 파티에서 누군가가 다치거나 죽은 경우

가히 전설적인 모닥불 파티를 열었을 때, 나는 우리 집에서 누군가가 다칠 거라고는 상상도 못 했어. 술에 취해 운전하면서도 부모님이 법적인 책임을 지게 될 거라고는 미처 생각하지 못했지. 그분들은 사건이 발생한 지점에서 수천 마일이나 떨어져 있었음에도, 소송을 당하고, 집을 잃고, 형사 고발을 당할 수도 있었던 거야. 감사하게도 그런 일은 일어나지 않았지만. 그 대신 많은 일들이 있었고, 부모님은 집과 평생 저축한 돈으로 호되게 대가를 치러야만 했어. 나도 이와 비슷한 날들을 곧 겪게 되겠지? 하나만 부탁해도 돼? 제발 우리 집에서 큰 파티는 열지 말아주었으면 한다. 네가 충분히 나이가 들면, 함께 그 일에 대해 상의하고 어떻게 하면 좋을지 잘 알아보자. 그때가 되면, 우리에게 자비를 베풀어주라!

학교에서의 음주/마약

불금까지 그냥 기다리지 못하는 반역자들이 꼭 있지. 학교에 술이나 약물을 갖고 가고 싶어 하는 애들 말이야. 모든 고등학교에는 보안관이 있어서, 만약 네가 가담하기로 했다간 아마 붙잡혀서 쫓겨날지도 몰라. 학교는 학생이나 사물함을 언제든지 조사할 권리가 있거든. 만약 학교에서 누군가가 파티를 하고 있다는 것을 알게 되거든, 멀찌감치 떨어져 있어라.

10학년 동창회 댄스파티 때, 나는 친구들과 복숭아 술 한 병을 몰래 체육관으로 가져가서 마시고 잔뜩 취했어. 우리 셋은 나중에 불독 같은 교감선생님에게 붙잡히고 말았지. 부모님이 불려오고, 정학을 당하고, 모든 특권이 취소됐어. 그뿐만 아니라 그 일은 꼬리표처럼 늘 우리를 따라다녔지. 자, 대답해주겠니? 평판이 좋은 대학들 중에서 약물이나 술 때문에 고등학교에서 쫓겨난 학생을 받아줄 곳이 과연 얼마나 있을까?

싸움

바라건대 네가 싸움은 절대 해결책이 아니라는 것을 아는 아이로 자랐으면 해. 폭력에 대한 대안을 찾아내는 것이 가장 좋아. 그렇다고 누군가가 너를 신체적으로 공격하도록 허용하고 아무런 방어도 하지 말라는 말이 아니야. 요즘엔 남녀 구분 없이 신체적으로 난폭하게 위협을 가할 수 있어. 아마도 몸싸움이 벌어지면 십중팔구 너랑 친한 무리에 있는 남자아이들이 앞장서겠지. 목이나 관자놀이 같은 급소는 한 번만 강하게 주먹질을 해도 상대를 즉사시킬 수도 있다는 것만 기억해. 젊은 사람이 오만한 자존심 때문에 무의미하게 싸우다가 죽는 것을 지켜보는 상황을 상상해봐. 만약 그가 네 남자 친구라면 어떻겠니? 누군가와 대립하는 상황이 벌어지면, 머리를 써서 말로 싸워라.

화재경보기 울리기

내가 다니던 고등학교에서 아이들이 시험을 피하기 위해 종종 써먹던 방법이야. 화재경보를 울리는 게 악의 없는 장난처럼 보이지만 치명적인 결과를 초래했을 수도 있어. 구급대원과 소방대는 학교에서 경보가 울리면 몹시 긴급하게 대처하거든. 거짓 경보가 울린 곳으로 서둘러 출동하느라 실제로 화재가 나서 소방차가 절실하게 필요한 곳에 출동하지 못하는 일이 종종 벌어진다고 해. 단지 기하학 시험을 모면하고 싶었던 무책임한 아이 한 명 때문에 그런 일이 일어나는 거야.

무전취식

스미스 헤이븐 몰에 있는 프렌들리스라는 음식점엔 손님이 끊이질 않았어. 로비에는 항상 기다리는 사람들이 있었고, 계산대에도 줄이 아주 길게 늘어서 있었지. 보통 쇼핑객들에게는 이 광경이 짜증거리였겠지만, 반항적인 10대들의 마음속에서는 이보다 완벽한 '먹튀!' 찬스가 없었을 거야. 최소한 한 달에 한 번, 내 친구들과 나는 큰맘 먹고 호사스러운 진수성찬을 즐기곤 했어. 수프부터 견과류에 이르기까지 다 갖춰서 먹고, 마지막엔 어마어마하게 큰 아이스크림선디[105]로 마무리했지. 그런 다음에 이상적인 순간을 노렸다가 계산대 쪽으로 가서, 용의주도하게 인파를 헤치고, 문밖으로 느긋하게 걸어 나가는 거야. 우리는 이런 행동을 할 때마다 늘 뿌듯했어. 배부른 갑부 기업에 얼마나 불만이 많은지 토로하며, 그런 기업을 상대로 이런 일을 저지른 우리의 용기가 자랑스러웠거든. 그러나 실제로 우리가 응징했던 사람은 혹사당하고 있던 웨이트리스뿐이었어.

　내가 앞에서 말했듯이, 음식을 나르는 사람들은 시간당 노예나 다름없을 정도의 박봉을 받고, 팁을 받아서 근근이 살아가. 내가 일했던 레스토랑 체인점에서는 손님이 돈을 안 내고 그냥 나가버린 일에 대한 책임을 매니저가 서빙 하는 사람에게 개인적으로 묻곤 했어. 임금을 삭감하거나, 거액을 물어내도록 하거나, 아예 쫓아내는 처벌을 내리기도 했지. 그러니까 먹고 튀는 것은 '서비스 절도죄'라고 불리는 범죄일 뿐만 아니라, 너 자신의 이기적인 즐거움을 얻고자 전혀 엉뚱한 사람을 골탕 먹이는 짓이야.

105　ice-cream sundae, 아이스크림에 설탕 조림한 과일이나 초콜릿을 얹은 것

우편함에 못된 장난하기

〈나비 효과(The Butterfly Effect)〉라는 영화를 보면 장난꾸러기들이 이웃집 우체통 안에 불붙은 M-80을 넣어두는 충격적인 장면이 나와. 애들이 근처 관목 숲에 숨어서 그 우체통을 보고 있는데, 아기를 데리고 있던 엄마의 면전에서 우체통이 폭발하는 예상치 못했던 재앙이 발생하지. 나는 이 장면을 보면서 너무나 괴로웠어. 나도 영화에서처럼 이웃을 짜증나게 하는 일을 상당히 자주 했었거든. 그 시절에 나는 사람들이 홈디포[106]에서 사서 직접 설치한 값싼 우편함들이 실제로 나라의 자산이며, 어떤 식으로든 그걸 건드리는 게 중범죄라는 것을 몰랐어. 사람에게 전혀 해롭지 않은 연막탄 한 개나 '우체통 야구' 한 판이 심각한 범죄로 기소되거나, 심지어 감옥에 가는 결과를 초래할 수도 있었던 거야. 그러니까 다음번에 혹시 이웃의 사소한 일에 화가 나거든, 그냥 자정 이후에 그 집에 들러서 문이나 쾅쾅 두드리고 달아나렴.

내 동료 중 한 명이 최근에 부자 동네에 있는 학교에서 누구나 탐내는 교사 자리를 얻기 위해 면접을 봤대. 그런데 면접관들이 그의 고등학교 학적부를 조회했다는 거야. 믿어지니? 그는 고3때 딱 한 번 공공 기물을 파손한 전력이 있다는 이유로 그 일자리를 얻지 못했어. 면접관들이 그의 면전에 대고 그렇게 도덕적 가치관이 해이한 사람은 고용하고 싶지 않다고 했대. 단언컨대 그는 그 사건이 나중에 이렇게 자신의 발목을 잡을 거라고는 결코 생각하지 못했을 거야.

네가 재미로든, 몰라서든, 고의로든 저지른 어리석은 행동들 중에는 결과가 미미한 것들도 있겠지만, 너에게 평생토록 지울 수 없는 상처를 남기는 것들도 있을 거야. 너의 잘못된 행동으로 너만 피해를 입으면 그나마 다행이지. 무고한 사람들이 피해를 입으면 그건 무슨 날벼락이니? 내 말은 단 한 번의 어리석은 실수 때문에 후회하며 사는 것이 악몽 같은 현실이 될 수도 있다는 거야. 모닥불 속에 맥주통을 굴려 넣었던 아이가 지금 어떻게 지내고 있을지 상상해봐. 그 친구가 사람을 다치게 하려고 일부러 그랬겠니? 그저 술에 취해 저지른 딱 한 번의 실수였는데, 평생 떠안고 살아야 하는 멍에가 되어버린 거야.

네가 10대가 되면, 한없이 이어지는 규칙과 규제의 목록이 그 무엇보다 설득력 없어 보이겠지. 그러나 규칙들이 시행되는 이유는 딱 한 가지야. 사랑하는 사람들이 무사하게 잘 지내도록 하기 위해서라고. 애야, 그러니까 앞으로는 너의 직감이 네게 하는 말에 귀를 기울이렴.

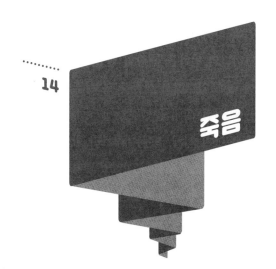

14

죽음

가톨릭 학교에서 근무하면서 학생들에게 빈번하게 듣는 질문이 하나 있어. "하나님은 왜 사람들이 죽게 내버려두시나요?" 그럴 때마다 늘 나는 중국의 '음양' 철학을 예로 들어 설명하지. 우주는 긍정적인 힘과 부정적인 힘이 끊임없이 균형을 이루어야 하거든. 어둠이 없는 빛이 있을 수 없고, 미움이 없는 사랑이 있을 수 없으며, 죽음이 없는 생명은 있을 수가 없다는 거야. 나는 이런 생각을 진정으로 믿고 있어. 뭐, 내 제자들은 이 설명으로 전혀 만족하지 못하는 것 같지만. 종종 질문을 하기 전보다 더 당혹스러워하기도 하더라. 하지만 이게 내가 할 수 있는 최선의 답이야. 누군들 어떻게 죽음의 개념을 제대로 설명할 수가 있겠니?

지난주에 내가 좋아하는 애니멀 플래닛이라는 채널에서 보았던 어떤 프로그램에 대한 이야기를 해줄게. 과학자들이 코끼리 떼를 따라다니며 주위에서 관찰하고 있었는데, 아기 코끼리 한 마리가 병들어 죽었어. 그런데 나머지 코끼리 떼가 무관심한 채 계속 이동하는 거야. 죽은 아기 코끼리의 엄마는 굉장히 난감한 상황에 처했지. 엄마 코끼리는 자기 새끼 옆에 엎드려서 새끼를 코로 흔들어 깨우려고 필사적으로 애쓰며, 슬픔에 겨워 내내 울부짖었어. 몇 시간이 지나 기진맥진한 엄마 코끼리는 죽은 아기 시체 곁에 머무르며 밤새도록 계속 슬퍼했는데, 어둠 속에는 하이에나들이 도사리고 있었단다.

죽음은 우리의 마음이 그 개념을 완전히 이해할 수조차 없을 정도로 깊은 감정적 고통을 유발해. 매일 매 순간 어딘가에서 사람들이 죽고, 누군가 죽을 때마다 그 사람이 속했던 무리가 파괴되지만, 죽음 후에 오는 감정이나 상황이 매번 똑같지는 않아. 내 친구들이 자동차 사고로 죽었을 때, 내가 얼마나 많이 울었던지, 몸까지 아팠던 기억이 나. 그들이 내 인생에서 영원히 사라져버렸다는 사실이 여린 내 영혼이 감당하기에는 너무 벅찼거든. 내 어린 시절은 그날로 끝나버렸어. 나는 내가 회복하게 될지도, 다시 웃게 될지도 몰랐어. 한 5년쯤 후다닥 지나가면 좋겠다고 생각했어. 그러면 내가 치유되어 고통을 느끼는 것도 멈출 수 있을 것 같았으니까. 그러나 솔직하게 말하면, 사랑하는 사람을 잃은 상처는 결코 완전히 치유되지 않는다. 지미와 그레그가 세상을 떠난 지 10년도 넘었는데, 그 상처는 여전히 새록새록 아프게 느껴져. 이제는 더 이상 흐느껴 울지도 않고, 트라우마도 없어졌지만, 그 친구들에 대한 슬픈 생각이 문득문득 떠오르지 않는 날이 아직은 드물어. 내가 그들을 잃었다는 것을 받아들이게 될 날이 언젠간 오겠지.

전혀 모르는 사람의 죽음조차도 소중한 사람이 죽은 것만큼 엄청나게 충격적일 때도 있어. 뉴욕 시의 2001년 9월 11일은 참으로 아름다운 가을날이었어. 운이 좋으면 1년에 다섯 번 정도 올까 말까 하는 그림 같이 완벽한 날이었지. 하늘은 맑고 햇살은 눈부시게 화창했어. 심지어 우중충한 퀸즈 자치구마저도 낙원처럼 느껴질 정도였어. 그날이 화요일만 아니었더라면, 나는 틀림없이 해변에서 제케와 함께 막대기를 던지며 즐겁게 놀고 있었을 거야.

6학년인 우리 교실은 3층에 있었는데, 이스트(East) 강 건너편에 있는 남부 맨해튼의 기가 막히게 멋진 전경이 보였어. 그 광경에 감탄사가 절로 나오는 그런 날이었지. 우리를 포함한 미국 전역의 사람들이 모두 일상과 다름없는 아침을 보내던 중이었다. 그런데 단 몇 분 만에 세상이 완전히 뒤집어지고 말았어. 내가 칠판에 그날의 일정을 쓰고 있던 중이어서 교실이 조용했는데, 느닷없이 쇼네이카 허드슨이 비명을 지르는 거야. "맙소사! 쌍둥이 빌딩이 불타고 있어요!" 그 순간 소름이 쫙 끼쳤어. 스물여덟 명의 반 아이들과 함께 순식간에 창문으로 달려가 두려움에 떨며 그 광경을 바라보았어.

남쪽 건물에서 피어오르는 연기가 섬뜩하게 하늘을 검게 뒤덮었지. 공포에 휩싸여 비명을 지르는 소리가 복도와 다른 교실들에서도 울려 나오기 시작했어. 겁에 질린 수십 명의 아이들이 내가 뭔가 대답해주길 기다리는 눈빛으로 나를 바라보고 있더구나. 그래서 "아마 그냥 작은 화재가 난 걸 거야. 금방 해결이 될 테니까 기다려보자"라며 안심시키려고 했어. 그랬는데 상상도 할 수 없는 일이 벌어진 거야. 승객을 가득 실은

747 제트 여객기가 우리 눈앞에서 두 번째 건물에 곧장 충돌했거든. 조스는 망연자실해서 바닥에 주저앉았고, 몇 명은 위로를 구하려고 나에게로 몰려들었어. 두 건물 모두 지평선에서 불타고 있었어. 뉴욕 시가 지금 공격받고 있는 중이라는 게 아주 분명해졌지.

식식거리며 절규하던 아이들이 조용해지더니 훌쩍거리는 소리만 들렸어. 나도 패닉 상태였지만, 겁에 질려 어쩔 줄 모르는 우리 소대원들의 상황을 파악해야만 했어. 그들의 표정에 서려 있는 완벽한 공포에 온몸에서 전율이 느껴졌어. 저스틴 배니스터에게 다가가자, 그 아이가 호흡이 가쁘고, 눈물범벅이 된 채 말하는 거야. "선생님, 우리 엄마가 쌍둥이 빌딩에서 일하셔요." 아! 정신이 번쩍 들었지. 이 말이 내 마음에 송곳처럼 박혀서, 나는 한동안 아무 말도 하지 못했어. 그나마 내가 용기를 내어 할 수 있었던 최선의 행동이라곤 그 아이의 어깨를 팔로 감싸고, "걱정하지 마, 어머니는 괜찮으실 거야"라는 설득력 없는 말 한마디뿐이었어.

혼비백산한 부모들이 대참사에 대비하려고 정신없이 아이들을 데려가기 시작했는데, 그중에는 피투성이에 먼지를 잔뜩 뒤집어쓴 남자도 한 명 있었어. 우리는 이렇게 기이한 범행을 저지른 장본인이 미국을 극도로 증오하는 종교적 극단주의자 무리라는 것을 곧 알게 되었지. 그들은 쌍둥이 빌딩과 펜타곤[107], 워싱턴 D.C.에 있는 백악관에 충돌할 작정으로, 승객들을 가득 태운 비행기를 4대나 공중 납치한 거였어. 그중에서 비행기 한 대만 빼고 모두 자살 테러에 성공했지.

107   the Pentagon, 미국 국방부 건물

전 세계가 혼란에 빠졌단다. 각 나라마다 모든 사람들이 텔레비전에 붙어 앉아서 대학살이 펼쳐지는 장면을 지켜보았는데, 사망자 숫자가 매 순간 늘어났어. "어떻게 이런 일이 일어날 수 있지?" "이 사람들은 누군데 우리를 왜 그토록 많이 미워하는 걸까?" 이런 질문들이 꼬리에 꼬리를 물고 이어졌고, 그 후로도 몇 년 동안 모든 미국인들의 주요 관심사였어. 불시에 최후를 맞이한 소방대원들, 경찰관들, 구조 요원들, 누군가의 아들들, 딸들, 남편들, 부인들, 엄마들, 아빠들과 마찬가지로 그 두 빌딩 모두 결국 붕괴되었어. 3천 명에 가까운 사람들이 이날 죽임을 당했어.

그 후 며칠 동안, 생존자들과 사랑하는 사람을 잃은 사람들로부터 가슴 아픈 이야기들이 나오기 시작했어. 저스틴 배니스터의 엄마는 그 공격으로 사망했고, 이 비극적인 사건의 충격적인 통계의 일부분이 되었어. 그 아이는 2주 후에 학교로 돌아왔는데, 마치 걸어 다니는 좀비 같았지. 전에는 늘 반에서 오락부장을 도맡아 했던 아이였는데, 이제는 볼이 조각한 것처럼 움푹 파여서 어찌나 안쓰럽던지. 그날의 사건으로 어머니를 잃은 후에 할머니가 그 아이를 돌보고 있었어. 학교는 저스틴을 비롯해서 피해를 입은 사람들을 위로하기 위해 함께 힘을 모았단다. 그러나 피해 유족들을 도우려는 노력은 몇 주쯤 지나 도로 물거품이 되곤 했어. 나는 이 11살짜리 소년이 겪고 있는 고통을 가늠할 수조차 없었어. 결국 그 어떤 말이나 행동으로도 그 아이의 상태를 더 나아지게 만들지 못했지.

구조 시도는 곧 잔해 제거와 시신 수거로 바뀌었어. 몇 주가 지나고 몇 달이 지나도, 마음에서 사무치는 불길은 계속해서 타오르고 있었어.

9·11테러는 인류 역사상 가장 끔찍한 비극들 중의 하나로 영원히 기억될 거야.

사랑하는 사람의 죽음에 대처하는 것은 사람이 직면할 수 있는 가장 어려운 전쟁일 거야. 죽음이 삶의 일부분이라든지, 시간이 모든 것을 치유해줄 것이라는 말은 절실하게 위로가 필요한 사람에게 전혀 도움이 되지 못해. 실은 너랑 네 남동생 사이에 아기가 있었어. 거의 우리 가족이 될 뻔했지. 젊은 여성들 중에 그런 경우가 꽤 많긴 한데, 네 엄마가 임신 3개월 무렵에 유산을 했거든. 우리 둘 다 망연자실했단다. 그 아기가 딸기보다도 작았을 때, 우리는 이름도 지었고, 이미 그 조그만 꼬물이를 사랑하기 시작했었거든. 네 엄마는 나보다 훨씬 더 큰 충격을 받았어. 몇 달 동안 애도하며 힘들어했지. 네 엄마가 제시를 임신하기 전까지는 미소 짓는 얼굴을 한 번도 본 적이 없었을 정도로 슬퍼했어.

대처하는 법 익히기

죽음이 너의 세계로 불쑥 끼어들면, 너는 몹시 두드려 맞고 발가벗겨진 채 모진 비바람 속에 남겨져서 살아남기 위해 발버둥치는 무력한 아기가 된 것 같을 거야. 행복이 어떤 느낌인지도 잊어버리고, 끊임없는 슬픔이 너의 일상이 되겠지. 상처에서 결코 완전히 치유되지 못할지도 몰라. 하지만 넌 결국 슬픔에 대처하는 법을 배우게 될 거야. 내 친구가 죽고 나서 몇 주쯤 지났을 때, 나는 스프링 노트 한 권을 집어 들고 바닷가로 향했어. 슬픔에 북받쳐 이런저런 생각을 하다 보니, 나 자신도 언젠가는 죽게 되리라는 생각이 들더라. 나는 무작정 휘갈겨 쓰기 시작했어. 처음 엔 미친 사람이 아무 말이나 *끄적거리는* 것 같았지. 하지만 몇 시간 동 안 정신없이 계속 쓰다 보니, 내가 잃은 형제 같은 친구들에게 편지를 쓰 고 있다는 것을 깨달았어. 내가 그 친구들에게 하고 싶었지만 할 수 없 었던 모든 말들이 불가사의할 정도로 손 끝에서 계속 흘러나오더구나.

빈 종이가 눈물과 말로 채워지자, 심적 부담이 조금 줄어들고 있다는 느낌이 들었어. 모닝커피 한 잔이 끔찍하게 괴로운 숙취에서 너를 깨워 서서히 현실로 데리고 나오는 거랑 많이 비슷한 느낌이야. 손이 아프도 록 종이에 빼곡하게 써서 거의 알아볼 수 없을 정도가 되었지만, 어차피 이 편지는 읽을 필요가 없었어. 편지에 쓴 말들은 이제 내 머리에서 나 갔기 때문에, 더 이상 나의 생각을 소모하지 않게 되었거든. 나는 열한 쪽짜리 이 편지를 뜯어내서 돌돌 만 다음 빈 음료수 병에 밀어 넣고, 무 게가 나가도록 약간의 모래를 채워 넣었어. 그러고 나서 철썩거리는 파 도를 향해 온 힘을 다해 던져서 띄웠단다. 그것이 결국 수평선에서 떨어 져 하늘로 올라가서, 지미와 그레그가 읽기를 바라는 마음이었어. 기분 이 나아지는 방법과 내 감정을 처리하는 방법을 발견하게 된 거야. 나는 매일 밤 어김없이 일기를 적기 시작했어. 사실 바로 그 과정을 거쳐 이 책이 탄생된 거야.

형식이 어떻든지 글을 쓰면, 삶이 변하는 경험을 할 수 있어. 시를 쓰 는 것도 슬픔을 처리할 수 있는 꽤 좋은 방법이야. 9·11테러 이후에 우 리 학교는 계속 슬픔으로 가득 차 있는 상태였어. 몇 달 동안 웃는 사람이라곤 아무도 없었지. 어느 날 내가 사람들을 위로하려고 시 한 편을 써서 교무실에 걸어놓았어. 5분 만에 쓴 이 간단한 소네트[108]에 학교 전체가 사랑에 빠지는 바람에 나는 여기저기로 상당히 많이 불려 다녔단다. 이 시를 복사해서 교실에 붙여놓거나, 심지어 학생들에게 나누어준 선생님들도 있었어. 우리 학교의 슬로건이나 다름없을 정도가 되었지. 어떤 면에서 이 시는 우리 학교가 치유되는 데 도움이 되었다고도 볼 수 있어. 이 시가 대변하는 내용이 나는 무지하게 자랑스러워.

"그날"

9월 11일, 역사에 영원히 새겨진 그날
도시를 뒤덮은 연기- 아득히 먼 곳에서도 보였네

그날도 시작은- 여느 날과 마찬가지였는데
왜, 아, 어째서- 그렇게 되어야만 했을까

도무지 나는 이해할 수 없었네- 무슨 일이 일어난 건지
건물이 산산조각이 되어- 바닥으로 떨어지고 있었네

우리의 자유가, 내 친구들이, 공격당하다니

믿기지 않지만 사실이었네

이날 목숨을 잃은 사람만 수천 명

누가 그런 짓을 했단 말인가

왜 그토록 증오한 걸까

어떻게 이것이 현실일 수 있나

수많은 꿈들이 산산이 부서져버렸네

이제 세월만이 약이겠지

하지만, 미스터 테러리스트- 당신에게 알려줄 게 있어

당신은 우리의 건물을 무너뜨렸지만

우린 헤쳐나갈 거야

미국의 영혼은 죽일 수 없어- 절대!

우린 강하니까

-미스터 G-

사랑하는 사람의 죽음으로부터 회복하는 비결은 가능한 한 어떤 식
으로든 너에게서 고통을 몰아내는 거야. 눈물을 흘리든지, 글을 쓰든지,

프라이멀 스크림 요법[109]을 해보든지, 기도를 하든지, 진심 어린 대화를 하는 것도 좋겠지. 감정을 터뜨릴 수 있는 배출구가 없으면, 폭발하기 일보 직전의 활화산이나 다름없는 셈이야. 물론 세월이 약이고 솔직하게 감정을 표현하는 것도 좋지만, 그밖에 이런 종류의 고통을 덜어줄 수 있는 방법은 딱 하나인 것 같아. 바로 네 슬픔을 함께 나누는 사람들의 위로야.

가장 친한 친구이든지, 아니면 방에 가득 모여 있는 후원 단체에서 나온 20명의 낯선 사람들이든지, 보살피는 마음으로 진심 어린 포옹을 하면 얼마나 놀라운 효과를 얻을 수 있는지 몰라. 이 모든 비통함에서 그 어떤 긍정적인 결과가 나올 수 있다면, 그것은 삶을 음미하는 방법을 배우는 거야. 비록 우리가 죽음처럼 무시무시한 것에 대비하지는 못할지라도, 그것이 지나간 자리에는 행복이 올 수도 있단다.

---

109 primal scream, 유아기의 외상 체험을 재체험시켜 억눌러진 감정을 비명으로 발산해 치료하는 요법

15

공존공영

너는 일생 동안 너와 상당히 다르거나 너라면 하지 않을 법한 행동을 하는 사람들을 무척 많이 만나게 될 거야. 너무 낯설어서 처음에는 흠칫 놀랄지도 몰라. 하지만 이런 경험도 모두 성장하는 과정일 뿐이니까 걱정 마. 사람을 있는 그대로 받아들이는 마음과 함부로 속단하지 않는 습관은 성숙한 인격을 그대로 나타내는 징표 같은 거야. 인종, 종교, 성적 성향, 스타일, 억양, 신념, 관습, 문화를 비롯한 그 어떤 것이 다르더라도, 이런 것들은 그저 사람들 저마다 가진 있는 그대로의 모습일 뿐이야.

사실은 나 자신도 그렇게 바뀌려고 계속 노력하고 있는 중이란다. 대학원 때 나는 연구 과제를 하기 위해 인도 출신의 여학생과 한 조가 되었어. 그 친구는 상당히 보수적이라, 늘 인도 전통 복장인 알록달록한 드레스를 입고 머리에는 스카프를 두르고 다녔지. 처음에 나는 그 친구가 매우 거북해서 부정적인 시선으로 바라봤어. 그렇지만 계속 지내다

399

보니 마르치아는 어느 누구보다 친절한 사람이라는 사실을 알게 됐지. 그 친구는 내가 정말 힘겨운 몇몇 과정을 통과하는 데 든든한 견인차 역할을 해주었어.

50년 전에 큐 클럭스 클랜(Ku Klux Klan)이라고 불리는 단체가 있었어. KKK는 백인 이외의 인종은 깡그리 경멸하는 백인 우월주의 집단이야. 무작위로 아무에게나 폭력을 행사하며 이 증오를 표출하곤 했지. 그들은 아프리카계 미국인들을 유난히 잔인하게 공격했어. 흑인이 살고 있는 집 잔디밭에서 십자가를 불태우거나, 패거리로 몰려다니며 몰매를 때리기 일쑤였고, 심지어 대낮에 흑인 아이들을 나무에 목매달고 끔찍하게도 교수형이라는 섬뜩한 용어를 사용했지. 비록 그들의 숫자가 지난 4반세기 동안 현저히 줄어들기는 했지만, 이런 유형의 사람들이 실체를 드러내지 않고 있을 뿐, 여전히 얼마나 많이 존재하는지 알면 충격을 받을 거야.

나는 뉴욕에서 나고 자랐기 때문에 사회에 만연한 온갖 '주의(ism)'에 노출되지 않았었어. 그런데 남부 지역으로 이사하면서 그 모든 게 변했지. 어느 날 밤에 나는 플로리다의 한 추잡스러운 술집에서 어떤 사내와 이야기를 하게 되었어. 그런데 그 녀석이 내 억양을 듣더니 대뜸 이러는 거야. "우리가 좋아하는 양키[110]는 깜둥이들과 결혼해서 다시 북부로 이주해 오는 사람들뿐이야!" 그 녀석의 별 볼 일 없는 친구들이 맞장구치며 그와 손바닥을 마주치고 낄낄거리는 모습을 보니, 옛날로 퇴보한 느낌이 들었어.

110   Yankee, 미국 북부 사람을 일컫는 표현

비록 인종 차별이 감소하고 있는 추세지만 앞으로도 계속 우리 사회의 일부분으로 존재할 것이라는 게 냉엄한 현실이야. 사람들이 계속 누군가를 미워하는 한, 그들은 자기 자녀에게도 미워하도록 가르칠 것이고, 그래서 이런 사악한 속성을 지닌 존재가 끊임없이 나타날 거야. 9·11 사태 때문에, 심지어 나조차도 아랍 사람들에 대해 증오에 찬 이야기를 할 때가 있어. 실제 살인자들은 수백만 명의 한 종족 전부가 아니라, 단지 소수의 극단주의자들일 뿐인데 말이야. 지난 10년 동안만 하더라도 이 나라에서 끔찍하게 증오를 표출한 사건들이 무척 많이 발생했는데, 이런 것들이야말로 우리가 인종적 평등과 사회적 화합에서 여전히 멀리 떨어져 있다는 것을 증명하는 사례라고 볼 수 있지.

1998년, 라라미(Larmie), 와이오밍 주

두 명의 남자 대학생들이 술집에서 게이로 추정되는 매튜 셰퍼드라는 학생을 공터로 꾀어냈어. 거기에서 그들은 그 아이를 무자비하게 두드려 패고 권총으로 때려서 혼수상태에 빠지게 만든 다음에, 울타리에 묶어 놓아 죽게 내버려뒀고, 결국 그 아이는 죽고 말았어. 이 사건은 내가 길든 교수님의 강의를 수강하고 있었을 때 실제로 일어났던 일이야. 그 교수님은 내가 앞서 언급했다시피 1960년대에 시민의 평등권을 주장하며 시가행진을 했던 분이야. 교수님은 이 일 때문에 몹시 격분해서, 바로 그 날 밤에 우리 동네 광장에서 촛불 시위를 계획했어. 교수님의 신념에 고무되어 나도 촛불과 "동성애 혐오증은 질병이다!"라는 피켓을 들고 참석했지. 얼마나 많은 술 취한 남자들이 증오에 차서 비난을 퍼부으며 우리에게 물건을 던져대기까지 했는지 일일이 다 열거할 수 없을 정도야. 나는 잠깐 동안 겪은 일이었지만, 차별을 당하면 어떤 느낌일지 어렴풋이나마 알겠더라.

내가 애플비 레스토랑에서 근무했을 때, 매니저들 중 한 명이 공공연한 게이였어. 그 당시만 하더라도 나는 동성애를 극도로 혐오하고 있었기 때문에, 가까이에 있는 모든 게이 녀석들은 나랑 잠자리를 가지고 싶어 한다는 우스꽝스러운 생각을 갖고 있었단다. 어느 날 밤에 근무 시간이 끝나고 나서 직원들끼리 맥주를 마시고 있었는데, 어리석게도 내가 동성애는 선택의 문제라는 투로 말을 해버린 거야. 그러자 그 매니저가 혐오스럽다는 표정으로 나를 쳐다보며 이렇게 말하더라. "너는 정말 내가 배척당하고, 차별받고, 두드려 맞고, 여러 직장에서 해고되고, 숨어지내도록 강요받고 싶어서, 그냥 게이가 되기로 선택했을 거라고 생각하니? 너는 여자를 좋아하기로 선택한 거니? 그건 나란 존재의 일부일 뿐이야!" 이 말이 지금도 잊히지가 않아. 내 무지의 장막이 걷히면서 그 말이 정말 가슴에 와 닿았어. 앞으로는 방정맞은 내 주둥이를 함부로 놀리지 말아야겠다는 생각이 들었어. 또, 동성애자가 되는 것은 선택에 의한 것이 아니며, 신은 누구에게나 사랑할 권리를 주었다는 것을 깨달았지.

1998년, 재스퍼(Jasper), 텍사스 주

남부의 전형적인 백인 우월주의 사고방식을 가진 비열한 남자 3명이 인적이 드문 고속도로 구간에서 히치하이크를 하려던 제임스 버드 주니어라는 이름의 아프리카계 미국인을 자기네 트럭에 태웠어. 그런 다음에 그를 때리고, 옷을 벗기고, 발을 트럭 범퍼에 사슬로 묶어 매단 채 질질 끌고 자갈길을 질주해서, 결국엔 상상도 할 수 없이 끔찍하게 죽게 만들었지. 남북전쟁이 미국에서 노예제도를 종식시키긴 했지만, 흑인에 대한 견해가 전혀 바뀌지 않은 사람들이 상당히 많았던 거야. 그 후 여러 세대가 지났는데도, 증오심은 여전히 존재하고 있어.

내가 졸업반이었을 때 아프리카계 미국인 아이는 1,200명 중 고작 4명이었단다. 나는 대학에 다닐 때까지 한 번도 흑인 친구가 없었어. 그래서 흑인들 중에는 왜 끊임없이 방어적인 태도를 취하는 것처럼 보이는 사람들이 많은지 생각해봤어. 그들은 선천적으로 차별당하는 것에 대한 두려움을 갖고 있어서, 사람들을 막기 위해 먼저 겁을 주는 방식으로 벽을 쌓고 있는 것 같아. 그렇지 않니? 나는 장차 사람들이 서로를 단지 같은 지구인으로 여기며 피부색으로 구분하지 않는 때가 오기나 할까 종종 의아스러워.

2002년, 롱아일랜드, 뉴욕 주

지역의 하청 업자 한 쌍이 멕시코인 노동자 두 명에게 일당을 주는 일자리가 있다며 차에 태웠어. 이윽고 텅 빈 공사장에 도착하자, 그들을 버려진 건물의 지하실로 끌고 가서, 칼로 난도질하고, 초주검이 되도록 삽으로 두드려 팼지.

미국인 노동자들 사이에 외국에서 이민 온 노동자들이 행여나 자신들의 소중한 일자리를 빼앗을지도 모른다는 두려움이 차츰 늘고 있어. 이 사람들은 대학 교육을 받지 못했지만, 조경이나 석공 또는 건축과 같이 매우 유용한 기술을 보유하고 있어서 대부분 안락한 생활을 하고 있거든. 지금도 그렇지만 앞으로도 임금은 절반에 시간은 두 배로 일하는 이주 노동자들이 많이 오게 될 거야. 그들은 불평도 하지 않고, 술이 덜 깬 상태로 늦게 나타나는 법도 없고, 매일 임금 인상을 요구하지도 않아. 그래서 불만인 거지.

나는 이런 유형의 증오 때문에 그라운드 제로[111]로부터 몇 마일 떨어져 있는 뉴욕의 파밍빌에서 자랐어. 한때는 중산층이 주로 거주하던 매력적인 지역이었지만, 이제는 하청 업자들과 불법 체류 외국인 노동자들이 만나는 혼란스러운 장소가 되었어. 매일 아침마다 포션 로드에 있는 주차장과 주유소, 세븐 일레븐에서 시간을 보내는 일용직 노동자들이 문자 그대로 수백 명은 될 거야. 내가 이 글을 쓰고 있는 동안에도, 파밍빌의 주민들은 자신들이 사랑하는 마을을 되찾기 위해 한창 법적 공방을 벌이고 있는 중이야. 솔직히, 만약 우리 동네가 하루아침에 무법천지가 되어버린다면, 나도 엄청 속상할 것 같아. 그러나 마음을 진정하고 바라보면, 이 사람들은 그저 가난에 시달리며 자기 가족을 위해 더 나은 삶을 찾고 있는 사람들일 뿐이야. 어떤 아빠가 그런 상황에서 자기 아이들을 위해 그와 똑같이 하지 않겠니? 나라도 가난에서 아이들을 건

---

111   ground zero, 911테러로 파괴된 세계 무역 센터가 있던 자리

사할 수만 있다면 먼 타국에 가서 일용직도 마다 않을 거야.

이 사람들은 내가 가르치고 있는 학생들의 부모야. 그들은 과테말라와 멕시코, 컬럼비아 출신이지. 아주 친절하고, 감사한 마음을 가지고, 가족 중심적인 사람들이란다. 학부모-교사 간담회를 할 때는 혼자 아이를 키우는 부모들도 전부 참석했고, 때에 전 작업복을 입은 채로 오렌지 과수원으로부터 곧장 온 부모들도 있었어. 단지 나에게 감사하다는 인사를 하려고 달려온 거야. 그들을 통해서 나는 가족을 위해 애쓰는 진정한 마음과 공동체에 대한 귀중한 교훈들을 많이 배웠어. 그들이 아니었으면 결코 몰랐을 것들이지. 가정교사 프로그램을 위한 자원 봉사를 하며 그들의 가정환경을 직접 보게 되었을 때, 나는 이 사람들이 얼마나 열악한 환경에서 살고 있는지 도무지 믿기지가 않았어. 가구 한 점 없이 온 가족이 방 하나에서 지내는 집도 있었어. 그런데도 그들은 자유롭다고 여기며, 함께 지내는 것을 아주 행복해했어. 그들은 더 나은 삶을 누려야 마땅하지 않을까?

위에서 언급한 폭력 행위들이 중세 시대에나 있을 법한 이야기처럼 들리겠지. 내가 예로 든 사례들이 매우 극단적이긴 하지만, 너희 고등학교 여기저기를 들여다보기만 해도, 똑같은 증거가 있을 거라고 확신해. 사람들이 너랑 다르더라도, 그 사람의 있는 그대로를 존중하렴. 누구나 자기 자신일 권리와 행복할 권리를 갖고 있단다. 만약 모든 사람이 피부색도 똑같고, 똑같은 옷을 입고 있고, 똑같이 말하고, 똑같이 생겼다면, 세상이 얼마나 따분하겠니.

405

미국은 세계에서 가장 큰 나라야. 가지각색의 사람들이 더 나은 삶을 살기 위해 이곳의 땅을 밟지. 그리고 이 나라를 그토록 특별하게 만드는 것도 이런 다양성 덕분이야. 나 또한 고귀한 이 나라가 언젠가 신의 가호 아래에서 진짜 하나의 국가[112]가 될 수 있을 거라고 진정으로 낙관하고 있어. 해답은 우리들 각자에게 달려 있단다.

삶의 법칙 #25: 네 아이들을 잘 가르쳐라.

---

112   one nation under God, 미국의 국기에 대한 '충성의 맹세'에 들어 있는 문구

16

후회없는 삶

8학년이 되기 전 여름에, 나는 레이와 함께 철제 공구 상자로 타임캡슐을 만들었어. 우리는 거기에 1985년의 우리를 대변한다고 생각하는 물건들을 채워 넣었지. 돈이랑 우리 사진, 플레이보이 잡지, 야구 카드[113] 모은 것을 넣었어. 그리고 엉망진창인 가정에서 벗어나고픈 염원을 담아, 졸업 후에 함께 아파트를 얻어서 살자고 약속한 서면 계약서도 넣었어. 그런 다음 타임캡슐을 우리 집 뒷마당에 깊숙이 묻고, 지도를 만들어서, 우리 집 지하실에 있는 오래된 장난감 상자 안에 숨겨두었단다.

최근에 플로리다로 이사하려고 짐을 싸다가 내가 뭘 발견했는지 아니? 우연히 바로 그 상자에서 20년 묵은 지도를 발견한 거야. 레이는 이미 오래전에 멀리 이사 간 데다, 결혼해서 가정을 꾸리고 있었기 때문

---

113   앞면에는 야구 선수의 사진, 뒷면에는 그 선수의 기록 등이 인쇄되어 있는 카드

에, 나 혼자라도 타임캡슐을 꺼내 희미한 추억을 회상해보고 싶었어. 몇 시간에 걸쳐 힘들게 땅을 파헤쳤지. 마당에 도랑이 만들어질 즈음에야 상자를 발견했어. 기쁘게도 캡슐은 우리가 남겨두었던 자리에 여전히 그대로 묻혀 있더라. 다른 물건들은 다 썩기 시작했지만 제일 꼭대기에 있었던 서면 계약서는 지퍼백에 넣어두어서 무사하더구나. 종이에 적힌 내용을 읽어 내려가자, 눈물이 고이고 목이 메어왔어. 내가 그것을 쓰고 있던 당시의 감정이 생생하게 되살아나서, 괴로움과 좌절감이 처절하게 느껴졌거든.

내가 그토록 비참한 아이였다는 사실이 너무 씁쓸했어. 타임캡슐이 해맑은 유년기의 즐거운 추억들로 가득 차 있기를 바랐는데, 해맑기는 커녕 온통 슬픔으로 얼룩져 있었던 거야. '스스로를 계속 과거에 사로잡혀 지내게 내버려두어도 될까? 도대체 언제까지 나에게 잘못했던 사람들 탓만 하며 그들을 원망하며 지내야 할까?'라는 생각이 들었지. 이젠 그만 바뀔 때가 된 거야. 나는 그 모든 것을 철제 상자에 도로 담아서, 구멍에 넣고, 흙으로 덮어버렸어. 그렇게 해서 마침내 내 어린 시절을 잠재웠지. 한 삽 한 삽 타임캡슐 위로 흙이 떨어질 때마다, 내가 후회 없는 삶을 살 수 있을 거라는 확신이 들기 시작했단다.

이번엔 또 뭐냐고?

너는 이 책의 내용을 굳이 언급하거나 나와 상의할 필요는 없어. 내가 부탁하는 건 네가 이 책을 다 읽거든 방에서 나와 나를 꼭 껴안아달라는 것뿐이야. 네가 어렸을 때 네 얼굴을 내 목에 폭 파묻고, 온 힘을 다해서 나를 꼭 끌어안고는, 절대로 놔주지 않으려고 했던 것처럼 말이야. 이 책을 쓰면서 나는 대단한 카타르시스를 느꼈는데, 너에게도 조금이라도 감동을 줄 수 있다면 좋겠다. 이 책을 쓰는 작업은 내가 치유하는 데 꼭 필요한 요소였고, 치료를 마무리하는 과정이기도 했어. 내가 열정을 가지고 이 글을 쓸 수 있도록 영감을 준 너에게 다시 한 번 더 고맙다는 말을 하고 싶다.

이 책에는 나로서는 부끄럽기 짝이 없는 내용들도 많이 담겨 있지만, 네가 어른이 될 준비를 도와준다고 하면서 어떻게 진실을 감출 수가 있겠니? 내가 너에게 인생은 쉽고 네 부모는 흠잡을 데 없는 과거를 지녔다고 가르쳐주었다간, 언젠가 네가 세상에 나아가게 될 때 사자의 먹잇감이 되는 양 같은 인생을 살게 될 수도 있거든. 나는 그저 네가 내 과거가 아니라 내 현재를 보고 판단하길 기도할 뿐이야.

사랑하는 릴리에게

오늘 나는 35살이 되었어. 생일마다 아침에 눈을 뜨면, 내가 여전히 살아 있다는 사실과 나를 사랑하는 아주 멋진 가족이 있음에 하나님께 감사를 드리게 된단다. 특히 네엄마는 나에게 줄 수 있는 가장 큰 선물을 주었어. 우리 가족은 곧 5명이 될 거야. 딸이면 엠마라고 부르고 아들이면 재커리라고 부를 거야. 정말 이보다 더 행복할 수는 없겠지. 왜냐하면 지금 나는 내가 필요로 하는 사랑을 전부 얻을 수 있거든. 직장에서 길고 고단한 하루를 보내고 집에 돌아왔을 때, 너와 제시가 "빠바-빠바 빠바-빠바!"라고 외치며 두 팔을 활짝 벌리고 나에게로 돌진해 오면, 세상에 그 어떤 약물을 복용했을 때보다도 더 황홀하단다. 나를 무척이나 사랑하고 따르는 3명의 꼬맹이들이 현관에서 나를 반기는 모습은 상상만 해도 즐거워. 하지만 무엇보다도 너희들이 모두 자라서 나의 믿음직한 친구가 되는 날이 너무나 기다려진다.

디마르티노 교수는 나에게 계몽적인 인용구보다 논픽션 한 편이 훨씬 더 좋은 결과를 가져온다고 가르쳐주었어. 아래 덧붙인 시는 나를 담당했던 치료사가 내가 마지막으로 진료를 받으러 갔을 때 준 거야. 아마 내가 앞으로 새로운 삶을 살아갈 수 있도록 나에게 졸업장 같은 것을 주고 싶었던 것 같아. 그런데 거의 100년 전에 지은 시가 어떻게 오늘날에도 여전히 완벽하게 들어맞는지 정말 신기해. 그것은 인간 정신의 본질은 결

코 바뀌지 않으리라는 것을 보여주는 거야.

　만약 네가 날마다 이 시의 내용 중에서 단 한 줄이라도 그대로 해볼 수 있다면, 인류를 위해 상당히 많은 공헌을 하게 될 거야. 이 시는 우리 집 화장실에 걸려 있어. 그래서 매일 아침 나는 왕좌에 앉아 있는 동안 이 시를 바라보며, 시가 전달하는 많은 메시지들을 스스로의 삶에 적용하면 실제로 어떤 모습일지 마음속에 그려본단다. 네가 낙심할 때면, 이 시를 읽으면서, 인생을 슬퍼하며 지내기에는 너무 짧다는 것을 기억하려고 노력해봐. 이 순간 이후로는 네가 목적을 가지고 하루하루를 살며, 스스로를 믿는 것을 절대 멈추지 않았으면 좋겠어. 네가 이대로 할 거라고 나에게 약속해줘, 그러면 내 마음이 편해질 거야. 하지만 그저 나에게 약속하는 것만으로는 소용이 없어. 더 중요한 건 네가 그대로 실천해야 한다는 거야……．

2007년 6월 25일
아빠가

"스스로 다짐하세요"

다짐하세요
그 어떤 것도 당신의 마음의 평화를 깨뜨릴 수 없도록 강해지겠다고

당신이 만나는 모든 사람들에게
건강과 행복과 번영을 말하겠다고

당신의 모든 친구들에게
무언가 특별한 점이 있다는 것을 일깨워주겠다고

매사에 밝은 면을 보고
당신의 낙관주의가 실현되도록 하겠다고

오직 최고로 좋은 것만 생각하고, 오직 최선을 위해서 일하고,
오직 최선만을 기대하겠다고

당신이 자신의 성공에 대하여 열광하는 것만큼
다른 사람들의 성공에 대해서도 진심으로 기뻐해주겠다고

과거의 실수는 잊어버리고
미래의 더 큰 성취를 향해 매진하겠다고

언제나 밝은 표정을 짓고
만나는 사람마다 미소를 선사하겠다고

자기 계발에 많은 시간을 투자해서,
다른 사람을 비판할 겨를이 없도록 하겠다고

대범하여 걱정에 휘말리지 않고
인품이 고매하여 함부로 분노하지 않고
강인하여 두려움에 떨지 않고
너무 행복해서 아무런 골칫거리도 끼어들 여지가 없도록 하겠다고

-크리스천 D. 라슨(1912)-

아빠의 마지막 조언 60

참고로 굳이 일일이 설명할 필요는 없지만, 언젠가 도움이 될 만한 것들 몇 가지를 마지막으로 알려 줄게.

1. 코미디 클럽에서는 앞줄에 앉지 마라.
2. 정말 사랑하기 힘든 사람들은 대개 사랑을 제일 필요로 하는 사람들이란다.
3. 남자아이들은 야영을 할 수 있는 여자아이들을 좋아해.
4. 술에 취해서 하는 말은 그 사람의 본심이야.
5. 음악회에서 앞으로 나서는 것은 그 가치에 비해 번거로운 일이야.
6. 뉴욕의 피자와 베이글이 세상에서 최고야.
7. 매일 치실을 사용하렴. 그러면 네 치아로 70여 년은 끄떡없을 거야.
8. 탈취제만 사용해. 발한 억제제는 신체에 꼭 필요한 기능을 저하시킨단다.
9. 화장실 샤워 부스에서는 말하기 전에 항상 발부터 살펴라.
10. 사랑하는 사람들의 생일을 달력에 표시해둬라.
11. 남의 말을 중간에 끊지 마라.
12. 빤히 쳐다보고 싶은 유혹에 절대 넘어가지 마라.
13. 다른 사람의 고통을 절대 비웃지 마라.

413

14. 탐욕은 너를 망가뜨릴 거야.

15. 춤을 출 땐 남의 시선을 의식하지 말고 춰라.

16. 하루에 한 번 낮잠을 자면 짜증이 덜 난단다.

17. 남자는 다른 여자를 쳐다보는 걸 신체적으로 통제할 수가 없어.

18. 윗사람을 공경하고, 그들이 너에게 뭔가 이야기할 때는 귀를 기울여라.

19. 제2언어를 배워라.

20. 지킬 생각이 없는 약속은 절대 하지 마라.

21. 네 부모보다 너를 더 잘 아는 사람은 아무도 없어.

22. 네가 읽는 것을 전부 믿지는 마.

23. 헤드폰은 결국 네 청력을 나빠지게 만들 거야.

24. 머리를 매일 감지 마. 부스스해질 거야.

25. 전자레인지를 사용할 때는 멀찌감치 떨어져 있으렴.

26. 남자아이들이 "그냥 손만 잡을게"라는 건 말짱 거짓말이야.

27. 일이 꼬일 때, '오른쪽은 잠금'이고 '왼쪽은 열림'이야.

28. 어느 도시에서든지 어두워진 후에는 절대 지하철을 타지 마.

29. 손님과 함께 있을 때, 마지막 남은 한 개를 절대 네가 집어 먹지 마라.

30. 한 사람이 세상에 변화를 일으킬 수 있어.

31. "그냥 키스만 할게"가 언제나 시발점이야.

32. 물건을 감상적인 이유로 간직해라.

33. 사기꾼과 거짓말쟁이는 결국엔 꼬리가 밟히게 마련이야.

34. 다른 사람의 의견을 결코 마음에 담아두지 말아라, 물론 내 것만 빼고.

35. 불이 환하게 켜진 방에서는 거울을 피해라.

36. 남자들은 단정치 않은 옷을 입은 사람을 존중하지 않아. 상상의 여지를 남겨놓으렴.

37. 낯선 개와 절대 눈을 마주치지 마라.

38. 말 뒤에는 절대 서 있지 말아라.

39. 작은 식당에서는 절대 해산물을 주문하지 마라.

40. 남자들은 너무 짙은 화장은 질색해.

41. 여드름은 화이트헤드가 나오려고 하기 전까진 그대로 내버려두렴.

42. 휴일이 어떤 사람들에겐 가장 외로운 시간일 수 있어.

43. 오토바이는 죽음의 덫이야.

44. 치열 교정기를 키스하다가 뺄 수는 없어.

45. 너를 화나게 만드는 사람들에 의해 좌지우지되지 마.

46. 많은 양의 초콜릿은 개 한 마리를 죽일 수 있을 정도로 치명적이야.

47. 안전벨트는 필수야. 심지어 뒷좌석에서도 꼭 매야 해.

48. 사람들은 자기들이 이해하지 못하는 것을 비웃는단다.

49. 사진을 많이 찍어라.

50. 항상 혀도 닦으렴.

51. 최소한 하루에 한 명 이상 칭찬해라.

52. 노래할 땐 다른 사람을 의식하지 말고 불러라.

53. 문신은 영구적으로 남아. 허리에 '공주'라고 새겨져 있는 할머니를

상상해봐.

54. 세상이 어떻게 돌아가는지 관심을 가져라.

55. 사람들은 항상 네 이름으로 너를 판단할 거야.

56. 남자의 급소를 차는 것은 극단적인 상황에서만 해야 해.

57. 쓰레기 같은 말만 하는 사람한테는 아예 신경을 끊어라.

58. 설치류는 반려동물로는 영 아니더라.

59. 변기에 물을 내린 후에도 다시 한 번 더 변기를 확인해라.

60. 시간은 만들기 나름이야.

Blanco, Jodee. Please Stop Laughing At Me. Adams Media Corp., 2003.

Byrne, Rhonda. The Secret. Atria Books, 2006.

Dalai Lama, and Howard Cutler, MD. The Art of Happiness. Riverhead Books, 1998.

Diamond, Harvey, and Marilyn Diamond. Fit For Life. Warner Books, 1985.

Francis, Raymond. Never Be Sick Again. Health Communications, Inc. 2002.

Fulghum, Robert. All I Really Need To Know I Learned In Kindergarten. Ivy Books, 1986.

Gardner, Howard. Frames of Mind. Basic Books, 1983.

Grogan, John. Marley & Me. William Morrow Publishing, 2005.

Humphreys, Christmas. Zen Buddhism. Diamond Books, 1949.

James, Muriel, PhD, and Dorothy Jongeward, PhD. Born To Win. Signet Books, 1971.

Kerouac, Jack. On The Road. Penguin Books, 1955.

Kraybill, Donald B., Steven M. Nolt, and David L. Weaver-Zercher. Amish Grace. Jossey-Bass Publishing, 2007.

Lamb, Wally. She's Come Undone. Pocket Books, 1992.

Levine, Peter A. Waking the Tiger: Healing Trauma. North Atlantic Books, 1997.

Pelzer, David. A Child Called "It": One Child's Courage to Survive. HCI, 1995.

Redfield, James. The Celestine Prophecy. Bantam Books, 1996.

Rodale, J. I. The Healthy Hunzas. Rodale Press, 1949.

Ruiz, Don Miguel. The Four Agreements. Amber-Allen Publishing, 1997.

Schlosser, Eric. Fast Food Nation. Harper Perennial, 2005.

Wolfe, Tom. The Electric Kool-Aid Acid Test. Bantam Books, 1968.

Wiseman, Rosalind. Queen Bees & Wannabes. Three Rivers Press, 2002.

Wurtzel, Elizabeth. Prozac Nation. Riverhead Books, 1995.

Wurtzel, Elizabeth. More, Now, Again. Simon & Schuster, 2002.

"이래라~ 저래라~", "이건 하지 마라, 저것도 하지 마라", "이건 조심해라, 저것도 조심하고……", "아빠 어릴 땐 안 그랬는데……", "엄마 친구 딸은 말이야……" 이런 잔소리! 누구나 한번쯤 들어봤을 거예요. 저도 이런 말을 밥 먹듯이 듣고 자랐거든요. 물론 지금도 가끔씩 듣곤 하지만요. 그런 말을 들을 때면 옳은 말인 줄 알면서도 귀를 닫아버리곤 영혼 없이 "예~, 예~"를 반복하곤 했습니다. 그리고 난 어른이 되면 절대 저런 소리 하지 말아야겠다고 다짐했었지요.

그런데 막상 두 딸아이의 엄마가 되고 보니, 내 입에서도 저런 말이 가끔씩 튀어나오려고 몸부림을 치더군요. 게다가 외계인도 무서워한다는 중2 막내딸이 한창 지구를 지키느라 바쁘다보니 제 머릿속이 무척 복잡해졌답니다.

그렇다고 헬리콥터처럼 늘 주위를 맴돌며 사사건건 참견할 수도 없는 노릇이고, 잔디깎이처럼 가는 길마다 평탄하게 닦아 놓을 수도 없잖아요. 강아지처럼 졸졸 쫓아다니다가 나쁜 사람이 나타나면 왕 물어버릴 수도 없는 노릇이고요.

그렇게 노심초사하던 차에, 바로 이 『여자 생존 가이드북』을 만난 겁니다!

말하자면 '딸들의 인생 내비게이션'을 발견한 셈이지요.

"50미터 앞 좌회전입니다", "잠시 후 우회전입니다"라고 했을 때 잔소리라고 여기며 발끈하는 사람은 없을 겁니다. 엄마 아빠가 "왜 그리로 갔니?"라고 하면 잔소리처럼 들리겠지만, 내비게이션이 "경로를 이탈하였습니다"라고 하면, 얼른 바른 길로 가야겠단 생각이 들잖아요. 살아가면서 내가 어떤 길로 가야할지 막막할 때, 혹은 내가 보기에 좋은 길이 정말로 좋은 길인지 확인하고 싶을 때, 또는 삶을 포기하고 싶을 때, 좀 더 행복한 삶을 꾸려나가고 싶을 때, 남자들은 이럴 때 어떤 생각을 하는 걸까 궁금할 때, 은밀한 내용이라 차마 물어보기 어려울 때, 어떤 영화를 보면 좋을지 어떤 음악을 들으면 좋을까 고민될 때, 진로를 결정하지 못하고 있을 때, 후회없는 삶을 살고 싶을 때, 바로 이 책이 가이드 역할을 톡톡히 해줄 겁니다.

솔직히 저도 여자이고 딸들만 키워봐서 남자들의 심리를 세세히 알 수가 없고, 전형적인 한국 남자인 애들 아빠가 딸들과 얼굴을 맞대고 껄끄러운 이야기를 해줄 리도 만무하답니다. 마침 저자인 릴리 아빠가 대신 총대를 메준 셈이지요. 그렇다고 릴리 아빠가 모든 면에서 뛰어난 엘리트라서 꼰대처럼 내려다보며 이래라저래라 잔소리를 늘어놓은 것은 결코 아닙니다. 오히려 온갖 중독의 늪에 빠져 허우적거린 경험이 있고, 학대도 당해봤고, 말을 심하게 더듬어서 친구들로부터 따돌림과 놀림을 당한 경험도 있고, 문란한 생활도 해봤고, 살면서 여러 차례 실패도 해본 사람이지요. 하지만 그걸 숨기거나 아름답게 포장하지 않고 딸을 위해서 용기를 내어 솔직하게 털어놓으며, 실제적인 대처 방법과 구체적인 각종 정보까지 조목조목 담아놓았답니다.

419

물론 미국 아빠의 이야기라서 당장은 해당이 되지 않는 부분도 있을 겁니다. 하지만 우리 딸들이 언젠가 유학을 가거나 외국 여행을 가게 될 때 가방 한쪽에 넣어 보낸다면 든든할 것 같네요.

우리 두 딸 현지와 현정이 뿐만 아니라, 세상 모든 딸들이 행복을 찾아 나아가는 데 『여자 생존 가이드북』이 믿음직한 길잡이 역할을 해주길 기대합니다.